노름꾼

노름꾼
Игрок

표도르 도스또예프스끼 장편소설
이재필 옮김

IGROK
by FEDOR DOSTOEVSKII (1866)

일러두기

1. 번역 대본은 F. M. Dostoevskii, *Sobranie sochinenii v dvenadtsati tomakh* (Moskva: Pravda, 1982)와 F. M. Dostoevskii, *Polnoe sobranie sochinenii v tridtsati tomakh*(Leningrad: Nauka, 1972~1990)를 주로 사용하였습니다. 다만 판본에 차이가 없는 한 옮긴이가 번역 대본을 임의로 선택하였습니다.
2. 러시아어의 로마자 표기와 우리말 표기는 〈열린책들〉에서 정한 표기안을 따르되, 관행적으로 굳어진 일부 용어만 예외로 하였습니다.

이 책은 실로 꿰매어 제본하는 정통적인 사철 방식으로 만들어졌습니다.
사철 방식으로 제본된 책은 오랫동안 보관해도 손상되지 않습니다.

노름꾼
7

자화상에 비쳐진 반란자의 공허 · 역자 해설
263

『노름꾼』과 두 번째 결혼, 외국에서의 생활 · 작품 평론
꼰스딴찐 모출스끼/이재필 옮김

277

도스또예프스끼 연보
293

제1장

　드디어 나는 2주 동안의 여행을 마치고 돌아왔다. 우리 일행이 룰레텐부르크[1]에 와 있는 지도 벌써 사흘째. 나는 그들이 나를 기다리고 있을 것이라 생각했지만 그것은 잘못된 생각이었다. 장군은 아주 무관심한 눈빛으로 나를 쳐다보았고, 오만한 태도로 잠시 얘기를 나눈 뒤 자기 누이동생에게로 나를 보내 버렸다. 분명한 것은 그들이 어디선가 돈을 구했다는 것이다. 아무래도 장군으로서는 나를 쳐다보기가 약간 부끄러웠을 것이다. 몹시 들떠 있던 마리야 필리뽀브나는 나와 가벼운 얘기를 나누기는 했지만 내 얘기가 끝날 때까지 자신이 받은 돈을 세고 있었다. 식사 시간이 가까워지자 사람들은 메젠쪼프와 프랑스인, 그리고 어떤 영국인을 기다리고 있었다. 언제나 그렇듯이 돈이 생기면 곧장 만찬을 벌이는 것이다. 이것은 모스끄바 식 풍습이다. 뽈리나 알렉산드로브나는 나를 보더니 왜 그렇게 오래 걸렸느냐고 물었다. 그러고는 대답을 기다리지도 않고 어딘가로 가버렸다. 물론 그녀는 일부러 그런 것이다. 어쨌든 그녀와 나는 분명하게 해명을 해야만 했

---

1 도스또예프스끼는 처음에 이 소설의 제목을 〈룰레텐부르크〉로 결정했으나 편집자의 요청으로 〈노름꾼〉으로 바꾸었다.

다. 쌓인 것이 많았기 때문이다.

나는 호텔 4층에 있는 작은 방을 얻었다. 이곳 사람들은 나를 장군의 수행원 중 한 사람으로 알고 있었는데, 모든 사정으로 미루어 볼 때 장군 일행이 그럴듯하게 선전을 해놓은 것이 분명했다. 이제 이곳 사람들은 너나없이 장군을 부유한 귀족의 한 사람으로 생각하고 있었다. 아직 식사가 시작되기 전이었다. 장군은 이 일 저 일 시키면서 내게 1천 프랑짜리 지폐 두 장을 환전해 오라고 했고, 나는 호텔 사무실에서 그것을 바꿨다. 이제 사람들은 우리가 마치 백만장자인 것처럼 바라볼 것이다. 적어도 일주일 동안은 말이다. 나는 미샤와 나쟈를 데리고 산책하러 나가고 싶었지만 계단에서 장군의 부름을 받았다. 내가 아이들을 데리고 어디로 가는지 물어봐야겠다는 생각을 문득 떠올린 모양이다. 장군은 절대 나를 똑바로 쳐다보지 못한다. 그로서는 무척이나 그렇게 하고 싶겠지만 내가 매번 쏘아보는 것으로 답하면, 다시 말해 불손한 시선으로 답하면 장군은 어쩔 줄 모르는 것 같다. 아주 거만한 투로 잔뜩 얘기를 늘어놓더니 급기야 어찌할 바를 모르게 된 그는 아이들을 데리고 공원 안쪽 어딘가로, 그러니까 역에서 좀 더 멀리 떨어진 곳으로 산책하러 가라고 내게 눈치를 주었다. 마침내 그는 머리끝까지 화가 치밀어 올랐고 퉁명스럽게 입을 열었다. 「이렇게라도 하지 않으면 아마 자네는 룰렛[2] 도박을 하러 애들을 데리고 역으로 갈지도 모르거든. 미안하네.」 그는 또 이렇게 덧붙였다. 「하지만 난 알고 있네. 아직도 자네가 대단히 경솔하며 어쩌면 도박에 손을 댈지도 모른다는 것을

2 구슬을 굴려서 하는 도박의 일종.

말이야. 어쨌든 난 자네 선생도 아니고 또 그런 역할은 하고 싶지도 않네. 하지만 최소한 자네가 내 이름을 더럽히지 않기를 바랄 권리는 있는 거야……」

「하지만 제게는 돈이 없습니다. 도박을 하려면 돈이 있어야 합니다.」 나는 태연하게 대답했다.

「곧 돈을 받게 될 걸세.」 얼굴이 약간 붉어진 장군은 이렇게 대답하고 자기 책상을 뒤지더니 장부를 찾아내 뒤적거렸다. 그에게 내 몫으로 남아 있는 돈은 대략 1백 20루블이었다.

「당연히 계산을 해야 하지 않겠나.」 장군이 말했다. 「탈러[3]로 계산하자고. 자 그럼 잔돈은 빼고 1백 탈러를 받게. 물론 나머지 잔돈이 없어지는 것은 아니야.」

나는 아무 말없이 돈을 받았다.

「내 말에 화를 내지는 말게. 자네는 워낙 성미가 까다로워서 말이야……. 비록 내가 자네에게 주의를 주고 있지만, 그러니까 자네에게 경고를 하고 있긴 하지만, 그래도 내겐 그럴 권리가 있다네…….」

식사 전에 아이들과 함께 집으로 오는 길이었다. 유적지 같은 것들을 구경하고 다니던 중에 마침 인마(人馬)의 행렬과 마주쳤다. 두 대의 훌륭한 마차와 근사한 말들이었다! 한 대의 마차에는 블랑슈 양이 마리야 필리뽀브나 그리고 뽈리나와 함께 타고 있었고, 프랑스인과 영국인 그리고 우리 장군께서는 말을 타고 있었다. 지나가던 사람들이 멈춰 서서 구경을 하자 그들은 잘난 체하면서 점잔을 빼기 시작했다. 하지만 오직 한 사람, 장군만큼은 마음이 편하지 못했다. 나는 계산을

---

[3] 약 3마르크에 해당하는 옛 독일 은화.

해보았다. 내가 가져온 4천 프랑에 그들이 빌린 것을 합하면, 그들에게는 지금 7천 아니면 8천 프랑이 있었다. 이것은 블랑슈 양에게는 너무나 적은 돈이었다.

블랑슈 양 역시 우리가 있는 호텔에서 어머니와 함께 묵고 있고, 우리의 프랑스인도 바로 이 호텔 어딘가에 있다. 하인들은 그를 〈백작님Monsieur le comte〉이라고 부르고 블랑슈 양의 어머니는 〈백작 부인 마님Madame la comtesse〉이라고 부른다. 그래 좋다. 어쩌면 그들이 정말로 백작과 백작 부인인지도 모를 일 아닌가.

함께 식사를 했을 때 백작이 나의 존재를 깨닫지 못했다는 사실을 나는 잘 알고 있었다. 물론 장군은 우리를 인사시키려고 하거나 아니면 나를 그에게 소개하려는 생각은 하지도 않았을 것이다. 더구나 러시아에 와본 적이 있는 백작의 입장에서 본다면, 러시아인들 사이에서 가정교사라고 불리는 사람이 얼마나 하찮은 존재인가 하는 것은 물어보지 않아도 뻔한 일이다. 그런데도 그는 나에 대해서 아주 잘 알고 있었다. 사실 솔직하게 얘기하자면 나는 불청객으로 저녁 식사에 끼어들었는데, 아마도 장군은 미리 일러두는 것을 잊어버렸던 것 같다. 그렇지 않았다면 틀림없이 나를 공동 식탁에서table d'hôte 식사하라고 쫓아 보냈을 것이기 때문이다. 내가 그렇게 불쑥 나타났기 때문인지 장군은 나를 불만스럽게 쳐다보았고, 친절한 마리야 필리뽀브나는 얼른 내게 자리를 가리켜 보였다. 하지만 미스터 에이슬리와의 만남이 나를 구해 주었고, 나는 좋든 싫든 그들과 함께 하게 되었다.

내가 이 이상한 영국인을 맨 처음 만난 것은 프러시아에서였다. 기차 안에서 우리는 서로 마주 앉게 되었고, 그때 나는 우리 일행을 뒤쫓아 가는 중이었다. 또 한번은 내가 스위스에서 프랑스로 막 넘어가려고 하던 참에 그와 우연히 마주친 일이 있었다. 그 두 주일 동안 두 번을 만났고 바로 지금 룰레텐부르크에서 뜻밖에도 그를 만나게 된 것이다. 내 평생 그 사람보다 더 수줍음을 타는 사람은 만나 본 적이 없다. 그는 바보스러울 정도로 수줍음을 타는데, 물론 그 사람 자신도 이 사실을 알고 있다. 왜냐하면 그는 절대로 어리석은 사람이 아니기 때문이다. 어쨌든 그는 아주 다정하고 온순한 사람이다. 프러시아에서 처음 만났을 때 그에게 이야기를 시켜 보았더니, 그는 올 여름에 노르드 카프에 다녀왔으며 니쥐니 노브고로드에 무척이나 가보고 싶다고 했다. 이 사람이 어떻게 장군과 알게 되었는지는 알 길이 없다. 내가 보기에 그는 뽈리나에게 몹시 반해 있는 것 같았는데, 그녀가 나타나기만 하면 이 사람은 마치 붉은 노을처럼 얼굴이 벌겋게 되고 마는 것이었다. 그는 내가 옆에 나란히 앉아 있다는 사실에 무척이나 기뻐했고, 이제는 나를 자신의 막역한 친구로 생각하고 있는 듯했다.

테이블에 앉아 식사를 하는데 이상하게도 프랑스인이 분위기를 압도하고 있었다. 비록 그가 아무에게나 차갑게 대하고 또 거드름을 피우기는 하지만, 나는 그가 모스끄바에서 허풍을 떨던 일을 잊을 수가 없다. 그는 재정과 러시아 정치에 대해서 터무니없이 많은 얘기를 늘어놓았고, 장군 쪽에서도 이따금 대담하게 반박을 하긴 했지만 그 태도는 겸손했다. 그렇다고 해서 장군이 우쭐대지 않은 것도 아니었다.

나는 이상한 기분이 들었다. 당연한 일이지만 식사가 반쯤 진행되기도 전에 벌써 〈대체 무엇 때문에 내가 이 장군하고 빈둥거리며 시간을 보내고 있고, 왜 오래전에 그들에게서 떠나지 않았을까〉하고, 늘상 하는 질문을 자신에게 던지고 있었던 것이다. 가끔 나는 뽈리나 알렉산드로브나를 쳐다보았지만 그녀는 나를 전혀 의식하지 못했다. 결국 나는 화가 나서 심한 말을 내뱉고 말았다. 그러고는 그걸로 끝이었다.

나는 아무 까닭도 없이 별안간 큰 소리로, 그것도 물어보지도 않고서 남의 얘기에 끼어들었고 이렇게 해서 대화는 다시 시작되었다. 중요한 것은 내가 그 프랑스인에게 욕을 해주고 싶었다는 것이다. 나는 장군 쪽으로 몸을 돌려 느닷없이 그의 말을 가로막고, 올 여름에 러시아인들은 호텔에서 절대로 공동 식탁에 앉아 식사를 해서는 안 된다고 말했다. 나는 아주 큰 소리로 그리고 아주 또박또박하게 말했고, 장군은 놀란 듯한 시선으로 나를 바라보았다.

「만일 당신이 스스로를 존중하는 사람이라면 말입니다.」 나는 계속해서 얘기를 늘어놓았다. 「당신은 욕을 얻어먹게 될 것이고 또 대단한 모멸감을 느끼게 될 것입니다. 라인 강, 파리 그리고 심지어는 스위스에도 공동 식탁에는 너무나 많은 폴란드 인들, 또 그들에게 동조하는 프랑스인들이 있기 때문에, 만일 당신이 러시아인이라면 정말이지 한마디도 입 밖에 낼 수가 없는 것입니다.」

나는 프랑스 말로 얘기했다. 장군은 당혹해 하면서 나를 바라보았는데, 내가 제정신이 아닌 것을 보고 화를 내야 할지 아니면 그저 놀라기만 해야 할지 갈피를 못 잡고 있었다.

「보아하니 당신은 어디선가, 누구에게선가 혼쭐이 났군요.」 프랑스인이 건방지고 경멸하는 듯한 태도로 말을 했다. 내가 대꾸를 했다.

「파리에서 저는 맨 처음에 어떤 폴란드 인과 욕지거리를 주고받았습니다. 그 다음에는 한 프랑스 장교와 그랬지요. 그 프랑스 장교는 폴란드 인을 편들더군요. 그런데 또 그다음에는 몇 명의 프랑스인들이 내 편으로 넘어왔습니다. 그때 전 그들에게 예하[4]의 커피에 침을 뱉어 주고 싶다고 말했죠.」

「침을 뱉어?」 장군은 몹시 의아해 하면서 이렇게 물었고 사방을 두리번거렸다. 프랑스인도 미심쩍은 듯이 나를 쳐다보았다.

「바로 그렇습니다.」 내가 대답했다. 「전 어쩌면 우리들 일로 잠시 로마로 떠나야 할지도 모른다는 생각이 들었습니다. 이틀 동안 내내 그랬지요. 그래서 전 여권의 사증(査證)을 받기 위해서 파리에 있는 교황 사절단 사무실로 갔습니다. 그곳에서 나이가 쉰 가량 된 수도원장을 만났죠. 깡마르고 싸늘한 인상의 소유자인데, 제 말을 정중하게 들어주긴 했지만 아주 무뚝뚝했어요. 그 사람은 잠시 기다려 달라고 하더군요. 전 무척 서두르고 있기는 했지만 결국에는 기다리기 위해 자리에 앉았고 『여론 L'Opinion Nationale』을 꺼냈습니다. 그리고 러시아를 몹시 비방하는 기사를 읽기 시작했지요. 그러는 동안 전 누군가가 옆방을 지나서 예하에게로 가는 소리를 들었습니다. 수도원장이 인사를 하는 모습이 보이더라고요. 전 방금 전에 했던 부탁을 다시 한번 되풀이했지요. 그런데 그 사람은 역시 무뚝뚝한 말투로 저에게 기다리라고 당부를 하지 않겠습니까. 조금 있으니까 누군지는 모르겠지만 또 한 사람이 들어왔어요. 볼일이 있어서 온 어떤 오스트리아 인이었는

---

[4] 고위 성직자에게 붙이는 경칭.

데, 어찌 된 일인지 그 사람 말에는 귀를 기울였어요. 그러고는 곧장 위층으로 안내하는 게 아니겠어요. 전 그때 무척 화가 났지요. 그래서 자리에서 일어나 수도원장에게로 갔습니다. 그리고 그 사람에게 단호하게 말했죠. 주교가 사람을 받고 있으니 내 일도 마무리를 지을 수 있지 않겠느냐고 말이에요. 그러자 수도원장은 별안간 내게서 물러서더군요. 몹시 놀라면서 말이에요. 나처럼 보잘것없는 러시아인이 어떻게 자신을 예하의 손님들과 비교할 수 있는지 전혀 이해가 안 갔던 모양입니다. 그자는 저를 모욕할 수 있다는 사실이 기쁘기라도 한 듯 아주 뻔뻔스러운 태도로 저를 발끝에서 머리끝까지 훑어보더니 이렇게 소리를 지르지 않겠습니까. 〈아니, 그럼 당신 때문에 예하께서 커피도 안 마시고 당신을 상대할 거라고 생각하는 거요?〉 그래서 저도 소리를 질렀죠. 그 사람보다 더 큰 소리로 말이에요. 〈잘 알아 두시오, 난 당신 예하의 커피에 침을 실컷 뱉어 주고 싶은 심정이오! 만일 당신이 지금 당장 내 여권을 처리해 주지 않는다면 내가 직접 그에게 가야겠소.〉

〈뭐라고! 지금 예하 옆에는 추기경이 앉아 계신단 말이야!〉 수도원장은 놀란 기색을 하고 이렇게 외치더니 문 쪽으로 몸을 날려 팔을 십자형으로 벌렸습니다. 나를 들여보내느니 차라리 죽는 게 낫다는 표정이더라고요.

그때 저는 그 사람에게 제가 이교도이고 야만인이라고 했습니다. 그러므로 〈제가 이교도이고 야만인이라는 것que je suis hérétique et barbare〉과 대주교니 추기경이니 예하니 하는 것들은 모두가 나하고 상관없는 것들이라고 말했지요. 한마디로 말해서 물러날 수 없다는 식으로 행동한 것입니다. 수도원장은 몹시 악에 받쳐서 저를 쳐다보았고, 그다음에는 제 여권을 낚아채더니 그걸 들고 위층으로 가버렸습니다. 눈 깜짝할 사이에 여권이 사증(査證)되었지 뭡니까. 자, 어디 한번 보시렵니까?」 나는 여권을 꺼내서 로마 교황의 사증을 보여주었다.

「하지만 자네, 이것은……」 장군이 입을 열었다.

「당신은 스스로를 야만인이라고, 또 이교도라고 밝힌 덕분에 화를 면한 것입니다.」 프랑스인이 미소를 지으면서 이렇게 말했다. 「그다지 어리석은 짓은 아니군요 Cela n'était pas si bête!」

「아니, 그럼 제가 정말이지 우리 러시아인들을 그런 식으로 대해야 한다는 말입니까? 우리 러시아인들은 이곳에 틀어박혀서 감히 불평도 못 하고 또 자신들이 러시아인이라는 사실까지도 기꺼이 부정할 것이 틀림없습니다. 하지만 최소한 제가 묵었던 파리 호텔에서만큼은 사정이 달랐습니다. 제가 모든 사람들을 향해 수도원장과 싸우겠다고 하니까, 사람들은 전보다 훨씬 더 친절하게 저를 대접하기 시작했어요. 정식 식사를 할 때 제게 가장 적의를 보이던 그 뚱뚱한 폴란드 인 지주는 이제 뒷전으로 밀려나 버렸단 말입니다. 그리고 제가 2년 전에 본 어떤 사람의 얘기를 했을 때에는 프랑스인들조차 입을 다물고 말았어요. 제가 본 그 사람은 1812년에 프랑스 경기병이 쏜 총에 맞았는데, 글쎄 그 경기병은 소총에 장전된 총알을 빼내기 위해서 그랬다는 겁니다. 총에 맞은 사람은 그때 열 살 난 아이였는데 그 가족이 모스끄바를 빠져나가지 못했던 것이지요.」

「그럴 리가 없어요.」 프랑스인이 벌컥 화를 냈다. 「프랑스

병사가 어린아이를 쏠 리는 없단 말이오!」

「하지만 그건 사실입니다.」 나는 이렇게 대답했다. 「존경할 만한 퇴역 대위가 내게 얘기해 주었고, 또 총알로 인해 생긴 상처가 그 대위의 뺨에 남아 있는 것을 저도 직접 봤단 말입니다.」

프랑스인은 쉴 새 없이 얘기를 늘어놓기 시작했고, 장군은 금방이라도 그를 거들 기세였다. 하지만 나는 장군에게, 가령 1812년에 프랑스인들의 포로가 되었던 뻬로프스끼 장군[5]의 『수기』 중 몇 토막이라도 읽을 것을 권했다. 급기야는 마리야 필리뽀브나가 화제를 돌리려고 무언가에 관해서 이야기를 꺼냈다. 이제 프랑스인과 나는 거의 고함을 지르다시피 했고, 장군은 그런 나를 몹시 못마땅하게 여겼다. 그렇지만 미스터 에이슬리는 나와 프랑스인의 말다툼이 아주 마음에 든 것 같았다. 그는 테이블에서 일어나 내게 술 한잔 같이 하지 않겠느냐고 제의해 왔다. 바랐던 대로 그날 저녁 나는 뽈리나 알렉산드로브나와 15분 정도 이야기를 나눌 수 있었다. 우리는 산책을 하면서 얘기를 했고 모두 함께 역 쪽에 있는 공원으로 갔다. 분수 맞은편 벤치에 앉은 뽈리나는 나젠까에게 가까운 곳으로 가서 아이들과 함께 놀라고 했다. 나도 미샤를 분수 쪽으로 보냈다. 드디어 우리 둘만이 남게 되었다.

물론 처음에는 사업에 대한 이야기로 시작했다. 다 해봐야 고작 7백 굴덴[6]밖에 안 되는 돈을 건네주자 뽈리나는 화를 냈다. 그녀는 내가 그녀의 보석들을 저당 잡혀 최소한 2천 굴덴

---

[5] 보로지노 전투에서 프랑스 군의 포로가 되었다. 그가 쓴 『수기』가 러시아에서 출판됨.
[6] 네덜란드 화폐 단위로, 러시아 화폐로는 80꼬뻬이까에 해당한다.

이나 아니면 그 이상을 파리에서 가져오리라 믿고 있었던 것이다.

「난 무슨 일이 있어도 돈이 필요해요.」 그녀가 말했다. 「또 그 돈을 손에 넣어야만 해요. 그렇지 않으면 난 정말 끝장이란 말이에요.」

나는 내가 없는 동안 무슨 일이 있었는지 이것저것 캐묻기 시작했다.

「뻬쩨르부르그에서 두 가지 소식이 왔어요. 우선은 할머니가 몹시 편찮으시다는 소식이고, 그 다음에는 이틀 후에 할머니가 돌아가실 것 같다는 소식이었어요. 그건 찌모페이 뻬뜨로비치에게서 온 소식이고 또 그 사람은 빈틈없는 사람이에요.」 뽈리나는 이렇게 덧붙였다. 「우리는 결정적이고 확실한 소식을 기다리고 있어요.」

「그러니까 이곳의 모든 사람들이 기다리고 있다는 건가요?」 내가 물었다.

「물론이죠. 누구나 할 것 없이 6개월 동안 그것 하나만을 기다려 온 거예요.」

「당신도 그걸 기대하고 있습니까?」 내가 물었다.

「사실 난 그녀의 친척이 아니에요. 그저 장군님의 양녀일 뿐이죠. 하지만 난 분명히 알고 있어요. 유언을 하게 되면 할머니는 틀림없이 나를 떠올리실 거예요.」

「내가 보기에 당신은 아주 많은 것을 얻게 될 것 같군요.」 나는 단언하듯 말했다.

「그래요. 할머니는 날 좋아하셨어요. 그런데 왜 그런 생각을 하신 거죠?」

「말해 보세요.」 나는 대답 대신 이렇게 말했다. 「우리의 후작께서도 집안의 비밀을 죄다 알고 있는 것 같은데요? 그렇지 않습니까?」

「그런데 당신은 왜 그 일에 관심을 갖고 계시죠?」뽈리나가 물었다. 그녀는 무뚝뚝하고 쌀쌀맞게 나를 쳐다보고 있었다.

「그건 당연한 일입니다. 만일 내가 틀리지 않는다면 장군은 이미 후작에게서 돈을 빌렸습니다.」

「당신은 아주 정확하게 짐작하고 있군요.」

「글쎄요. 노인네에 대해서 알고 있지 못하다면 과연 그 사람이 돈을 내주었을까요? 식사할 때 당신이 눈치 채셨는지 모르겠지만 그 사람, 할머니에 대해서 무언가 얘기를 하면서 세 번인가를 〈노인네〉라고 불렀습니다. 정말이지 허물없고 친근한 태도 아닙니까!」

「예, 당신 말이 맞아요. 유언에 따라 내게도 무언가가 돌아오게 된다는 것을 아는 즉시, 그 사람은 당장 내게 청혼을 해올 거예요. 당신이 알고 싶었던 것이 그것 아닌가요?」

「이제야 청혼을 한단 말입니까? 난 그가 오래전부터 청혼을 해온 줄로 알았는데.」

「그렇지 않다는 것을 너무나 잘 알고 있잖아요!」뽈리나가 흥분해서 말했다. 「어디서 그 영국인을 만난 거죠?」뽈리나는 잠시 침묵을 지키더니 이렇게 말했다.

「당신이 곧바로 그 사람에 대해서 물어 오실 줄 알았어요.」 나는 얼마 전 지나는 길에 미스터 에이슬리와 마주쳤던 일을 그녀에게 얘기해 주었다.

「그 사람은 수줍음을 잘 타고 또 쉽게 사랑에 빠지는 사람입니다. 〈두말할 것도 없이 벌써 당신에게 반해 있겠지요?〉」

「그래요. 그 사람은 나를 사랑하고 있어요.」그녀가 대답했다.

「그리고 말할 것도 없이 그 사람은 프랑스인보다 열 배는 더 부자입니다. 어떻습니까, 정말이지 그 프랑스인이 뭐 하나 가진 게 있습니까? 이건 의심할 필요가 없겠지요?」

「맞아요. 그는 무슨 성château 같은 걸 가지고 있다죠. 어제 장군께서 이미 그 일에 대해서 내게 분명하게 말씀해 주시더군요. 그래, 이제 됐나요?」

「내가 당신이라면 꼭 영국인과 결혼하겠습니다.」

「어째서요?」 뽈리나가 물었다.

「프랑스인이 더 잘생기긴 했지만 그는 비열합니다. 그런데 영국인은 정직합니다. 게다가 열 배나 더 부자란 말입니다.」 나는 딱 잘라서 말했다.

「그래요. 하지만 그 대신 프랑스인은 후작이고 또 더 영리하단 말이에요.」 뽈리나는 아주 태연하게 대답했다.

「정말 그럴까요?」 나는 계속해서 입을 놀렸다.

「정말 그래요.」

내가 던진 질문 때문에 뽈리나의 기분은 몹시 불쾌해져 버렸다. 거친 말투로 내 비위를 건드리고 싶어하는 그녀의 마음을 알아차린 나는, 내가 그렇게 짐작하고 있다는 것을 당장 그녀에게 얘기했다.

「천만에요. 당신이 화를 내니까 내 기분이 한결 나아요. 내가 당신에게 그런 질문과 추측들을 하도록 허락했으니까 이제는 당신이 그 빚을 갚을 차례잖아요.」

「사실 난 당신에게 어떤 질문이라도 할 권리가 있다고 생각합니다.」 나는 침착하게 말했다. 「왜냐하면 나는 내가 던지는 질문들에 대해서 어떤 방법으로든 당신이 원하는 대로 보답을 할 각오가 되어 있으니까요. 이제는 내 인생이 아무짝에도 쓸모가 없는 것 같습니다.」

뽈리나는 깔깔대며 웃기 시작했다.

「얼마 전 슐란겐베르크에서 당신이 말했죠. 내 말 한마디면 거꾸로 몸을 던질 각오가 되어 있다고 말이에요. 잘은 모르지만 아마 그곳의 깊이가 1천 피트는 될 것 같더군요. 언젠가는 내가 그 한마디를 하고 말 거예요. 이유는 단 하나예요. 당신이 어떻게 보답하는지 보기 위해서죠. 두고 보면 알겠지만, 난 한다면 하는 사람이에요. 어쨌든 난 당신이 혐오스러워요. 내가 너무나 많은 것을 당신에게 허락했기 때문이죠. 그리고 당신이 내게 너무나 필요하다는 사실 때문에 더욱 혐오스러워요. 하지만 아직은 당신이 필요하니까 난 당신을 소중히 하지 않으면 안 되는 거죠.」

그녀는 자리에서 일어나 화를 내며 말했다. 최근 들어 나와 얘기를 끝낼 때가 되면 그녀는 언제나 악의를 품고 화를 낸다. 그녀는 정말로 악의를 품고 있었다.

「대답해 주십시오. 블랑슈 양은 도대체 어떤 사람입니까?」 설명을 듣지 않고는 그녀를 놓아주고 싶지 않았기 때문에 나는 그렇게 물어보았다.

「블랑슈 양이 어떤 사람인지는 당신 자신이 알고 계실 텐데요. 그때 이후로는 더 이상 아무것도 달라진 게 없어요. 블랑슈 양은 틀림없이 장군의 부인이 될 거예요. 물론 그렇게 되기 위해서는 할머니가 돌아가셨다는 소문이 확인되어야겠죠. 사실 블랑슈 양과 블랑슈 양의 어머니, 그리고 육촌 아저씨인 후작은 우리가 망하고 말았다는 것을 알고 있거든요.」

「그럼 장군이 완전히 마음을 뺏긴 겁니까?」

「지금 그게 문제가 아니에요. 내 말을 잘 들어요. 여기 7백 플로렌[7]이 있으니 가지고 가서 도박을 해요. 그리고 룰렛에서 될 수 있는 대로 많이 따서 내게 주세요. 지금 난 어떻게든 돈이 필요하단 말이에요.」

이렇게 얘기한 다음 그녀는 큰 소리로 나젠까를 부른 후 역쪽으로 가버리고 말았다. 그리고 그곳에서 우리 일행과 합류했다. 놀란 나머지 깊은 생각에 빠져 있던 나는 맨 먼저 눈에 띄는 길을 향해 왼쪽으로 돌았다. 룰렛 도박판으로 가라는 지시를 받고 나니 나는 마치 머리를 얻어맞은 기분이었다. 이상한 일이다. 나는 무엇인가를 골똘히 생각하려고 했지만, 어느 틈엔가 뽈리나에 대한 내 감정의 느낌들을 분석하느라 정신이 없었던 것이다. 비록 여행 도중[8]에는 정신 나간 사람처럼 우수에 잠기고, 가스에 중독된 사람처럼 몸부림치고, 또 꿈에서마저 쉴 새 없이 그녀를 보긴 했지만, 그래도 이곳을 떠나 있던 두 주일 동안 나는 오늘 하루보다, 그러니까 이곳에 돌아온 후의 하루 동안보다 더 마음 편하게 지냈던 것이 사실이다. 언젠가 한번은(이것은 스위스에서 있었던 일이다) 찻간에서 잠이 들어 뽈리나와 얘기하는 꿈을 꾼 적이 있는데, 아마 다 들리도록 헛소리를 지껄였던 것 같다. 이 일로 나는 나와 함께 타고 있던 승객들 모두에게 웃음거리가 되고 말았다. 이제 나는 다시 한번 스스로에게 물어보았다. 내가 그녀를 사랑하고 있는 것일까? 그러나 역시 대답을 하지 못했다. 아니 차라리 그녀를 미워한다고 대답하는 편이 낫겠다. 그렇다, 난

---

[7] 옛날 피렌체의 금화이자 네덜란드의 화폐 단위. 굴덴과 동일함.
[8] 도스또예프스끼는 1863년 여름이 끝나 갈 무렵, 뽈리나라고도 불리는 아뽈리나리야 수슬로바와 외국을 여행하던 중에 『노름꾼』을 구상했다.

그녀가 혐오스러웠다. 그녀를 목 졸라 죽이기 위해 반생(半生)을 바칠 생각을 한 적도 있었다! 그녀와 얘기를 끝낼 때만 되면 언제나 그랬다. 맹세컨대, 만일 그녀 가슴에 날카로운 칼을 서서히 꽂아 넣을 수만 있다면, 나는 아마도 기쁜 마음으로 그 칼을 손에 움켜쥘 것이다. 그런데 웬일인지, 성스러운 모든 것을 걸고 맹세하건대, 만일 그녀가 슐란겐베르크의 유명한 봉우리에서 정말로 내게 〈밑으로 떨어져요〉라고 말했다면 나는 당장에 몸을 던졌을 것이다. 나는 그걸 알고 있었다. 어떤 식이라도 상관없지만 그 문제는 꼭 해결되어야만 했다. 그녀도 이 모든 사정을 놀라우리만치 잘 알고 있었다. 그리고 확신하건대, 결코 내가 그녀를 차지할 수 없다는 사실과 내 공상들을 절대 실현시킬 수 없다는 사실을 내 자신이 아주 확실하고 분명하게 깨닫고 있다는 생각, 바로 그 생각이 그녀에게 대단한 쾌감을 가져다 주는 것이다. 그렇지 않고서야 신중하고 영리한 그녀가 그렇게 솔직하고 허물없이 나를 대할 수 있겠는가? 지금까지 그녀는 자신이 마치 고대의 여왕이라도 되는 것처럼 나를 보아 온 것 같다. 여왕은 자신의 노예를 사람으로 보지 않았기 때문에 그가 보는 앞에서 옷을 벗어젖혔다. 그렇다, 그녀는 몇 번씩이나 나를 사람으로 취급하지 않았던 것이다…….

하지만 나는 그녀로부터 부탁을 받았다. 무슨 일이 있어도 룰렛 도박에서 돈을 따는 것…… 무엇을 위해서 얼마나 빨리 돈을 따야 하는지, 또 쉴 새 없이 계산을 하고 있는 그녀의 머리에 어떤 새로운 생각들이 떠오른 것인지 깊이 생각하고 있을 틈이 없었다. 더구나 요 두 주일 동안 내가 아직 모르고 있던 새로운 사실들이 엄청나게 많이 늘어났기 때문에, 나는 그 모든 것들을 짐작해 내고 꿰뚫어 보지 않으면 안 되었다. 그것도 가능한 한 빨리 해야만 했다. 하지만 지금 당장은 시간이 없었다. 나는 룰렛 판으로 가야만 했다.

제2장

 솔직히 말해서 나는 이 일이 달갑지 않았다. 도박을 하기로 결심하긴 했지만 그래도 다른 사람들을 위해서 도박에 손을 댈 생각은 전혀 없었기 때문이다. 머릿속이 뒤죽박죽 되어 버린 나는 분한 마음을 안고 도박장에 들어갔다. 얼른 보아도 그 안의 모든 것들이 내 마음에 들지 않았다. 나는 온 세상의 신문들, 특히 우리 러시아 신문들의 노예 근성을 참을 수가 없다. 러시아의 시사 평론가들은 거의 매년 봄만 되면 두 가지에 대해 떠들어 댄다. 그들은 첫째, 라인 강 부근 도시들에 자리 잡고 있는 도박장들이 놀라울 정도로 웅장하고 화려하다고 얘기하고 있고, 둘째, 테이블 위에 금화가 산더미처럼 쌓여 있다고들 한다. 사실 그런 얘기를 한다고 해서 그들에게 돈이 생기는 것도 아니다. 그들은 그저 아무런 욕심 없이 시류를 따를 생각으로 그런 얘기들을 입 밖에 내고 있는 것이다. 이 시시껄렁한 도박장들 안에 웅장한 것이라고는 하나도 없다. 또 테이블 위에 금화가 산더미처럼 있기는커녕 겨우 눈에 띌까 말까 할 정도다. 물론 시즌 중에 느닷없이 괴짜가 나타나는 일도 있다. 영국인이나 아시아 인, 그것도 아니면 올 여름처럼 터키 인이 나타나서 별안간 큰돈을 따거나 잃기도 한다. 하지만 나머지 사람들 모두가 보잘것없는 굴덴으로 도박을 하기 때문에 평균적으로 본다면 테이블 위에는 항상 아주 적은 돈이 올라오는 것이다. 도박장으로 들어선 순간, 평생 처음이었다, 나는 잠시 동안 도박을 할 엄두를 못 내고 있었다. 게다가 수많은 사람들이 빽빽이 들어차 있었다. 만일 나 혼자 있었다면 나는 도박에 손을 대지 않고 오히려 그곳을 나오고 말았을 것이다. 솔직히 내 심장은 쿵쿵거리며 뛰고 있었고, 게다가 나는 냉정한 사람도 못 되었다. 하지만 내가 그런 식으로 룰레텐부르크를 떠날 리가 없다는 사실을 나 자신도 분명히 알고 있었고 또 그렇게 결심하고 있었다. 내 운명에서 무언가 극단적이고도 결정적인 일이 반드시 일어나고야 말 것이다. 그렇게 되어야 하고 또 그렇게 될 것이다. 내가 룰렛 판에서 너무나 많은 것을 기대하는 것이 우습기 짝이 없을지도 모르겠다. 하지만 내가 보기에는 도박에서 무언가를 기대하는 것이 어리석고 터무니없다는 고루한 생각, 모든 사람들에게 받아들여지고 있는 그런 생각이 더 우스운 것 같다. 도박이 다른 돈벌이 수단들보다, 예를 들어 장사보다 더 나쁘다는 것은 도대체 어떤 이유에서인가? 백 사람 중에 한 사람만이 돈을 따는 것은 사실이다. 하지만 그게 나와 무슨 상관이란 말인가?

무슨 일이 있어도 오늘 밤에는 일단 가만히 지켜보기만 할 것이고, 또 신중을 기해야 하는 일들에는 절대 나서지 않기로 결심했다. 그리고 만일 오늘 밤 무슨 일이 생긴다면 그것은 그저 우연히, 예기치 않게 생기는 일일 것이라고 나는 생각했다. 더군다나 나는 도박을 배워야만 했다. 왜냐하면 비록 룰렛에 대한 설명을 수천 번이나 읽고 그것도 항상 걸신들린 듯이 읽기는 했지만, 그래도 내 눈으로 직접 보기 전에는 그 원리와 체계에 대해서 아무것도 이해할 수가 없었기 때문이다.[9]

맨 처음에는 모든 것이 추악하게만 느껴졌다. 어찌 된 일인지 도덕적으로 추악하고 불결하다는 생각이 든 것이다. 수십 명, 아니 수백 명씩 무리를 지어 도박판을 빙 둘러싸고 있는 사람들, 탐욕스럽고 불안정한 사람들에 대해 얘기하는 것이 결코 아니다. 보다 빨리, 그리고 보다 많은 돈을 따려는 바람이 결코 추악하다고 보지는 않는다. 게다가 어려움 없이 잘 먹고 잘 사는 한 도덕론자의 견해가 내게는 언제나 어리석기 짝이 없어 보였는데, 이 사람은 누군가가 〈판이 작은 노름을 하는데, 뭐 어때〉라고 변명을 하자 〈작은 탐욕이기 때문에 더욱 나쁘다〉고 대답했다. 작은 탐욕과 큰 탐욕이 마찬가지가 아닌 것은 확실하다. 그것은 정도의 문제이다. 로스차일드에게는 적은 것이 내게는 엄청나게 많은 것이 될 수 있다. 또 이문을 남기고 내기로 돈을 따는 것에 관해 말하자면, 사람들은 룰렛

9 파리로 가는 길에 도스또예프스끼는 비스바덴에 들러 노름을 한다. 그는 돈을 따고 게임의 규칙을 알아냈다고 생각한다. 〈정말로 비밀을 알아냈다. 그건 아주 바보 같고 간단한 것으로, 가끔은 기권하고, 게임의 단계와는 전혀 상관없이 말이야, 또 흥분하지 않는 데 있어. 이게 다야. 이 게임에서 잃는다는 건 불가능해.〉(1863년 9월 1일, 첫 부인의 동생 바르바라 꽁스땅에게 보낸 편지) 그러나 일주일 후 바덴바덴에서 보낸 편지에서 그는 처제에게 가진 것 전부를 잃었다고 알린다. 〈비스바덴에서 나는 게임의 체계를 공들여 연구했고 그걸 적용시켜 1만 프랑을 땄어. 아침엔 흥분 상태에서 그 체계를 바꿨더니 단번에 잃고 말았어. 저녁에 다시 그 체계로 되돌아가 엄격히 지켰지. 그러자 쉽사리, 갑자기 3천 프랑을 다시 딴 거야. 생각해 봐, 이랬는데 내 체계를 엄격히 적용시키면 행복을 내 손안에 가지게 된다는 것을 어찌 믿지 않고 어찌 휩쓸리지 않을 수 있겠어. 내가 이러는 건 돈이 필요하기 때문이야. 나와 형, 내 아내를 위해, 내 소설을 쓰기 위해……〉 그다음 그는 다시 돈을 모두 잃었다는 편지를 썼다(1863년 9월 8일 형 미하일에게 쓴 편지).

판이 아니더라도 곳곳에서 그런 식으로 돈을 벌고 있다. 다시 말하면 서로가 서로에게서 무언가를 빼앗고 따내고 하는 셈이다. 이문을 남기고 일확천금을 얻는 것이 추악한 일인가 그렇지 않은가 하는 것은 또 다른 문제이다. 하지만 난 그것에 대해 대답하지 않겠다. 내 스스로가 돈을 따려는 소망에 사로잡혀 있었던 탓인지 몰라도, 도박장으로 들어섰을 때 내게는 그 모든 탐욕과 탐욕의 모든 추악함이 왠지 더 편하고 친근하게 느껴졌다. 서로가 격식을 차리지 않고 흉금을 터놓고 솔직하게 대할 때가 가장 기분 좋은 법이다. 도대체 무엇 때문에 스스로를 속인단 말인가? 정말이지 부질없고 생각이 모자라는 일이 아닐 수 없다! 첫눈에 이 룰렛 패거리에서 유난히 꼴불견인 것은, 테이블을 빙 둘러싸고 있는 사람들이 하나같이 도박을 소중히 여기며 진지한 태도를 보이고 있고 심지어는 경의를 표하기까지 한다는 사실이었다. 어떤 도박은 고약한 취미 mauvais genre라고 불리고, 또 어떤 도박은 점잖은 사람들에게 허용되는데, 이런 구별이 가능한 것도 다 그럴 만한 이유가 있었던 것이다. 도박에는 두 가지가 있다. 하나는 신사적인 도박이고, 다른 하나는 천박하고 탐욕스러운 도박으로서 불한당들이 일삼는 도박이다. 이 두 가지는 엄격하게 구별되어 있다. 하지만 그 구별은 본질에 있어서 얼마나 비열한 것인가! 가령 신사는 5루이[10]나 10루이를 걸 수 있다. 또 좀 더 드문 일이기는 하지만 만일 엄청난 부자라면 1천 프랑을 걸 수도 있다. 하지만 그들은 순전히 놀이 하나만을 위해서, 재미 하나만을 위해서, 그리고 돈을 따고 잃는 과정을 구경하기 위해서만 돈을

---

10 프랑스의 17~18세기 루이 금화를 말한다.

거는 것이다. 예를 들어 돈을 딴 뒤에 그는 소리 내어 웃을 수 있고, 주위의 누구에게든 자기 생각을 말할 수 있고, 심지어 다시 한번 돈을 걸 수도 있고, 판돈을 두 배로 올릴 수도 있다. 하지만 이건 오직 호기심 때문이고 행운을 지켜보기 위해서, 그리고 계산을 하기 위해서이지 돈을 따려는 천박한 바람 때문은 아니다. 한마디로 말해서 신사들은 이 모든 도박판과 룰렛과 〈삼십과 사십trente et quarante〉[11]을 오직 자신의 만족을 채우기 위해 마련된 오락으로 봐야 하는 것이다. 그들은 물주의 생활 기반이자 밑천인 탐욕과 함정을 의심해서도 안 된다. 가령 이 신사가 1굴덴에 벌벌 떠는 모든 건달들과 노름꾼들을 자신과 같은 부자요 신사라고 느끼고, 또 그들이 오직 기분 전환과 오락을 위해서만 도박을 한다고 느낀다면 그건 정말이지 다행한 일이다. 이 같은 현실에 대한 완전한 무지와 사람들을 바라보는 순진한 견해는 두말할 나위 없이 지극히 귀족적인 것이다.

나는 많은 어머니들이 열다섯이나 열여섯 살 먹은 처녀들, 그러니까 자기 딸들에게 금화를 조금 쥐어 준 뒤 도박하는 법을 가르쳐 내보내는 것을 보았다. 그 처녀는 돈을 따건 잃건 간에 미소를 잃지 않고 아주 흡족해 하며 자리에서 일어섰다. 우리의 장군께서는 거만하고 당당한 모습으로 테이블 쪽을 향해 다가갔다. 하인이 장군에게 의자를 내밀려고 거의 몸을 날리다시피 했지만 장군은 하인을 알아차리지 못했다. 장군은 아주 오랫동안 지갑을 꺼내고, 또 지갑 속에서 금화 3백 프랑을 아주 오랫동안 꺼내더니 그 돈을 검은색에 걸었다. 장

---

11 트럼프 놀이의 일종이다.

군이 이겼다. 하지만 장군은 딴 돈을 챙기지 않고 그냥 테이블 위에 남겨 두었다. 다시 검은색이 나왔다. 그는 이번에도 딴 돈을 가져가지 않았는데, 세 번째 판에 빨간색이 나오자 단번에 1천 2백 프랑을 잃고 말았다. 그래도 그는 미소를 띤 채 자리에서 일어남으로써 지조를 잃지 않았다. 나는 그의 마음이 조마조마하였으리라 믿는다. 그리고 만일 건 돈이 두 배 혹은 세 배 더 많았다면 그는 지조를 지키지 못한 채 흥분하고 말았을 것이다. 그런데 내가 보는 앞에서 어떤 프랑스인은 돈을 땄다가 나중에 3만 프랑 정도를 도로 잃고 말았는데, 그래도 전혀 흥분하지 않고 즐거워하는 것이었다. 진정한 신사는 자신의 전 재산을 잃더라도 흥분해서는 안 된다. 돈이란 신경을 쓸 필요가 없을 정도로 신사적인 것보다 하찮은 것임에 틀림없으리라. 물론 비천한 한량들과 그들이 연출해 내는 상황의 온갖 추악함에 대해 전혀 주의를 기울이지 않는 것은 매우 귀족다운 행동이다. 하지만 그 반대의 방법도 그에 못지않게 귀족적이다. 가령 손잡이가 달린 안경으로 각양각색의 건달들 모두에게 주의를 기울이고 눈여겨보고 또 연구까지 하는 것이다. 하지만 이것은 모든 사람들과 그 모든 추태를 일종의 심심풀이로, 신사적인 오락을 위해 마련된 구경거리로 받아들이는 것과 같다. 비록 밀치며 아우성치는 군중 속에 끼여 있기는 하지만, 그래도 당신은 당신 자신이 관찰자일 뿐이고 또한 절대로 그 군중에 속해 있지 않다는 철저한 확신을 가지고서 주위를 바라볼 수가 있다. 하지만 너무 주의 깊게 관찰한다는 것도 안 될 말이다. 어찌 되었든 그런 광경은 지나치게 집중해서 관찰할 값어치가 없기 때문에, 이제는 뚫어지게 관찰한다는 것 자체가 또다시 신사답지 못한 것이 될 것이다. 게다가 신사에게는 뚫어지게 관찰할 만한 구경거리들이 많지 않은 것이 보통이다. 그런데 나로 말할 것 같으면, 이 모든 것들을 아주 주의를 집중해서 관찰할 필요가 있다고 생각되었는데, 특히 관찰만을 위해서 찾아온 사람이 아니라 양심적으로 그리고 진실된 마음으로 스스로를 이 천한 무리 속에 포함시키는 사람에게 그럴 필요가 있다고 느꼈다. 물론 은밀히 간직해 온 나의 도덕적 신념들은 지금 내 궁리 속에 끼어들 여지가 없다. 후회하지 않기 위해서 하는 말이지만 이제 그런 것은 상관없다. 사실 내 생각을 말하자면, 요즘 들어 내내 왠지 내 행동과 생각을 어떤 도덕적 잣대에 던져 놓는 것이 말도 못하게 역겨웠다. 나를 조종해 온 것은 다른 것이었는데…….

건달들은 정말 비열하게 도박을 한다. 여기 테이블 옆에서는 아주 흔해 빠진 속임수가 수도 없이 일어난다는 생각이 잠시도 내 머리를 떠나지 않는 것이다. 테이블 귀퉁이에 앉아 있는 심판들은 판돈을 감시하고 계산도 한다. 일이 엄청나게 많은 것이다. 아니 이건 또 웬 건달이야! 그건 대부분 프랑스인들이다. 그렇지만 지금 내가 관찰하고 또 주의를 기울이는 것은 룰렛을 묘사하기 위해서가 아니다. 장차 내가 어떻게 처신해야 할지를 알기 위해서 적응하려고 하는 것이다. 가령 테이블 뒤에서 갑자기 누군가의 손이 뻗어 나와서 남이 따놓은 돈을 훔쳐 가는 일이 부지기수라는 사실을 나는 알아차렸다. 말다툼이 시작되고 고함을 지르는 일도 예사다. 하지만 정중히 부탁하건대, 당신에게는 그 판돈이 당신의 것임을 증명하고 또 증인들을 찾아내는 것 말고는 다른 도리가 없다!

맨 처음에 나는 이 모든 일들을 이해할 수가 없었다. 난 그저 홀수나 짝수 같은 숫자와 색깔에 판돈을 건다는 것을 짐작으로 알아차리고 간신히 구별할 수 있을 뿐이었다. 오늘 밤 나는 뽈리나 알렉산드로브나에게서 받은 돈 중에서 1백 굴덴을 시험 삼아 걸어 보기로 결심했다. 도박에 손대는 것이 자신을 위해서가 아니라는 생각이 들자 왠지 머리가 복잡해졌다. 느낌이 아주 좋지 않았고 조금이라도 더 빨리 그런 느낌에서 벗어나고 싶었다. 뽈리나를 위해 도박에 손대기 시작하면 내 스스로의 행운은 물거품이 되고 말 거라는 생각이 머리에서 떠나질 않았던 것이다. 미신의 영향을 받지 않고 도박대에 다가가는 것은 정말로 불가능한가? 나는 우선 5프리드리히스도어, 즉 50굴덴을 꺼내서 짝수에 걸었다. 판이 돌아가더니 30이 나왔다. 나는 지고 말았다. 어떤 병적인 기분을 느끼고 있던 나는 어떻게든 도박을 집어치우고 밖으로 나가야겠다는 생각뿐이었다. 그래서 다시 5프리드리히스도어를 빨간색에 걸었다. 빨간색이 나왔다. 나는 10프리드리히스도어를 전부 걸었다. 다시 빨간색이 나왔다. 나는 또다시 전부를 한꺼번에 걸었다. 또 빨간색이 나왔다. 40프리드리히스도어를 받은 뒤 어떻게 되든 모르겠다는 식으로 20프리드리히스도어를 가운데 숫자 중 하나인 12에 걸었다. 나는 세 배의 돈을 받았다. 이렇게 해서 나는 단숨에 10프리드리히스도어로 80프리드리히스도어를 벌어들인 것이다. 그런데 나는 그만두고 나가 버릴까 하는 마음이 들 정도로 어떤 희한하고 묘한 느낌에 사로잡혀 도저히 참을 수가 없었다. 만일 내 자신을 위해 도박을 했다면 절대 그렇게 잘 해내지 못했을 것이라는 생각이 들었다. 하지만 나는 80프리드리히스도어 전부를 다시 한 번 짝수에 걸었다. 이번에는 4가 나왔다. 나는 다시 80프리드리흐스도어를 쓸어 왔다. 이제 나는 1백 60프리드리흐스도어라는 돈뭉치를 죄다 움켜쥐고서 뽈리나 알렉산드로브나를 찾아 떠났다.

그들은 다 같이 공원 어딘가에서 산책을 하고 있었고, 그래서 나는 저녁 식사 때가 되어서야 그녀를 만날 수 있었다. 이번에는 그 프랑스인이 없었기 때문인지 장군이 기를 펴고 있었다. 내친 김에 장군은 도박판에서 나와 마주치지 않았으면 좋겠다고 새삼 내게 일러둘 생각이었다. 만일 내가 너무 많은 돈을 날리기라도 하면 그것이 자기 얼굴에 먹칠을 하는 것이라고 생각했던 것이다.

「설사 자네가 엄청나게 많이 딴다고 해도 내 체면이 깎이는 것은 매한가지야.」 그가 의미심장한 말을 덧붙였다. 「물론 내게 자네를 내 뜻대로 행동하도록 만들 권리는 없어. 하지만 자네 스스로도 내 생각에 찬성하고 있을 테니……」

늘 그렇듯이 그는 여기서 얼버무리고 말았다. 나는 가진 돈도 아주 조금이고, 설령 도박을 하더라도 눈에 띌 정도로 돈을 잃을 재주도 없다고 퉁명스럽게 대답했다. 나는 위층 내 방으로 가는 길에 도박에서 딴 돈을 뽈리나에게 건네주면서, 이제부터는 그녀를 위해서 도박을 하지 않겠노라고 밝혀 두었다.

「왜 그러죠?」 그녀가 걱정스럽게 물었다.

「내 자신을 위해서 하고 싶은데 그렇지 못하니 마음이 편치 못하단 말입니다.」 나는 놀라는 그녀를 유심히 바라보면서 대답했다.

「그럼 당신은 여태껏 룰렛이 당신의 유일한 탈출구이자 구원이라고 믿고 있었단 말인가요?」 그녀가 비웃듯이 물었다.

나는 다시 한번 아주 심각하게 그렇다고 대답했다. 반드시 돈을 따게 될 것이라는 내 믿음을 가소롭게 봐도 좋고, 또 나도 그렇게 생각하고 있으니까 〈제발 나를 가만히 내버려 두었으면 좋겠다〉고 말한 것이다.

뽈리나 알렉산드로브나는 오늘 딴 돈을 절반씩 나누어 가져야 한다고 고집했고, 내게 80프리드리히스도어를 주면서 앞으로 이런 조건으로 계속 도박을 해나가자고 제안했다. 나는 그 절반의 돈을 딱 잘라 거절했다. 그리고 내가 다른 사람을 위해 도박을 할 수 없는 것은, 내 스스로가 원하지 않아서 그러는 게 아니라 십중팔구 돈을 잃게 될 것이기 때문이라고 말했다.

「하지만 나 역시 한 판의 룰렛에 기대를 걸고 있어요.」 그녀는 깊은 생각에 잠기면서 이렇게 말했다. 「참으로 어리석기는 하지만 말이에요. 그러니까 당신은 나와 절반씩 나누면서 도박을 계속해야 하는 거예요. 물론 그렇게 하게 되겠지요.」 이 말을 하고서 그녀는 나의 대꾸는 듣지도 않은 채 내게서 떠나가고 말았다.

제3장

 어제 그녀는 도박에 대해서 나와 한마디도 하지 않았다. 그리고 나와 얘기하는 것을 피하기까지 했다. 나에 대한 태도는 예전과 변함이 없었다. 마주쳤을 때의 완전히 무관심한 태도도 똑같았고 심한 경우에는 경멸과 혐오의 기색을 띠기도 했다. 그녀는 나에 대한 증오심을 숨기려 하지 않았고, 나 역시 그것을 알고 있었다. 그런데도 그녀는 내가 무언가를 위해서 그녀에게 필요하다는 사실, 그리고 그 때문에 나를 애지중지하고 있다는 사실을 숨기지 않는 것이다. 우리들 사이에는 어떤 이상야릇한 관계가 맺어져 있었다. 다른 모든 사람들을 대할 때 그녀가 보이는 교만과 거만함을 고려한다면, 나를 대하는 그녀의 태도에는 이해하기 힘든 부분이 한두 가지가 아니었다. 예를 들어 그녀는 내가 자기를 미칠 듯이 사랑하고 있다는 것을 알고 있고 나의 욕구를 말하는 것까지도 허락한다. 하지만 이제 나에게는 그녀에 대한 나의 사랑을 거침없이 그리고 자유롭게 말하도록 내버려 두는 것은 그 어느 것보다도 심한 경멸이 되어 버렸다. 이건 분명한 사실이다. 그녀는 이렇게 말하는 것 같다. 〈네가 나와 어떤 얘기를 하든 그리고 내게 어떤 감정을 갖고 있든 난 전혀 상관이 없어. 그 정도로 너의 감정은 내게 아무것도 아니라는 거야.〉 전에도 그녀는 자신의 문제에 대해서 나와 많은 얘기를 나누었다. 하지만 그 어느 때도 정말로 솔직했던 적은 없었다. 뿐만 아니라 나에 대한 그녀의 경멸 속에는 이런 치밀함이 들어 있다. 가령 내가 그녀 생활의 속사정을 알고 있거나 아니면 그녀가 걱정하고 있는 무엇인가를 알고 있다는 사실을 그녀 자신이 알아차렸다고 하자. 그러면 그녀는 만일 자신의 목적을 위해서 어떻게든 나를 이용하지 않으면 안 될 경우에, 예컨대 심부름꾼이나 노예처럼 이용해야 할 경우에는 자신이 처해 있는 상황에 대해서 직접 얘기를 한다. 하지만 그녀는 언제나 꼭 알아야 할 만큼만, 그러니까 심부름에 이용되는 사람이 알아야 될 만큼만 얘기해 주는 것이다. 만일 내가 아직까지 사건의 전말을 모르고 있고 또 내가 그녀의 고통과 근심 때문에 함께 괴로워하고 있다는 사실을 그녀 자신이 알고 있을 경우, 그녀는 결코 친구처럼 허심탄회하게 나를 안심시켜 주려고 하지 않는다. 절대로 아니다. 이건 내 생각이지만, 비록 가끔이라 하더라도 성가시고 위험하기까지 한 일을 맡겨서 나를 부려 먹으려고 한다면, 그녀는 내게 숨김없이 털어놓을 의무가 있다. 이러니 내 감정에 대해서 그리고 나 또한 걱정하고 있다는 것에 대해서 그녀가 신경을 쓸 리가 있겠는가! 내가 어쩌면 그녀 자신보다 세 배는 더 많이 그녀의 근심과 실패로 인해 괴로워하고 염려하고 있을지도 모른다는 사실에 신경이나 쓰겠는가 말이다!

그녀가 룰렛 판에서 도박을 하려 한다는 사실을 나는 벌써 3주 전부터 알고 있었다. 그녀는 자신이 직접 도박을 하면 예절에 어긋나기 때문에 자기 대신에 내가 도박을 해야 할 것이라고 미리 알려 주기까지 했다. 그때 내가 그녀의 말투에서 알아챌 수 있었던 것은 그녀가 단지 돈을 따고 싶어하는 것만이 아니라 무언가 심각한 근심거리를 가지고 있다는 사실이다. 그녀에게 돈 그 자체가 무엇이란 말인가! 거기에는 어떤 노리는 것이 있다. 나 역시 짐작할 수 있지만 지금껏 모르고 있는 어떤 사정들이 있다. 나는 그녀의 손바닥 위에서 놀아나고 있다. 그 이유는 뻔하다. 내가 모욕을 당하면서도 그녀에게 맹종하기 때문이다. 어쩌면 내가 그녀에게 무례하고 노골적으로 물어볼 수 있는 것도 다 그 때문인지 모른다(그것도 아주 자주 말이다). 그녀한테 나는 노예일 뿐이고, 또 그녀의 눈에는 내가 너무도 하찮게 보이기 때문에 그녀는 나의 무례한 호기심에 화를 낼 필요가 없다. 하지만 문제는 설사 그녀가 질문을 허락한다 하더라도 그 질문에 답을 하지 않는다는 점이다. 어떤 때는 묻는 말에 전혀 신경을 쓰지 않을 때도 있다. 우리들의 관계는 정말 그렇다!

어제 하루 종일 우리는 이미 나흘 전에 뻬쩨르부르그로 발송되었는데도 답장이 오지 않는 전보에 대해서 많은 얘기를 나누었다. 보아하니 장군은 불안과 고민에 빠져 있는 듯했다. 두말할 것 없이 문제는 할머니였다. 프랑스인 역시 초조해 하고 있었다. 어제 점심 식사 후에는 오랫동안 모두가 진지하게 얘기를 나누기도 했다. 우리를 대하는 프랑스인의 말투는 유난히 오만하고 무관심했다. 〈테이블에 앉으니 다리마저 올려놓는다〉는 속담과 다를 것이 하나도 없다. 무례할 정도로 홀대하는 것은 뽈리나에게도 예외가 아니었지만, 그래도 그는 역(驛)에서 다 같이 하는 산책이나 기마 산책 그리고 교외로의 여행에는 기꺼이 참여했다. 프랑스인과 장군의 관계를 이어 주는 어떤 사정들에 대해 나는 오래전부터 알고 있었다.

두 사람은 러시아에 공장을 세우려고 계획하고 있었는데, 그들의 계획이 무산된 것인지 아니면 아직도 그 일에 대해 얘기가 오가는지는 알 수가 없다. 하지만 그것 말고도 나는 우연히 이 집안의 비밀 중 일부를 알게 되었다. 사실은 작년에 프랑스인이 장군을 곤경에서 구해 준 일이 있었다. 장군은 자기 자리를 후임자에게 인수인계하면서 부족한 공금을 메워 넣어야 했는데, 바로 이때 프랑스인이 장군에게 3만 루블을 내놓았던 것이다. 그러니 이제 장군은 프랑스인으로부터 압력을 받을 수밖에 없다. 그렇지만 지금, 바로 지금 이 모든 일에서 중요한 역할을 하는 사람은 역시 블랑슈 양이다. 내가 확신하건대 이것은 틀림없는 사실이다.

블랑슈 양은 대체 어떤 사람인가? 우리들 사이에서 그녀는 어머니를 모시고 있고 또 막대한 재산을 가진 고명한 프랑스 여자라고 알려져 있다. 그리고 그녀가 우리 후작의 친척뻘 되는 사람이라는 사실도 알려져 있는데, 그래 봐야 종자매 아니면 육촌 누이 정도의 아주 먼 친척이라는 것이다. 내가 파리로 여행을 떠나기 전까지 블랑슈 양과 프랑스인은 어찌 된 영문인지 훨씬 더 격식을 차리며 얘기를 나누었고, 또 지금보다 더 조심스럽고 미묘한 사이처럼 보였다. 하지만 지금 두 사람의 친분과 우정 그리고 유대감은 왠지 더 노골적이고 허물없어 보인다. 어쩌면 두 사람은 우리가 하는 일이 너무나 잘못된 것이라고 생각한 나머지 그다지 격식을 차리거나 숨길 필요가 없다고 느끼는지도 모를 일이다. 그저께부터 나는 미스터 에이슬리가 블랑슈 양과 그녀의 어머니를 눈여겨보고 있다는 것을 눈치 채고 있었다. 내가 보기에 그는 그 두 사람을 알고 있는 것 같았다. 심지어 우리의 프랑스인이 전에 미스터 에이슬리를 만난 적이 있는 것 같기도 했다. 하지만 미스터 에이슬리는 너무 소심하고 수줍음을 타며 또 말이 없었기 때문에 믿어도 별 문제가 없을 듯했다. 그가 집안의 소동을 밖에다 알리지는 않을 것이기 때문이다. 적어도 프랑스인만큼은 마지못해 미스터 에이슬리와 인사를 나누었을 뿐 그를 쳐다보는 일도 거의 없었다. 말인즉슨 그 사람을 두려워하지 않는다는 것이다. 이 또한 알 만한 일이다. 하지만 어째서 블랑슈 양마저도 좀처럼 그에게 눈길을 주지 않는단 말인가? 게다가 어제 후작이 무심결에 말을 내뱉었는데도 말이다. 함께 얘기하던 도중에, 무엇에 관해 얘기를 했는지는 다 기억하지 못하지만, 후작은 별안간 미스터 에이슬리가 엄청나게 큰 부자이며 자신은 그 사실에 관해서 알고 있다고 말한 것이다. 바로 이때 블랑슈 양이 미스터 에이슬리를 쳐다보았어야 하지 않겠는가. 이제 장군은 불안해 하고 있다. 아주머니의 죽음에 대한 전보가 장군에게 어떤 의미를 갖는지는 이제 불을 보듯 뻔한 일이다!

무슨 속셈이라도 있는 듯 뽈리나가 나와의 대화를 피하고 있는 게 분명하다는 생각이 들긴 했지만, 나 역시 무관심하고 차가운 태도를 보였다. 하지만 나는 혹시 그녀가 나에게 접근해 올지도 모른다는 생각을 버리지 않고 있었다. 그 대신 나는 어제와 오늘, 이틀 동안 블랑슈 양에게 모든 주의를 집중시켰다. 불쌍한 장군, 그는 완전히 망하고 말았다! 쉰다섯 살의 나이에, 그것도 그렇게 열정적으로 사랑을 한 것이 화근이다. 게다가 그의 홀아비 생활과 아이들, 완전히 황폐해진 영지(領地), 빚 그리고 그가 사랑할 수밖에 없었던 여자까지 더해 보라. 블랑슈 양은 미인이다. 만일 내가 〈그녀의 얼굴은 사람을 놀라게 하는 얼굴들 중 하나다〉라는 표현을 쓴다면 사람들이 날 이해할지 모르겠다. 최소한 나는 그런 여자들을 항상 두려워해 왔다. 아마도 그녀의 나이는 스물다섯쯤 되었을 것이다. 큰 키에 넓고 깎아지른 듯한 어깨, 목과 가슴이 풍만하고 피부색은 거무스름한 황갈색이다. 머리카락 색은 먹처럼 검고, 머리숱은 굉장히 많아서 두 번은 손질을 해야 할 것이다. 눈동자가 까맣고 눈의 흰자위는 누르스름하며 대담한 시선과 새하얀 이, 그리고 입술에는 언제나 루즈가 칠해져 있다. 사향 내음을 풍기는 그녀는 비록 멋을 부리고 뽐을 내면서 화려하게 옷을 차려입기는 했지만 그래도 대단히 운치가 있었다. 놀라울 만큼 고운 손과 발을 가졌고 목소리는 허스키의 저음이었다. 가끔 깔깔거리며 웃을 때는 치아를 훤히 드러내지만 평소에는 말없이 뻔뻔스럽게 바라보곤 했다. 최소한 뽈리나와 마리야 필리뽀브나가 있을 때에는 그렇다(이상한 소문이 있는데 마리야 필리뽀브나가 러시아로 떠난다는 것이다). 나는 블랑슈 양이 아무런 교육도 받지 못했고 어쩌면 영리하지도 못하며, 그 대신 의심이 많고 교활하다는 느낌이 들었다. 그녀의 인생 역시 파란이 없지는 않았던 것 같다. 미리 다 털어놓는다면, 혹시 후작은 블랑슈 양의 친척이 아니고 그 어머니도 진짜 어머니가 아닐지 모른다. 하지만 들리는 소문으로는, 어쨌든 베를린에 가면 그녀와 그녀의 어머니도 알고 지내는 몇몇 지체 높은 양반들이 있다는 것이다. 후작이라는 사람에 관해서 말한다면, 비록 나는 그가 후작이라는 사실을 아직까지도 의심하고 있지만, 그래도 모스끄바나 독일 어딘가에서는 그 또한 우리들의 모임과 비슷한 고상한 사교계에 드나든다는 것이 사실인 것 같다. 프랑스에서 그가 어떤 사람으로 행세하는지는 모르지만, 사람들의 말로는 그가 여섯 개의 성(城)을 가지고 있다고 한다. 나는 최근 두 주 동안 많은 일들이 일어날 것이라고 생각했다. 하지만 나는 블랑슈 양과 장군 사이에 무언가 결정적인 얘기가 있었는지 없었는지조차 분명히 모르고 있지 않은가? 이제 모든 것은 우리의 재산에 달려 있다. 장군이 그들에게 많은 돈을 보여 줄 수 있느냐 없느냐 하는 것에 달려 있다는 말이다. 예를 들어 만의 하나 할머니가 돌아가시지 않았다는 소식이 도착한다면, 확신하건대 블랑슈 양은 당장 자취를 감춰 버릴 것이다. 그런데 내가 이렇게 말 많은 수다쟁이가 된 것이 나 자신도 놀랍고 우습다. 아, 난 이 모든 것들이 싫다! 정말이지 속 시원히 모든 사람들과 모든 것들을 내팽개쳐 버렸으면 좋겠다! 하지만 정말 내가 뽈리나를 포기할 수 있을까, 정말로 내가 그녀를 따라다니며 첩자질을 하지 않고 배겨 낼 수 있을까? 첩자질은 물론 비겁한 짓이다. 하지만 그게 나와 무슨 상관인가!

어제와 오늘 나는 미스터 에이슬리에게도 호기심을 가졌다. 그렇다. 그는 뽈리나를 사랑하고 있는 것이 분명하다! 우습기도 하고 흥미롭기도 한 것은, 병적일 정도로 순결하고 수줍음을 타는 사람이 사랑에 감명받았을 때, 그 시선이 때로는 얼마나 많은 것을 표현하는가 하는 것이다. 그리고 바로 그때, 그 사람으로서는 말이나 시선으로 무언가를 표현하기보다는 차라리 땅속으로 꺼져 들어가는 것이 더 반가울 것임은 두말할 나위가 없다. 산책을 나가게 되면 우리는 무척이나 자주 미스터 에이슬리를 만나곤 한다. 모자를 벗어 들고 옆을 지나쳐 가지만 그는 우리 패거리에 끼고 싶어서 못 견뎌 하는 것이 분명하다. 그러나 만일 그를 부르기라도 하면 그는 당장에 거절하고 만다. 휴양지에서, 역에서, 음악회나 분수 앞에서 그는 우리가 앉아 있는 벤치에서 멀지 않은 어딘가에 반드시 멈추어 서 있고, 또 공원이든 숲속이든 슐란겐베르크든 우리가 어디에 있든 간에 그저 눈을 들어 주위를 둘러보기만 하면 그 어딘가에, 혹은 아주 가까운 오솔길에서 혹은 관목 숲 뒤에서 미스터 에이슬리는 몸을 삐죽 내밀고 있는 것이다. 내가 보기에 미스터 에이슬리는 나와 따로 이야기할 기회를 찾고 있는 것 같았다. 우리는 오늘 아침에 만나서 두어 마디를 나누었는데, 이따금 그는 왠지 모르게 아주 더듬더듬 이야기를 하는 것이다. 〈안녕하시오〉라고 채 말하기도 전에 그는 이렇게 이야기를 시작했다.

「아, 블랑슈 양! 난 블랑슈 양 같은 여자들을 많이 보았습니다!」

그는 말을 멈추고 의미심장하게 나를 바라보았다. 무슨 말을 하고 싶은 것인지 알 수가 없었다. 그게 무슨 뜻이냐는 내 물음에 그는 능글맞게 미소를 띤 채 고개를 끄덕였고 또 이렇게 덧붙였다. 「그냥 그렇다는 얘기지요. 뽈리나 양은 꽃을 아주 좋아하지요?」

「모릅니다.」 나는 이렇게 대답했다. 「전혀 몰라요.」

「세상에! 당신이 그걸 모르다니!」 그는 몹시 놀라면서 소리를 질렀다.

「모른다니까요. 절대 몰라요.」 나는 웃으면서 이렇게 되풀이했다.

「음, 어떤 묘한 생각이 드는군요.」 그는 고개를 끄덕이면서 앞으로 걸어 나갔다. 하지만 그는 만족스러운 표정이었다. 우리는 아주 서투른 프랑스어로 얘기를 나누었다.

제4장

 오늘 하루는 정말 어처구니없고 불쾌하고 우습기 짝이 없는 날이었다. 지금은 밤 열한 시. 나는 내 방에 앉아 기억을 되살리고 있다. 제일 먼저 생각이 난 것은 아침에 뽈리나 알렉산드로브나를 위해 어쩔 수 없이 다시 룰렛을 하러 간 일이었다. 나는 그녀의 돈 1백 60프리드리흐스도어를 전부 가지고 갔다. 하지만 여기에는 두 가지 조건이 있었다. 첫째, 나는 도박에서 딴 돈을 50대 50의 비율로 나누는 것을 원치 않겠다. 다시 말해서 만일 내가 돈을 딴다 하더라도 나는 한 푼도 갖지 않겠다는 것이었다. 둘째, 뽈리나가 도대체 무슨 이유로 그렇게 돈을 따야만 하는지, 또 얼마나 많은 돈을 따야 하는지를 직접 내게 설명해 달라는 것이다. 어쨌든 나는 그 이유가 단지 돈 때문만은 아닐 것이라는 생각이 들었다. 어떤 특별한 목적을 위해서, 그것도 가능한 한 빨리 돈이 필요한 것임에 틀림없다. 그녀가 그 이유를 설명해 줄 것을 약속하였기 때문에 나는 도박을 하러 갔다. 도박장에는 엄청나게 많은 사람들이 있었다. 정말이지 탐욕스럽고 뻔뻔스러운 사람들이다! 나는 사람들을 헤치고 가운데로 들어가 심판 옆에 멈추어 선 다음 동전을 두세 개씩 걸면서 조심스럽게 도박에 끼어들었다. 하지만 도박판이 돌아가는 광경을 지켜본 끝에 나는 눈치 챈 것이 있었다. 사실 계산이란 것은 별 의미가 없고, 또 많은 노름꾼들이 그것에 부여하는 만큼의 중요성도 전혀 갖지 못하겠다는 것이다. 그들은 줄이 그어진 종이를 들고 앉아서 구슬이 당첨되는 것을 유심히 살피다가 계산 끝에 기회를 잡아서 어림짐작으로 돈을 건다. 그 다음에는 우리들과 마찬가지로, 그러니까 계산도 하지 않고 도박을 하는 평범한 사람들과 마찬가지로 돈을 잃고 마는 것이다. 하지만 나는 틀림없다고 생각되는 한 가지 결론을 내렸다. 사실 우연한 기회들의 흐름 속에 체계가 있는 것은 아니지만 무언가 규칙이 있는 듯했다. 물론 그것은 아주 이상한 것인데, 말하자면 이렇다. 열두 개의 중간 숫자들 다음에 열두 개의 마지막 숫자가 등장하는데 가령, 마지막 열두 개 숫자가 당첨되고 나면 그 다음에는 최초의 열두 개 숫자로 넘어간다. 최초의 열두 개 숫자에 당첨된 다음에는 다시 중간의 열두 개 숫자로 넘어가고, 서너 번 연속해서 중간 숫자들에 당첨된 다음에는 다시 마지막 열두 개 숫자로 넘어가 여기서 두 번 당첨된 다음, 다시 최초의 숫자들로 넘어가서 다시 한번 최초의 숫자들에 당첨되고, 또 그 다음에 세 번 중간 숫자들에 당첨이 되는데, 결국 이런 식으로 한 시간 반이나 두 시간 동안 계속되는 것이다. 한 번, 세 번, 두 번, 또 한 번, 세 번, 두 번. 이건 아주 기가 막히는 일이다. 가령 어떤 날 낮이나 아침에는 거의 아무런 질서도 없이 빨간색이 나왔다가는 검은색이 나오고 또 그 반대의 상황이 연속된다. 다시 말해서, 빨간색이나 검은색이 연달아 두세 번 이상 당첨되는 일은 없다는 얘기다. 그런데 또 어떤 날 낮이나 저녁에는 빨간색 하나만 연달아서 나오는데, 심지어 스물

두 번 이상이나 연달아 나오는 일도 있었다. 그래서 어느 정도의 시간 동안, 가령 오후 내내 틀림없이 그렇게 되고 마는 것이다. 아침 내내 도박대 옆에 서 있던 미스터 에이슬리는 그것에 대해서 많은 것을 내게 설명해 주긴 했지만 자기 자신은 한 번도 돈을 걸지 않았다. 결국 나는 돈을 죄다 잃고 말았다. 그것도 눈 깜짝할 새에. 나는 당장 20프리드리흐스도어를 걸어서 다시 돈을 땄고, 이런 식으로 해서 두세 번을 더 이겼다. 생각해 보니 대략 5분 동안에 약 4백 프리드리흐스도어 정도가 내 수중에 들어온 것 같았다. 이쯤 해서 자리를 떴어야 했는데 나는 어쩐지 이상한 느낌이 들었다. 운명에 도전하고 싶은 생각이 들었고 또 그녀를 혼내 주고 약올려 주고 싶은 욕구 같은 것이 생겨난 것이다. 나는 걸 수 있는 가장 많은 돈, 4천 굴덴을 걸었지만 잃고 말았다. 그러고는 흥분한 나머지 남아 있던 돈을 모두 걸었는데 또 잃고 말았다. 나는 넋이 나간 사람처럼 멍해져서 뒤로 물러섰다. 내게 무슨 일이 일어났는지조차 알 수 없을 정도였다. 식사 시간이 다 되어서야 돈을 잃었다는 사실을 뽈리나 알렉산드로브나에게 밝힐 수 있었다. 그전까지는 계속해서 공원을 헤매고 다녔다.

그날 식사를 할 때 나는 사흘 전과 마찬가지로 흥분해 있었다. 프랑스인과 블랑슈 양이 또 한번 우리와 함께 식사를 했는데, 알고 보니 블랑슈 양은 아침에 도박장에 있었고 또 내가 동분서주하는 모습을 목격했다는 것이다. 어찌 된 영문인지 모르지만 이제 그녀는 나와 얘기를 나눌 때, 전보다 더 많은 관심을 보였다. 반면 프랑스인은 더 노골적으로 나왔다. 그 사람은 잃은 돈이 정말로 내 돈이냐고 솔직하게 물어 왔다. 뽈리나를 의심하고 있는 것 같았다. 한마디로 말해서 무언가 사정이 있었던 것이다. 나는 주저하지 않고 그 돈은 내 돈이었다고 거짓으로 대답했다.

장군은 몹시 놀라고 있었다. 대체 어디서 돈을 구했단 말인가? 나는 처음에 10프리드리히스도어로 시작했다고 말했다. 그리고 연달아 예닐곱 번을 두 배의 판돈으로 타구(打球)해서 5천에서 6천 굴덴까지 땄지만, 그 다음 두 번의 타구로 몽땅 잃고 말았다고 설명했다.

물론 이 모든 이야기는 그럴듯했다. 설명을 하는 도중에 내 시선은 뽈리나를 향하고 있었지만 그녀의 얼굴에서는 아무것도 알아차릴 수가 없었다. 그녀는 내가 거짓말을 하도록 내버려 두었고 내 말을 막으려 들지도 않았다. 결국 나는 그녀 대신 도박을 했다는 사실을 숨기기로 결심했고 어쩔 수 없이 거짓말을 하게 된 것이다. 어쨌든 그녀는 내게 설명을 해야만 했고, 얼마 전에는 그녀 또한 무언가를 털어놓겠다고 내게 약속한 바가 있었다.

나는 장군이 내게 무언가 주의를 줄 것이라고 생각했지만 그는 아무 말도 하지 않았다. 그 대신 그의 얼굴에서 불안하고 초조한 기색을 읽을 수 있었다. 궁지에 몰려 있는 그로서는 어쩌면 그런 어마어마한 금화 더미가 15분이라는 시간 동안에, 그것도 나처럼 앞뒤를 가리지 않는 멍청이의 손에 들어왔다가 금세 사라져 버렸다는 얘기를 끝까지 듣고 있기가 정말이지 괴로웠을지도 모른다.

내가 수상쩍게 여기는 것은, 어젯밤 그와 프랑스인 사이에 무언가 심한 다툼이 있지 않았는가 하는 것이다. 그들은 방 안에 틀어박혀서 무언가에 대해 오랫동안 열을 올리며 얘기를 나누었다. 프랑스인은 화가 난 사람처럼 휙 가버리더니 오늘 아침 일찍 다시 장군을 찾아왔다. 아마도 어제 못다 한 얘기를 계속하려고 왔을 것이다.

내가 돈을 잃게 된 경위를 끝까지 듣고 있던 프랑스인은 내가 좀 더 신중했어야 했다고 빈정거리듯이 주의를 주었는데, 그 태도는 독살스럽기까지 했다. 하지만 알 수 없는 것은 왜 그가 〈많은 러시아인들이 도박을 하는데, 내가 생각하기에 러시아인들은 도박할 능력도 없다〉라고 말했느냐는 것이다.

「하지만 제 생각에 룰렛은 러시아인들을 위해 고안된 것일 뿐입니다.」 나는 이렇게 말했다. 그리고 프랑스인이 내 대답에 대해 경멸하는 웃음을 지어 보였을 때 나는 내 말이 맞다고 주장했다. 그 이유는, 내가 도박하는 러시아인들에 대해 얘기할 때 칭찬보다는 욕을 하는 일이 많기 때문이다. 따라서 내 말을 믿어도 좋은 것이다.

「당신의 견해는 무엇을 근거로 하고 있습니까?」 프랑스인이 물었다.

「선행과 미덕에 대한 서유럽 문명인들의 교리 문답서 속에 자본 획득의 역사적 능력이 들어 있다는 사실, 그것도 거의 주된 항목으로 포함되어 있다는 사실에 근거하고 있습니다. 반면 러시아인은 자본을 획득할 재간이 없을 뿐만 아니라 어찌 된 일인지 무모하고 꼴사납게 자본을 낭비합니다. 하지만 어쨌든 우리 러시아인들에게도 돈은 필요합니다.」 나는 이렇게 덧붙여 말했다. 「그리고 바로 그 때문에 우리는 룰렛과 같은 수단들을 좋아하고 또 애타게 원하고 있는 것이지요. 룰렛에서는 애를 쓰지 않아도 두 시간 만에 별안간 부자가 될 수 있거든요. 우리가 대단한 매력을 느끼는 것은 바로 그 점입니다. 하지만 노력은 하지 않고 무모한 도박을 즐기는 탓에 돈을 잃고 마는 것이지요!」

「어느 정도는 맞는 말이군요.」 프랑스인은 자기 만족에 빠져 이렇게 말했다.

「아니야, 그건 옳지 않아. 그리고 자네가 자기 조국에 대해서 그런 식으로 논하는 것은 부끄러운 일이야.」 장군은 엄격하고 기운차게 말했다.

「무슨 말씀입니까?」 나는 그에게 대꾸를 했다. 「사실 어느 쪽이 더 추한 것인지는 아직 모르는 일입니다. 러시아의 망나니 짓이 더 나쁩니까 아니면 정당한 노력으로 돈을 모으는 독일식 방법이 더 나쁩니까?」

「정말 괘씸한 생각을 가지고 있구먼!」 장군이 소리를 질렀다.

「러시아인의 생각은 정말 대단하군!」 프랑스인도 소리를 질렀다.

나는 웃었다. 그들의 속을 뒤집어 놓고 싶어서 못 견딜 지경이었다.

「그런데 전 말이죠.」 나는 이렇게 큰 소리로 말했다. 「독일의 우상에게 절을 하느니 차라리 일평생 끼르끼즈의 천막 속에서 유목 생활을 하겠습니다.」

「무슨 놈의 우상이야?」 이제는 장난이 아닌 듯 장군이 화를 내면서 소리를 질렀다.

「독일식으로 부를 축재하는 수단 말입니다. 제가 이곳에 온 지 얼마 되지는 않습니다. 하지만 제가 이곳에서 알게 되고 또 확인할 수 있었던 사실은 제 속에 있는 따따르 인의 기질을 부채질하고 있다는 겁니다. 맹세코 저는 그런 미덕을 원치 않습니다. 전 어제 이곳 주위를 10베르스따[12]나 돌아다녔습니다.

글쎄요, 독일의 교훈적인 그림책에 나오는 것과 꼭 같더군요. 여기는 어디를 가든 모든 집에 아버지가 있는데, 지독하게 선하고 또 유난히 순결한 사람입니다. 그에게 다가가기가 두려울 정도로 순결하지요. 전 이제 그런 사람들에게는 두 손 들었습니다. 그런 아버지들은 한결같이 가족을 거느리고 있는데, 그 가족들은 저녁마다 소리를 내어 교훈적인 책들을 읽곤 하지요. 작은 집 위에는 느릅나무와 밤나무가 살랑거리며 소리를 내고 또 노을이 질 때면 지붕 위에 황새가 앉아 있습니다. 모든 것이 이상하리만치 시적이고 감동적이지요…….

장군님, 이제 화를 가라앉히셨으니 제가 좀 더 감동적인 얘기를 해드리겠습니다. 돌아가신 제 아버지께서도 매일 밤 작은 뜰에 있는 보리수 밑에서 저와 어머니에게 그 비슷한 책들을 읽어 주곤 하셨지요. 저는 그 일을 기억하고 있습니다. 그런 일이 있었기 때문에 저는 이 문제에 대해서 올바른 판단을 내릴 수가 있다는 말입니다. 말하자면 이곳에 있는 가족들은 모두가 혹사를 당하고 있고 아버지에게 종속되어 있습니다. 모두가 황소처럼 일하고 또 구두쇠처럼 돈을 모읍니다. 한 아버지가 이미 어느 정도의 굴덴을 모은 다음 자기 직업을 대물림하거나 아니면 자그마한 땅을 넘겨주기 위해서 맏아들에게 기대를 걸었다고 합시다. 그리하여 그 딸은 지참금을 받지 못해 시집도 못 간 채 남아 있고 둘째 아들은 노예로 팔리거나 아니면 군인으로 팔려 갑니다. 그리고 거기서 생긴 돈은 그 집의 재산이 되는 것입니다. 제가 여기저기 물어봤는데 이곳에서는 정말로 그런 일이 있다는군요. 하지만 이 모든 일들은 다름 아닌 명예심,

---

12 러시아에서 거리를 나타내는 단위. 1.067킬로미터에 해당한다.

그 끈질긴 명예심 때문에 일어나는 것입니다. 팔려 간 둘째 아들조차 자기가 명예 때문에 팔려 갔다고 믿을 정도니까요. 자신이 파멸의 길로 이끌리고 있다는 사실에 희생자 스스로가 기뻐할 지경이 되면 그것은 이미 하나의 이상(理想)이 되고 마는 것입니다. 그 다음에는 어떻게 되겠습니까? 그 다음에는 맏아들의 일 또한 쉽게 풀리지 않습니다. 그에게는 진실하게 맺어진 아말헨이라는 여자가 있지만 결혼을 할 수가 없습니다. 아직 결혼을 할 만큼의 돈이 모이지 않았기 때문이지요. 고매한 정신과 진실한 마음을 간직하고 기다려 보지만, 어쨌든 미소를 띤 채 파멸의 길로 나아가는 것은 그들도 마찬가지입니다. 이제 아말헨은 볼이 움푹 패이고 몸은 여위어 갑니다. 그런데 20년 정도가 지난 후에 드디어 재산이 불어나게 되었습니다. 청렴하고 선량하게 모은 굴덴들이지요. 아버지는 마흔 살이 된 맏아들과 서른다섯 살 먹은 아말헨을 축복합니다. 하지만 아말헨의 가슴은 말라 빠졌고 코는 빨갛게 되어 버리고 말았습니다. 이때 아버지는 눈물을 흘리며 교훈을 들려주고는 숨을 거둡니다. 이제 맏아들이 고결한 아버지가 되고 예전과 똑같은 역사가 다시 되풀이되는 것입니다. 이렇게 50년이나 70년이 지나면 첫 번째 아버지의 손자가 정말로 큰 재산을 모으게 되고 그 재산을 자기 아들에게 물려줍니다. 그 아들이 자기 아들에게, 또 그 아들이 자기 아들에게 물려주니, 다섯 세대나 여섯 세대가 지나고 나면 로스차일드 남작이나 호프 가(家),[13] 아니면 누가 될지는 모르지만 어쨌든 그런 사람들이 나오게 되는 것이지요. 자, 정말이지 장엄한 광경 아닙니까? 이건 그야말로

---

13 여기서 호프는 회사를 대표하는 사람의 이름을 딴 것임.

1백 년 아니 2백 년이나 이어져 내려오는 기질, 노력과 인내, 지혜와 청렴함, 강인함과 검소함, 그리고 지붕 위의 황새란 말입니다! 이제 무엇이 더 필요합니까? 그 이상은 아무것도 없습니다. 그들은 그런 관점에서 온 세상을 판단하기 시작하고 죄 많은 사람들, 그러니까 자신들을 조금이라도 닮지 않은 사람들을 당장에 처형하기 시작합니다. 문제는 바로 거기에 있는 것입니다. 이제 저는 차라리 러시아 식으로 추하게 놀아나는 것이 나을 성싶고, 그게 아니면 룰렛으로 돈벌이를 하고 싶습니다. 다섯 세대 후의 호프 가(家)가 되고 싶지는 않다는 말입니다. 제 자신을 위해서라도 제게 돈이 필요한 것은 사실입니다. 하지만 제 자신이 자본을 위해서 필요하다거나 아니면 자본에 종속되는 어떤 존재라고 여기지는 않습니다. 제가 무척이나 허풍을 떨었다는 것을 저도 알고 있습니다. 하지만 그래도 상관없습니다. 저의 신념이 그러니까요.」

「자네가 얘기한 것 중에 진실이 많이 있는지는 모르겠어.」 장군은 생각에 잠긴 듯이 말했다. 「하지만 내가 분명히 알 수 있는 것은, 자네를 조금이라도 멋대로 굴게 내버려 두면 그땐 참을 수 없을 정도의 우스운 짓을 하기 시작한다는 거야……」

언제나 그렇듯이 그는 말끝을 흐렸다. 우리 장군은 무언가에 대해서 얘기를 시작할 때 만일 그것이 평소의 예사로운 대화보다 조금이라도 더 의미심장한 것이면 절대로 얘기를 끝까지 하는 법이 없다. 프랑스인은 눈이 약간 휘둥그레졌으면서도 관심 없다는 듯 내 이야기를 듣고 있었는데, 무슨 말을 하는지 거의 못 알아듣고 있는 것 같았다. 어쩐지 도도하고 냉담한 태도로 바라보고 있는 뽈리나. 그녀는 내 얘기는 물론이고 그때 식사 중에 나온 이야기를 하나도 듣지 않은 것 같았다.

제5장

 이상한 일이었다. 깊은 생각에 잠겨 있던 그녀는 테이블에서 일어나 밖으로 나오기가 무섭게 함께 산책하러 가자고 내게 명령을 하는 것이었다. 우리는 아이들을 데리고 공원 분수로 향했다.

 나는 그날따라 흥분해 있던 터라 그만 〈어째서 우리 프랑스 양반 드 그리외 후작은 지금 당신이 어딘가 밖으로 나가고 있는데도 따라오지 않고 또 하루 종일 당신과 얘기를 하지 않는 것입니까〉 하고 어리석고도 무례한 질문을 내뱉고 말았다.

 「비열한 사람이니까 그렇죠.」 그녀는 이상한 대답을 했다. 그녀가 드 그리외에 대해서 그런 식으로 평하는 것을 나는 아직까지 한 번도 들어 본 적이 없었다. 왜 그렇게 화가 났는지 이유를 아는 것조차 두려웠던 나는 입을 다물고 말았다.

 「오늘 그 사람과 장군의 사이가 좋지 않다는 것을 알고 계셨습니까?」

 「어떻게 된 영문인지 알고 싶으신 거군요.」 그녀는 화가 나 있었고 무뚝뚝하게 대답했다. 「장군은 온통 그 사람에게 저당 잡힌 것투성이예요. 영지도 전부 그 사람 것이고요. 그리고 만일 할머니가 돌아가시지 않는다면 그 프랑스인은 주저하지 않고 자기가 저당 잡고 있는 것을 몽땅 거머쥐고 말 거예요.」

「아니 그럼 몽땅 저당 잡혔다는 얘기가 정말이란 말입니까? 듣기는 했지만 남김없이 저당 잡혔다는 사실은 몰랐습니다.」

「그렇게 하지 않고 되겠어요?」

「그렇다면 블랑슈 양과도 작별이군요.」 나는 이렇게 말했다. 「이제 그녀가 장군의 부인이 되기는 틀린 일입니다! 두고 보세요, 제가 생각하기에 장군은 너무도 그녀를 사랑한 나머지 만일 블랑슈 양이 자신을 버린다면 자살을 할지도 모른단 말입니다. 그 나이에 사랑에 빠지는 것은 위험한 일이에요.」

「제가 보기에는 장군에게 무슨 일이 생길 것만 같아요.」 뽈리나 알렉산드로브나는 생각에 잠긴 듯 말했다.

「얼마나 멋진 일입니까! 그녀가 돈 때문에 그와 결혼하려 했다는 사실을 이보다 더 뻔뻔스럽게 드러낼 수는 없을 것입니다. 예의라곤 찾아볼 수도 없고 격식을 차리려고 하지도 않았단 말입니다. 놀라운 일입니다! 그리고 할머니에 관해서는 더 어처구니없고 추악한 것이, 어떻게 쉴 새 없이 전보를 보내면서 죽었나? 죽었어? 하고 물어볼 수가 있단 말입니까? 예? 당신은 아무렇지도 않습니까, 뽈리나 알렉산드로브나?」

「전부 쓸데없는 일이에요.」 그녀는 내 말을 가로채고는 혐오스럽다는 듯이 말했다. 「오히려 전 당신이 왜 그렇게 들떠 있는지 이상해요. 뭐가 그렇게 즐겁죠? 내 돈을 다 날린 것이 기분좋은 건가요? 정말 그래요?」

「그럼 왜 당신은 그 돈을 내게 줘서 다 잃게 만들었습니까? 전 다른 사람을 위해서는 도박을 할 수 없다고 말씀드렸습니다. 더구나 당신을 위해서는요. 비록 제가 당신의 명령에 따르고 있기는 하지만 그 결과는 저한테 달린 것이 아닙니다. 소용

없는 일이라고 미리 말씀드리지 않았습니까? 혹시 너무 많은 돈을 잃어서 속이 상한 것은 아닙니까? 말씀해 주세요. 도대체 무슨 이유로 그렇게 많은 돈이 필요한 것입니까?」

「왜 그런 걸 묻죠?」

「당신이 제게 털어놓겠다고 약속을 했는데…… 자, 잘 들으세요. 확신하건대, 만일 제 자신을 위해서 도박을 한다면, 제게는 12프리드리히스도어가 있군요, 전 이길 수 있을 것입니다. 그렇게 되면 당신에게 필요한 만큼을 제게서 가져가세요.」

그녀는 경멸하는 듯한 표정을 지어 보였다.

「이런 제안을 한다고 해서 제게 화를 내지는 마세요.」 나는 계속해서 얘기했다. 「전 당신 앞에서는, 당신 눈앞에서는 너무나 하찮은 존재입니다. 그리고 그런 의식이 제 속에 깊이 박혀 있기 때문에 당신은 제게서 돈을 받아도 되는 겁니다. 제가 드리는 선물에 모욕감을 느껴서는 안 됩니다. 게다가 전 당신 돈을 죄다 잃었잖습니까.」

그녀는 얼른 나를 쳐다보았다. 내가 약을 올리면서 빈정거리는 투로 얘기하고 있다는 것을 알아채고는 다시 얘기를 가로막았다.

「내가 처해 있는 사정은 당신에게 아무런 흥미도 주지 못해요. 그래도 아시고 싶으시다면 말씀드려야죠. 돈을 빌려 썼는데 난 그 돈을 갚고 싶은 거예요. 어리석고 이상한 생각이기는 하지만 난 도박판에서 반드시 이길 거라고 생각했어요. 왜 그런 생각이 들었는지 알 수 없지만 난 믿었어요. 어쩌면 내게는 달리 선택할 길이 없었기 때문에 그렇게 믿을 수밖에 없었는지도 몰라요.」

「아니면 너무나도 돈을 따야 했기 때문이든가요. 그건 물에 빠진 사람이 지푸라기를 잡는 것이나 마찬가지입니다. 만일 그 사람이 물에 빠지지 않는다면 지푸라기를 나뭇가지라고 생각하지는 않을 테니까요. 그렇죠?」

뽈리나는 깜짝 놀라고 말았다.

「당신도 똑같은 것을 원하고 있는 거 아니에요?」 그녀는 이렇게 되물었다. 「2주 전에 당신은 이곳의 룰렛 판에서 돈을 딸 것이라고 장담했고, 또 당신을 미쳤다고 생각하지 말아 달라고 나를 설득했어요. 그것도 장황하게 늘어놓으면서 말이에요. 그게 바로 당신 아니었던가요? 아니면 그때 농담을 하신 건가요? 하지만 당신은 아주 진지하게 얘기했어요. 농담으로 받아들일 수가 없었단 말이에요.」

「그건 사실입니다.」 나는 생각에 잠기며 대답을 했다. 「전 지금까지 제가 이길 것이라고 굳게 믿고 있었습니다. 그리고 오늘의 그 어리석고 수치스러운 패배를 당하고서도 어째서 이렇게 태연할까 하는 질문을 스스로에게 던지지 않을 수 없다는 것도 솔직하게 인정합니다. 하지만 그래도 전 확신합니다. 저 자신을 위해 도박을 한다면 분명 이길 것이라고요.」

「어째서 그렇게 철석같이 믿고 계신 거죠?」

「정 알고 싶으시다면 하는 수 없죠. 저도 모릅니다. 제가 알 수 있는 것은 다만 이겨야 한다는 것이고, 또 그것만이 유일한 탈출구라는 것입니다. 글쎄요, 어쩌면 반드시 이겨야만 하기 때문일지도 모르겠습니다.」

「그러니까 당신 역시 돈이 상당히 필요한 것이군요. 당신이 그렇게 맹목적으로 믿고 있다면 그런 거 아니에요?」

「우리 내기합시다. 당신은 제가 심각할 정도로 무언가를 필요로 하고 있다는 것이 의심스러운 거죠?」

「난 아무래도 괜찮아요.」 뽈리나는 낮은 목소리로 무뚝뚝하게 대답했다. 「정 알고 싶으시다면, 예, 그래요. 당신이 어떤 일로 심각하게 괴로워한다는 것이 난 믿기지 않는 거예요. 당신도 괴로워할 수는 있겠지만 심각한 건 아니올시다예요. 당신은 제멋대로이고 또 갈피를 못 잡는 사람이잖아요. 당신에게 돈이 왜 필요하죠? 그때 당신이 내게 늘어놓았던 이유들을 다 꼽아 봐도 심각한 것이라곤 전혀 없었단 말이에요.」

「그런데,」 나는 그녀의 말을 가로챘다. 「말이 나온 김에 하는 말이지만, 당신은 제게 빚을 갚아야 한다고 말했습니다. 빚이라, 그거 좋지요! 그게 프랑스인에게 돌아가는 것은 아닙니까?」

「그 따위 질문이 어디 있어요? 당신 오늘따라 지나치시군요. 취한 거 아니에요?」

「당신도 아시다시피 전 뭐든지 다 얘기합니다. 그리고 때로는 아주 노골적으로 물어보지요. 다시 얘기하지만, 전 당신의 노예이고 노예에게는 부끄러워하지 않는 법입니다. 노예에게 모욕을 당한다는 것도 말이 안 되고요.」

「쓸데없는 소리 마요! 이제는 당신의 〈노예〉 이론에 견딜 수가 없어요.」

「제가 당신의 노예가 되고 싶어서 노예 얘기를 하는 게 아니라는 것을 알아 두십시오. 저는 단지 사실에 대해서, 제가 어떻게 할 수 없는 사실에 대해서 이야기하는 것뿐입니다.」

「똑바로 얘기해요. 어디에 돈이 필요한 거예요?」

「왜 그것을 알려고 합니까?」

「좋으실 대로 생각하세요.」 그녀는 거만하게 머리를 움직여 보이면서 대꾸를 했다.

「당신은 노예 이론은 못 참으면서도 그것을 요구하고 있습니다. 〈대답은 하되 따져서는 안 된다!〉 좋습니다. 상관없어요. 왜 돈이 필요하냐고 물으셨나요? 왜라니오? 돈이 전부 아닙니까!」

「알고 있어요. 하지만 돈을 원한다 해도 그렇게까지 미쳐 버리면 안 되는 거예요! 당신은 광분하고 있고 운명론까지 언급하고 있어요. 거기엔 무언가가 있어요. 무슨 특별한 목적이 있단 말이에요. 얘기를 돌리지 마요. 제발 부탁이에요.」

그녀는 화가 나기 시작한 것 같았다. 하지만 나로서는 그녀가 그렇게 화를 내며 캐묻는 것이 너무도 기분좋은 일이었다.

「물론 목적이 있습니다.」 내가 말을 꺼냈다. 「하지만 어떤 목적인지 설명을 할 수가 없습니다. 돈만 있다면 제가 당신의 노예가 아닌 다른 사람으로 될 수 있다는 것 외에는 아무것도 없습니다.」

「어떻게요? 당신이 어떻게 그런 일을 해낼 수 있단 말이죠?」

「어떻게 하느냐고요? 어떻게 하면 당신이 저를 노예로 보지 않게 할 수 있는지를 모른다니 기가 막히는군요! 정말이지 당신이 그렇게 놀라고 의아해 하는 것부터가 전 싫습니다.」

「당신은 노예가 되는 것이 즐거움이라고 말했어요. 그래서 나도 그렇게 생각했던 거예요.」

「그렇게 생각하셨단 말이죠.」 나는 이상한 쾌감을 맛보면서 소리를 질렀다. 「아, 당신에게 이렇게 순진한 면이 있었다니 놀랍군요! 아 그래요, 맞아요. 당신에게서 노예 대접을 받는 것은 즐거운 일입니다. 극도로 업신여김을 당하는 것, 그리고 극도로 보잘것없는 존재가 되는 것도 즐거움일 수 있단 말입니다!」 나는 계속 헛소리를 지껄였다. 「혹시 압니까, 채

찍이 등을 내리쳐서 살점을 뜯어낼 때 바로 그 채찍에 즐거움이 있을지 말입니다……. 그렇지만 전 그것과는 다른 쾌락을 찾고 있는지도 모릅니다. 왜 요전에 식사를 할 때 당신이 보는 앞에서 장군이 설교를 들려준 일이 있었죠? 어쩌면 연봉 7백 루블의 돈을 못 받게 될지도 모른다고 말이에요. 그때 드 그리외 후작은 눈썹을 치켜 올리며 나를 뜯어보았지만 사실 제 속을 알아차리지는 못했습니다. 하지만 저는 저대로 당신이 보는 앞에서 드 그리외 후작의 코를 납작하게 만들고 싶어서 안달이 나 있었는지도 모르지 않겠습니까?」

「젖비린내 나는 얘기군요. 사람은 어떠한 상황에서도 품위를 지킬 수가 있어요. 만일 어떤 사람이 싸움을 하고 있다면 그 싸움으로 인해 자기 자신이 깎이는 것이 아니라 오히려 더 고상해지는 거란 말이에요.」

「정말 고리타분한 생각이군요! 당신은 제가 품위를 지킬 줄 모른다는 쪽으로만 생각하고 계신 겁니다. 다시 말해서 아마도 내가 훌륭한 사람이기는 하지만 품위를 지킬 줄은 모른다고 생각하는 것이죠. 하지만 그럴 수 있다는 것을 당신도 알고 계시죠? 그래요. 러시아 사람들은 모두 그렇습니다. 그리고 그 이유도 알고 있습니다. 러시아인들은 그 재능이 너무 많고 다양해서 자신에게 알맞은 형식을 발견하지 못하는 거예요. 여기서 문제는 바로 형식에 있습니다. 우리 러시아인들은 대부분 풍부한 재능을 가지고 있기 때문에 적절한 형식을 갖추기 위해서는 천재적인 능력이 필요합니다. 아, 그런데 대개는 그 천재적 능력이라는 것이 잘 안 나타나지 뭡니까. 왜냐하면 그게 흔하지 않기 때문이지요. 단지 프랑스인들과 몇몇 다른 유럽 민족들에게만 그 형식이 잘 정해져 있을 뿐입니다. 하지만 그들은 대단히 품위가 있어 보이면서도 또 대단히 보잘것없는 사람일 수도 있습니다. 그들의 형식이 그렇게 많은 것을 의미하는 것도 바로 이런 이유 때문입니다. 프랑스인은 말입니다, 진정한 모욕에는 얼굴도 찡그리지 않고 참아 넘기지만 코를 튕겨 주면 조금도 참지 못합니다. 그것이야말로 모두가 인정하고 있는, 영원히 빛날 예절의 형식을 깨뜨리는 것이기 때문이지요. 우리 아가씨들이 프랑스인이라면 사족을 못 쓰는 것도 그들의 형식이 근사하기 때문입니다. 내 생각에 러시아에는 어떤 형식도 없고 단지 수탉, 갈리아 le coq gaulois의 수탉만이 있을 뿐입니다. 덧붙여 말한다면 나는 이것을 이해할 수 없다는 것입니다. 나는 여자가 아니기 때문이죠. 나는 허풍만 떠는데, 당신은 나의 말을 중단시키지 않는군요. 당신과 얘기할 때 내가 모든 것을 전부 말하고 싶어하면 가끔 나를 중단시켜 주십시오. 나는 모든 형식을 잊어버렸습니다. 형식뿐만 아니라 그것이 지니는 가치에도 동의하지 않습니다. 이것에 대해 당신께 설명해 드리겠습니다. 형식이 지니는 가치에 대해서는 신경 쓰지 마세요. 이제 모든 것은 중단되었습니다. 왜 그런지는 당신도 잘 알고 있을 겁니다. 나의 머릿속에는 인간적인 사고라고는 하나도 없습니다. 나는 러시아에서는 아무 일도 일어나지 않으리라는 것을 오래 전에 알았어요. 드레스덴에 다녀왔는데, 나는 드레스덴을 이해할 수 없었습니다. 그곳에서 무엇이 나를 사로잡았는지 당신은 알 겁니다. 나는 어떠한 희망도 가질 수 없었고, 그곳은 당신이 본 대로 아무런 의미도 없었습니다. 그리고 나는 〈가는 곳마다 어디에서나 당신만을 보았고, 모든 것은 나에게 그대로 남아 있었던〉 겁니다. 무엇 때문에 내가 당신을 그렇게 사랑하고 있는지 저도 모르겠군요. 혹시 당신은 모든 것이 잘 못되어 가고 있다고 생각하고 있는 건 아닌가요? 자신에게 물어보세요. 저는 당신이 좋아하고 있는지 아닌지 얼굴 표정으로는 도무지 알 수가 없습니다. 확신하건대, 아마도 당신은 마음속으로 제 말이 고상하지 못하고 생각은 천박하다고 여길 것입니다.」

「당신은 나를 돈으로 계산해서 사려고 하는 것 같군요.」 그녀가 말했다. 「내가 귀족 출신이라는 것을 믿지 않는 거예요?」

「내가 당신을 돈으로 계산해서 사려고 하다니오?」 나는 소리쳤다.

「당신은 쓸데없는 말을 지껄여 대면서 혼란스러운 상태예요. 만약 당신이 돈으로 나를 사지 않는다면 당신은 돈으로 나의 존경심을 사려고 하는 거예요.」

「아, 아니에요. 그런 말이 아니에요. 나에게도 설명하기 어려운 것을 나는 당신에게 말했습니다. 당신은 나를 놀라게 하는군요. 나의 수다에 대해 화내지 마십시오. 왜 화를 내서는 안 되는지 당신은 알고 있습니다. 왜냐하면 나는 단순히 미친 거니까요. 당신이 화를 낸다 하더라도 상관없습니다. 무엇 때문에 당신이 나에게 화를 냅니까? 무슨 이유로 내가 나 스스로를 노예처럼 불러야 합니까? 이용하세요, 나의 맹종을 이용하세요, 이용하시라고요. 언젠가 내가 당신을 죽일지도 모른다는 것을 당신은 혹시 알고 계십니까? 죽이지 않는다면 그것은 사랑이 식었거나 질투심이 생겼기 때문일 것이고, 죽인다면 나는 종종 당신을 고통받게 하고 싶은 유혹을 받았기 때문일 것입니다. 당신은 웃고 계시군요……..」

「결코 웃고 있는 게 아니에요.」 그녀는 분노에 차서 말했다.

「나는 당신에게 침묵하라고 명령하는 겁니다.」

그녀는 화가 치민 나머지 숨을 겨우 내쉬며 말을 멈추었다. 다행히도 나는 그녀의 기분이 어땠는지 모른다. 하지만 그녀가 내 앞에서 그렇게 침묵하고 있을 때 나는 그녀를 바라보는 것을 좋아했고, 그녀에게 분노를 불러일으키는 것을 좋아했다. 아마 그녀는 그것을 눈치 챘을 것이고, 일부러 화를 냈을 것이다. 나는 그녀에게 이렇게 모두 말해 버렸다.

「얼마나 너저분한지!」 그녀는 혐오스럽다는 투로 말했다.

「상관없습니다.」 그러나 나는 계속했다. 「당신은 알고 계실지 모르지만, 지금 당신은 두 배로 위험하게 돌아다니고 있어요. 무언가가 당신을 내 곁에 앉혀 두도록 불가항력적으로 여러 번 나를 끌어들였어요. 이것은 나를 사납게 했고, 숨쉬는 것조차 힘들게 했습니다. 당신은 무엇을 생각합니까, 여기까지 미치지는 못했지요? 당신은 나를 정열적인 상태로까지 끌고 갔습니다. 추문을 일으키지도 않았는데 벌써 내가 약간 두려워하고 있는 건가요? 분노는 당신의 것입니까? 나는 아무런 바람도 없이 당신을 사랑합니다. 앞으로 1천 번도 넘게 이 말을 할 것이고, 당신을 사랑하리라는 걸 나는 알고 있어요. 만약 내가 언젠가 당신을 죽인다면 나 자신도 죽이고 말 거예요. 당신을 느끼지 못하는 참을 수 없는 고통 때문에 내가 어떻게 자신을 죽이지 않을 수 있겠습니까? 당신은 믿을 수 없는 일이라고 할지도 모릅니다. 나는 당신을 하루하루 더 사랑하고 있어요. 이것은 정말 거의 불가능한 일이죠. 그리고 나서 내가 어떻게 운명론자가 되지 않을 수 있겠어요? 슐란겐베르크에서 내가 사흘 동안 〈말 좀 하세요. 저는 이런 지옥 상태에서 탈선해 버릴 것만 같아요〉라고 했던 말을 당신은 기억하세요? 만약 당신이 그때 얘기를 했더라면 나는 탈선하지 않았을 텐데. 내가 견딜 수 없었다는 것을 당신은 정말 믿지 않는다는 말인가요?」

「아, 정말 어리석은 수다쟁이야.」 그녀가 소리쳤다.

「누구도 지금까지 나에게 어리석다거나 현명하다는 말을 한 적이 없었어요.」 나는 큰 소리로 말했다. 「나는 당신 앞에서 언제나 수다스럽게 말해야 한다는 것을 알고 있어요. 나는 당신 앞에서 모든 것을 상실했지만 상관없어요.」

「무엇이 당신을 슐란겐베르크로 오게 했나요?」 그녀는 분명히 모욕하는 투로 건조하게 말했다. 「그것은 정말로 저에게 무익했어요.」

「대단하군요.」 나는 또 소리쳤다. 「당신은 나에게 용기를 북돋아 주려고 일부러 대단히 〈무익한〉이라고 말했습니다. 나는 당신을 꿰뚫어 보았어요. 무익하게 당신은 말하고 있군요. 그러나 정말 쾌락이나 희열은 언제나 유익하고, 야생적인 끝없는 권력조차 역시 일종의 독특한 향락입니다. 인간은 자연의 폭군이며 박해자가 되는 것을 좋아했어요. 당신은 이것을 지나치게 즐기고 있습니다.」

나는 그녀가 특별히 긴장된 집중력으로 나를 주시하고 있었던 것을 기억한다. 그때 나의 얼굴에는 모든 어리석고 졸렬한 느낌이 다 드러났다. 나는 지금 내가 여기에 쓴 것처럼 실제로 말과 말이 오가야 대화가 된다고 생각한다. 나의 눈은 핏발이 서 있고 입술은 말라서 꺼칠해져 있었다. 명예를 걸고 맹세하건대, 그때 만약 그녀가 나에게 〈꺼져 버리라〉고 명령했다면 나는 꺼져 버렸을 텐데! 만약 농담으로, 경멸적으로, 모욕적으로 나에게 그렇게 말했다면 나는 급히 사라졌을 것이다.

「아니에요. 도대체 내가 왜 당신을 믿습니까?」 가끔 그녀는 불쑥 정확한 발음으로 그렇게 고상하게 말했고, 그 순간 나는 그녀를 존경했다. 다행스럽게도 그 순간 나는 그녀를 죽일 수 있었다. 그녀는 위험에 빠져 있었다. 여기에 대해서는 나도 동의할 수 없었다.

「당신, 겁쟁이 아니에요?」 그녀가 갑자기 나에게 다시 물었다.

「모르겠어요. 아마 겁쟁이일 거예요. 모르겠어요……. 오랫동안 그것에 대해 생각해 보지 않았어요.」

「만약 내가 당신에게 이 사람을 죽이시오, 하고 말한다면 당신은 그를 죽일 수 있을까요?」

「누구를요?」

「내가 누구를 원하든…….」

「프랑스인을요?」

「묻지 말고 대답만 하세요. 내가 지목하는 사람을 죽일 수 있겠어요? 알고 싶어요, 당신 지금 진정으로 얘기하고 있는 거예요?」

그녀가 너무나 심각하고 초조하게 대답을 기다리고 있었기 때문에 나는 왠지 이상한 느낌이 들었다.

「자, 이곳에서 무슨 일이 벌어지고 있는지 이제야 털어놓으시는군요!」 나는 소리를 질렀다. 「왜 당신은 저를 두려워합니까? 저 역시 이곳에서 일어나고 있는 소동을 다 보고 있습니다. 당신의 양아버지는 블랑슈 양이라는 한 악마에 대한 애욕으로 더럽혀지고 미쳐 버렸어요. 다음에는 바로 그 프랑스인, 당신에게 알 수 없는 영향력을 미치고 있는 사람이 있습니다.

그리고 지금 당신이 아주 심각하게 그런 질문을 던지고 있습니다. 하다못해 알고는 있어야 할 것 아닙니까? 그렇지 않으면 전 당장에 미쳐 버릴 것이고 또 무슨 짓을 할지도 모릅니다. 혹시 당신은 제게 털어놓는 것을 부끄럽게 여기시는 것 아닙니까? 정말로 당신이 제게 부끄러운 감정을 가진단 말입니까?」

「당신하고는 도저히 그런 얘기를 할 수가 없어요. 난 당신에게 물었고 이렇게 당신 대답을 기다리고 있단 말이에요.」

「물론,」 나는 고함을 질렀다. 「죽이고말고요. 당신이 제게 명령만 한다면 그렇게 하지요. 하지만 정말 할 수 있겠습니까…… 정말 명령을 내릴 수 있겠느냐고요?」

「내가 당신을 불쌍히 여길 것 같아요? 당치도 않은 생각이에요. 명령하겠어요. 그리고 지켜보겠어요. 당신이 그것을 견딜 수 있을까요? 아니에요. 당신은 그럴 리가 없어요. 당신은 아마 명령대로 그 사람을 죽일 거예요. 하지만 그 다음에는 내가 감히 당신을 보냈다는 사실에 앙심을 품고 나까지도 죽이려고 찾아올 거예요.」

이 말을 들었을 때 나는 무언가에 머리를 얻어맞은 듯한 느낌이 들었다. 물론 나는 평소와 마찬가지로 그녀의 질문을 반은 농담으로 반은 도전으로 받아들이고 있었다. 하지만 그렇게 받아들이기에는 그녀의 태도가 너무나 심각했다. 어쨌든 내가 놀란 것은 그녀가 그렇게까지 자기 생각을 털어놓았다는 사실이고, 또 그녀가 나에 대해 그토록 많은 권리를 가지고 있고 나에 대해 대단한 영향력을 행사하고 있다는 점에 대해 그녀 스스로가 동의하고 있다는 사실, 그리고 〈파멸의 길로 나아가세요, 나는 한쪽에서 지켜보겠어요〉라고 솔직하게 얘기했다는 사실이다. 이 말들 속에는 무언가 냉소적이고 노골적인 것이 있었다. 하지만 내가 생각하기에 그것은 이제 너무도 지나친 것이 되어 버렸다. 그렇다면 이제 그녀는 나라는 인간을 도대체 어떻게 바라보고 있는 것일까? 그것은 이미 노예나 하찮은 존재의 경계를 넘어서 있었다. 하지만 그런 시선을 받고 있으면서도 그녀를 멀리할 수 없는 것은 무엇 때문일까. 우리가 주고받은 대화는 정말 괴상망측했고 또 믿기지도 않는 것이었다. 하지만 나는 가슴이 떨렸다.

그녀는 별안간 깔깔거리며 웃기 시작했다. 그때 우리는 마차가 멈춰 서서 사람들을 역 앞 가로수 길에 내려놓는 장소의 바로 맞은편 벤치에 앉아 있었고, 아이들이 우리 앞에서 놀고 있었다.

「저기 뚱뚱한 남작 부인이 보이죠?」 그녀가 큰 소리로 말했다. 「부르머헬름 남작 부인이에요. 그녀는 이곳에 온 지 사흘밖에 안 되었죠. 그녀의 남편을 보세요. 손에 지팡이를 잡고 있는 키 크고 마른 프러시아인 말이에요. 그저께 저 사람이 우리를 유심히 훑어보던 일 기억하세요? 지금 당장 남작 부인에게로 걸어가서 모자를 벗고 무언가 프랑스 말로 그녀에게 말을 걸어 보세요.」

「무엇 때문에요?」

「당신은 슐란겐베르크에서 뛰어내리겠다고 맹세했어요. 또 내가 명령하면 살인을 할 각오도 되어 있다고 맹세했어요. 하지만 그런 식의 살인과 비극들은 전부 집어치우고 난 그저 잠시 웃고 싶을 뿐이에요. 딴소리 하지 말고 걸어가세요. 남작이 당신을 지팡이로 두들겨 패는 모습이 보고 싶어요.」

「나에 대한 도전이군요. 내가 못할 것 같습니까?」

「예, 도전이에요. 걸어가세요. 정말이지 보고 싶군요!」

「좋습니다. 괴상망측한 몽상이기는 하지만, 가지요. 한 가지만 일러두는데 장군에게 불쾌한 일이 생기지 않도록 해야 됩니다. 또 그 때문에 당신에게도 그런 일이 생겨서는 안 되고요. 맹세하지만 전 제 자신을 걱정하는 게 아닙니다. 당신과 장군을 염려하는 것입니다. 여자를 욕보이러 가다니 도대체 무슨 말도 안 되는 짓이란 말입니까?」

「아니에요. 내가 보기에 당신은 허풍쟁이에 불과해요. 아까 당신 눈에 핏발이 서기는 했어요. 하지만 그건 어쩌면 당신이 식사를 할 때 술을 너무 많이 마신 탓인지도 모르죠. 이 일이 멍청한 짓이라는 것, 그리고 나중에 장군이 화를 내게 되리라는 것을 내가 모를 것 같아요? 난 그저 웃고 싶을 뿐이에요. 예, 그러고 싶은 것뿐이에요. 그리고 당신이 어떻게 여자를 욕보일 수 있겠어요? 오히려 당신이 지팡이에 얻어맞을 텐데요.」 그녀는 경멸하듯 말했다.

나는 돌아섰다. 그리고 아무 말없이 그녀가 시키는 일을 하러 갔다. 물론 그것은 어리석은 짓이었지만 그렇다고 도망칠 수도 없는 노릇이었다. 하지만 내 기억으로는, 내가 남작 부인에게 가까이 다가가기 시작했을 때, 무언가가 내 자신을 충동질하는 것 같았다. 어린애 같은 장난기가 발동한 것이다. 급기야 나는 술에 취한 듯이 흥분하고 말았다.

제6장

그 어리석었던 날로부터 벌써 이틀이 지났다. 고함소리와 소동, 소문 그리고 쿵쾅거리는 소리, 정말 대단했다! 이 모든 것들은 그야말로 무질서와 혼란, 어리석음과 천박함 그 자체였는데, 모든 원인은 바로 나에게 있었다. 하지만 가끔은 이 모든 일들이 우스꽝스럽게 보일 때가 있다. 적어도 나에게는 말이다. 나는 내게 일어난 일들을 똑똑히 이해할 수가 없다. 내가 정말 광분한 상태에 있는 것인지, 아니면 그저 상도(常道)를 벗어나서 줄에 묶일 때까지 소란을 피우고 있는 것인지 알 수가 없었다. 때로는 내 머리가 이상한 것 같기도 했다. 또 때로는 내가 아직 어린 시절이나 학창 시절에서 멀리 벗어나지 못해서 그저 버릇없이 장난을 치고 있는 것 같기도 했다.

뽈리나다. 언제나 뽈리나다! 그녀가 아니었다면 이런 철없는 장난은 하지 않았을지도 모른다. 아니 어쩌면 내가 절망감에 빠져 있었기 때문에 이 모든 일들을 저지른 것일 수도 있다. 이렇게 판단하는 것이 바보 같기는 하지만 말이다. 그런데 알 수가 없다. 그녀의 어떤 점이 매력적인지 도무지 알 수가 없다. 하지만 그녀는 아름답다. 정말 아름답다. 아름답다는 느낌이 든다. 다른 사람들도 그녀에게는 맥을 못 춘다. 큰 키에 균형 잡힌 몸매. 아주 날씬하다. 그녀의 온몸은 매듭처럼 묶을 수 있을 것도 같고 아니면 둘로 접어 놓을 수 있을 것도 같다. 그녀의 발자국은 폭이 좁고 길다. 참을 수가 없게 만든다. 정말이지 참을 수가 없다. 머리카락은 불그스레한 빛을 띠고 있고 눈은 진짜 고양이 눈이다. 하지만 그런 눈으로 정말 당당하고 도도하게 바라볼 줄 아는 사람이 바로 그녀이다. 넉 달 전 내가 가정교사로 막 취직했을 무렵이다. 어느 날 밤 그녀는 홀에서 드 그리외 씨와 길고 열띤 대화를 나누고 있었다. 그리고 아까 말한 것과 같은 눈빛으로 그 사람을 바라보고 있었다……. 나중에 나는 잠자리에 들려고 방으로 가서 그녀가 그 사람의 뺨을 때리는 장면을 상상했다. 뺨을 때리면서도 그녀는 그 사람을 그렇게 바라보고 있는 것이다. 바로 그날 밤부터 나는 그녀에게 빠져 버렸다.

이제 아까의 얘기로 돌아가자.

나는 좁은 골목길을 따라 가로수 길로 내려갔고, 길 한복판에 멈추어 선 다음 남작 부인과 남작을 기다리고 있었다. 다섯 걸음까지 다가왔을 때 나는 모자를 벗어서 인사를 했다.

내가 기억하기로 남작 부인은 둘레가 넓고 주름 장식이 달린 밝은 회색의 비단 드레스를 입고 있었는데, 드레스의 밑부분은 넓게 퍼지고 긴 자락까지 달려 있었다. 그녀는 작은 키에 유난히 뚱뚱했고 지독하게 살이 쪄서 축 늘어진 턱 때문에 목이 전혀 보이지 않았다. 얼굴은 진홍빛이었다. 작은 눈은 표독스럽고 거만했다. 또 걷는 모양은 마치 모든 사람에게 영광이라도 베푸는 듯한 기세였다. 남작은 큰 키에 깡마른 몸매를 가졌고, 또 독일 사람들이 대개 그렇듯 얼굴이 쭈글쭈글했다. 안경을 끼고 있으며 나이는 마흔다섯. 그의 다리는 거의 가슴에서부터 시작되었을 정도인데, 말하자면 혈통인 셈이다. 그는 공작새처럼 거만한 모습이고 또 약간 꾸물거린다. 그리고 그의 얼굴 표정에는 양(羊)을 연상시키는 어떤 것이 떠오르는데, 딴에는 신중함을 대신하고 있는 듯했다.

단 3초 동안에 이 모든 것들이 내 눈앞을 휙 스쳐 지나갔다.

처음에 두 사람은 내 인사와 내 손에 쥐어진 모자에 거의 주의를 기울이지 않았다. 그저 남작이 약간 눈썹을 찡그릴 뿐이었다. 이윽고 남작 부인이 내게로 헤엄치듯 다가왔다.

나는 한 마디 한 마디를 또박또박 발음하면서 분명하게 들리도록 말했다. 「남작 부인 마님……, 당신의 노예가 될 수 있어 영광입니다Madame la baronne, j'ai l'honneur d'être votre esclave.」

나는 인사를 한 다음 모자를 쓰고 남작 옆을 지나쳤다. 그리고 남작을 향해 정중하게 얼굴을 돌려서 미소를 지어 보였다.

내게 모자를 벗으라고 명령한 것은 그녀였지만, 인사를 하고 장난기 어린 행동을 한 것은 바로 나 자신이 한 일이었다. 무엇이 나를 그렇게 몰고 갔는지 영문을 모르겠다. 나는 마치 산에서 날아 내린 기분이었다.

「에헴!」 남작이 소리를 질렀다. 아니 꽥꽥거렸다고 하는 편이 더 낫겠다. 그러고는 놀란 듯 화를 내면서 내 쪽으로 돌아섰다.

나는 뒤로 돌아서서 멈춰 선 채로 정중하게 기다리고 있었다. 그리고 계속해서 그를 바라보며 미소를 짓고 있었다. 어리둥절해진 남작은 눈썹을 잔뜩 찡그리고 있었고, 그 얼굴은 점점 더 어두워져 갔다. 남작 부인 역시 내 쪽으로 돌아섰는데, 화가 나서 어쩔 줄 모르며 나를 쳐다보고 있었다. 지나가던 사람들 중에는 구경하는 사람도 있었고, 또 어떤 사람은 걸음을 멈추기까지 했다. 「에헴!」 남작은 꽥꽥거리는 소리를 배로 높이고 화도 곱절로 내면서 다시 소리를 질러 대기 시작했다.

「예 — 에Jawohl.」 나는 길게 끌면서 이렇게 말했고, 여전히 그의 눈을 똑바로 쳐다보고 있었다.

「당신 어떻게 된 거 아니야Sind Sie rasend?」 남작은 지팡이를 휘두르면서 소리를 질렀지만 약간 겁을 먹기 시작한 것 같았다. 혹시 내가 입고 있던 옷이 그를 당황하게 했는지도 모른다. 나는 아주 점잖은 사람처럼 꽤 예의 바르고 맵시 있는 옷차림을 하고 있었다.

「그 — 래 — 요Jawo-o-ohl!」 나는 별안간 온 힘을 다해 소리를 질렀고, 베를린 사람들이 하듯이 〈o〉 발음을 길게 끌었다. 베를린 사람들은 대화를 나눌 때 쉴 새 없이 〈그렇소 jawohl〉라는 문구를 사용하는데, 이때 생각과 느낌의 다양한 뉘앙스들을 표현하기 위해 발음을 길게 끌곤 하는 것이다.

황급히 돌아선 남작과 남작 부인은 놀란 나머지 거의 달아나다시피 하면서 달려가는 것이었다. 주위에 수군거리는 사람도 있었고, 어리둥절해 하면서 나를 쳐다보는 사람도 있었다. 하지만 잘 기억 나지는 않는다.

나는 뒤로 돌아서서 평소의 걸음걸이로 뽈리나 알렉산드로브나를 향해 걸어갔다. 그런데 그녀가 앉아 있던 벤치까지 백 걸음 정도를 남겨 놓은 곳에서 나는 그녀가 자리에서 일어나 아이들을 데리고 호텔로 향하는 것을 보았다.

나는 현관 부근에서 그녀를 따라잡았다.

「했습니다……, 바보 같은 짓을.」 나는 나란히 걸으면서 얘기했다.

「그래서 어쩌라는 거예요? 이제 그만 하세요.」 그녀는 쳐다보지도 않고 이렇게 대답한 다음 계단을 따라 올라가 버렸다.

그날 저녁 내내 나는 공원 안을 걸어다녔고, 공원과 숲을 지나서 다른 영지(領地)까지 가기도 했다. 그러던 중에 한 농가에 들러 계란 부침과 함께 술을 마셨는데, 그 목가적인 분위기 때문에 그만 1탈러 반을 몽땅 날리고 말았다.

나는 열한 시가 되어서야 집으로 돌아왔는데, 그때 마침 장군이 보낸 사람이 나를 데리러 왔다.

호텔에서 우리 일행은 두 개의 객실을 빌려 쓰고 있는데 거기에는 방이 네 개 딸려 있다. 첫 번째 방은 피아노가 있는 큰 방으로 응접실이다. 또 하나의 큰 방이 그 옆에 나란히 붙어 있는데, 그것은 장군의 서재이다. 그곳에서 나를 기다리고 있던 장군은 아주 당당한 모습으로 방 한가운데에 서 있었고, 드 그리외는 몸을 쭉 펴고 소파에 앉아 있었다.

「자네에게 묻겠는데, 무슨 짓을 한 거야?」 장군이 나를 향해 말을 꺼냈다.

「장군님, 그냥 본론을 말씀하셨으면 좋겠습니다.」 내가 말했다. 「제가 오늘 어떤 독일 사람과 만난 것에 대해 이야기하시고 싶은 것 아닙니까?」

「어떤 독일 사람과? 그 독일 사람은 부르머헬름 남작이야. 중요한 인물이란 말일세! 자네는 그 사람과 남작 부인에게 무례한 짓을 했어.」

「절대 그렇지 않습니다.」

「자네가 그 사람들을 깜짝 놀라게 했단 말일세.」 장군은 소리를 질렀다.

「아닙니다. 그런 일은 전혀 없습니다. 독일에 있을 때부터 저는 독일 사람들이 말만 꺼냈다 하면 〈그렇소〉라는 단어를 혐오스럽게 질질 끌면서 발음하는 것을 귀가 따갑도록 들었습니다. 그런데 가로수 길에서 그 사람을 만났을 때 갑자기 〈그렇소〉라는 말이 떠오르지 않겠습니까. 왜 그랬는지는 모르겠지만, 어쨌든 그게 절 흥분하도록 만들었습니다……. 게다가 남작 부인은 저와 마주칠 때마다 제가 마치 발로 밟아 버릴 수 있는 벌레라도 된다는 듯한 기세로 곧장 저를 향해 걸어오곤 했습니다. 벌써 그런 일이 세 번이나 됩니다. 제게도 자존심이 있을 수 있지 않습니까? 전 모자를 벗고 공손하게, 장담합니다, 분명히 공손하게 그랬습니다. 〈부인, 당신의 노예가 되어 영광입니다〉라고 말했습니다. 남작이 돌아서서 〈에헴〉 하고 소리쳤을 때 저 역시 〈그렇소〉 하고 소리치고 싶은 충동이 생겼습니다. 그래서 저는 두 번 소리쳤습니다. 한 번은 보통 때처럼, 또 한 번은 있는 힘을 다해 길게 끌면서 소리쳤습니다. 그게 전부입니다.」

솔직히 말해 나는 이렇게 애들 장난 같은 변명을 한 것이 너무나 기분좋았다. 그 일에 얽힌 이야기 전부를 될 수 있는 대로 과장하고 싶어서 못 견딜 지경이었다.

게다가 나는 갈수록 더 재미를 느끼고 있었다.

「자네 날 우습게 보는 거야, 뭐야!」 장군이 고함을 질렀다. 그는 프랑스인을 향해 돌아서더니 프랑스 말로 내가 기어코 일을 벌이려 한다고 설명해 주었다. 드 그리외는 경멸하는 웃음을 지어 보이고는 어깨를 으쓱거렸다.

「아, 그런 생각은 하지 마십시오. 그런 일은 조금도 없었습니다.」 나는 장군에게 고함을 쳤다. 「물론 저의 행동이 좋지 못했던 것은 사실입니다. 허심탄회하게 당신께 고백하는 것입니다. 저의 행동은 철딱서니 없고 버릇없는 애들 장난이라고 할 수 있습니다. 하지만 그 이상은 아닙니다. 그리고 저는 너무나도 후회하고 있습니다. 그런데 장군님, 여기에 어떤 사정이 있습니다. 제가 생각하기에는 바로 그것이 저를 후회하지도 못하게 만듭니다. 약 2주 동안, 아니 3주도 좋은데, 어쨌든 요즈음 저는 상태가 좋지 못합니다. 몸이 좋지 않고 신경과민에다가 쉽게 흥분하고 공상에 빠지기도 하며, 또 도저히 제 자신을 어떻게 할 도리가 없을 때도 있습니다. 정말이지 전 드 그리외 후작에게 불쑥 말을 걸고 싶어 못 견딜 때가 몇 번 있었습니다. 그리고…… 아, 하지만 모두 다 얘기할 필요는 없겠군요. 어쩌면 그 사람에게 무례한 일이 될지도 모르니까요. 한마디로 말해서 이건 병이 있다는 징조입니다. 제가 부르머헬름 남작 부인에게 용서를 빌어도 그녀가 이런 사정을 알아나 줄지 모르겠습니다. 제가 용서를 비는 것은 바로 이런 이유 때문입니다. 제가 짐작하는 대로라면 그녀는 이런 사정을 고려하지 않을 것입니다. 더구나 제가 알고 있기로는 최근에 법조계에서 이런 사정을 악용하기 시작했다지 뭡니까. 형사 소송 사건에서 변호사들이 자기 의뢰인들, 즉 범죄자들의 정당성을 주장하는 일이 허다한데, 자기 의뢰인들이 범행을 저지르는 순간에 아무것도 기억하지 못했고 따라서 그런 병에 걸린 듯하다는 이유를 대는 것입니다. 〈때려눕혔는데 아무것도 기억하지 못한다〉는 식이죠. 어디 한번 생각해 보십시오, 장군님. 의학계도 그들과 함께 맞장구를 치고 있습니다. 이따금 그런 병이 있고 그처럼 일시적인 정신 이상이 발생하는데, 그럴 때 사람은 거의 아무것도 기억하지 못하거나 반쯤 기억하거나 아니면 4분의 1을 기억하게 된다는 사실을 실제로 입증해 주고 있단 말입니다. 그러나 남작과 남작 부인은 구세대 사람들입니다. 게다가 프로이센의 귀족이고 지주들입니다. 그들은 법조계와 의학계에서 진행되고 있는 사정을 아직 모르고 있음에 틀림없고, 그렇기 때문에 그들은 저의 변명을 용납하지 않을 것입니다. 장군님께서는 어떻게 생각하십니까?」

「됐네, 이 사람아! 됐단 말이야!」 장군은 치미는 화를 억누르면서 퉁명스럽게 말했다. 「자네의 어린애 같은 장난을 고치려고 애쓰는 것도 이번이 마지막일세. 그리고 자네는 남작 부인과 남작에게 용서를 구하지 않아도 돼. 순전히 용서만을 바랄 목적이라 하더라도 자네가 그들과 관계를 갖는다는 것은 어쨌든 그들에게는 너무나 모욕적인 일이 될 테니 말이야. 자네가 우리집 사람이라는 것을 알게 된 후에 남작은 역 앞에서 나와 이야기를 나누었네. 그리고 자네에게 솔직히 말한다면, 그는 내게 약간의 배상까지도 요구했다네. 이해가 가나? 자네가 나를 어떤 꼴로 만들어 놓았는지 이해가 가느냔 말이야? 나는 어쩔 수 없이 남작에게 용서를 빌었고 또 약속을 했네. 당장 오늘부터 자네를 내 집에 들여놓지 않기로 했단 말이야······.」

「잠깐만, 잠깐만요, 장군님. 그 사람이 그런 것을 요구할 때 틀림없이 장군님이 표현하신 그대로 하던가요?」

「그렇진 않아. 하지만 내 스스로가 그에게 배상을 해야 한다고 생각했어. 물론 남작도 만족했지. 자네, 우린 이제 헤어지게 됐네그려. 이곳에서 자네가 받아야 할 돈을 계산해 보니 4프리드리흐스도어 3플로렌이 남았던데, 그걸 마저 받아 가게나. 자, 여기 돈과 계산서가 있어. 확인해 봐도 좋네. 잘 가게, 이제부터 우린 남남이야. 자네에게서 찾아볼 수 있는 것이라곤 골치 아프고 기분 나쁜 일들뿐이야. 그럼 지금 당장 급사를 불러서 내일부터는 자네 몫의 호텔비를 책임지지 않겠다고 일러두겠네. 그럼 잘 가게.」

나는 돈과 계산서를 받았다. 계산서에는 연필로 계산이 되어 있었다. 나는 장군에게 인사를 한 뒤 아주 진지하게 그에게 말했다.

「장군님, 일이 이렇게 끝날 수는 없습니다. 장군님께서 남작에게 불쾌한 일을 당하신 것은 대단히 유감입니다. 저를 용서해 주십시오. 그렇지만 이 일의 책임은 바로 장군님 자신에게 있습니다. 어째서 장군님이 저를 대신해서 남작님께 책임지겠다고 나섰습니까? 제가 장군님 집안에 속하는 사람이라는 표현이 도대체 무슨 말씀입니까? 저는 단지 장군님 집에 있는 선생에 불과합니다. 그 외에는 아무것도 아닙니다. 저는 당신의 자식도 아니고 당신의 보살핌을 받고 있는 것도 아닙니다. 그러니까 제 행동에 대한 책임을 장군님이 질 수는 없는 것입니다. 저 또한 법률적으로 권한을 갖는 한 인간이고 나이도 스물다섯 살입니다. 대학의 박사 후보생이고 귀족입니다. 그리고 장군님과는 완전히 남남입니다. 다행히 장군님의 기품을 제가 한없이 존경하고 있기에 망정이지, 만일 그렇지 않았다면 전 장군님이 저를 책임질 권한을 가졌다는 사실에 대해서 보상과 설명을 요구했을 것입니다.」

장군은 너무 놀라서 두 팔을 벌리고 말았다. 그러고는 느닷없이 프랑스인 쪽을 향해 돌아서더니, 내가 방금 자신에게 결투를 신청한 것이나 다름없다고 호들갑을 떨면서 말하는 것이었다. 프랑스인은 큰 소리로 껄껄대며 웃었다.

「하지만 전 남작을 용서할 생각은 없습니다.」 나는 드 그리외 씨의 웃음에 당황하지 않고 계속 냉정한 어조로 말했다. 「그리고 오늘 남작의 불평을 끝까지 들어 주고 또 그의 이해타산에 넘어가 버리는 바람에 장군님께서는 스스로 이 모든 일에 휘말려 들고 말았습니다. 따라서 전 늦어도 내일 이른 아침 안으로 남작님에게 직접 요구하겠습니다. 문제를 일으킨 상대가 나였음에도 불구하고, 나를 마치 자격이 없거나 스스로를 책임질 수 없는 사람으로 취급해 버린 채 나 이외의 다른 사람을 상대한 이유에 대해 정식으로 설명해 줄 것을 요구하겠다는 말입니다.」

내가 예감했던 대로였다. 이런 어처구니없는 말을 듣자 장군은 몹시 겁을 먹은 듯했다.

「어쩌고 어째! 자네 정말이지 그 빌어먹을 짓을 끝내 그만두지 않을 생각이구먼!」 장군은 소리를 버럭 질렀다. 「하지만 자네 때문에 난 어떻게 되느냐 말이야, 이런 맙소사! 그러지 말게, 그러지 마, 자네. 맹세하건대 그렇지 않으면…… 이보게, 이곳에도 관헌은 있어. 그리고 난…… 난…… 나의 관리 신분 때문에…… 그리고 그건 남작도 마찬가진데…… 한마디로 말해서 자네는 체포되어 경찰서로 끌려갈 걸세. 제멋대로 날뛰지 못하게 말이야, 알겠는가!」 화가 치밀어 숨이 막힐 듯했지만, 그래도 그는 몹시 두려워하고 있었다. 나는 태연하게 대답했지만 장군은 나의 태연함을 참을 수가 없었을 것이다.

「장군님, 소란을 피우기도 전에 소란을 이유로 체포할 수는 없는 일입니다. 전 아직 남작과 따져 보지도 못했고, 또 장군님께서는 제가 어떤 식으로 또 어떤 근거를 가지고 이 일에 착수할 것인지에 대해서 아직 전혀 모르고 계십니다. 제가 어떤 사람의 보살핌을 받고 있다는 식으로 짐작하는 것 자체가 제게는 모욕입니다. 그것은 곧 어떤 사람이 나의 자유로운 의지를 지배하고 있다는 생각과 다를 바가 없는 것입니다. 전 다만 그런 어처구니없는 생각을 분명하게 밝히고 싶을 뿐입니다. 장군님께서는 공연히 불안해 하고 걱정하시는군요.」

장군은 노기에 찬 어조를 애원하는 어조로 바꿨고, 심지어 내 손까지 움켜쥐면서 이렇게 중얼거렸다. 「알렉세이 이바노비치, 제발, 제발 그 바보 같은 생각을 버리게! 글쎄 어떻게 될지 한번 생각해 보란 말이야! 자네도 같은 생각이겠지만 여기서 나는 특별히 처신해야 하네! 특히 지금! 특히 지금은! 아, 자네는 내 사정을 다 모르고 있어! 우리가 이곳을 떠날 때가 되면 난 자네를 다시 내게로 불러들일 용의가 있네. 지금만 이러는 것뿐이라고. 한마디로 얘기해서 자네가 그 이유들을 다 알고 있지 않느냔 말이야!」 그는 절망적으로 외쳤다. 「알렉세이 이바노비치, 알렉세이 이바노비치!」

문 쪽으로 물러나면서 나는 다시 한번 그에게 안심할 것을 부탁했고, 모든 것이 잘되고 또 무례한 일도 없을 것이라고 다짐을 했다. 그러고는 서둘러 밖으로 나왔다.

러시아인들은 외국에 나가면 지나치게 겁을 먹는 경향이 종종 있다. 그리고 남들이 뭐라고 말하는지, 자신들을 어떻게 바라보는지, 이러저러한 것들이 예의에 어긋나는 것인지 아닌지에 대해서 심하게 두려워하는 일이 간혹 있다. 한마디로 말하면 마치 코르셋을 입은 사람처럼 행동한다는 얘긴데, 특히 자신의 가치를 인정해 줄 것을 요구하는 사람들이 더욱 그렇다. 그들에게 가장 소중한 것은 일단 한번 정해진 형식, 선입견에 사로잡힌 그 어떤 형식을 맹목적으로 따르는 것이다.

호텔에서도, 산책 중에도, 회의에서도, 길에서도……. 하지만 장군은 자신에게 그 이상의 어떤 특별한 사정이 있다고 말했고, 어떻게 해서든 〈특별하게 행동해야만 한다〉고 말했다. 바로 그 때문에 장군은 별안간 무기력해져서 겁을 집어먹었던 것이고, 또 나에 대한 어조를 바꿨던 것이다. 나는 그것을 알아차릴 수 있었다. 하지만 나는 신중해야만 했다. 다음날 장군이 바보같이 아무 관헌에나 가서 얘기할지도 모를 일이기 때문이다.

사실 장군의 화를 돋우고 싶었던 것은 전혀 아니다. 이제 나는 뽈리나를 화나게 하고 싶었다. 뽈리나는 나에게 아주 가혹하게 대했고 나를 그토록 어처구니없는 길로 밀어 넣은 것도 바로 그녀였기 때문에, 이제는 그녀 자신이 내게 그만 하라고 빌 때까지 그녀를 몰아가고 싶었다. 내 장난이 드디어 그녀에게 치욕을 안겨다 줄 수 있게 된 것이다. 그 외에도 내게는 어떤 다른 감정과 욕구가 자리 잡고 있었는데, 가령 내가 그녀 앞에서 자처하여 보잘것없는 존재로 전락해 버린다고 치자. 하지만 그렇다고 해서 내가 사람들 앞에서마저 바보가 되는 건 아니다. 게다가 남작이 〈지팡이로 나를 때린다는〉 것은 있을 수도 없는 일이다. 나는 그들 모두를 비웃어 주고 나 스스로는 훌륭한 젊은이가 되어 보이고 싶었다. 그래! 두고 보는 거다! 아마도 그녀는 충격적인 소식에 깜짝 놀라 다시 한번 내게 신경질적으로 소리를 질러 대겠지. 아니 소리를 질러 대지는 않더라도 내가 등신이 아니라는 것은 확인하게 될 테지…….

(놀라운 소식이다. 방금 계단에서 만난 유모에게서 들었는데 오늘 마리야 필리뽀브나가 혼자서 저녁 기차를 타고 카를스

바트[14]로 떠났다고 한다. 이게 대체 무슨 소식일까? 유모의 말로는 그녀가 오래전부터 벼르고 있던 일이라는 것이다. 그런데 어떻게 아무도 모르고 있었을까? 어쩌면 나만 모르고 있었는지도 모른다. 유모의 말에 따르면, 그저께 마리야 필리뽀브나와 장군이 심하게 말다툼을 했다고 한다. 알 만하다. 이건 틀림없이 블랑슈 양 때문이다. 그래, 이제 무언가 결정적인 일이 닥쳐오고 있는 것이다.)

---

14 체코의 온천 요양지. 체코 이름은 카를로비 바리.

제7장

 다음날 아침 나는 급사를 불러서 내 몫을 별도로 계산하라고 일러두었다. 내가 쓰고 있는 방은 기겁을 하며 놀라 뛰쳐나올 정도로 비싼 것은 아니었다. 내게 있던 돈은 16프리드리히스도어였지만, 그곳…… 그곳에 가면 엄청난 돈이 생길지도 모른다! 이상한 일이지만 난 아직 내 돈으로 따본 일이 없는데도 마치 갑부가 된 듯한 느낌이 들었고, 또 그렇게 행동하고 있었다. 그 외에는 달리 자신을 표현할 길이 없었다. 이른 시간임에도 불구하고 나는 당장 미스터 에이슬리가 묵고 있는 앙글르테르d'Angleterre 호텔로 가려고 했다. 그 호텔은 아주 가까운 곳에 있었다. 그런데 바로 그때 드 그리외가 내 방으로 들어온 것이다. 이런 일은 한 번도 없었고, 게다가 요사이 난 그 사람과 아주 소원하고 어색한 관계에 놓여 있었다. 그는 나에게 아주 노골적으로 경멸하는 듯한 태도를 보이고 있었다. 아니 심지어 그런 태도를 감추지 않으려고 애를 쓰고 있을 정도였다. 그리고 내 쪽에서도 그에게 호감을 보이지 않았는데 거기에는 나름대로의 이유가 있었다. 한마디로 말하면 나는 그를 증오하고 있었던 것이다. 그가 찾아왔다는 사실에 크게 놀랄 수밖에 없었지만 난 무언가 대단한 일이 벌어졌다는 것을 알아차릴 수 있었다.

그는 무척이나 다정하게 굴면서 안으로 들어오더니 내 방에 대해서 인사치레의 말을 던졌다. 내 손에 모자가 쥐어져 있는 것을 보자 그는 이렇게 일찍 산책하러 나가느냐고 물었다. 내가 볼일이 있어 미스터 에이슬리에게 가려던 참이라고 하자, 그는 잠시 동안 생각에 잠기더니 몹시 걱정스러운 표정을 지어 보였다.

드 그리외는 모든 프랑스인들과 다를 바가 없었다. 이득이 생긴다거나 어쩔 수 없을 때에는 쾌활하고 친절하지만, 그럴 필요가 없다 싶으면 견딜 수 없을 만큼 따분해지는 것이다. 프랑스인이 천성적으로 다정한 경우는 보기 드물다. 언제나 명령에 따르듯이, 그리고 계산 속에서 다정하게 구는 것이다. 가령 프랑스인이 공상적이고 기발하게 굴려고 하거나 아니면 좀 더 독특하게 보일 필요를 느끼게 될 경우, 그의 공상은 사람들이 이미 받아들여서 오래전에 저속하게 되어 버린 형식들로 치장을 하는데, 정말이지 터무니없고 얼토당토않은 공상이 되고 마는 것이다. 있는 그대로의 프랑스인이란 소시민적이고 자질구레하고 판에 박힌 긍정의 말들로 이루어진 존재인데, 한마디로 말한다면 세상에서 제일 재미없는 존재인 것이다. 내가 보기에 프랑스인들에게서 매력을 느끼는 사람은 경험 없는 풋내기들과 특히 러시아 처녀들뿐이다. 살롱에서 접하게 되는 친절함과 뻔뻔스러움 그리고 명랑함은 이미 틀에 박힌 격식들이고 그저 형식에 지나지 않는다. 그래서 제대로 된 사람이라면 누구나 한눈에 그것을 알아차릴 수 있고, 또 그것을 견디지 못하는 것이다.

「당신에게 볼일이 있어서 왔습니다.」 그는 아주 당당하게 말을 꺼내긴 했지만 그래도 공손한 면이 있었다. 「솔직히 말해서 난 장군을 대신해서 왔습니다. 아니 중재인이라고 하는 게 더 낫겠군요. 러시아어가 너무 서툴러서 어제는 무슨 말을 하는지 거의 알아듣지 못했습니다. 그런데 장군이 자세하게 설명을 해주더군요. 솔직히 말해서…….」

「하지만 드 그리외 씨,」 나는 그의 말을 가로막았다. 「제 말을 들어 보세요. 당신은 이 일에서 중재인 역할을 떠맡았습니다. 물론 전 〈가정교사〉일 뿐, 이 집안의 가까운 벗이 될 수 있는 영광을 요구하거나 각별히 친밀한 관계를 요구한 일도 없습니다. 제가 모든 사정을 모르고 있는 것도 바로 그 때문이지요. 하지만 설명해 주셔야 합니다. 당신은 벌써 이 집안 사람이 되어 버린 것입니까? 이제 당신은 모든 일에 빠짐없이 관여하고 있고 모든 일의 중재인이 되고 있기 때문에…….」

내 질문이 그의 마음에는 들지 않았던 것 같다. 그로서는 너무 빤히 들여다보이는 질문이었기 때문에 더 이상 얘기를 나누고 싶지 않은 것 같았다.

「나와 장군의 사이를 연결해 주는 것은 사업과 그 밖의 〈몇 가지 특별한〉 사정들입니다.」 그는 퉁명스럽게 말했다. 「장군은 어제 당신이 밝혔던 생각을 단념해 줄 것을 바라고 있고, 그 부탁을 하기 위해서 나를 보낸 것입니다. 당신이 생각해낸 것들은 모두가 아주 영리한 것들이었습니다. 하지만 장군이 내게 부탁한 것은, 다름 아니라 당신이 절대 성공하지 못할 것이라고 귀띔해 주라는 것이었어요. 남작이 당신을 용납하지 않을 것은 물론이고, 또 그 사람은 장차 당신 때문에 생기게 될 불쾌한 일들을 막을 수 있는 모든 수단을 가지고 있습니다. 이 점에 대해서는 당신도 동의하시겠지요. 계속 이래야 하는 이유가 도대체 뭡니까? 말씀해 보세요. 장군은 적당한 기회를 봐서 당신을 다시 집으로 불러들이겠다고 분명하게 약속을 했고, 또 그때까지 당신의 봉급을 계산해 놓겠다고 약속했습니다. 어느 모로 보나 이건 상당한 이득이에요. 내 말이 맞지 않습니까?」

나는 아주 침착하게 그의 말에 반박했다. 「당신의 생각은 약간 잘못된 것 같습니다. 어쩌면 남작은 나를 쫓아내지 않고 오히려 그 반대로 내 말에 귀를 기울일지도 몰라요.」 그런 다음 나는 틀림없이 무언가를 캐내기 위해서 찾아온 것이 아니냐, 내가 어떤 식으로 이 일에 손댈 것인지를 알아내기 위해서 찾아온 것이 아니냐고 하면서 솔직히 털어놓으라고 그를 다그쳤다.

「이거야 원, 만일 장군이 그렇게 큰 관심을 보이고 있다면 당신이 어떻게 할 것인지를 알고 싶어하는 것은 당연한 일 아닙니까? 그건 당연한 것입니다.」

내가 설명을 시작하자 그는 머리를 내 쪽으로 비스듬히 기울인 채 몸을 쭉 펴고 앉아서 내 말을 듣기 시작했다. 그의 얼굴에는 빈정대는 듯한 기색이 완연히 드러나 있었고 아주 거만하게 행동하고 있었다. 아주 진지한 관점에서 이 문제를 다루고 있는 것처럼 보이려고 무진 애를 쓰고 있던 나는 이렇게 설명했다. 남작은 나를 마치 장군의 하인 취급하면서 나에 대한 불만을 장군에게 호소했는데, 바로 그것 때문에 첫째, 내가 일자리를 잃게 되었고 둘째, 내가 마치 자기 한 몸도 책임지지 못하는 사람처럼, 그리고 같이 얘기할 가치도 없는 사람처럼 업신여김을 당했다는 요지였다. 하지만 나이 차이와 사회적 지위의 차이 등, 모든 것들을 고려한다면(나는 이 대목에서 간신히 웃음을 참았다) 새삼스럽게 경솔한 짓을 하고 싶은 생각은 없다, 다시 말하면 노골적으로 배상을 요구할 생각도 없고 또 그에게 그런 말을 꺼낼 생각도 없다. 그렇지만 나는 남작에게 특히 남작 부인에게 용서를 구할 권리가 있다고 본다. 더구나 난 요사이 정말이지 몸이 좋지 않고 정신이 혼란스럽다. 공상에 빠져 있다고나 할까. 하지만 어제 남작이 나를 모욕하면서까지 장군과 상대를 하고 또 내 일자리를 빼앗도록 강요하는 바람에 난 이제 남작과 남작 부인에게 용서를 구할 수도 없게 되어 버렸다. 왜냐하면 남작과 남작 부인은 말할 것도 없고 심지어 온 세상 사람들마저도 내가 일자리를 다시 얻기 위해 벌벌 떨면서 용서를 빌러 간 것이 틀림없구나 하고 생각할 것이기 때문이다. 결국 나로서는 남작이 내게 먼저 사과할 것을 바랄 수밖에 없는 형편인데, 물론 그 경우에는 아주 적절한 표현을 써야 할 것이다. 가령 내게 모욕을 줄 생각은 전혀 없었다는 식으로 말이다. 남작이 이렇게만 말해 준다면 난 이제 편안한 마음으로 그에게 용서를 빌 것이다, 진심으로 그리고 허심탄회하게 말이다. 한마디로 말해서 내가 내린 결론은, 나를 편안하게 만들어 줄 것을 남작에게 부탁하는 것뿐라고 설명했다.

「허, 정말 까다롭고 복잡하구먼! 뭣 때문에 당신에게 사과를 한단 말입니까? 알았어요, 당신은 장군의 화를 돋우려고 일부러 이 모든 일을 꾸며 내고 있는 것입니다, 그렇지요? 어서 시인하세요, ······ 씨 ······ 씨. 그리고 거기에는 무언가 특별한 목적이 있어요······, 나의 친애하는 분이여, 아 죄송합니다, 당신 이름을 잊어버렸어요, 알렉세이라고 했던가요 mon cher monsieur, pardon, j'ai oublié votre nom, monsieur

Alexis? 그렇지 않습니까n'est-ce pas?」

「그런데 친애하는 후작 나리mon cher marquis, 당신이 왜 이 일에 끼어드는 겁니까?」

「하지만 장군이Mais le général……」

「장군이 뭐 어쨌다는 것입니까? 그게 뭔지는 잘 모르겠지만 어쨌든 어제 장군이 무언가 수를 쓰지 않으면 안 된다고 했습니다. 그러면서 무척이나 걱정을 했는데…… 하지만 전 아무것도 이해하지 못했습니다.」

「그것입니다. 특별한 사정은 바로 거기에 있다는 말입니다.」 드 그리외는 애원하는 투로 말을 받았지만 나는 그의 말투 속에서 신경이 점점 날카로워지고 있음을 느꼈다. 「당신, 드 코밍주 양을 아십니까?」

「블랑슈 양 말입니까?」

「아 예, 블랑슈 드 코밍주 양이오……. 그리고 그녀의 어머니et madame sa mère……. 알고 계시겠지만 한마디로 말해서 장군은…… 장군은 사랑에 빠져 있어요. 그리고 어쩌면, 어쩌면 혼인까지 이루어질지도 모릅니다. 그러니 그 일로 생겨날 여러 가지 추문과 사건들을 생각해 보십시오…….」

「제가 생각하기에 결혼과 관련해서는 아무런 추문이나 얘기들이 없을 것입니다.」

「하지만 남작은 성미가 아주 급한 사람입니다. 프러시아인의 성격이 그렇지요. 어쩌면 대수롭지 않은 일로 싸움을 일으킬지도 모릅니다, 아시겠습니까 le baron est si irascible, un caractère prussien, vous savez, enfin il fera une querelle d'Allemand?」

「그 싸움의 대상은 당신이 아니라 바로 접니다. 전 이제 이 집안 사람이 아니니까……(내가 될 수 있는 대로 미련하게 굴었던 것은 다 생각이 있었기 때문이다). 그런데 말입니다, 블랑슈 양이 장군에게 시집가기로 한 일은 벌써 결정되었습니까? 사람들은 무엇을 기다리고 있는 것이죠? 제가 하고 싶은 말은 우리 집안 사람들에게 그 사실을 감추고 있는 이유가 무엇이냐는 겁니다.」

「그건 당신에게 말할 수가 없는데…… 어쨌든 아직 완전하지 않기 때문에…… 하지만 당신도 아시다시피 우리 모두는 러시아에서 소식이 오기를 기다리고 있습니다. 그리고 장군은 문제를 해결해야만 하는데…….」

「아, 아! 할머니!」

드 그리외는 증오에 찬 눈으로 나를 바라보고 있었다.

「한마디로 말해서,」 그는 내 말을 가로막았다. 「나는 당신의 타고난 친절함과 현명함 그리고 재치를 전적으로 믿고 있습니다……. 물론 당신은 그렇게 하실 것입니다. 당신을 친가족처럼 맞아들이고 또 아끼고 존중하는 집안을 위해서도 말입니다…….」

「무슨 말씀입니까, 나는 쫓겨났단 말입니다! 당신은 지금 주위의 이목 때문에 그렇다는 얘긴데, 만일 당신에게〈물론 전 당신의 귀를 잡아당기고 싶지 않지만 이목 때문에 그러니 용서하십시오〉라고 말한다면 그 말에 동의하겠습니까? 결국에는 그 얘기가 그 얘기 아닙니까?」

그는 무게를 잡더니 거만한 태도로 이렇게 말을 꺼냈다. 「아무리 부탁을 해도 소용이 없고, 정 이렇게 나온다면, 조치가 취해질 것입니다. 장담합니다. 이곳에 관헌이 있으니까 오늘이라도 당장 당신을 추방할 것입니다. 빌어먹을 que diable!

당신 같은 코흘리개가un blanc-bec comme vous 남작 같은 사람에게 결투를 신청하려고 하다니! 당신을 가만히 놔둘 것 같습니까? 정말입니다, 당신을 두려워하는 사람은 이곳에 아무도 없단 말입니다! 내가 이렇게 부탁을 하는 것은 당신이 장군의 속을 뒤집어 놓았기 때문에 내가 더 안달이 나서 그러는 것입니다. 아니 정말, 이해를 못하겠습니까? 남작이 하인을 시켜 당신을 쫓아내지 않을 것 같습니까?」

「하지만 제가 직접 가지는 않습니다.」 나는 아주 태연하게 대답했다. 「당신은 잘못 생각하고 계십니다, 드 그리외 씨. 이 모든 일은 당신이 생각하는 것보다 훨씬 더 점잖게 해결될 것입니다. 전 지금 당장 미스터 에이슬리에게로 가서 제 중재인이 되어 달라고 부탁할 것입니다. 말하자면 저의 대리인이 되는 것이지요. 그 사람은 나를 좋아하니까 아마도 거절하지 않을 것입니다. 그리고 그 사람이 남작에게 간다면 남작은 거절하지 않을 것입니다. 내가 〈선생〉이라는 사실과 또 예속된 존재subalterne처럼 보인다는 사실 때문에 결국 아무도 절 옹호해 주지 않겠지만, 미스터 에이슬리는 피브룩 경(卿)의 조카입니다. 그분은 경이에요, 진짜 경이란 말입니다. 그건 누구나 다 알고 있는 사실이고, 또 그 경께서는 바로 이곳에 있습니다. 남작도 미스터 에이슬리에게만큼은 정중하게 대하고 그의 말을 경청할 것입니다. 두고 보십시오. 만일 남작이 경청하지 않는다면 미스터 에이슬리는 그것을 개인적인 모욕으로 받아들일 것입니다. 영국 사람들이 얼마나 끈질긴지 아시죠. 그런 다음 자기 친구들을 남작에게 보낼 것입니다. 그에게는 훌륭한 친구들이 있거든요. 자 이제 그만 마음을 놓으세요. 당신이 짐작하고 있는 것과 다를 수도 있습니다.」

모든 얘기들이 정말 그럴듯하게 들렸던 모양인지 프랑스인은 완전히 겁에 질리고 말았다. 그리고 하나의 결론이 나왔는데, 사실 내게는 사건을 일으킬 만한 힘이 있다는 것이었다.

「하지만 내가 이렇게 간곡히 부탁하고 있지 않습니까.」 그의 목소리는 애절했다. 「그만두란 말입니다! 마치 사건이 터져도 좋다는 식이군요! 당신이 원하는 것은 배상이 아니라 바로 사건이란 말입니다! 난 이 모든 일들이 재미있고 기발하다고 생각했습니다. 그리고 어쩌면 당신은 이 일을 해낼지도 모릅니다. 하지만 결론적으로 말해서,」

내가 자리에서 일어나 모자를 집는 모습을 보고 그는 이렇게 결론을 내렸다.

「내가 여기 온 것은 어떤 사람이 당신에게 남긴 몇 마디를 전달하기 위해서입니다. 자, 읽어 보세요. 난 당신의 대답을 기다리라는 부탁을 받았습니다.」

이렇게 말한 다음 그는 얇은 종이로 봉인되어 접혀 있는 작은 쪽지를 주머니에서 꺼내 내게 건네주었다.

편지는 뽈리나의 글씨로 쓰여 있었다.

당신이 이 일을 그만두지 않을 것이라는 생각이 들었습니다. 당신은 화가 나서 장난을 치고 있는 것이겠죠. 하지만 여기에는 특별한 사정이 있습니다. 그리고 내가 나중에 당신에게 그 사정들을 설명하게 될지도 모릅니다. 그러니 이제 제발 그만하고 진정하세요. 이게 무슨 바보 같은 짓이에요! 당신은 내게 필요한 사람이고, 또 당신도 내 말을 듣겠다고 약속했어요. 슐란겐베르크를 기억하세요. 당신이 말을 잘 듣기를 바랍니다. 그리고 만일 해야 한다면 당신에게 명령을 하겠습니다.

당신의 P.

추신 어제의 일 때문에 기분이 상하셨다면 용서하세요.

이런 글을 읽고 나니 나는 눈이 완전히 뒤집혀 버리는 것 같았다. 내 입술은 하얗게 질렸고 몸은 떨리고 있었다. 빌어먹을 프랑스인은 억지로 멋쩍은 표정을 짓더니 내게서 눈길을 돌렸다. 내가 당황하는 모습을 보지 않으려는 것 같았다. 아니 그는 오히려 내 생각을 하면서 속으로 웃고 있었을 것이다.

「알았습니다.」 나는 대답을 했다. 「아가씨에게 안심하라고 말해 주십시오. 그런데 당신에게 물어봅시다. 내게 이 메모를 전하는 일에 왜 그렇게 오래 걸렸습니까? 이 일을 부탁받고 왔으면 당신은 쓸데없는 얘기를 지껄일 것이 아니라 이 일부터 했어야 할 것 같은데…….」

「아 그러고 싶었지만…… 워낙 묘한 일이라서 말입니다. 어쨌든 내가 원래 성급해서 그렇게 된 것이니 용서해 주십시오. 난 그저 당신의 의향을 당신으로부터 직접 그리고 좀 더 빨리 알고 싶었던 것입니다. 하지만 그 쪽지에 무슨 내용이 있는지는 모릅니다. 그리고 언제든지 전해 드릴 수 있다고 생각했지요.」 나는 매섭게 쏘아붙였다.

「무슨 말인지 알겠습니다. 당신은 그저 최후의 순간에만 이 쪽지를 건네주라는 명령을 받았다는 얘기군요. 만일 말로 해서 될 것 같으면 전하지 않아도 되고 말입니다. 그렇지요? 똑바로 얘기해요, 드 그리외 씨!」

「그럴 수도 있겠지요 Peut-être.」 그는 아주 침착한 표정을 지으면서 이렇게 말했는데, 나를 바라보는 눈길은 왠지 달라 보였다.

내가 모자를 주워 들자 그는 머리를 끄덕인 뒤에 밖으로 나갔다. 그의 입술이 조롱하듯 미소를 짓고 있는 것 같았다. 하기야 그럴 수밖에 없지 않았을까?

「이제 너하고 나는 결판을 내야 해. 이 프랑스 놈아, 어디 한번 붙어 보자!」 계단을 내려오면서 나는 이렇게 중얼거렸다. 하지만 아직까지도 뭐가 뭔지 알 수가 없었고, 마치 무언가에 머리를 얻어맞은 기분이었다. 바람을 쐬고 나니 머리가 조금은 맑아졌다.

2분쯤 지난 다음에야 나는 겨우 이해가 가기 시작했는데, 이때 내게는 두 가지 생각이 뚜렷하게 떠올랐다. 〈한 가지는〉 어제 내가 내친김에 말도 안 되는, 애들 장난 같은 위협을 몇 마디 입 밖에 냈다고 해서, 정말이지 아무것도 아닌 말들을 지껄였다고 해서 이런 〈떠들썩한〉 소동이 일어났다는 것이다! 그리고 〈두 번째〉 생각은 이렇다. 도대체 그 프랑스인은 뽈리나에게 어떤 영향력을 가지고 있는 것일까? 그의 말 한마디에 그녀는 그가 필요로 하는 것을 전부 다 해준다. 쪽지도 써주고 내게 〈부탁〉하기까지 한다. 물론 이 두 사람을 알기 시작한 첫 순간부터 내게는 이 두 사람의 관계가 언제나 수수께끼였다. 하지만 요 며칠 사이에 나는 그녀가 그를 혐오하고 있고 경멸하고 있다는 것을 알아차렸다. 그리고 프랑스인 역시 그녀를 쳐다보지 않았고, 그녀와 있을 때는 그저 무뚝뚝하게 행동할 뿐이었다. 나는 그것을 알아차리고 있었다. 뽈리나 자신이 혐오에 관해서 내게 이야기한 일이 있는데, 그때 그녀는 아주 의미심장한 고백을 했다……. 결국 프랑스인이 그녀를 완전히 지배하고 있고, 그녀는 프랑스인의 사슬에 묶여 있는 것이다…….

제8장

 이곳에서는 산책로라고 불리는 곳, 그러니까 밤나무가 늘어선 오솔길에서 나는 나의 영국인을 만났다.
 「오, 오!」 나를 보자 그는 이렇게 입을 열었다. 「당신에게 가는 길인데 당신이 이렇게 오시는군요. 그럼 벌써 당신네 일행과 헤어지신 겁니까?」
 「당신이 어떻게 그 일을 전부 알고 계시는지 먼저 말씀해 주시지요.」 나는 놀라서 이렇게 물었다. 「사람들이 모두 이 일을 알고 있단 말입니까?」
 「아, 아닙니다. 모두가 다 알고 있는 것은 아닙니다. 더군다나 알려질 만한 것도 아니고요. 그 얘기를 하는 사람은 아무도 없습니다.」
 「그러면 당신은 어떻게 알고 있습니까?」
 「말하자면 우연히 알게 된 것이지요. 이제 당신은 어디로 가십니까? 전 당신을 좋아하기 때문에 당신을 찾아 나선 것입니다.」
 「미스터 에이슬리, 당신은 훌륭한 분입니다.」 내가 말했다 (하지만 나는 무척 놀랐다. 그가 어떻게 알고 있는 것일까). 「그나저나 전 아직 커피를 마시지 못했고 당신도 제대로 마시지 못하셨을 테니까, 우리 역 근처에 있는 카페로 가서 담배라도 피웁시다. 그리고 제가 모두 말씀드릴 테니 당신도 제게 얘기해 주십시오.」

1백 걸음만 가면 카페가 있었다. 커피가 나왔고 우리는 자리를 잡고 앉았다. 나는 궐련을 피웠지만 미스터 에이슬리는 아무것도 피우지 않고서 내게 눈길을 돌려 얘기를 경청할 준비를 하고 있었다.

「전 아무데도 가지 않습니다. 여기 남아 있겠습니다.」 나는 이렇게 얘기를 꺼냈다.

「저도 당신이 남아 있을 것이라고 믿고 있었습니다.」 미스터 에이슬리는 맞장구를 치며 말했다.

미스터 에이슬리를 찾아갔을 때 나는 뽈리나에 대한 나의 사랑에 대해서 아무 얘기도 할 생각이 없었다. 아니 일부러라도 그렇게 하고 싶지 않았다. 그 일에 관해서는 요 며칠 내내 그 사람과 거의 한 마디도 나누지 않았고, 더구나 그는 수줍음을 많이 타는 사람이었다. 나는 그 사람이 뽈리나로부터 대단한 인상을 받았다는 것을 처음부터 눈치 채고 있었다. 그런데도 그는 그녀의 이름을 한 번도 들먹이는 일이 없었다. 하지만 이상한 일이다. 바로 지금 그가 자리에 앉아 멍한 눈빛으로 나를 유심히 바라보는 순간, 나는 별안간 그에게 모든 것을 이야기하고 싶은 욕구를 느꼈다. 왠지 모르게 나의 사랑과 그 미묘한 뉘앙스들을 전부 얘기하고 싶었던 것이다. 나는 반 시간 동안 쉬지 않고 얘기를 했는데, 나로서는 너무나 즐거운 일이었다. 그런 얘기를 한 것은 처음이었기 때문이다! 몇 군데 아주 열을 올리며 얘기하는 대목에서는 그도 당황을 했다. 그것을 알아차린 나는 일부러 더 열을 올리며 얘기를 했다. 한 가지 후회되는 것이 있다면, 내가 프랑스인에 대해서 무언가 필요 이상의 말을 했는지도 모른다는 점이다…….

미스터 에이슬리는 내 맞은편에 꼼짝 않고 앉아서 이야기를 듣고 있었다. 말 한 마디, 소리 하나 내지 않은 채 내 눈을 바라보고 있었다. 그런데 내가 프랑스인의 얘기를 시작했을 때 그 사람은 갑자기 내 말을 가로막더니 심각하게 물어 왔다.

「이렇게 남의 사정을 놓고 왈가왈부해도 되는 겁니까?」 미스터 에이슬리는 항상 아주 이상하게 질문을 던지곤 했다.

「당신 말이 맞습니다. 확실히 말할 수는 없지만, 그럴 권리가 없다고 봅니다.」 나는 대답했다.

「당신은 그 후작과 뽈리나 양에 대해서 정확하게 얘기할 수 있는 게 아무것도 없습니다. 그저 짐작만 할 뿐이지 않습니까?」

미스터 에이슬리처럼 소심한 사람이 그런 단호한 질문을 했다는 사실이 다시 한번 나를 놀라게 했다.

「없습니다. 정확한 것은 아무것도 없습니다.」 내가 대답했다. 「물론입니다.」

「그렇다면 당신은 나와 이 일에 대해 얘기했다는 것뿐만 아니라 그런 생각을 했다는 것 자체로도 나쁜 일을 한 것입니다.」

「알겠습니다. 좋아요! 인정하겠습니다. 하지만 지금 그게 문제가 아닙니다.」 나는 스스로에게 놀라면서 그의 말을 가로막았다. 이때 나는 어제 있었던 일들을 아주 상세하게 전부 얘기해 주었다. 뽈리나의 괘씸한 행동, 남작과 있었던 사건, 내가 일자리를 그만둔 것, 장군이 평소와 달리 겁을 먹고 있는 것, 그리고 마지막으로 오늘 드 그리외가 방문했던 이야기들을 있는 그대로 해주었고, 얘기를 마친 다음에는 쪽지를 그에게 보여 주었다.

나는 이렇게 물어보았다. 「사정이 이렇다면 당신은 어떤 결론을 내리시겠습니까?」

미스터 에이슬리가 말했다. 「전 당신 생각이 어떤지 알고 싶어서 온 것입니다. 저로 말할 것 같으면 그 프랑스인을 죽여버렸으면 좋겠다는 생각입니다. 그리고 어쩌면 그렇게 할지도 모릅니다. 그런데 저는, 뽈리나 양에 관해서라면…… 당신도 아시겠지만, 우리는 필요에 따라서 싫어하는 사람들과도 상대를 합니다. 그리고 거기에는 당신이 모르고 있는 관계들도 있을 수 있고, 또 당신과는 무관한 사정 때문에 생기는 관계도 있을 수 있습니다. 전 당신이 마음을 놓으셔도 좋다고 생각합니다. 물론 완전히는 아니겠지요. 어제 그녀의 행동에 관해서라면 물론 그건 괴상한 행동이긴 합니다. 하지만 제가 그렇게 생각하는 이유는, 그녀가 당신으로부터 벗어나기 위해 당신을 남작의 몽둥이 앞에 데려다 놓았기 때문이 아니라(그가 몽둥이를 손에 쥐고 있으면서도 몽둥이를 사용하지 않은 것이 무엇 때문인지는 모르겠지만 말입니다), 그녀처럼…… 그녀처럼 훌륭한 처녀가 그런 못된 장난을 했다는 것이 예의에 어긋나기 때문입니다. 그녀는 당신을 조롱할 목적으로 그런 일을 원했지만 정말로 당신이 행동에 옮기리라고는 예상하지 못했던 것이 틀림없어요…….」

「당신은 뭔가를 알고 계신 것 아닙니까?」 나는 별안간 소리를 질렀고 미스터 에이슬리를 뚫어지게 쳐다보았다. 「당신은 이 모든 것에 대해서 얘기를 들으신 것 같습니다. 그게 누구냐 하면 바로 뽈리나 양입니다!」

미스터 에이슬리는 놀라서 나를 바라보았다.

「당신의 눈이 빛나고 있군요. 그리고 당신 눈에서 나오는 빛이 의심의 눈빛이라는 것을 알 수 있습니다.」

그는 얘기를 하는 동안 예전의 침착함을 되찾고 있었다. 「하지만 당신에게는 당신의 의심을 드러내 보일 권리가 조금도 없습니다. 전 그 권리를 인정할 수 없기 때문에 당신 질문에 대답할 것을 거부합니다.」

「그래요, 그만 됐습니다! 대답하지 않아도 됩니다!」 나는 이상하게도 흥분을 하고 있었는데, 이렇게 소리를 질러 대면서도 왜 불쑥 그런 생각이 들었는지 알 수 없었다! 언제, 어디서, 그리고 어떤 식으로 뽈리나가 미스터 에이슬리를 자기 대리인으로 삼았단 말인가? 최근에 나는 어느 정도 미스터 에이슬리를 잊고 지냈던 것이 사실이다. 그리고 내게서 뽈리나는 언제나 수수께끼 같은 존재였다. 가령 지금 나는 미스터 에이슬리에게 나의 사랑에 얽힌 이야기를 전부 털어놓기 시작했다. 그런데 이야기를 하는 동안, 그녀와의 관계에 대해서 정확하고 확실하게 이야기할 수 있는 것이 거의 없다는 사실에 문득 놀라 버릴 정도로 그녀는 내게 수수께끼인 것이다. 확실한 얘기를 하기는커녕 모든 것이 터무니없고 괴상하고 당치 않은 것들뿐이었다.

나는 숨이 찬 듯 헐떡거리면서 대답을 했다. 「자, 자, 좋습니다, 좋아요. 난 뭐가 뭔지 모르겠습니다. 하지만 지금도 이해가 가지 않는 일이 많습니다. 어쨌든 당신은 훌륭한 사람이군요. 이번엔 다른 문제입니다만, 당신의 충고가 아니라 당신의 의견을 듣고 싶습니다.」

나는 잠시 침묵을 지킨 뒤에 이렇게 얘기를 꺼냈다.

「장군이 그렇게 겁을 집어먹은 이유에 대해서 당신은 어떻게 생각하십니까? 비록 제가 어리석고 철딱서니 없는 장난질을 하긴 했지만, 그렇다고 해서 그걸 핑계로 모든 사람들이 이런 사건을 만들어 낸 이유가 도대체 뭐란 말입니까? 드 그리외 씨마저도 끼어들어야겠다는 생각을 하고, 게다가 그는 아주 중요한 문제들에만 끼어듭니다. 나를 찾아와서, 이게 무슨 꼴이냔 말입니다, 부탁을 하고 애걸을 했습니다. 그 사람, 드 그리외가 나에게 말입니다! 마지막으로 이 말을 잘 들어 보세요. 그 사람은 아홉 시에, 아홉 시가 다 되어서 내게 왔고, 그때 그의 손에는 뽈리나 양의 메모가 쥐어져 있었습니다. 그렇다면 물어보겠는데 그게 대관절 언제 쓰어졌다는 얘깁니까? 이 일을 위해서 뽈리나 양을 깨웠을지도 모른다는 얘기 아닙니까! 내가 알고 있는 것처럼 뽈리나 양이 그의 노예라는 것 외에는, 그것 말고는 그녀가 이 모든 일들에서 그런 식으로 행동하는 것에 대해 설명할 수 있는 것이 없지 않습니까? 그녀는 왜 그렇게 관심이 많은 것이지요? 그들은 무엇 때문에 남작을 그렇게 두려워하는 것입니까? 그리고 장군이 블랑슈 드 코밍주 양과 결혼한다는 것은 또 뭡니까? 그들이 말하기로는 그놈의 사정 때문에 어떻게든 〈특별하게〉 행동하지 않을 수 없다고 합니다. 그렇지만 이건 너무나도 유별나지 않습니까, 안 그렇습니까! 어떻게 생각하십니까? 당신의 눈빛으로 봐서는 당신이 나보다 더 많은 것을 알고 있는 것이 틀림없습니다!」

미스터 에이슬리는 미소를 지으면서 고개를 끄덕였다. 그가 얘기했다. 「이 일에 관해서는 당신보다 제가 훨씬 더 많이 알고 있는 게 사실인 것 같습니다. 모든 문제는 블랑슈 양 한 사람에게 관계된 것입니다. 이것이 틀림없는 진실이라고 전 믿습니다.」

「그럼 블랑슈 양은 도대체 뭡니까?」 나는 참지 못하고 이렇게 고함을 치고 말았다(이때 내게는 이제야 뽈리나 양에 대해 무언가가 밝혀지는구나 하는 기대가 갑자기 생겨난 것이다).

「제 생각에, 지금 블랑슈 양은 어떻게든 남작이나 남작 부인과 마주치지 않으려고 각별히 신경을 쓰고 있는 것 같습니다. 게다가 기분 나쁜 만남이라면 더욱 그럴 것이고, 또 말썽이 있을 만한 만남이라면 말할 필요도 없을 것입니다.」

「맞아요! 그래요!」

「블랑슈 양은 재작년 시즌 중에 이미 이곳, 룰레텐부르크에 왔습니다. 저도 이곳에 있었지요. 그때 블랑슈 양은 드 코밍주 양이라고 불리지 않았고, 마찬가지로 그녀의 어머니인 미망인 veuve 코밍주 부인 역시도 그때는 존재하지 않았습니다. 적어도 그녀의 얘기가 입에 오르내리지는 않았습니다. 드 그리외 씨, 드 그리외 씨도 그때는 없었습니다. 그들은 서로 친척도 아닐 뿐더러 알고 지낸 지도 얼마 안 된다는 것을 저는 굳게 믿고 있습니다. 드 그리외가 후작이 된 것도 아주 최근의 일인데, 제가 이렇게 믿는 데에는 한 가지 사연이 있습니다. 심지어는 그 사람이 드 그리외라고 불리기 시작한 지가 얼마 되지 않는다고까지 생각할 수도 있지요. 그 사람이 다른 이름으로 행세할 때 그를 만난 적이 있다는 사람이 이곳에 있는데, 제가 그 사람을 알고 있습니다.」

「하지만 사실 그 사람은 알고 지내는 사람들이 상당히 많지 않습니까?」

「아, 그럴 수도 있겠지요. 블랑슈 양도 아는 사람들이 대단히 많으니까 말입니다. 하지만 재작년에 바로 그 남작이 고소를 하는 바람에 블랑슈 양은 이곳 경찰서에 불려 가서 이

도시를 떠나라는 권유를 받았고 그래서 그녀는 이곳을 떠났습니다.」

「어쩌다가 그렇게 되었습니까?」

「맨 먼저 당시에 그녀는 어떤 이탈리아인과 함께 이곳에 나타났습니다. 그 이탈리아인은 무슨 공작이라는 것 같았는데, 〈바르베리니〉인지 뭔지 어쨌든 그 비슷한 역사상의 이름을 가지고 있었어요. 온통 보석으로 치장을 하고 다녔지요. 그것도 진품으로 말입니다. 그 두 사람은 멋진 마차를 타고 다녔어요. 그리고 처음에 블랑슈 양은 〈삼십과 사십 trente et quarante〉을 참 잘했는데, 나중에는 행운이 인정사정없이 그녀에게 등을 돌리고 말았습니다. 제가 기억하는 바로는 그렇습니다. 어느 날 저녁 un beau matin이었던 것으로 기억합니다만, 그녀는 아주 많은 돈을 잃었어요. 하지만 무엇보다 큰 일은, 어느 아름다운 아침에 그녀의 공작께서 어딘지 모를 곳으로 사라져 버렸다는 것입니다. 말도 사라지고 마차도 사라지고, 모든 게 사라져 버린 것입니다. 게다가 호텔에 달아 놓은 외상값도 어마어마하게 많았어요. 젤마 양은(그녀는 별안간 바르베리니 대신 젤마 양으로 둔갑해 버렸어요) 더할 수 없는 절망에 빠져 있었고, 그 때문에 온 호텔이 떠나가도록 소리를 지르며 통곡을 했습니다. 미친 듯이 자기 옷을 갈기갈기 찢어 버렸지요. 그런데 그 호텔에는 한 폴란드인 백작이 묵고 있었습니다(여행을 다니는 폴란드인들은 하나같이 백작들이죠). 그는 옷을 찢어발기고 또 향수에 씻은 고운 손으로 자기 얼굴을 고양이처럼 할퀴어 대는 젤마 양으로부터 어느 정도 감명을 받았던 모양입니다. 두 사람은 이야기를 주고받았고 식사를 할 무렵이 되어서는 그녀의 기분이 좀 나아졌어요. 저녁에 그 남자는 젤마 양을 데리고 역으로 나왔는데, 팔짱을 끼고 있었습니다. 젤마 양은 예전처럼 아주 큰 소리로 웃고 있긴 했지만 사실 그녀는 전보다 더 거침없이 행동하고 있었던 거예요. 그녀는 곧장 룰렛 도박을 하는 부인들의 무리에 섞여 들어갔습니다. 이 부인네들이란 도박대에 다가가면 온 힘을 다해 남자 노름꾼을 어깨로 밀어낸답니다. 이곳 부인들은 그런 식으로 유별나게 멋을 부리지요. 물론 당신은 알고 계셨겠죠?」

「아, 예.」

「뭐 알고 있을 필요도 없습니다. 점잖은 사람들은 그런 부인네들이 이곳에서 사라지지 않는다는 사실에 분개를 합니다. 매일 도박판에서 1천 프랑짜리 지폐들을 바꿔 대는 부인네들조차 사라지지 않는다는 것이지요. 하지만 그 부인네들이 더 이상 지폐를 교환하지 않게 되면 그들은 당장 그곳에서 떠나 달라는 요청을 받게 됩니다. 젤마 양 역시 쉴 새 없이 지폐들을 교환하긴 했습니다만 그녀의 도박은 남들보다 더 운이 없었습니다. 잘 들으세요, 그 부인들에게는 수없이 많은 행운이 찾아옵니다. 왜냐하면 스스로에 대해서 아주 훤히 알고 있고 또 자제할 줄 알기 때문이지요. 하지만 제 이야기는 여기서 끝입니다. 어느 날 백작은 공작이 그랬던 것처럼 자취를 감추고 말았고, 이제 젤마 양은 저녁때가 되면 혼자 도박을 하러 나타났습니다. 이번에는 아무도 그녀에게 청혼을 하지 않았단 말입니다. 하지만 그녀는 이틀 만에 몽땅 날리고 말았습니다. 마지막 남은 루이도어를 걸어 보았지만 역시 마찬가지였습니다. 그녀는 주위를 둘러보았어요. 그런데 바로 그때 자기 옆에 있던 부르머헬름 남작을 발견한 것입니다. 부르머헬름 남작은 주의 깊게 그녀를 바라보았는데 몹시 화가 나 있었어요. 하지만 그가 화를 내고 있다는 사실을 젤마 양은 눈치채지 못했습니다. 그래서 그녀는 그 유명한 미소를 지으며 남작에게로 다가가서 자기 대신 10루이도어를 빨간색에 걸어 달라고 부탁을 한 것입니다. 결국 남작이 고소를 했고, 저녁 무렵 젤마 양은 이제 더 이상 역에 나타나지 말아 달라는 권유를 받았습니다. 제가 이런 자질구레하고 또 아주 불쾌한 것들을 자세히 알고 있다는 데 놀라시겠지만, 전 이 모든 이야기들을 전적으로 제 친척 중의 한 사람인 피더 씨로부터 전해 들었습니다. 피더 씨는 그날 저녁 룰레텐부르크에서 스파로 가는 길에 젤마 양을 자기 마차에 태우고 갔다고 하더군요. 이제는 이해가 가시겠지요. 블랑슈 양이 바라는 것은 장군의 부인이 되는 것입니다. 아마 2년 전 역(驛) 경찰로부터 받았던 권유들을 앞으로는 받지 않겠다는 생각이겠죠. 이제 그녀는 도박을 하지 않습니다. 하지만 거기에는 이유가 있어요. 모든 점으로 미루어 보건대 이제 그녀에게는 자본이 생긴 것입니다. 그녀는 이곳에 있는 노름꾼들에게 자본을 빌려 준 다음 이자를 거두어들이는데, 따져 보면 그쪽이 훨씬 더 실속이 있는 셈이죠. 혹시 우리의 불운한 장군께서도 그녀에게 빚을 지고 있는 것은 아닐까 하고 의심이 들 정도랍니다. 혹시 드 그리외 씨가 빚을 지고 있는지도 모르겠고, 또 어떻게 보면 그녀와 드 그리외 씨가 한통속인지도 모르겠습니다. 당신도 같은 생각이시겠지만, 이유야 어쨌든 그녀는 최소한 결혼식이 있기 전까지는 남작 부인과 남작의 주의가 자신에게 돌려지기를 원치 않을 것입니다. 한 마디로 말해서, 지금 그녀가 처한 상황에서는 추문보다 더 해로운 것이 없습니다. 그런데 당신은 그 사람들의 집안에 관계되어 있고, 또 당신의 행동이 추문을 불러일으켰을지도 모릅니다. 게다가 그녀는 매일같이 장군이나 미스 뽈리나의 팔짱을 끼고 사람들 앞에 나타나고 있지 않습니까. 이제 이해가 가십니까?」

「아니, 모르겠습니다!」 나는 이렇게 소리를 지르고 있는 힘을 다해 테이블을 내리쳤는데, 그 소리가 너무 커서 급사 garçon가 놀라 달려올 정도였다.

「얘기해 주십시오, 미스터 에이슬리.」 나는 몹시 흥분해서 이렇게 되풀이했다. 「만일 당신이 벌써부터 이 모든 일을 알고 계셨다면, 그러니까 블랑슈 드 코밍주 양이 어떤 존재인지를 속속들이 알고 계셨다면 어째서 저나 장군에게, 그리고 가장 중요한 미스 뽈리나에게 미리 알려 주지 않았습니까? 미스 뽈리나는 이곳 철도역에서 블랑슈 양과 팔짱을 낀 채 사람들 앞에 모습을 드러냈단 말입니다. 정말 그럴 수 있는 것입니까?」

「당신에게 미리 알려 줄 필요가 없었어요. 그래 봐야 당신이 할 수 있는 일은 아무것도 없었기 때문입니다.」 이어서 미스터 에이슬리는 태연하게 대답했다. 「아니 도대체 무엇을 미리 알려 준다는 말입니까? 블랑슈 양에 대해서라면 저보다 장군이 훨씬 더 많이 알고 있을지도 모릅니다. 어쨌든 장군이 그녀와 함께 그리고 미스 뽈리나와 함께 산책을 하며 돌아다닌다는 것은 참으로 딱한 일이 아닐 수 없습니다. 어제 전 블랑슈 양이 드 그리외 씨와 함께 근사한 말을 타고 달리는 것을 봤습니다. 그리고 그 뒤로 장군이 밤색 말을 타고 달리는 것도 봤어요. 어제 아침에 장군은 분명히 다리가 아프다고 했는데, 가만히 보니까 말을 잘도 타더란 말입니다. 바로 그 순간 저에게는 이런 생각이 떠올랐습니다. 이 사람은 완전히 구제 불능이구나 하고 말이에요. 더구나 이 모든 일들은 제가 상관할 바가 아니고, 또 제가 미스 쁠리나와 만나는 영광을 누린 것도 불과 얼마 전의 일입니다. 아니 그런데(미스터 에이슬리는 갑자기 얘기를 중단해 버렸다), 제가 이미 당신에게 말씀드렸을 텐데요. 아무리 제가 진심으로 당신을 좋아한다고 해도 몇 가지 질문들에 대해서만큼은 당신의 권리를 인정할 수 없다고 말입니다……」

자리에서 일어나며 나는 이렇게 말했다. 「그만 됐습니다. 이제 분명히 알겠습니다. 그러니까 미스 쁠리나는 블랑슈 양에 대해 모든 것을 알고 있기는 하지만, 그렇다고 해서 그 프랑스인과 헤어질 수는 없는 노릇이기 때문에 마지못해 블랑슈 양과 산책을 하기로 결심한 것입니다. 확실합니다. 그녀가 어쩔 수 없이 블랑슈 양과 산책을 하고 또 쪽지를 통해 제게 남작을 건드리지 말도록 간청했던 것도 바로 그것 때문입니다. 그 외에는 그녀를 그렇게 하도록 만들 만한 영향력이 없었을 것입니다. 모든 것을 굴복시키고 마는 힘이 바로 거기에 있다는 얘기지요. 하지만 나를 남작에게 가도록 부추긴 것은 바로 그녀였습니다. 젠장, 이건 도대체 뭐가 뭔지 영문을 모르겠군요.」

「당신은 잊고 계신 것이 있습니다. 첫째, 드 코밍주 양은 장군의 신부가 될 사람이라는 것입니다. 둘째, 장군의 양녀인 미스 쁠리나에게는 남동생 하나와 여동생 하나가 있는데 장군의 친자식들이죠. 하지만 두 동생은 그 미친 인간으로부터 버림을 받았습니다. 어쩌면 유산마저 빼앗겼을지도 모르죠.」

「예, 예! 그렇습니다! 아이들을 두고 떠난다는 것은 곧 아이들을 완전히 포기하겠다는 것을 의미하고, 남는다는 것은 아이들의 뒤를 돌봐 주겠다는 뜻입니다. 하지만 재산의 일부는 구할 수 있을지도 모르죠. 예, 예, 전부 다 맞습니다! 그렇지만, 그렇지만 말입니다! 아, 알았어요. 지금 그들이 왜 하나같이 할머니에게 관심을 가지고 있는지 알겠습니다!」

「누구 말씀입니까?」 미스터 에이슬리가 물었다.

「모스끄바에 있는 늙은 할멈 말입니다. 죽지도 않고 버티고 있어요. 이곳 사람들은 그 늙은 할멈이 곧 죽을 것이라는 전보를 기다리고 있는 것입니다.」

「아 그럼요, 모든 관심이 그녀에게 쏠려 있다는 것은 두말할 필요가 없지요. 문제는 유산 상속입니다! 유산 상속이 발표되면 장군은 결혼을 하게 되겠죠. 미스 뽈리나의 문제도 풀릴 것이고, 또 드 그리외도…….」

「그래, 드 그리외 씨는 어떻게 되는 겁니까?」

「드 그리외 씨는 돈을 돌려받을 것입니다. 그가 여기서 기다리고 있는 것은 그거 하나뿐입니다.」

「그것뿐이라! 그 사람이 단지 그것만을 기다린다고 생각하십니까?」

「더 이상은 아무것도 모릅니다.」 미스터 에이슬리는 완강하게 침묵을 지켰다.

「하지만 전 압니다. 전 알고 있어요.」 나는 부아가 치밀어서 이렇게 되풀이했다. 「그 사람도 유산 상속을 기다리고 있는 겁니다. 왜냐하면 뽈리나는 지참금을 받을 것이고 돈을 받은 다음에는 곧장 드 그리외의 목에 매달릴 테니까요. 여자들이란 다 그렇습니다! 가장 당당하던 여자들이 결국에는 가장 천박한 노예가 되어 버린단 말입니다! 뽈리나가 할 줄 아는 것이라고는 뜨겁게 사랑하는 것밖에 없어요! 그녀에 대한 제 견해는 이렇습니다! 특히 그녀가 혼자 앉아서 생각에 잠겨 있을 때 그녀의 모습을 한번 보세요. 그건 정말이지 선고를 받은 듯한 모습이고 운명이 예정된 듯한 모습입니다. 꼭 저주받은 사람 같다니까요! 그녀는 인생의 모든 불행에 뛰어들 수도 있고 정염에 몸을 불태울 수도 있는 여자예요······. 그녀는······ 그녀는······ 그런데 나를 부르는 게 누구죠?」 나는 느닷없이 큰 소리로 외쳤다. 「누가 소리를 치는 것일까요? 저는 들었습니다. 〈알렉세이 이바노비치!〉 하고 러시아 말로 소리쳤어요. 여자 목소리입니다. 들어 보세요, 들어 보란 말입니다!」

이때 우리는 내가 묵고 있는 호텔 가까이에 와 있었다. 카페를 나온 지가 한참이 되었는데도 우리는 그것을 모르고 있었던 것이다.

「여자가 외치는 소리를 들었습니다. 그런데 누구를 부르는 것인지 모르겠군요. 러시아 말이긴 한데 말이에요. 아하, 어디서 외치는 소리가 났는지 이제 알겠습니다.」 미스터 에이슬리는 손가락으로 가리켰다. 「저기 저, 큰 안락의자에 앉아 있는 여자가 소리를 지르고 있습니다. 여러 명의 급사들이 그녀를 현관으로 옮기고 있군요. 그 뒤로는 트렁크들을 나르고 있는데, 이건 방금 기차가 도착했다는 뜻입니다.」

「하지만 왜 저를 부르는 것일까요? 그녀가 또 소리치고 있잖아요. 보세요, 우리에게 손을 흔들고 있습니다.」

「손 흔드는 것이 보입니다!」 미스터 에이슬리가 말했다.

「알렉세이 이바노비치! 알렉세이 이바노비치! 아이고, 세상에 저렇게 멍청한 사람이 다 있어!」

호텔 현관에서는 떠나갈 듯한 고함소리가 울려 퍼지고 있었다.

우리는 거의 달리다시피 해서 호텔 입구로 갔다. 그리고 나는 층계참 위에 올라섰다. 그런데…… 나는 어이가 없어서 두 팔을 축 늘어뜨렸고 내 다리는 돌바닥에 딱 붙어 버리고 말았다.

제9장

 넓은 호텔 현관의 위 층계참에서 하인과 하녀들 그리고 수많은 호텔 급사들에 둘러싸인 채 안락의자에 실려 계단을 따라 옮겨지고 있는 사람, 그것도 모자라서 급사장으로부터도 귀빈의 영접을 받고 있는 사람, 그 사람은 바로 〈할머니〉였다! 산더미 같은 가죽 가방들, 트렁크들, 하녀들, 그야말로 시끌벅적하고 요란스럽게 들이닥친 것이다. 그렇다. 돈 많은 일흔다섯 살의 안또니다 바실리예브나 따라세비체바, 피도 눈물도 없는 바로 그 할머니였다. 지주에다가 모스끄바의 귀부인이자 노령의 할머니인 그녀, 오갔던 전보의 주인공으로서 죽었다 살았다 하는 그녀, 뜻밖에도 그녀가 직접 우리를 찾아온 것이다. 이건 정말 아닌 밤중에 홍두깨였다. 비록 다리가 불편해서 최근 5년 동안 줄곧 안락의자에 실려 다니고 있긴 하지만, 불 같은 성미에 독선적이고 기운이 펄펄 넘치는 그녀는 꼿꼿한 자세로 앉아서 명령하듯이 소리를 지르고 또 누구에게나 욕을 퍼붓는다. 내가 선생의 자격으로 장군 집에 들어가게 된 이후에 두 번인가 볼 기회가 있었는데 그때와 달라진 데가 한 군데도 없었다. 물론 나는 어이가 없어서 멍하니 그녀 앞에 서 있었다. 안락의자에 실려 들어가던 그녀는 1백 걸음이나 떨어진 거리에 있는 나를 반짝이는 눈빛으로 발견해 냈고, 나라는 것을 확인한 다음에는 내 이름과 부칭(父稱)[15]을 부르며 큰 소리로 외쳐 댔던 것이다. 아니나 다를까, 그녀는 내 이름과 부칭을 확실히 기억하고 있었다. 〈이런 할머니가 관 속에 들어가 매장되기를 기다리고 또 유산을 남기기를 기다렸다니!〉 순간 이런 생각이 머리를 스치고 지나갔다. 〈하지만 이 할머니는 우리 모두보다, 그리고 호텔보다도 더 오래 버티겠어! 아 이런, 이제 우리들은 어떻게 된단 말인가, 우리 장군은 이제 어떻게 된단 말인가! 이제 그녀는 호텔을 온통 뒤집어 놓고 말 것이다!〉

「아니 자네, 왜 두 눈을 부릅뜨고 내 앞에 서 있는 거야!」 할머니는 계속해서 내게 고함을 쳤다. 「안녕하십니까 하고 인사할 줄도 모르는 거야 뭐야? 아니면 거만해져서 인사하고 싶지 않은 거야? 혹시 나를 몰라본 거 아니야? 이봐, 뽀따뻬치.」 할머니는 이번 여행에 동행하고 있는 자신의 집사에게 말을 걸었다. 이 노인은 하얀 넥타이를 매고 연미복을 입고 있었는데, 머리가 희끗희끗했고 머리털이 빠진 자국은 장밋빛을 띠고 있었다. 「이것 봐, 이 사람이 날 몰라본단 말이야! 날 땅속에 묻어 버렸다니까! 죽었나 안 죽었나 쉴 새 없이 전보를 보냈지? 난 다 알고 있어! 하지만 자 봐, 난 건강해.」

「무슨 말씀을 그렇게 하십니까, 안또니다 바실리예브나. 제가 무엇 때문에 당신이 잘못되기를 바라겠습니까? 전 단지 놀랐을 뿐입니다만......, 아니 이런 뜻밖의 일을 당하고도 어떻

---

15 러시아인의 정식 이름은 이름, 부칭, 성의 세 부분으로 구성되는데, 약간 격식을 차리는 사이에는 서로 이름과 부칭을 함께 부르고 격이 없는 사이에는 그냥 이름만 부른다.

게 놀라지 않겠습니까…….」 정신을 차린 나는 기분좋게 대답했다.

「그런데 자네가 왜 놀라지? 난 차를 타고 달려온 것뿐이야. 차 안은 조용했고 흔들리지도 않았네. 자네는 산책을 하러 갔었던 겐가? 그런 거야?」

「예, 역으로 산책을 다녀왔습니다.」

「이곳은 참 좋은걸.」 할머니는 주위를 둘러보면서 이렇게 말했다. 「따뜻하고 나무도 우거지고 말이야. 난 이런 게 좋아! 다들 집에 있나? 장군은?」

「아! 아마 지금 시간에는 모두 집에 있을 겁니다.」

「그런데 애들은 이곳에서까지 시간이나 맞추고 다니면서 갖출 건 다 갖추고 사는 건가? 잘난 체하고 있구먼. 그런데 그 잘난 러시아 나리들이 les seigneurs russes 마차를 굴리고 있다면서! 가진 걸 죄다 날려 버리고 외국으로 왔으면서 말이야! 그래, 쁘라스꼬비야[16]도 장군과 함께 있는 겐가?」

「예, 뽈리나 알렉산드로브나도 있습니다.」

「그러면 그 프랑스 놈도 있는 거야? 아 아니야, 내 눈으로 다 봐야겠어. 곧장 그들에게로 길을 안내하게, 알렉세이 이바노비치. 그래, 자네는 여기서 잘 지내고 있나?」

「그저 그렇습니다, 안또니다 바실리예브나.」

「그리고 뽀따뻬치, 넌 말이야, 저 바보 같은 급사에게 말해서 편안하고 좋은 방을 비싸지 않은 값에 내놓으라고 해. 그런 다음에 짐들을 당장 그곳으로 옮겨 놓아. 그런데 왜 다들

---

16 러시아의 아이들은 프랑스·영국식 교육을 받는 일이 흔했으므로 러시아 이름이 프랑스나 영국식 이름과 비슷해지는 현상이 생겼다. 여기서는 쁘라스꼬비야가 뽈리나가 된 것이다.

나를 옮기겠다고 난리들이지? 왜 슬슬 기는 거냐고? 이런 노예들 같으니! 그런데 자네와 같이 있는 사람은 누군가?」그녀가 다시 내게 말을 걸었다.

「미스터 에이슬리입니다.」내가 대답했다.

「미스터 에이슬리가 누구지?」

「여행을 하고 있는 사람입니다. 저와 아는 사이인데 좋은 분입니다. 장군님과도 아는 사이고요.」

「영국 사람이로구먼. 똑바로 쳐다보면서 입도 뻥긋하지 않으니 말이야. 하지만 난 영국 사람들을 좋아해. 자, 날 위로 옮겨다 주게, 그들이 있는 방으로 곧장 말이야. 어디들 있지?」

할머니는 옮겨졌고 난 호텔의 넓은 계단을 따라 앞으로 걸어 나갔다. 우리의 행렬이 대단히 인상적이었는지, 할머니와 마주친 사람들은 하나같이 제자리에 멈춰 섰고 눈이 휘둥그레진 채 바라보고 있었다. 우리가 묵고 있는 호텔은 온천에서 가장 훌륭하고 비싸며 가장 귀족적이었기 때문에, 계단과 복도에서는 언제나 화려한 부인들과 마주치게 되고 유력한 영국 인사들을 만나게 된다. 아래층에서는 많은 사람들이 급사장에게 질문을 던지고 있었다. 자기 자신도 크게 놀라고 있던 급사장은 물어보는 사람들 모두에게, 그녀는 귀한 신분의 외국인으로서 러시아 여자이고 백작 부인이며 유력한 부인이라고 대답했고, 또 일주일 전에 N대공 부인이 썼던 방을 쓰게 될 것이라고 대답했다. 주위의 이목을 끄는 주된 원인은 안락의자에 앉은 채 위로 옮겨지고 있는 할머니의 위압적이고 압도하는 듯한 모습이었다. 새로운 얼굴과 마주칠 때마다 할머니는 호기심에 가득 찬 눈길로 그 사람을 재보았고, 그 사람들 하나하나에 대해서 내게 큰 소리로 물어보는 것이었다. 할머니는 몸집이 컸고 키도 굉장히 컸는데, 굳이 안락의자에서 일어나지 않더라도 굉장히 크다는 것을 미리 짐작할 수 있을 정도였다. 등은 안락의자에 기대지 않은 채 판때기처럼 꼿꼿이 세우고 있었다. 얼굴의 선은 굵고 뚜렷했으며 희끗희끗하고 커다란 머리는 위로 치켜들려 있었는데, 그녀가 쳐다보는 모습은 어쩐지 도도하고 도전적이기까지 했다. 하지만 그녀의 시선과 몸짓은 분명히 꾸민 것이 아니었다. 일흔다섯이라는 나이에도 불구하고 그녀의 얼굴은 꽤 생기가 있었고 치아에도 전혀 이상이 없는 것 같았다. 할머니는 검은 비단옷을 입고 흰 모자를 쓰고 있었다.

「그녀는 아주 흥미로운 데가 있어요.」 내 옆에서 나란히 계단을 올라가고 있던 미스터 에이슬리가 내게 속삭였다.

〈그녀는 전보에 대해 알고 있는 거야. 드 그리외에 대해서도 알고 있어. 하지만 블랑슈 양에 대해서는 아직 잘 모르고 있는 것 같군.〉 나는 이런 생각을 당장 미스터 에이슬리에게 알려 주었다.

미안한 일이지만, 맨 처음의 충격이 가시자마자 나는 우리가 장군에게 안겨다 줄 날벼락과 같은 충격을 생각하며 몹시 기뻐하고 있었고, 마치 무언가에 홀려 버린 것처럼 신바람이 나서 앞장서 가고 있었다.

우리 일행은 3층에 방을 잡고 있었다. 나는 미리 알리지도 않았고 문을 두드리지도 않았다. 그저 문을 활짝 열어 젖히기만 했다. 할머니는 의기양양하게 안으로 들어섰다. 약속이라도 한 듯이 모두가 장군의 서재에 모여 있었다. 시간은 열두 시였고 아마도 여행 계획을 짜고 있었던 것 같다. 어떤 사람들은 마차로, 또 어떤 사람들은 말을 타고서 모두 함께 떠날 계획을 하고 있었는데, 아는 사람들 중에서도 몇몇을 초청할 계획이었다. 장군과 뽈리나와 아이들 그리고 아이들의 유모가 있었고, 그 밖에도 여전히 승마복 차림을 하고 있는 블랑슈 양, 드 그리외, 블랑슈 양의 어머니인 미망인 코밍주, 몸집이 작은 공작, 그리고 처음 보는 어떤 독일인 학자가 있었는데 이 사람은 여행을 다니는 사람이었다. 할머니의 안락의자는 서재 한가운데, 장군으로부터 세 걸음 떨어진 곳에 놓였다. 이런 세상에, 나는 그 인상적인 장면을 결코 잊지 못할 것이다. 우리가 들어오기 전에 장군은 무언가를 얘기하고 있었고, 드 그리외는 장군의 말을 고쳐 주고 있었다. 여기서 짚고 넘어가야 할 것은, 어찌 된 일인지 블랑슈 양과 드 그리외가 벌써 이삼 일째 왜소한 몸집의 공작에게 몹시 아부를 떨고 있다는 것이다. 그것도 불쌍한 장군이 보는 앞에서. 하지만 비록 꾸민 것이라 할지라도 어쨌든 이 패거리는 아주 유쾌하고 즐겁고 가족적인 분위기에 젖어 있었다. 할머니의 모습을 본 순간 기겁을 하며 놀란 장군은 입을 딱 벌린 채 꿀 먹은 벙어리가 되었는데, 그만 그 자리에서 온몸이 굳어 버린 것 같았다. 장군은 마치 바질리스크[17]의 시선에 주문이 걸린 사람처럼 눈이 휘둥그레져서 할머니를 쳐다보고 있었다. 할머니 역시 입을 다물고 꼼짝도 하지 않은 채 장군을 바라보았다. 하지만 할머니의 시선은 그야말로 의기양양하고 도도하고 조롱하는 듯한 시선이었다! 주위 사람들의 쥐죽은 듯한 침묵 속에서 두 사람은 꼬박 10초 동안을 그렇게 서로 쳐다보고 있었던 것이다. 깜짝 놀라 꼼짝도 못하고 있던 드 그리외의 얼굴에는

---

[17] 사람을 입김이나 시선으로 죽인다는, 반은 새고 반은 뱀의 형상을 한 괴상한 뱀.

이제 예사롭지 않은 불안감이 감돌았고, 한편 눈썹이 치켜 올라가고 입이 딱 벌어진 블랑슈 양은 사나운 눈초리로 할머니를 쏘아보고 있었다. 공작과 독일인 학자는 어리둥절해 하면서 이 모든 광경을 지켜보고 있었다. 뽈리나의 눈빛에는 말로 표현할 수 없는 놀라움과 의혹이 어리는 듯했는데, 별안간 그녀의 얼굴이 손수건처럼 하얗게 질려 버렸다. 그리고 잠시 후에는 얼굴 쪽으로 피가 몰리더니 뺨이 온통 빨갛게 물들었다. 그렇다. 이것은 우리 모두에게 커다란 충격이었다! 내가 한 일이라고는 그저 할머니로부터 주위 사람들에게로, 그리고 주위 사람들에게서 할머니에게로 눈길을 옮기는 것뿐이었다. 미스터 에이슬리는 늘 그렇듯이 차분하고 점잖게 한쪽 옆에 서 있었다.

「자, 내가 왔다! 전보 대신에 말이야!」 마침내 할머니는 침묵을 깨고 이렇게 퍼붓기 시작했다. 「왜, 날 기다렸던 게 아니냐?」

「안또니다 바실리예브나…… 아주머니……, 그런데 어떻게…….」 불쌍한 장군이 더듬거리며 말했다. 만일 할머니가 몇 초만 더 말을 하지 않았더라도, 어쩌면 장군은 기절했을지도 모른다.

「뭐가 어떻게야? 기차를 타고 왔지. 철도는 왜 있겠어? 너희들은 내가 뒈져 버리고 유산을 남겼을 것이라고 생각했지? 난 자네가 이곳에서 전보들을 보냈다는 사실을 알고 있네. 이곳에서 전보를 보내려면 돈이 꽤 들 텐데, 자네 그 돈을 대느라고 고생했겠구먼. 어쨌든 내가 부리나케 달려왔잖은가, 여기 이렇게 말이야. 이 사람이 그 프랑스 사람인가? 아마 드 그리외라고 했지?」

「예, 부인Oui, madame. 정말 너무나 반갑습니다et croyez, je suis si enchanté……. 건강하셔서 votre santé…… 놀랍군요 c'est un miracle…… 이곳에서 만나 뵙게 되다니, 뜻밖에도 이런 좋은 일이vous voir ici, une surprise charmante…….」 드 그리외가 말을 받았다.

「그래, 좋단 말이지. 난 자네를 알고 있는데, 정말 웃기는 작자더군. 난 자네 말을 절대 믿지 않아!」 이렇게 말한 다음 할머니는 새끼손가락으로 그를 가리켰다.「이 사람은 누구지?」 그녀는 돌아서서 블랑슈 양을 가리켰다. 승마복 차림에 채찍을 쥐고 있는 인상적인 프랑스 여자가 할머니에게는 놀랍게 보였을 것이다.「이곳 사람인가? 그래?」

「이분은 블랑슈 드 코밍주 양입니다. 그리고 여기는 그녀의 어머니 드 코밍주 부인입니다. 이 호텔에서 방을 얻어서 지내고 있지요.」 나는 이렇게 알려 주었다.

「딸은 결혼을 했고?」 할머니는 예의를 차리는 데는 신경을 쓰지 않은 채 이렇게 캐묻고 있었다.

「드 코밍주 양은 처녀입니다.」 나는 될 수 있는 대로 정중하게 대답했고 목소리도 낮추었다.

「명랑한가?」

나는 이 질문이 무엇을 뜻하는지 몰랐다.

「저 여자와 함께 있으면 따분하지 않아? 러시아어는 알아들어? 여기 이 사람 드 그리외는 모스끄바에 있을 때 우리 말을 곧잘 했지. 띄엄띄엄 하기는 했지만.」

나는 할머니에게 드 코밍주 양은 러시아에 와본 적이 없다고 설명해 주었다.

「안녕하신가Bonjour!」 할머니는 갑자기 블랑슈 양에게로 돌아서면서 말했다.

「안녕하십니까, 부인.」 블랑슈 양은 유난히 겸손하고 공손한 척하면서 예의 바르고 우아하게 무릎을 굽혀 인사를 했다. 하지만 괴상한 질문과 태도에 몹시 놀랐다는 것을 얼굴 표정과 몸짓으로 한껏 드러내 보이느라 정신이 없었다.

「옳아, 눈을 떨구는구먼. 잘난 척하고 격식을 차리는 척하는 거겠지. 뭐 하는 사람인지 당장에 알겠어. 무슨 배우 같은 것일 테지. 난 이 호텔 아래층에 묵기로 했네.」 할머니는 별안간 장군에게로 돌아서며 이렇게 말했다. 「자네 곁에서 지낼 거란 말이야. 기쁜가 안 기쁜가?」

「어이구 아주머니, 저는 정말로 기쁩니다. 진심입니다, 믿어 주세요……」 어느 정도 정신을 차린 장군이 이렇게 말을 받았다. 사실 장군은 경우에 따라서 진지하고 그럴듯하게 얘기할 줄 아는 사람이었고, 또 그것이 어느 정도 효과를 보기도 했다. 그래서 이번에도 그는 장황하게 늘어놓기 시작한 것이다.

「저희는 아주머니께서 몸이 편찮으시다는 소식에 깜짝 놀랐고 또 걱정을 했습니다……. 저희는 절망적인 내용의 전보들을 받았습니다만 이렇게 갑자기…….」

「아아, 거짓말이야, 거짓말!」 할머니는 얼른 말을 가로챘다.

「하지만 어떻게 된 일입니까?」 장군 역시 재빨리 말을 가로챘고, 〈거짓말이야〉라는 말을 못 들은 척하려고 애쓰면서 언성을 높였다. 「어쩌다가 이번 여행에 나서기로 결심하셨습니까? 알고 계시겠지만, 아주머니의 연세와 건강을 생각한다면…… 적어도 이 모든 것들이 예상 밖의 일이라는 것만큼은 확실합니다. 또 저희가 놀라는 것도 당연한 일이고요. 하지만 전 너무 기쁩니다……. 그리고 저희 모두는(장군은 아양을 떨면서 환하게 웃기 시작했다) 아주머니께서 이 고장에서의 휴가를 아주 즐겁게 보내실 수 있도록 최대한 노력하겠습니다…….」

「그만 됐네. 쓸데없는 헛소리를 지껄이는 건 여전하구먼 그래. 나 혼자서도 지낼 수 있어. 그렇다고 해서 자네가 싫다는 얘기는 아닐세. 원수진 일은 없으니까 말이야. 그런데 자네가 어떻게 된 일이냐고 물었는데, 그래 그게 뭐 그렇게 놀랄 일인가? 아주 간단한데도 모두들 무엇인가에 놀라고 있어. 잘 있었니, 쁘라스꼬비야. 여기서 뭘 하고 있지?」

「안녕하세요, 할머니.」 뿔리나가 할머니 옆으로 가까이 다가서서 말했다. 「여행을 떠나 오신 지 오래되셨나요?」

「옳지, 제일 똑똑하게 물어보는구나. 이래야 되는 건데, 그저 어이구, 어이구라고만 하니 이거야 원! 자 들어 봐라. 난 누워 있기도 많이 누워 있었고 치료도 지겹도록 받았어. 그래서 의사들은 다 집어치우고 니꼴라 사원에서 일하는 수도사를 불러왔단다. 그 사람은 중병을 앓고 있는 어떤 시골 여자를 건초 부스러기로 깨끗이 치료했는데, 아 글쎄 나도 효험을 봤지 뭐냐. 사흘째 되니까 온몸이 땀으로 흥건해졌어. 그리고 나는 자리에서 일어난 거야. 그 다음에는 주위에 있던 독일 사람들이 내게 몰려와서 안경을 끼우고 옷을 입히기 시작했어. 그 사람들은 〈이제 외국의 온천으로 가서 치료를 받으시면 폐색증은 말끔히 사라질 것입니다〉라고 하더군. 아 그러지 말라는 법도 없지 않겠냐? 그런데 두리 자지긴[18]들은 〈어딜 간다고 이러십니까!〉 하면서 자꾸 어이구, 어이구 하는 거야.

---

18 러시아어로 dur'-zazhigin이라고 표기되어 있으며 멍청이의 속된 말인 듯하다.

기가 막혀! 왜들 그러는지 모르겠어! 난 하루 만에 준비를 다 해놓고 지난주 금요일에 계집아이와 뽀따뻬치, 하인 표도르를 데리고 떠났단다. 그런데 표도르는 베를린에서 돌려보내 버렸어. 데리고 올 필요도 없었고, 또 혼자서 고독을 씹으며 오고 싶기도 했고……. 기차는 특실을 잡으면 되고 또 짐꾼들은 어느 역에나 있기 때문에 20꼬뻬이까만 주면 원하는 곳까지 짐을 옮겨다 주거든. 아니 자네, 정말 훌륭한 방을 얻었구먼!」 할머니는 주위를 둘러보면서 얘기를 일단락 지었다. 「아니 무슨 돈으로 이런 걸 다 빌렸지? 자네는 몽땅 다 저당 잡혀 있을 테고, 또 이 프랑스 사람에게 갚을 돈만 해도 얼마나 많으냐고! 난 다 알아, 다 알고 있단 말이야!」

「저는 말입니다, 아주머니……. 놀랐습니다, 아주머니……..」 장군은 완전히 갈팡질팡하고 있었다. 「하지만 누가 돌봐 주지 않아도 아마 잘될 거예요…… 게다가 제가 가진 돈보다 더 많이 쓴 것도 아닙니다. 그리고 저희는 이곳에서…….」

「더 쓰지 않았다고? 그래, 잘한다! 아이들 몫으로 남겨 놓은 돈까지 몽땅 끌어다 썼겠지! 후견인이라는 사람이 말이야!」

울화가 치민 장군이 입을 열었다. 「이왕 이렇게 되었으니, 그런 말까지 들었으니……, 저도 이제 모르겠습니다…….」

「그렇지, 모르시겠지! 이곳 룰렛 판에서 손을 뗄 수가 없는 것이겠지! 전부 날려 버린 거지?」

장군은 어찌나 놀랐는지 북받치는 감정에 목이 메일 뻔했다.

「룰렛이라니요! 제가요? 저 같이 중요한 위치에 있는 사람이…… 제가 말입니까? 정신 차리세요, 아주머니. 아직도 몸이 불편하신 것 같습니다…….」

「아아, 거짓말 마, 거짓말. 날 끌어내지는 못할 거야. 전부 거짓말이야! 그 룰렛이 어떻게 생긴 것인지 오늘 당장 봐야겠어. 쁘라스꼬비야, 네가 얘기해 보거라, 어디 가서 무엇을 돌아봐야 하는지 말이야. 그리고 알렉세이 이바노비치가 안내해 줄 테니까, 뽀따뻬치, 넌 돌아다녀야 할 곳들을 모두 적어놔. 여기서는 어떤 것들을 구경하고 다니지?」 할머니는 갑자기 뽈리나 쪽으로 몸을 돌리면서 이렇게 말했다.

「이곳에서 멀지 않은 곳에 옛 성터가 있고, 그 다음에는 슐란겐베르크예요.」

「슐란겐베르크가 뭐지? 숲이냐?」

「아니오, 숲이 아니에요. 그건 산이에요. 그곳에 포앵트[19]가……」

「포앵트라니?」

「산꼭대기인데 울타리로 둘러쳐져 있어요. 그곳에서 내려다보이는 경치는 정말 최고예요.」

「그러면 안락의자를 산으로 끌고 가야겠구나? 산 위로 끌고 갈 수 있을까?」

「아, 인부들을 구할 수 있을 겁니다.」 내가 대답했다.

이때 페도시야가 장군의 아이들을 데리고 할머니에게로 와서 인사를 했다.

「아니야, 입맞출 필요는 없어! 난 애들과 키스하는 것을 좋아하지 않아. 애들은 하나같이 코를 흘리거든. 그래 페도시야, 넌 여기 웬일이냐?」

「여기는 정말, 정말 좋아요, 안또니다 바실리예브나 부인.」 페도시야가 대답했다. 「부인께서는 어떻게 되신 거예요? 저

[19] 원래는 발레 슈즈의 딱딱한 끝 부분을 이르는 말이다. 하지만 여기서는 그 모양을 닮은 산봉우리 이름으로 쓰이고 있다.

희는 부인을 몹시 걱정했는데요.」

「그래, 네가 거짓말을 하지 않는다는 것은 알고 있어. 아니 그런데 다들 누구지, 전부 손님들이냐?」 그녀는 다시 뽈리나를 향해 말했다. 「안경을 끼고 있는 저 꾀죄죄한 사람은 누구냐?」

「니실스끼 공작이에요, 할머니.」 뽈리나가 할머니에게 속삭였다.

「그럼 러시아 사람이란 말이냐? 난 저 사람이 우리 말을 못 알아듣는 줄 알았지 뭐냐! 못 들었을지도 모르지! 난 벌써 미스터 에이슬리를 만났단다. 아, 저 사람 여기서 또 보는구면.」 할머니는 미스터 에이슬리를 발견했다. 「안녕하시오!」 할머니는 불쑥 그에게 말을 걸었다.

미스터 에이슬리는 말없이 할머니에게 인사를 했다.

「그래, 나한테 뭐 좀 좋은 얘기를 해주지 않겠나? 아무거나 얘기해 보게! 뽈리나야, 저 사람한테 이 말을 통역해 줘라.」

뽈리나는 통역을 했다.

「당신을 바라보고 있으니 참 즐겁습니다. 그리고 건강이 좋으셔서 기쁩니다.」 미스터 에이슬리는 진지하면서도 아주 거리낌 없는 태도로 대답했고 할머니에게는 통역으로 전달되었다. 아마도 이 말이 할머니의 마음을 흡족하게 했던 것 같다.

「언제 봐도 영국인들은 대답을 참 잘한다니까.」 할머니가 말했다. 「무엇 때문인지 몰라도 난 항상 영국 사람들을 좋아했어. 프랑스 사람들과는 비교할 바가 아니야! 내게 들르게.」 그녀는 다시 미스터 에이슬리를 향해 말했다. 「그렇게 귀찮게 하는 일은 없을 테니까 말이야. 이 말을 저 사람에게 전해라. 그리고 내가 여기 아래층에, 아래층에 있다고 말해. 아시겠소? 아래층, 아래층이라고.」 할머니는 손가락으로 아래쪽을 가리키면서 미스터 에이슬리에게 거듭 되풀이했다.

미스터 에이슬리는 초대를 받은 것에 대해 무척 만족스러워했다.

할머니는 주의 깊고 만족스러운 눈길로 뽈리나를 발끝에서 머리끝까지 훑어보았다.

「쁘라스꼬비야. 난 네가 사랑스럽단다.」할머니는 느닷없이 이런 말을 꺼냈다. 「여기 있는 사람들 전부보다도 네가 훨씬 더 낫다. 고집도 있고 말이야. 어이쿠 이런! 그러고 보니 나도 고집이 있긴 있구나. 어디 돌아 보렴. 머리 위에 가발을 쓰고 있는 건 아니냐?」

「아니에요, 할머니. 제 머리예요.」

「그래, 그래야지. 난 요즘처럼 어리석은 유행 따위는 좋아하지 않아. 넌 참 훌륭하구나. 만약에 내가 연애를 하는 남자였다면 너한테 반했을 게다. 그런데 시집은 왜 안 가고 있지? 아, 이제 그만해야 되겠다. 계속 차만 타고 왔더니 이제는 산책을 좀 하고 싶구나……. 아니 자네는 왜 아까부터 화가 나 있는 겐가?」할머니는 장군을 향해 말했다.

무슨 생각이 떠오른 듯 장군은 즐거워하면서 대답했다. 「화를 내다니오, 아주머니. 이젠 됐습니다! 전 이해합니다. 아주머니 연세에는…….」

「이 할망구가 갑자기 애처럼 되어 버렸는걸 Cette vieille est tombée en enfance.」드 그리외가 내게 속삭였다.

「난 이곳에 있는 것들을 전부 봤으면 좋겠어. 자네가 알렉세이 이바노비치를 양보해 주겠나?」할머니가 장군에게 말했다.

「아, 원하신다면 얼마든지요. 그렇지만 저도…… 그리고 뽈리나와 드 그리외 씨도…… 저희 모두 아주머니와 함께 가는 것을 기쁨으로 여길 것입니다……」

「부인, 함께 간다면 정말 기쁘겠습니다Mais, madame, cela sera un plaisir.」 드 그리외가 매력적인 미소를 지으며 불쑥 끼어들었다.

「옳거니, 기쁨plaisir이라고 했겠다. 자네에게는 웃기는 구석이 있어. 아무리 그래도 난 자네에게 돈을 주지 않겠네.」 할머니는 느닷없이 장군을 향해 이렇게 덧붙였다. 「그럼 이제 내 방으로 가볼까. 한번 둘러본 다음에 여기저기 돌아보러 가야겠다. 자, 날 들어올려라.」

할머니는 다시 들어올려졌고 우리는 안락의자 뒤로 우루루 몰려가서 계단을 따라 아래층으로 내려갔다. 장군은 마치 몽둥이로 머리를 얻어맞아 정신이 나간 사람처럼 걷고 있었고, 드 그리외는 무언가를 생각하고 있었다. 블랑슈 양의 경우 분명히 남아 있고 싶었을 텐데도 무슨 목적에선지 사람들과 함께 가겠다고 결정을 내렸다. 공작도 그녀의 뒤를 따라 곧바로 방을 나섰기 때문에 위층 장군의 방에는 미망인 코밍주 부인과 독일인 두 사람만이 남게 되었다.

제10장

 온천에서 — 유럽 어디를 가나 마찬가지겠지만 — 손님들에게 방을 배정하는 일은 손님들의 희망이나 요구보다는 오히려 손님들에 대한 호텔 관리자나 급사장들의 개인적인 견해에 의해 결정되는 것이 보통이다. 여기서 명심해 두어야 할 것이 있다면, 그들의 판단이 틀리는 일은 좀처럼 없다는 것이다. 그런데 어찌 된 영문인지 할머니에게만큼은 도가 지나칠 정도로 호화로운 방이 배정되었다. 화려하게 장식된 네 개의 방, 목욕탕, 식모들이 쓸 방, 시녀를 위해 마련된 방 등등. 일주일 전에 대공 부인인가 뭔가 하는 사람이 그 방들을 사용했다고 하는데, 이 사실은 새로 온 손님에게도 즉시 알려졌다. 물론 방 값으로 더 많은 돈을 올려 받기 위해서였다. 할머니는 안락의자에 실려 다녔다. 아니 이 방 저 방으로 굴러다녔다고 하는 편이 더 낫겠다. 그녀는 근엄하고 주의 깊게 방들을 둘러보았고, 나이가 지긋이 든 대머리 급사장은 공손한 태도로 할머니의 첫 순시에 따라다니고 있었다.

 그들이 할머니를 어떤 사람으로 보았는지 제대로 알 수는 없지만 아마도 대단히 중요한 인물로, 또 돈이 굉장히 많은 사람으로 보았을 것이다. 숙박부에는 곧바로 〈장군 부인 마님, 따라쎄비체바 공작 부인Madame la générale, princesse de Tarassevitcheva〉이라고 기록되었다. 하지만 할머니는 절대 공작 부인이 아니었다. 예전에도 그런 일은 없었다. 할머니가 이렇게까지 위력을 발휘할 수 있는 것은 아마도 시종들과 열차의 특실, 그리고 할머니와 함께 산더미처럼 들이닥친 쓸데없는 궤짝들과 트렁크들 그리고 상자들 때문이었던 것 같다. 게다가 할머니의 안락의자, 카랑카랑한 목소리와 말투, 그리고 거리낌 없는 태도와 그 어떤 반박도 용서하지 않겠다는 표정으로 던져 대는 괴팍한 질문들 등등, 한마디로 말해서 할머니의 모습 전체 — 그것은 노골적이고 사납고 위압적인 것이었다 — 가 사람들로 하여금 경건한 태도를 취하도록 만들었던 것이다. 이것저것 돌아보던 할머니는 걸핏하면 안락의자를 세우게 한 다음 가구들 중의 하나를 가리키며 뜻밖의 질문을 급사장에게 던졌는데, 공손하게 미소를 짓고 있던 급사장은 채 질문이 떨어지기도 전에 지레 겁부터 먹는 것이었다. 할머니는 프랑스어를 하고 있었다. 하지만 너무 서툴렀기 때문에 늘 하던 대로 내가 통역을 해주었다. 급사장의 대답은 대부분 할머니의 마음에 들지 않았고 만족스럽지도 못했다. 게다가 할머니 쪽에서도 전혀 터무니없는 것들에 대해서만 물어보고 있었다. 한번은 할머니가 느닷없이 어떤 그림 앞에 멈추어 섰는데, 사실 그 그림은 신화를 주제로 한 유명한 원작을 대충 베껴 만든 복제품이었다.

「누구 초상화지?」

급사장은 어떤 백작 부인의 초상화일 것이라고 설명했다.

「어떻게 자네가 그걸 모른단 말인가? 여기 살면서도 모른단 말이지. 저 그림이 왜 여기 있어? 왜 저 눈이 흘겨보고 있는 거냐고?」

 급사장은 그런 질문들에 일일이 대답할 수가 없었기 때문에 몸둘 바를 몰라 쩔쩔맸다.

「이런 바보 멍청이!」 할머니는 러시아어로 퍼부어 댔다.

 할머니는 앞으로 옮겨졌다. 작센 지방에서 만든 어떤 조각상 앞에서도 똑같은 상황이 벌어졌는데, 할머니는 그 조각상을 한참 동안 바라보더니 그것을 밖으로 내가도록 명령하는 것이었다. 무엇 때문에 그랬는지는 알 수가 없다. 마침내 할머니는 급사장을 물고 늘어졌다. 「침실 안에 있는 양탄자는 얼마지? 어디서 짠 것이지?」

 급사장은 알아보겠노라고 다짐을 했다.

 〈에이, 지지리도 못난 것들!〉 하고 투덜대던 할머니는 이제 온 신경을 침대에 집중시켰다.

「세상에, 뭐 이렇게 화려한 침대가 다 있어! 저걸 펼쳐 봐.」

 이부자리가 펼쳐졌다.

「더, 더, 완전히 펼쳐 보란 말이야. 베개를 치워, 베갯잇도. 그 깃털 요도 들어 봐.」

 모조리 다 뒤집혔다. 할머니는 유심히 살피고 있었다.

「좋아, 빈대는 없구나. 시트를 전부 다 치워 버리고 내 시트를 깔아! 나 같은 늙은이한테 이런 방이 무슨 쓸모가 있겠어. 자, 혼자 있으면 심심하단 말씀이야. 알렉세이 이바노비치, 애들 가르치고 나서 자네가 자주 들러 주게.」

「어제부터 전 장군님 댁에서 일하는 것을 그만두었습니다. 그래서 전 호텔에서 완전히 외톨이로 지내고 있습니다.」 나는 이렇게 대답했다.

「뭣 때문에?」

「얼마 전에 한 저명한 독일 남작과 남작 부인이 베를린을 떠나 이곳으로 왔습니다. 그리고 제가 어제 산책을 하던 중에 그 사람과 독일 말로 몇 마디 나누었지요. 베를린 식의 발음을 제대로 살리진 못했지만요.」

「아니, 그래서 어떻게 됐어?」

「그 사람은 그걸 무례한 것이라고 여기고 장군께 불평을 늘어놓았습니다. 그래서 장군님이 어제 저를 해고하셨고요.」

「그래, 자네가 그 남작한테 욕이라도 했나?(그랬다고 해도 별 문제는 아니지만 말이야!)」

「아, 아닙니다. 그 반대입니다. 남작이 제게 지팡이를 휘둘렀단 말입니다.」

「아니 이 멍청한 사람아, 자네는 자기 집 선생님이 그런 대접을 받게 내버려 뒀단 말이야?」 할머니는 별안간 장군을 향해 말했다. 「게다가 일자리까지 빼앗았느냔 말이야! 못난 것들! 내가 보기엔 전부 다 바보들이야.」

「걱정하실 것 없습니다, 아주머니.」 장군은 약간 뻔뻔스럽고 거만한 투로 대답했다. 「제 일은 제가 알아서 합니다. 게다가 알렉세이 이바노비치가 아주머니께 말씀드린 것은 정확한 얘기가 아닙니다.」

「그럼 자네는 그냥 참았단 말인가?」 할머니가 나를 향해 말했다.

「전 남작에게 결투를 신청하고 싶었습니다. 그런데 장군께서 뜯어말리셨습니다.」 나는 가능한 한 공손하고 침착하게 대답했다.

「아니, 왜 뜯어말렸지?」 할머니가 물었다. 「그리고 자네는 그만 가봐. 부르면 그때 와. 멍청하게 서 있어 봐야 뭐 하겠어.

이제 뉘른베르크의 상판때기는 더 이상 견딜 수가 없어!」할머니가 급사장에게 말했다. 급사장은 작별 인사를 하고 밖으로 나갔다. 물론 그 사람은 할머니의 비아냥거리는 말 속에 담긴 의미를 알아차리지 못했다.

「무슨 말씀이세요, 아주머니. 결투가 말이나 됩니까?」장군은 웃음 섞인 대답을 했다.

「어째서 안 된단 말이냐? 사내들은 모두 싸움꾼이니까 싸울 수도 있는 일이지. 내가 보기에 너희는 모두 바보들이야. 자기 조국을 지킬 줄도 모른단 말이야. 자, 들어올려라! 뽀따뻬치, 항상 두 사람의 인부를 대령시켜 놓도록 해. 사람을 고용해서 잘 타일러 두란 말이야. 두 사람 이상은 필요 없어. 계단으로 다닐 때만 들어 옮기면 되고 그 밖에 평평한 곳과 길거리에서는 밀면 된다고 얘기해. 그리고 돈은 미리 줘. 그러면 더 정중하게 일할 테니까 말이야. 자네도 항상 내 곁을 떠나지 마. 아, 그리고 알렉세이 이바노비치, 자네는 산책하러 갈 때 그 남작을 내게 보여 주게. 얼마나 건방진 남작인지 구경이라도 해야겠어. 아, 그리고 그 룰렛은 어디서 하는 거지?」

나는 역 구내의 홀에서 룰렛 도박을 한다고 말했다. 그러자 말이 끝나기가 무섭게 질문들이 쏟아져 나왔다. 그런 게 많은가? 그걸 하는 사람들은 많아? 하루 종일 하는 거야? 어떤 식으로 하는 거지? 얘기 끝에 나는 직접 보는 것이 제일 좋다고 대답했고 말로 설명하기는 어렵다고 했다.

「그래, 그럼 당장 그리 가자고! 앞장서게, 알렉세이 이바노비치!」

「아니 정말이세요, 아주머니? 여독을 풀지도 않으시고요?」장군이 걱정스럽게 물었다. 그는 약간 안달이 나 있는 것 같앉는데, 사실 함께 있던 사람들 모두가 왠지 서로 눈짓을 주고받으면서 당황하고 있었다. 아마도 할머니를 따라 곧장 역으로 향한다는 것이 선뜻 내키지 않았을 것이고, 또 창피한 생각마저 들었을 것이다. 더군다나 그곳에서 할머니가 무슨 이상한 짓을 할지도 몰랐기 때문이다. 그것도 여러 사람들 앞에서 말이다. 그런데도 그들은 하나같이 할머니를 따라가겠다고 나섰다.

「아니 뭣 하러 쉰단 말이냐? 난 피곤하지 않아. 그렇지 않아도 닷새 동안 줄곧 앉아만 있었는데. 그리고 나중에는 이곳 온천과 광천수가 어떤지, 또 그것들이 어디에 있는지도 돌아봐야겠어. 또 그 다음에는…… 뭐라고 했더라, 쁘라스꼬비야, 네가 그랬잖느냐, 포앵트라고 했던가?」

「포앵트요, 할머니.」

「그래 포앵트야. 맞아 포앵트. 그리고 이곳에는 또 뭐가 있지?」

「여기는 구경거리가 많아요, 할머니.」 뽈리나는 난처해 하면서 이렇게 말했다.

「너도 잘 모르면서 뭘 그래! 마르파야, 네가 나하고 같이 가야겠다.」 할머니가 하녀에게 말했다.

「하지만 뭣 하러 저 애까지 데리고 간단 말입니까, 아주머니? 그럴 수는 없습니다. 아마 뽀따뻬치도 카지노 안까지는 들어갈 수가 없을 텐데요.」 장군이 허둥대면서 말을 가로막았다.

「에이, 헛소리 마! 저 아이가 하녀라고 해서 내버려 두고 간단 말이냐! 똑같이 살아 있는 사람이야. 벌써 2주째 이리저리 쫓아다니느라 고생을 했으니 가서 구경하고 싶은 것은 매한가지 아니냔 말이야. 내가 아니면 누구하고 같이 가겠어? 혼자서는 감히 길거리에 얼굴도 못 내밀 거라고.」

「하지만 아주머니…….」

「그래, 나하고 같이 가기가 창피하단 말이지? 집에 남아 있으려무나. 그럼 누가 물어보지 않을 것 아니냐. 내 참, 장군은 무슨 얼어 죽을 놈의 장군. 나도 장군 부인이야. 그리고 왜 이렇게 내 뒤를 졸졸 따라다니는 거냐? 난 줄곧 알렉세이 이바노비치하고 구경 다닐 생각인데…….」

하지만 드 그리외는 한사코 다 함께 갈 것을 고집했고, 할머니와 동행하는 것이 기쁘다는 등 달콤한 미사여구를 늘어놓았다. 우리는 다 함께 출발했다.

「그녀는 갑자기 애처럼 되어 버렸습니다Elle est tombée en enfance, 혼자 내버려 두면 제멋대로 굴 겁니다seule elle fera des bêtises…….」 드 그리외는 장군에게 같은 말을 되풀이하고 있었다. 나는 더 듣지 못했지만 어쨌든 그에게는 무언가 계획이 있는 게 분명했다. 어쩌면 희망을 되찾았을지도 모른다.

역까지는 반 베르스따 정도의 거리였다. 우리는 밤나무 가로수 길을 따라 작은 공원까지 걸어갔는데, 그곳을 돌아서면 곧장 도박장으로 통하게 된다. 우리들의 갑작스러운 출현은 아주 유별난 것이었다. 하지만 그나마 장군이 마음을 놓을 수 있었던 것은 하다못해 품위와 예의는 갖추고 있었고, 게다가 다리가 불편한 노쇠한 환자가 온천에 나타났다는 사실은 전혀 놀라운 일이 아니었기 때문이다. 어쨌든 장군으로서는 도박장에 가는 것이 두려웠을 것이다. 어째서 다리도 불편한 환자가, 그것도 늙은 할머니가 룰렛을 하러 온단 말인가? 뽈리나와 블랑슈 양은 밀려 가는 안락의자 옆에서 나란히 걷고 있었다. 다소곳이 웃으며 즐거워하고 있던 블랑슈 양은 가끔 할머니에게 다정스럽게 애교를 떨기도 했는데, 급기야 할머니는 블랑슈 양을 칭찬하기에 이르렀다. 한편 뽈리나는 쉴 새 없이 쏟아져 나오는 할머니의 질문에 대답을 해야만 했다. 〈방금 지나간 남자가 누구냐? 지금 마차를 타고 지나간 그 여자는 누구냐? 도시는 크냐? 공원은 커? 이게 무슨 나무지? 저건 무슨 나무야? 여기에 독수리가 있냐? 저건 참 우습게 생긴 지붕이로구나.〉 미스터 에이슬리는 나와 나란히 걷고 있었는데 오늘 아침에는 뭔가 많은 일이 일어날 것 같다고 내게 속삭였다.

뽀따삐치와 마르파는 뒤에서 안락의자를 바싹 뒤쫓아 오고 있었다. 뽀따삐치는 연미복에 하얀 넥타이를 매고 테 없는 모자를 쓰고 있었으며, 마흔 살이 된 마르파는 발그스레한 볼을 가졌지만 벌써부터 머리가 세기 시작한 처녀로, 부인용 두건을 쓰고 무명옷을 입고 또 염소 가죽으로 만든 삐걱거리는 반장화를 신고 있었다. 할머니는 걸핏하면 두 사람 쪽을 돌아보며 이야기를 나누었다. 드 그리외와 장군은 약간 뒤처져서 따라오고 있었는데, 무언가에 대해서 몹시 열을 내며 이야기하고 있었다. 장군은 몹시 침울해 있었지만 드 그리외는 자신감 있는 표정으로 얘기하고 있었다. 어쩌면 장군에게 용기를 복돋아 주고 있었는지도 모르겠지만 아마 충고 비슷한 것을 해주었을 것이다. 하지만 아까 할머니의 입에서는 이미 치명적인 말이 튀어나오지 않았던가. 〈난 자네에게 돈을 주지 않겠어.〉 드 그리외로서는 이 말이 믿기지 않았을지도 모르지만, 장군은 자기 아주머니를 알고 있었다. 나는 드 그리외와 블랑슈 양이 계속해서 눈짓을 주고받는다는 것을 눈치 채고 있었다. 그리고 가로수 길 저 끝에는 공작과 독일 여행가가 따라

오고 있었는데, 뒤처지는가 싶더니 어디론가 사라져 버리고 말았다.

우리는 개선이라도 하는 사람들처럼 의기양양하게 도박장에 도착했다. 문지기와 시종들은 호텔 시종들과 마찬가지로 깍듯한 태도를 보였지만 호기심 어린 눈으로 바라보고 있었다. 할머니는 맨 먼저 자기를 홀로 안내하라고 명령했는데, 어떤 것에는 감탄을 하고 또 어떤 것에는 여전히 무관심한 태도를 보이면서 하나도 빼놓지 않고 캐묻는 것이었다. 드디어 일행은 도박장에까지 이르렀다. 닫혀진 문 앞을 지키고 서 있던 당번은 놀라기라도 했다는 듯이 별안간 문을 활짝 열어 젖혔다.

할머니의 출현은 룰렛 도박판에 있던 모든 사람들의 이목을 집중시켰다. 룰렛 도박대 주위와 홀의 또 다른 쪽 끝, 〈삼십과 사십 trente et quarante〉이 벌어지고 있는 테이블 주위에는 1백50명이나 2백 명 정도의 노름꾼들이 몇 줄씩 겹겹이 둘러싼 채로 북적대고 있었다. 용케 테이블까지 비집고 들어간 사람들은 아니나 다를까 딱 버티고 서서 돈을 다 잃을 때까지 자기 자리를 내주지 않았다. 그저 구경만 하려고 쓸데없이 도박대 옆에 서 있는 건 용납되지 않았던 것이다. 테이블 주위에 의자들이 놓여 있긴 했지만 노름꾼들 중에서 의자에 앉아 있는 사람은 얼마 안 되었다. 사람들이 많이 붐빌 때는 특히 그런데, 사실 서 있으면 더 바짝 다가설 수 있고 그렇게 되면 자리도 생기고 돈도 더 걸 수가 있기 때문이다. 두 번째 줄과 세 번째 줄의 사람들은 첫 번째 줄에 서 있는 사람들을 밀치며 자기 순서를 기다리고 있었고, 간혹 지겨움을 참지 못한 사람들은 자기 돈을 걸려고 첫 번째 줄 사이로 손을 들이밀기도 했다. 심지어는 세 번째 줄 속에서도 그런 식으로 판돈을 들이미는 사람들이 있었다. 그리하여 여차하면 테이블의 어느 한 귀퉁이에서는 10분마다, 아니 5분이 지나기가 무섭게 판돈을 놓고 싸움이 벌어지게 된다. 그래도 카지노에 있는 경찰은 꽤 잘하고 있는 편이었다. 비좁은 것은 어찌할 도리가 없는 일이었지만, 그래도 사람들은 그렇게 붐비는 것을 좋아했다. 그래야 이익이 생기기 때문이다. 테이블 주위에 앉아 있는 여덟 명의 심판들은 눈을 크게 뜨고 판돈을 감시하기도 하고 계산을 하기도 하고 또 말다툼이 일어나면 해결하기도 한다. 도저히 어쩔 수 없는 경우에는 경찰을 부르기도 하지만 문제는 잠깐 사이에 해결되고 만다. 이곳 도박장에 있는 경찰관들은 사복 차림으로 구경꾼들 속에 섞여 있기 때문에 그들을 알아보기란 불가능하다. 특히 경찰관들이 각별히 감시하는 대상은 좀도둑과 날치기들인데, 룰렛 도박이 밥벌이를 하기에는 안성맞춤이기 때문에 많이 나타나는 것이다. 사실 이런 장소가 아니라면 그들은 호주머니를 털거나 자물쇠를 열어서 훔쳐야 하고, 또 만일 잘못되기라도 하는 날에는 아주 피곤해진다. 하지만 여기서는 그저 룰렛 판으로 다가가서 도박을 시작한 다음에 남이 딴 돈을 여봐란 듯이 확 낚아채어 자기 주머니에 넣기만 하면 되는 것이다. 만일에 싸움이 벌어지면 사기꾼은 고래고래 소리를 지르면서 그 판돈이 자기 것이라고 우긴다. 그리고 혹시라도 일이 꼬여서 증인들이 갈팡질팡하게 된다면 그 돈은 도둑의 손에 넘어가기 십상인데, 물론 액수가 그리 크지 않을 때 그렇다. 액수가 클 경우에는 십중팔구 심판이나 먼저 와 있던 다른 도박꾼들에게 들키는 것이 보통이지만, 만일 액수가 그렇게 크지 않을 경우 진짜 돈

주인은 말썽을 일으키는 것이 창피한 나머지 싸움을 포기하고 자리를 떠난다. 그렇지만 만일 도둑이 적발될 경우에는 한바탕 소동을 벌인 뒤에 곧바로 끌려 나가고 만다.

할머니는 멀찌감치 서서 이 모든 장면을 아주 흥미롭게 바라보고 있었다. 도둑놈이 끌려 나가는 광경이 무척이나 마음에 들었던 모양이다. 〈삼십과 사십〉은 할머니의 호기심을 불러일으키지 못했다. 오히려 할머니는 룰렛을 더 좋아했고 구슬이 굴러다니는 것에 호기심을 보였는데, 나중에는 더 가까이 가서 구경하고 싶어했다. 그런데 어떻게 된 영문인지는 모르겠지만, 분주하게 돌아다니던 몇 사람의 중개인들(돈 잃은 폴란드인들이 대부분인데, 이들은 행운을 잡게 될 도박꾼들과 외국인들 모두에게 손을 벌린다)과 사환들이 당장에 할머니를 발견해 내고는 그 비좁은 와중에도 테이블 한복판의 주심 옆에 자리를 마련하여 안락의자를 그곳으로 밀고 갔다. 그리고 도박을 구경하고 있던 많은 손님들(주로 영국인들인데 가족을 거느리고 있었다)이 순식간에 테이블로 밀어닥쳐서는 도박꾼들 뒤에서 할머니를 보려고 기웃거렸다. 손잡이 달린 안경들이 수도 없이 할머니를 향하고 있었다. 심판들 쪽에서도 어떤 기대를 갖게 되었는데, 사실 이런 괴상한 도박꾼이 나타나면 무언가 색다른 일이 일어날 것 같았기 때문이다. 다리가 불편한 일흔다섯 살의 여자가 도박을 하겠다고 나서는 것은 흔히 있는 일이 아니었다. 나도 테이블 쪽으로 비집고 들어가서 할머니 옆에 자리를 잡았다. 뽀따뻬치와 마르파는 어딘가 밀리 떨어진 곳에서 사람들 사이에 섞여 있었다. 장군과 뽈리나, 드 그리외와 블랑슈 양도 구경꾼들 사이에 섞여 한쪽에 자리를 잡았다.

맨 먼저 할머니는 도박꾼들을 눈여겨보기 시작했는데, 〈저 사람은 누구지? 저 여자는 누구야?〉 하고 띄엄띄엄 반쯤 속삭이면서 퉁명스럽게 내게 물어보았다. 특히 할머니는 테이블 끝 쪽에 있던 아주 젊은 친구를 마음에 들어했다. 이 사람은 수천 프랑씩 걸면서 많은 돈을 따고 있었는데, 주위에서 수군대는 말로는 벌써 4만 프랑 정도의 금화와 은행권들이 그 사람 앞에 산더미처럼 쌓여 있다는 것이다. 그의 얼굴은 창백해져 있었고 손도 떨고 있었지만 눈에서는 빛이 났다. 이제 계산도 하지 않은 채 손에 잡히는 대로 돈을 걸었지만, 그래도 그는 계속해서 땄고 모조리 긁어 모으고 있었다. 사환들은 그 사람 주위를 분주히 돌아다니면서 뒤에서 의자를 밀어 넣어 주기도 하고 또 주위를 깨끗이 치워 주기도 했다. 이것은 그 사람에게 더 넓은 자리를 주고 또 주위에서 밀치는 일이 없도록 하기 위해서였는데, 모두가 후한 대가를 기대하고서 하는 일이었다. 간혹 돈을 딴 도박꾼들이 아무 생각 없이 사환들에게 돈을 주는 일이 있는데, 이때 역시 손에 잡히는 대로 주머니에서 꺼내 주는 것이다. 그 젊은 사람 옆에는 벌써부터 한 폴란드인이 자리를 잡고 서서 안절부절못하고 있었다. 그는 공손한 태도로 쉴 새 없이 무언가를 속삭이고 있었는데, 아마도 어떻게 돈을 걸어야 하는지 조언을 해주고 있는 게 틀림없었다. 이 사람 역시 나중에 돈을 좀 얻을 수 없을까 하는 기대를 가지고 있었던 것이다. 하지만 그 도박꾼은 폴란드인을 쳐다보지도 않은 채 마구잡이로 돈을 걸었고, 또다시 죄다 긁어 모았다. 그 사람은 분명 제정신이 아니었다.

할머니는 몇 분 동안 그 사람을 관찰했다.

갑자기 안달이 난 할머니가 나를 떠밀면서 말했다. 「저 사람한테 말해. 그만두라고 말해. 어서, 빨리 돈을 챙겨 떠나라고 하란 말이야. 돈을 잃게 돼. 이제 곧 돈을 잃게 된다고!」 초조해진 할머니는 흥분한 나머지 숨이 넘어갈 듯하였다.

「뽀따삐치는 어디 있어? 뽀따삐치를 저 사람에게 보내야 돼! 어서 얘기해 줘, 얘기를.」 할머니는 나를 다그쳤다. 「아니, 그런데 뽀따삐치는 대체 어디 있는 거야! 일어나, 가란 말이야Sortez, sortez!」 이제 할머니는 그 사람을 향해 직접 소리를 지를 기세였다. 나는 할머니 쪽으로 몸을 굽혀 귓속말로 이곳에서는 그렇게 소리를 지르면 안 되고, 또 계산에 방해가 되기 때문에 큰 소리로 얘기를 해서도 안 된다고 딱 잘라서 말했다. 그리고 거기에 덧붙여서 이제 곧 쫓겨날 것이라는 말도 해주었다.

「분통 터져! 저 친구는 이제 망했어. 화를 자초하는 거라고…… 속이 뒤집혀서 보고 있을 수가 있어야지. 에이, 바보 같으니!」 이렇게 말한 뒤 할머니는 재빨리 다른 쪽으로 몸을 돌렸다.

테이블의 왼쪽 절반에 모여 있는 도박꾼들 사이로 한 젊은 부인이 눈에 띄었는데, 그 옆에는 어떤 난쟁이가 서 있었다. 그 난쟁이가 누구인지는 알 길이 없다. 그 부인의 친척인지도 모르고 아니면 눈에 띄려고 함께 있는 것인지도 모른다. 난 이 귀부인을 전에도 본 일이 있다. 그녀는 매일 오후 한 시에 도박대 앞에 모습을 드러냈다가 두 시가 되면 어김없이 돌아가곤 했다. 매일 한 시간씩 도박을 하는 것이다. 사람들은 그녀를 알아봤고 당장에 안락의자를 대령했다. 그녀는 주머니에서 약간의 금화와 수천 프랑의 지폐를 꺼낸 뒤 연필로 종이에 숫자를 적어 가면서 침착하고 신중하게 돈을 걸기 시작했는데, 체계를 발견하려고 애쓰는 모습이었다. 때가 되면 바로 그 체계에 따라서 행운이 굴러 들어오기 때문이다. 그녀는 날마다 1천에서 2천 프랑을 땄고, 많으면 3천 프랑까지도 땄다. 그 이상은 아니었는데, 어쨌든 돈을 따면 어김없이 가버리는 것이다. 할머니는 오랫동안 그 부인을 바라보고 있었다.

「그래, 저 여자는 잃지 않겠다! 정말 잃지 않겠어! 뭐하는 사람이지? 모르나? 도대체 어떤 여자야?」

「프랑스 여자입니다. 아마 그렇고 그런 사람일 게 분명합니다.」 나는 이렇게 귓속말을 했다.

「하는 짓을 보면 어떤 사람인지 알지. 분명히 손톱이 뾰족할 거야. 자 이제 자네는 판 돌아가는 것의 의미들을 하나하나 내게 설명해 주게. 어떻게 걸어야 하지?」

나는 판돈을 걸 때의 수없이 많은 경우의 수, 빨간 것과 검은 것, 짝수와 홀수, 모자라는 점수와 남는 점수 rouge et noir, pair et impair, manque et passe, 그리고 끝으로 숫자들의 다양한 뉘앙스가 의미하는 것들을 남김없이 설명해 주었다. 할머니는 내 설명을 귀 기울여 들으면서 기억을 되살리기도 하고 다시 물어보기도 했는데 나중에는 아예 외워 버렸다. 돈을 거는 체계에 대한 예들을 그때그때 즉석에서 보여 줄 수 있었기 때문에 그렇게 많은 것들을 아주 빠르고 쉽게 기억하고 또 외울 수 있었던 것이다. 할머니는 몹시 만족하고 있었다.

「그럼 제로 zéro는 뭘 뜻하지? 저기 저 고수머리 주심이 방금 제로라고 외쳤잖아? 그리고 왜 저 사람은 테이블 위에 있는 것들을 모조리 가져가는 거야? 저 많은 돈을 몽땅 자기가 갖는 거야? 도대체 뭐냔 말이야?」

「제로는 물주가 이득을 본다는 뜻입니다, 할머니. 만일 제로에 공이 걸리면 테이블 위에 있는 돈이 전부 물주에게 돌아갑니다. 계산할 필요도 없이 말입니다. 사실 비기는 일도 없지는 않지만 그 대신 물주는 하나도 지불하지 않습니다.」

「세상에! 그러면 난 하나도 못 건진단 말인가?」

「아닙니다, 할머니. 만일 할머니가 미리 제로에다 걸고 그래서 제로가 나오면 할머니는 건 돈의 서른다섯 배로 돈을 받게 되는 것입니다.」

「아니, 서른다섯 배나 된단 말이야? 자주 나오기는 하는가? 그러면 저 바보들은 왜 걸지 않는 거야?」

「36대 1의 확률이거든요, 할머니.」

「무슨 쓸데없는 소리야! 뽀따뻬치! 뽀따뻬치! 아니 잠깐, 내게도 돈이 있지. 자 보라고!」할머니는 불룩하게 돈이 들어 있는 지갑을 주머니에서 꺼낸 다음 지갑 속에서 1프리드리흐스도어를 꺼냈다.「자, 이제 제로에 걸어 봐.」

「할머니, 제로는 방금 나왔습니다. 그러니까 이제 한참 동안은 나오지 않을 것입니다. 많은 돈을 잃게 되니까 조금만 더 기다려 보세요.」내가 말했다.

「거짓말하지 말고 걸어 봐!」

「좋습니다. 하지만 저녁때까지 해봐야 제로는 안 나올지도 모르고, 그렇게 되면 할머니는 1천 프리드리흐스도어나 잃게 됩니다. 그런 일이 정말 있었다니까요.」

「어이구, 쓸데없는 소리 마! 늑대가 무서워서 숲속으로 못 들어가겠구먼. 뭐야? 졌어? 다시 걸어!」

또 한번 1프리드리흐스도어를 잃고 난 뒤에 세 번째 1프리드리흐스도어를 다시 걸었다. 가만히 앉아 있지 못할 정도로 초조해진 할머니는 회전판의 톱니바퀴를 따라 뛰어다니는 구슬을 뚫어지게 쳐다보고 있었다. 세 번째 프리드리흐스도어 역시 잃고 말았다. 냉정을 잃은 할머니는 자리에 붙어 있지를 못했고, 제로라는 말 대신 〈삼십육〉이라는 말이 심판의 입에서 튀어나오자 주먹으로 테이블을 내리쳤다.

할머니는 화가 났다. 「에이, 빌어먹을 놈의 제로 같으니. 그 망할 놈의 제로가 왜 빨리 안 나오는 거야? 죽을 맛이기는 하지만 그래도 제로가 나올 때까지 꼼짝 않겠어! 이게 다 저놈의 저주받을 고수머리 심판 때문이야. 저 인간이 있으면 절대 제로가 나오지 않는다고! 알렉세이 이바노비치, 한꺼번에 금화 두 닢씩 걸게! 이렇게 많이 잃어 가지고는 이제 제로가 나와도 남는 게 하나도 없단 말이야.」

「할머니!」

「걸어, 걸란 말이야. 자네 돈도 아닌데 왜 그래!」

나는 2프리드리흐스도어를 걸었다. 구슬이 회전판을 따라서 한참 동안 날 듯이 움직이더니 마침내 톱니바퀴를 따라 통통 튀어다니고 있었다. 할머니는 온몸이 굳어 버린 듯 정신을 못 차리면서 내 손을 꽉 잡았다. 그리고 갑자기 덜커덩 하는 소리!

「제로.」 심판이 선언을 했다.

「봐, 보란 말이야!」 할머니는 재빨리 나를 향해 돌아섰는데, 온통 빛을 발하며 기뻐하고 있었다. 「내가 뭐랬어, 자네한테 그랬잖아! 신께서 내게 금화 두 닢을 걸라고 가르쳐 주셨어. 그런데 난 대체 얼마를 받게 되는 거야? 왜 돈을 주지 않는 거지? 뽀따삐치, 마르파. 얘들은 어디에 있지? 우리 일행은 다 어디로 갔느냔 말이야? 뽀따삐치, 뽀따삐치!」

「할머니, 나중에 하세요. 뽀따삐치는 문 앞에 있습니다. 안으로 들어올 수 없단 말입니다. 보세요, 할머니. 할머니한테 돈을 내주잖아요. 받으세요!」 나는 귓속말로 얘기했다.

 파란 종이로 봉인된 50프리드리히스도어짜리 묵직한 돈뭉치가 할머니에게 던져졌고, 또 봉인되지 않은 20프리드리히스도어도 계산되어 전달되었다. 나는 그 돈을 전부 삽으로 긁어 모아서 할머니에게 가져다 주었다.

「여러분, 돈을 거십시오Faites le jeu, messieurs! 돈을 거세요, 이제 더 거실 분 없습니까Faites le jeu, messieurs. Rien ne va plus?」 심판은 돈을 걸 것을 권하면서 이렇게 선언을 했다. 그리고 룰렛을 돌릴 준비를 하고 있었다.

「맙소사, 늦었잖아! 지금 막 돌아가려고 한다고! 걸어, 걸어!」 할머니는 허둥지둥댔다. 「자, 꾸물대지 말고 빨리 걸란 말이야.」 이성을 잃어버린 할머니는 있는 힘을 다해 나를 떠밀었다.

「그럼 어디에 걸까요, 할머니?」

「제로에 걸어, 제로에! 다시 제로에 걸라고! 될 수 있는 대로 많이 걸어! 자네한테 얼마나 있지? 70프리드리히스도어? 아까워할 필요 없으니까 한번에 20프리드리히스도어씩 걸어.」

「다시 한번 생각해 보십시오, 할머니! 어떤 때는 제로가 2백 번에 한 번도 안 나올 수가 있단 말입니다! 장담합니다만, 가지고 계신 밑천을 몽땅 잃어버리실 것입니다.」

「아니야, 말도 안 돼, 말도 안 돼! 걸어! 벨이 울렸단 말이야! 내가 무슨 짓을 하고 있는지 나도 알고 있으니까 상관하지 말게.」 할머니는 흥분한 나머지 몸을 떨기까지 했다.

「규칙에 따른다면 제로에는 한 번에 12프리드리히스도어 이상을 걸 수가 없습니다, 할머니. 그러니까 이렇게 걸겠습니다.」

「왜 안 된다는 말인가? 자네 거짓말하는 거지? 여보시오! 여보시오!」할머니는 왼쪽 옆에 앉아서 판을 돌릴 준비를 하고 있던 심판을 힘껏 밀어냈다. 「제로에는 얼마까지 되지요 Combien zéro? 12, 12인가요 douze, douze?」

나는 할머니의 질문을 재빨리 프랑스 말로 설명해 주었다.

「예, 부인 Oui, madame.」심판은 정중하게 확인을 해주었다. 「다른 경우와 마찬가지로 규칙상 한 번에 4천 플로렌을 넘어서는 안 됩니다.」심판은 이렇게 설명을 덧붙였다.

「그럼 하는 수 없지. 12프리드리흐스도어를 걸게.」

「판이 돌아갑니다 Le jeu est fait!」심판이 소리를 쳤다. 판이 돌기 시작했고 삼십이 나왔다. 졌다!

「다시! 다시! 다시! 다시 걸어!」할머니는 고래고래 소리를 질렀다. 나는 이제 더 이상 반대를 하지 않았다. 그리고 어깨를 으쓱하고는 12프리드리흐스도어를 다시 걸었다. 판은 오랫동안 돌아갔고 판을 지켜보고 있던 할머니는 그저 몸을 떨고 있을 뿐이었다. 〈그런데 정말 할머니는 다시 한번 제로가 나와서 돈을 딸 거라고 생각하고 있는 것일까?〉나는 이런 생각을 하면서 놀라운 마음으로 할머니를 바라보고 있었다. 그런데 할머니의 얼굴은 이길 것이라는 확신으로 빛나고 있었고, 이제 곧 제로! 하고 외칠 것이라는 기대를 잃지 않고 있었다. 이때 구슬이 튀어 오르더니 칸 속으로 들어갔다.

「제로!」심판이 외쳤다.

「뭐라고!」할머니는 걷잡을 수 없는 승리감에 젖어 나를 향해 말했다.

나도 노름꾼이었다. 바로 그 순간에 난 그 사실을 깨달을 수 있었던 것이다. 내 다리와 팔은 후들후들 떨렸고 머리까지

어지러웠다. 열 번 굴려서 세 번이나 제로가 나왔다는 것은 물론 보기 드문 경우다. 하지만 그다지 놀라울 것은 없었다. 왜냐하면 그저께 나는 세 번이나 연속해서 제로가 나오는 것을 직접 목격했는데, 그때 마침 구슬 굴리기의 결과들을 종이 위에 열심히 기록하고 있던 한 노름꾼이 어제는 하루 종일 한 번밖에 제로가 나오지 않았다고 큰 소리로 말했기 때문이다.

할머니에게는 아주 정중하고도 친절하게 돈이 지불되었는데, 그것은 가장 큰 액수를 차지한 사람에게 걸맞는 대우였다. 그녀는 정확히 4백 20프리드리흐스도어, 그러니까 4천 플로렌과 20프리드리흐스도어를 받게 되었는데, 20프리드리흐스도어는 금화로 받고 4천 플로렌은 은행권으로 받았다.

그런데 이번에 할머니는 뽀따뻬치를 부르지 않았다. 그럴 겨를이 없었던 것이다. 할머니는 돌아다니지도 않았고 몸을 떠는 모습을 보이지도 않았다. 만일 이렇게 표현해도 괜찮다면, 그녀는 속으로 떨고 있었던 것이다. 할머니는 무언가에 완전히 넋이 빠져서 그것을 주시하고 있었다.

「알렉세이 이바노비치! 저 사람이 한꺼번에 4천 플로렌 이상은 걸 수 없다고 했지? 자, 여기 4천 플로렌을 가져다가 전부 빨간색에 걸어.」 할머니는 결심을 한 것이다.

말려 봐야 소용이 없었다. 판이 돌아갔다.

「빨간색!」 심판이 선언했다.

다시 4천 플로렌을 땄으니 이제 도합 8천이 된 것이다.

「4천은 날 주고 4천은 다시 빨간색에 걸어.」 할머니가 명령을 했다.

나는 다시 4천 플로렌을 걸었다.

「빨간색!」 다시 심판의 선언이 나왔다.

「합계 1만 2천이야! 그걸 전부 이리 줘. 금화는 여기 지갑 속에 넣고 지폐는 깊숙이 잘 챙겨. 이젠 됐어! 집으로 가는 거야! 의자를 밀고 가자고!」

제11장

 안락의자는 홀의 다른 쪽 끝에 있는 문을 향해 밀려 나갔다. 할머니에게서는 빛이 나고 있었고, 우리 일행은 서로 엎치락뒤치락하면서 곧장 할머니 주위로 몰려들어 축하를 했다. 할머니의 행동이 별나기는 했지만 그녀가 거둔 승리는 많은 것을 덮어 주었고, 또 장군의 입장에서는 이 괴상한 여자와 친척 관계라는 사실로 사람들 앞에서 체면 깎이는 것을 더 이상 염려하지 않아도 되었던 것이다. 장군은 너그럽고 즐거운 미소를 띠며 마치 아기를 달래듯이 할머니를 축하해 주고 있었지만, 그 또한 다른 모든 구경꾼들처럼 놀라고 있었던 것이 분명하다. 주위 사람들은 할머니를 가리키며 얘기들을 나누고 있었고, 또 조금이라도 더 가까이에서 살펴보기 위해 할머니 옆으로 지나가는 사람도 많았다. 그리고 미스터 에이슬리는 한쪽 편에 서서 자신이 알고 지내는 두 명의 영국 사람들에게 할머니에 대한 설명을 하고 있었다. 구경을 하고 있던 몇몇 위엄 있는 부인들은 마치 기적이라도 되는 것처럼 몹시 의아해하면서 할머니를 바라보고 있었고, 드 그리외는 축하와 미소를 연발하며 몹시 아부를 떨고 있었다.

 「멋진 승리입니다 Quelle victoire!」 드 그리외가 이렇게 말했다.

「부인, 정말 훌륭했습니다Mais, madame, c'était du feu!」 블랑슈 양이 아양을 떨듯 미소를 지으며 이렇게 덧붙였다.

「그러게 말이야, 1만 2천 플로렌을 따다니! 1만 2천이 뭐야, 금화도 있잖아? 금화까지 치면 거의 1만 3천 플로렌까지 될 거야. 우리 돈으로는 얼마나 될까? 6천은 될까?」

나는 지금 7천을 넘어섰고, 이대로만 나간다면 아마 8천까지도 될 것이라고 보고했다.

「농담 마, 8천이라니! 그런데 너희들은 여기 앉아서 도대체 뭘 하고 있는 거야, 이 바보들아! 뽀따뻬치, 마르파, 봤느냐?」

「마님, 마님은 어떻게 그렇게 하셨어요? 8천 루블이나 말이에요.」 마르파가 몸을 비비 꼬면서 감탄을 했다.

「자, 내가 너희들한테 금화 다섯 닢씩 주마, 여기 있다!」

뽀따뻬치와 마르파는 할머니에게 몸을 던지면서 손에 키스를 했다.

「인부들에게도 1프리드리흐스도어씩이야. 알렉세이 이바노비치, 저 사람들에게 금화로 줘. 저 사환은 왜 인사를 하지? 저 사환도 또 인사하네? 다들 축하를 하는 건가? 저 사람들에게도 1프리드리흐스도어씩 줘.」

「공작 부인 마님Madame la princesse······ 전 불쌍한 이주민입니다un pauvre expatrié······. 언제나 불행만이······ 러시아의 공작님들은 아주 너그러우십니다les princes russes sont si généreux.」 다 해진 프록코트와 얼룩덜룩한 조끼 차림에 수염을 기른 한 사내가 모자를 들고 손을 뻗치고 있었다. 그는 아부하는 듯한 웃음을 지으면서 안락의자에 찰싹 달라붙어 있었던 것이다…….

「이 사람한테도 1프리드리흐스도어를 줘. 아니야, 2프리드리흐스도어를 줘라. 그래 이젠 됐어. 자꾸 주면 끝도 없어. 들어서 옮겨라! 쁘라스꼬비야.」할머니는 뽈리나 알렉산드로브나를 향해 돌아섰다.「내일은 네게 옷을 한 벌 사주마. 그리고 저기 저, 누구라고 했더라…… 그래 블랑슈 양이던가, 그녀에게도 한 벌 사주지. 그녀한테 전해 줘라, 쁘라스꼬비야!」

「감사합니다, 부인Merci, madame.」블랑슈 양은 애교를 떨면서 무릎을 약간 굽혔다. 하지만 그 입에는 비웃음이 떠올랐고 드 그리외와도 비웃음을 주고받았다. 장군은 어느 정도 당황하기는 했지만 우리가 가로수 길에 이르렀을 때는 몹시 기뻐하는 것 같았다.

「페도시야, 페도시야가 이제 깜짝 놀라겠지.」할머니는 잘 아는 장군 집 유모를 떠올리면서 이렇게 말했다.「그 여자에게도 옷을 한 벌 선물해야지. 여보게, 알렉세이 이바노비치, 알렉세이 이바노비치, 이 거지에게도 돈을 좀 주게!」

등이 굽은 어떤 사람이 거지 행색을 하고 길을 지나가다가 우리를 쳐다보고 있었다.

「하지만 이 사람은 거지가 아닐지도 모릅니다, 할머니. 무슨 사기꾼일지 어떻게 알겠습니까.」

「줘! 줘! 1굴덴을 이 사람한테 줘!」

나는 가까이 가서 돈을 줬다. 그 사람은 몹시 의아해 하면서 나를 쳐다봤지만 말없이 돈을 받아 쥐었다. 그 사람에게서는 술 냄새가 나고 있었다.

「그런데 알렉세이 이바노비치, 자네는 아직 행운을 잡으려고 시도해 보지 않았나?」

「아닙니다, 할머니.」

「자네 눈이 빛나는 것을 봤어.」

「할머니, 저도 나중에 꼭 한번 해볼 생각입니다.」

「그렇다면 생각할 것도 없이 제로에 걸어! 내 말이 틀리나 보라고! 자네한테 밑천이 얼마나 있지?」

「다 해봐야 고작 20프리드리흐스도어입니다, 할머니.」

「많지는 않군. 자네가 원한다면 50프리드리흐스도어를 빌려 주겠네. 자, 이 돈뭉치를 가져가게. 하지만 자네는 기대도 걸지 마, 이 친구야.」 그녀는 느닷없이 장군을 향해 말했다. 「자네한테는 주지 않을 테니까 말이야.」

장군은 이 말에 당황한 듯했지만 여전히 침묵을 지켰고, 드 그리외는 미간을 찌푸리며 입 속으로 우물우물하면서 장군에게 귓속말을 했다.

「빌어먹을, 지독한 늙은이로군요 Que diable, c'est une terrible vieille!」

「거지, 거지, 또 거지구먼! 알렉세이 이바노비치, 저 사람한테도 1굴덴을 주게.」 할머니가 소리를 질렀다.

이번에 마주친 사람은 나무로 된 의족을 달고 있는 백발의 노인이었다. 그 사람은 소맷자락이 긴 청색 프록코트를 입고 손에는 긴 지팡이를 쥐고 있었는데, 마치 늙은 병사 같다는 느낌이 들었다. 하지만 내가 1굴덴을 내밀자 그는 한걸음 뒤로 물러나더니 무섭게 나를 쳐다보는 것이었다.

「빌어먹을, 이게 뭐 하는 짓이야 Was ist's, der Teufel!」 이렇게 소리를 지른 뒤 노인은 수십 번이나 욕을 해댔다.

「에이, 머저리 같은 놈!」 할머니는 손을 내저으면서 소리를 질렀다. 「계속해서 들고 가! 이제 허기가 지는구나! 어서 점심을 먹고 잠시 누웠다가 다시 아까 그곳으로 가는 거야.」

「또 도박을 하고 싶으세요, 할머니?」 나는 큰 소리로 말했다.

「무슨 말을 하고 싶은 겐가? 자네들이 이곳에서 멍청히 죽치고 앉아 있으니까 나더러 그런 자네들을 그냥 쳐다보고만 있으란 말인가?」

「하지만 부인Mais, madame.」 드 그리외가 가까이 다가섰다.「항상 잘되는 것은 아닙니다. 한 번만 실패를 해도 부인은 모두 다 날려 버릴 것입니다…… 게다가 부인이 돈 거는 것을 보고 있으면…… 정말 두렵기 짝이 없습니다les chances peuvent tourner, une seule mauvaise chance et vous perdrez tout…… surtout avec votre jeu…… c'était terrible!」

「부인께서는 틀림없이 돈을 잃고 마실 것입니다Vous perdrez absolument.」 블랑슈 양이 재잘거리기 시작했다.

「아니 너희들이 무슨 상관이냐? 잃어도 너희들 돈이 아니라 내 돈을 잃는 거야! 그런데 그 미스터 에이슬리는 어디 있지?」 할머니가 내게 물었다.

「역에 남아 있습니다, 할머니.」

「거 안됐구먼. 그 사람 참 좋은 사람이야.」

숙소에 도착하여 급사장을 만난 할머니는 계단에서부터 돈 딴 얘기를 자랑 삼아 늘어놓았고, 그 다음에는 페도시야를 불러서 3프리드리흐스도어를 선물로 주고 점심을 차리도록 분부했다. 페도시야와 마르파는 식사를 하는 중에도 쉴 새 없이 찬사를 늘어놓았다.

「부인, 전 부인을 바라보면서,」 마르파가 지껄이기 시작했다.「뽀따뻬치에게 말했습니다. 우리 마님이 뭘 원해서 저러시는 거냐고요. 그런데 세상에, 테이블 위에 돈이 끝도 없이 쏟아져 나오지 않겠어요. 제 평생 그렇게 많은 돈은 본 일이 없답니다. 그리고 주위에는 온통 신사분들, 신사분들만 앉아 계시더라고요. 그래서 전 〈어디서 저렇게 많은 신사분들이 왔을까〉 하고 뽀따뻬치에게 말했습니다. 그러고는 〈성모 마리아여, 부인을 도와주십시오〉 하고 속으로 생각했습니다. 부인, 전 부인을 위해 기도드렸습니다. 심장이, 정말이지 심장이 멎어 버릴 것만 같았고, 온몸이 떨렸습니다. 〈하느님, 제발 부인께서 이기게 해주십시오〉 하고 생각했는데, 그야말로 하느님께서 당신에게 승리를 가져다 주셨어요. 마님, 전 지금까지도 떨립니다. 온몸이 떨려 죽겠어요.」

「알렉세이 이바노비치, 식사를 마친 후에 네 시쯤 갈 테니 준비를 하게. 그럼 이제 잠시 동안 헤어져야겠군. 그리고 아무 의사나 내게 불러다 주는 것을 잊지 말게. 또 내가 물을 마셔야 한다는 것도. 안 그러면 또 잊어버릴 것이 분명하니까 말이야.」

나는 얼이 빠져서 할머니의 방을 나왔다. 이제 우리 모두는 어떻게 되는 것일까, 사태가 어떻게 전개될까 하는 생각이 머릿속에서 떠나지 않았다. 내가 분명히 느낄 수 있었던 것은, 그들이(특히 장군이) 아직까지도 정신을 못 차리고 있었다는 것인데, 심지어 맨 처음에 받은 충격에서도 아직 벗어나지 못하고 있었다. 이제나 올까 저제나 올까 하면서 기다리던 사망 소식(그러니까 결국은 상속에 대한 소식이다) 대신 할머니가 나타났다는 사실은 그들의 계획과 그들이 내린 결심 모두를 산산조각 내버렸고, 그러다 보니 이제 그들로서는 할머니의 눈부신 업적에 어찌할 바를 모른 채 망연자실한 태도를 취할 수밖에 없었던 것이다. 물론 첫 번째 사실보다는 두 번째 사실에 더 중요한 의미가 있을 것이다. 왜냐하면 비록 할머니가 장군에게 돈을 주지 않겠다고 두 번씩이나 되풀이했지만 어떻게 될지 모르는 일이고, 따라서 아직까지 희망을 버려서는 안 될 일이기 때문이다. 정말이었다. 장군의 문제에 깊숙이 관계된 드 그리외는 정말로 희망을 버리지 않고 있었고, 마찬가지로 그 일에 깊이 관련된 블랑슈 양 역시(아마도 장군의 부인이라는 자리와 엄청나게 많은 유산 때문일 것이다!) 희망을 잃지 않고 있었다. 그녀는 할머니에게 애교를 떨어 가면서 갖은 수단을 다 이용했는데, 뻣뻣하고 아양을 떨 줄 모르는 거만한 뽈리나와는 대조를 이루고 있었다. 하지만 지금, 할머니가 룰렛 판에서 뛰어난 공적을 세운 지금, 그리고 할머니의 성격(옹고집에다 권세욕이 강한 노친네였고 애처럼 되어 버렸다)이 이다지도 뚜렷하게 그들의 뇌리에 새겨진 지금에 와서는 아마도 모든 것이 물거품처럼 사라져 버렸을 것이다. 왜냐하면 할머니는 자신이 끝까지 고집하던 것을 이루게 되면 아기처럼 기뻐하는 데다가 또 흔히 그렇듯이 빈털터리가 될 때까지 도박을 그만두지 않을 것이기 때문이다. 제발! 나는 제발 그렇게 되었으면 좋겠다고 생각했다(맙소사, 미안한 일이지만 그때 나는 남이 잘못되었을 때 웃는 그런 웃음을 짓고 있었다). 어쨌든 방금 전에 할머니가 걸었던 프리드리흐스도어들 하나하나는 마치 종기처럼 장군의 가슴을 뒤덮었고, 드 그리외를 격분케 했으며, 군침만 삼키고 있는 드 코밍주 양을 미치도록 만들었던 것이 사실이다. 그리고 또 하나의 사실이 있다. 돈을 따서 기쁨에 넘쳐 있고 모든 사람에게 돈을 나눠 주고, 또 지나가는 사람들 모두를 거지로 생각할 정도가 되었는데도 할머니의 입에서는 여전히 〈그래도 자네에게는 주지 않을 거야!〉라는 말이 나왔다는 것이다. 이 말은 곧 할머니가 자기 생각을 절대 굽히지 않겠다고 스스로에게 다짐을 한 것이나 다름없다. 심상치가 않다! 심상치가 않아!

　할머니의 방을 나와 정문 계단을 따라 맨 위층에 있는 나의 비좁은 방으로 가는 동안 내 머릿속에는 이런 생각이 끊이지 않았다. 나는 이 일에 완전히 마음을 뺏기고 있었다. 물론 내 눈앞의 배우들을 연결해 주고 있는 굵직굵직한 끈들은 예전에도 가히 짐작할 수 있었지만, 그래도 이 게임의 비밀과 방법들 전부에 대해서 결정적으로 알고 있는 것은 아니었다. 뽈리나가 자기 마음을 내게 다 털어놓는 일은 절대 없었다. 어쩔 수 없이 자기 심정을 밝히는 일도 있었지만 십중팔구는 자기가 말했던 것 모두를 웃음으로 돌려 버리거나 아니면 헷갈리게 만들어 버렸다. 결국 그녀가 의도적으로 모든 것을 거짓처럼 보이게 만들려고 한다는 것을 나는 알고 있었다. 그렇다, 그녀는 많은 것을 숨기고 있다! 하지만 이처럼 신비롭고 손에 땀을 쥐게 하는 상황도 점점 그 피날레로 다가가고 있다는 예감이 들었다. 한 번만 더 일격을 가한다면 모든 것이 끝나고 또 명백하게 드러날 것이다. 그런데 나는 다른 사람들과 마찬가지로 이 일에 흥미를 느끼고 있으면서도 내 스스로의 운명에 대해서는 조금도 염려하지 않았다. 나도 참 이상하게 생겨 먹은 놈이다. 주머니 속에 남은 돈은 다 해봐야 20프리드리흐스도어, 멀리 타향에 와서 생계를 이어 갈 일자리나 수단도 없고 또 아무 희망이나 계획도 없으면서 전혀 그런 것들에 신경을 쓰지 않으니 말이다! 만일 뽈리나가 아니었다면 난 그저 닥쳐올 결말이 불러일으킬 우스꽝스러움과 흥미진진함에만 몰두하였을 것이고, 목청껏 껄껄대며 웃어 젖혔을 것이다. 하지만 뽈리나가 내 마음을 뒤흔들어 놓고 있다. 그녀의 운명은 결정되어 있다. 난 그것을 예감하지만 그래도 솔직히 고백한다면 그녀의 운명이 나를 걱정스럽게 만들지는 않는다. 난 그녀가 가진 비밀들을 샅샅이 알아내고 싶은 것이다. 난 그녀가 내게 와서 〈사실 난 당신을 사랑하고 있어요〉라고 말하기를 원하고 있다. 아니 만일 그게 아니라면, 만일 그게 생각할 수도 없을 만큼 어리석은 것이라면, 도대체 무엇을 원해야 한단 말인가? 과연 내가 뭘 원하고 있는지 내 자신은 알고 있는 것일까? 혹시 내가 미쳐 버린 것은 아닐까? 나는 그저 그녀 곁에서 그녀가 뿜어내는 빛을 받으며 그녀의 후광 속에 있고 싶을 뿐이다. 영원히, 언제까지나, 내 생명이 끝날 때까지. 그 이상은 모른다! 내가 과연 그녀 곁을 떠날 수 있을까?

3층 복도에 이르렀을 때 나는 무언가에 떠밀리는 듯한 기분이 들었다. 방향을 바꾼 나는 스무 걸음, 아니 그보다 좀 더 떨어진 곳에서 문을 나서고 있는 뽈리나를 발견할 수 있었다. 마치 기다렸다는 듯 유심히 살피고 있던 그녀는 나를 발견하자마자 곧바로 손짓을 하며 불렀다.

「뽈리나 알렉산드로브나……」

「조용히 해요!」 그녀는 미리 경고를 주었다.

「생각을 해보세요.」 나는 속삭이면서 얘기를 꺼냈다. 「전 방금 무언가가 제 옆구리를 찌르는 것 같은 기분이 들었습니다. 둘러보니까 당신이 있었단 말입니다! 당신에게서는 마치 전기가 흘러나오는 것 같다니까요.」

「이 편지를 받아요.」 뽈리나는 조심스럽고 침울한 표정으로 말했는데, 아마도 내 말을 못 알아들은 것 같았다. 「그리고 지금 당장 미스터 에이슬리에게 당신이 직접 전해 주세요. 빨리 좀 부탁드려요. 답장은 필요 없어요. 그가 직접······.」

그녀는 말을 얼버무렸다.

「미스터 에이슬리에게요?」 나는 놀라면서 이렇게 되물었다.

하지만 뽈리나는 어느새 문 안으로 사라져 버리고 말았다.

「그래, 두 사람이 이런 식으로 편지를 주고받는단 말이지!」 두말할 것 없이 나는 당장에 미스터 에이슬리를 찾으러 달려갔다. 맨 먼저 호텔로 가보았지만 만나지 못했고, 그 다음에는 도박장으로 가서 홀들을 모두 뛰어 돌아다녔는데 역시 만나지 못했다. 거의 포기 상태에 이른 나는 화를 내면서 숙소로 돌아오고 있었다. 그런데 그때 마침 말을 타고 가던 어떤 영국인 남녀들의 행렬 속에서 그를 발견했다. 나는 손짓으로 그를 멈춰 세운 다음 편지를 전해 주었지만 우리는 서로 쳐다볼 겨를도 없었다. 그런데 미스터 에이슬리는 아까보다 더 빨리 말을 몰아 대는 것이 아닌가. 나는 미스터 에이슬리의 그런 행동을 미심쩍게 여겼다.

질투심이 나를 괴롭혔던 것일까? 어쨌든 난 완전히 맥이 빠져 버렸고 무슨 내용의 편지를 주고받는지 확인하고 싶지도 않았다. 말하자면 그 사람은 그녀의 대리인이 아닌가! 나는 〈친구다, 친구〉라고 생각했고 또 그것이 분명한 사실이다 (그렇다면 언제 그렇게 될 수 있었단 말인가). 〈하지만 두 사람이 사랑을 하고 있는 것일까? 물론 그건 아니다〉라고 이성이 내게 속삭이고 있었다. 하지만 이런 일에서 이성만으로는 충분하지 않다. 어떻게 해서든 이 문제를 분명하게 밝히지 않으면 안 된다. 불쾌한 일이지만 문제는 더 복잡해져 갔다.

호텔로 들어가려고 할 때 나는 자기 방에서 나온 급사장과 문지기에게서 장군이 나를 찾았으며, 내가 어디 있는지 알아보려고 세 번씩이나 사람을 보냈다는 말을 전해 들었다. 되도록이면 빨리 장군의 방으로 오라는 전갈이었는데 나는 몹시 기분이 언짢았다. 장군의 서재에서 내가 만난 사람은 장군을 비롯하여 드 그리외와 블랑슈 양이었다. 이번에는 블랑슈 양 곁에 그녀의 어머니가 없었는데 사실 그녀의 어머니는 과시를 위해 이용된 명목상의 인물이었을 뿐, 정작 문제가 생겼을 때에는 블랑슈 양 혼자서 활약했다. 게다가 그녀의 어머니는 자기 딸의 일에 대해서 거의 아는 게 없는 것 같았다.

그 두 사람은 무언가에 대해서 열띤 토론을 하고 있었고, 평소와는 달리 문까지 걸어 놓고 있었다. 문 가까이 다가갔을 때 나는 언성이 높아져 있음을 알 수 있었다. 드 그리외의 독살스럽고 오만불손한 얘기, 블랑슈의 뻔뻔스럽고도 광기 어린 외침, 그리고 무언가를 변명하고 있는 장군의 애처로운 목소리가 들렸다. 내가 나타나자 세 사람은 조금씩 자제를 했고 분위기를 바꿔 보려고 했다. 드 그리외는 머리를 매만진 뒤 성난 얼굴을 감추고 미소를 띠었는데, 그 미소는 내가 너무도 혐오하는 미소로 겉으로만 정중한 척하는 불쾌하기 짝이 없는 미소였다. 풀이 죽어 어찌할 바를 모르고 있던 장군은 점잔을 떨긴 했지만 어딘지 모르게 어색해 보였다. 오직 블랑슈 양 한 사람만이 분노의 빛으로 타오르는 듯한 표정을 바꾸지 않은 채 입을 꽉 다물고 나를 바라보았는데, 무언가를 초조하게 기다리고 있는 눈빛이었다. 여기서 말해 두고 싶은 것이 있다면, 지금까지 그녀가 나를 믿을 수 없을 정도로 불손하게 대해 왔다는 것과 심지어 내 인사에 대꾸도 하지 않았다는 것인데, 한마디로 말해서 나라는 존재에 대해 전혀 신경을 쓰지 않았다는 말이다.

「알렉세이 이바노비치,」 장군은 나무라는 듯한 말투이긴 했지만 그래도 다정하게 얘기를 꺼냈다. 「자네한테 이런 말을 해도 될지 모르겠네만, 이상해. 너무 이상하단 말이야…… 한마디로 나와 내 가족에 대한 자네의 행동이…… 그러니까 너무나 이상하단 말일세……」

「아닙니다Eh! 그렇지 않습니다Ce n'est pas ça.」 참다못한 드 그리외가 경멸하듯 말을 가로챘다(모든 것을 조종해 온 사람은 분명히 이 사람이었다!).

「친애하는 우리 장군님께서 잘못 말씀하셨군요Mon cher monsieur, notre cher général se trompe. 그런 투로 말을 하긴 했지만, (그의 말을 러시아어로 계속해 보겠다) 이런 말씀을 하고 싶으셨던 겁니다……. 그러니까 당신에게 미리 알려주려고 했거나 아니면 당신에게 간절히 부탁하고자 했던 말은 결국 당신이 그분을 망치지 말았으면 하는 것입니다. 그렇고말고요, 망치지 말았으면 하는 것입니다! 내가 쓰는 표현은 바로 그것입니다……」

「도대체 제가 뭘 어떻게 한단 말입니까, 어떻게요?」 내가 말을 가로막았다.

「무슨 말입니까, 당신은 그 노인네, 불쌍하고도 소름 끼치는 노인네를cette pauvre terrible vieille 좌지우지하는 사람이 아닙니까(달리 뭐라고 말할 수 있겠습니까?), 하지만 그녀는 돈을 잃게 될 것입니다. 완전히 빈털터리가 될 거란 말입니다! 당신도 보았습니다. 그녀가 도박하는 것을 직접 목격한 사람이란 말입니다! 만일 돈을 잃기 시작한다고 해도 그녀는 테이블을 떠나지 않을 것입니다. 그 옹고집 때문에 그리고 오기가 나서라도 계속해서, 계속해서 도박을 할 것이고 그렇게 되면 잃은 돈을 딴다는 것은 있을 수도 없는 일입니다. 그러면…… 그러면…….」 드 그리외 자신도 갈피를 못 잡고 있었다.

「그러면,」 장군이 말을 받았다. 「자네가 우리 가족 모두를 망치게 되는 꼴이야! 나와 내 가족, 우리 모두는 그녀의 상속인들이고, 그녀에게는 더 이상의 가까운 친척이 없단 말일세. 자네에게 솔직히 말하겠네. 내 형편이 말이 아닐세, 정말 말이 아니라고. 자네도 어느 정도는 알고 있겠지. 만일에 할머니가 많은 돈을, 아니 혹시 전 재산을, 어이구 맙소사, 잃게 되면 그때는 애들, 우리 애들이 어떻게 되느냔 말일세! (장군은 드 그리외를 돌아보았다.) 그리고 나는 어떻게 되고! (장군은 블랑슈 양을 쳐다보았다. 하지만 그녀는 경멸하듯 얼굴을 돌려 버렸다.) 알렉세이 이바노비치, 우릴 구해 주게, 구해 달란 말이야!」

「하지만 제가 어떻게요, 장군님, 제가 어떻게 도와드리겠습니까…… 제가 할머니의 신임이라도 얻고 있단 말입니까?」

「거절하게, 거절해, 할머니를 내버려 두란 말일세…….」

「그러면 다른 사람이 나타날 것입니다!」 나는 고함을 질렀다.

「그렇지 않습니다, 그렇지 않아요 Ce n'est pas ça, ce n'est pas ça.」 드 그리외가 다시 말을 가로챘다. 「이런 젠장! 아니라니까요. 그냥 모르는 체하고 내버려 둘 것이 아니라 하다못해 조언이나 설득을 해서라도 주의를 딴 곳으로 돌려 보십시오……. 그러니까 너무 많은 돈을 잃지 않도록 어떻게 해서든 할머니의 주의를 딴 데로 돌려 보란 말입니다.」

「하지만 제가 어떻게 그런 일을 하겠습니까? 만일 당신이 직접 이 일을 맡으신다면 또 모르죠, 드 그리외 씨.」 나는 되도록이면 순진한 척하면서 이렇게 덧붙였다.

이때 블랑슈 양은 무언가 이상하다는 듯 재빨리 드 그리외를 향해 반짝이는 시선을 던졌고 나는 그것을 알아차렸다. 드 그리외의 얼굴에는 무언가 특별한 것, 억제할 수 없는 솔직함 같은 것이 떠오르고 있었다.

「바로 그 점입니다. 할머니가 나를 인정하지 않는다는 것이 문제란 말입니다!」 드 그리외는 손을 내저으며 소리를 질렀다. 「정 그렇다면! 나중에……」

드 그리외는 재빨리 블랑슈 양을 쳐다보면서 의미심장한 눈길을 보냈다.

「아, 친애하는 알렉세이 씨, 제발 부탁입니다.」 블랑슈 양은 자기 쪽에서 먼저 매력적인 미소를 띠며 내게 걸어와서는 내 두 손을 꽉 움켜쥐었다. 웃기고 있네! 그 독살스럽던 얼굴을 금세 저렇게 바꿀 수 있다니. 눈 깜짝할 사이에 그녀의 얼굴이 애원하는 얼굴로, 아주 사랑스러운 얼굴로 그리고 개구쟁이 애들처럼 웃는 얼굴로 변했다. 입에 발린 말을 내뱉자마자 그녀는 교활하게도 아주 살그머니 내게 윙크를 보냈다. 나를 단번에 녹여 버리고 싶었던 것일까? 어쨌든 그다지 밉상은 아니었지만 그래도 이제는 정말 뻔뻔스러웠고 소름 끼칠 노릇이었다.

그녀의 뒤를 이어 장군도 달려들었다. 그야말로 달려들었던 것이다.

「알렉세이 이바노비치, 아까 자네에게 그런 식으로 얘기를 꺼낸 것을 용서해 주게. 난 절대 그런 얘기를 하고 싶었던 것이 아닐세…… 이렇게 간절히 애원을 하고 부탁을 하고 또 러시아 식으로 허리를 굽혀 절을 하겠네. 자네 한 사람, 자네 한 사람만이 우리를 구할 수 있단 말일세! 나와 드 코밍주 양이 자네에게 애원을 하고 있잖은가. 무슨 말인지 알지, 알겠지?」
장군은 눈으로 블랑슈 양을 가리키면서 애원을 했다. 정말이지 딱하기 그지없었다.

바로 이때 조용하고 정중하게 문을 두드리는 소리가 세 번 났다. 문이 활짝 열렸다. 노크를 한 사람은 복도를 지키는 시종이었고, 그 뒤로 몇 걸음 떨어진 곳에 뽀따뻬치가 서 있었다. 할머니가 보낸 사람들이었다. 나를 찾아서 얼른 데려오라고 했다는 것이다. 뽀따뻬치가 알려 주었다.

「화가 나 계십니다.」
「하지만 아직 겨우 세 시 반밖에 안 됐잖아!」
「잠을 이루지 못하고 내내 뒤척이시더니 갑자기 벌떡 일어나셔서 안락의자를 찾으시고 또 당신을 찾아오라고 하셨습니다. 지금 마님 일행은 벌써 현관 계단에 가 계십니다요……」
「정말 심술궂은 여자로군 Quelle mégère!」 드 그리외가 목소리를 높였다.

정말이었다. 현관 계단에서 할머니를 만났는데, 그녀는 내가 없어서 안절부절못하고 있었다. 할머니는 네 시까지 참고 있을 수가 없었던 것이다.

「자, 이제 들어라!」 할머니가 소리를 질렀고, 우리는 다시 룰렛 도박판을 향해 떠났다.

제12장

 할머니의 마음은 초조하고 흥분되어 있었다. 룰렛 판에 대한 생각을 쉽사리 떨쳐 버릴 수가 없었던지 할머니는 완전히 얼이 빠져 있었고 다른 것들에는 전혀 주의를 기울이지 않았다. 예를 들면 아까처럼 길을 가는 도중에 이것저것 물어보는 일도 없었다. 또 우리 곁을 회오리바람처럼 질주해 가던 어떤 화려한 마차를 봤을 때 할머니는 손을 들고서 〈저건 뭐야? 누구 마차지?〉 하고 물어보긴 했지만 내 대답을 알아듣지는 못한 것 같았다. 거칠고 성급한 몸짓과 종잡을 수 없는 행동 때문에 할머니의 골똘한 생각이 자꾸만 방해를 받았던 것이다. 역에 거의 다 왔을 때 내가 멀리 있는 부르머헬름 남작과 남작 부인을 가리키자 멍하니 바라보던 할머니는 〈어!〉 하고 아주 무관심하게 한마디 내뱉었고, 몇 걸음 뒤에서 따라오던 뽀따뻬치와 마르파를 향해 몸을 돌려서는 이렇게 잘라 말했다.

「아니 너희들은 왜 졸졸 따라다니는 거야? 매번 너희들을 데리고 다닐 수는 없단 말이야! 집으로 가!」 두 사람이 황급히 인사를 한 뒤 집으로 돌아가자 할머니는 내게 이렇게 덧붙였다. 「난 자네만 있으면 충분해.」

역에 있던 사람들은 벌써부터 할머니를 기다리고 있었고,

할머니를 보자마자 아까와 똑같은 자리를 심판 옆에 마련해 주었다. 내가 보기에 이 심판들은 언제나 예의가 바르고 또 여느 관리들처럼 행세를 하는데, 물주가 이기든 지든 거의 상관하지 않는 것 같아 보였다. 하지만 물주가 돈을 잃는 것에 전혀 무관심할 수는 없는 법이다. 도박꾼들을 끌어들이고 국고의 수입을 더욱 철저히 감독하기 위해 심판들에게 어떤 지시가 내려지는 것은 두말할 나위 없는 사실이고, 또 그에 대한 대가로서 상금과 격려금도 반드시 주어진다. 어쨌든 분명한 사실은 지금 이 심판들이 할머니 보기를 마치 제물(祭物)보듯 하고 있다는 것인데, 우리가 짐작했던 것이 정말 딱 들어맞은 것이다.

그 사정은 이러했다.

할머니는 곧장 제로에 달려들더니 뒤도 안 돌아보고 12프리드리히스도어씩 걸도록 명령을 했다. 한 번을 걸고, 두 번, 세 번을 걸었다. 하지만 제로는 나오지 않았다.

「걸어, 걸란 말이야!」 할머니는 안달이 나서 나를 떠밀었다.

「하지만 벌써 열두 번이나 걸었습니다, 할머니. 1백 44프리드리히스도어나 잃었단 말입니다. 할머니, 제 말씀대로 저녁때까지만 제발……」

「닥쳐!」 할머니가 말을 막았다. 「제로에 걸어. 그리고 지금 당장 빨간색에 1천 굴덴을 걸어. 자 여기 지폐가 있네.」

빨간색이 나오긴 했지만 제로는 역시 허사였다. 우리는 1천 굴덴을 돌려받았다.

할머니가 소곤거렸다. 「봐, 보란 말이야! 잃은 돈을 거의 전부 돌려받았잖아. 다시 제로에 걸어. 열 번 더 걸어 보고 그 다음에는 그만두자고.」

그러나 다섯 번째에 가서는 할머니도 너무 답답했던 모양이다.

「에이, 이 더러운 놈의 제로는 이제 그만 집어치워. 자 4천 굴덴 전부 다 빨간색에 걸어.」 그녀가 명령을 내렸다.

「할머니! 너무 많지 않을까요? 그러다가 빨간색이 나오지 않으면 어쩌시려고요.」 나는 애원을 했다. 하지만 할머니는 금방이라도 나를 한 대 쥐어박을 기세였다(아니 어찌나 떠밀어 대던지 차라리 치고 받으며 싸웠다고 하는 편이 나을 것이다). 도저히 어떻게 할 수가 없었던 나는 방금 전에 딴 3천 굴덴 전부를 빨간색에 걸었다. 판이 돌아가기 시작했다. 할머니는 반드시 이길 것이라는 사실을 의심하지 않는 듯, 당당하게 몸을 쭉 편 채 차분히 자리에 앉아 있었다.

「제로.」 심판이 선언을 했다.

처음에 할머니는 뭐가 뭔지 몰랐다. 그런데 심판이 테이블 위에 있는 것 모두를 할머니의 4천 굴덴과 함께 긁어 모으는 것을 봤을 때, 그리고 거의 2백 프리드리히스도어를 쏟아 부으며 그렇게 오랫동안 기다렸던 제로가 불쑥 나타났고, 그것도 할머니의 욕설과 함께 내팽개쳐지기가 무섭게 그랬다는 사실을 알았을 때 할머니는 앗! 하고 외마디소리를 지르면서 온 홀이 떠나가도록 손바닥을 때리고 말았다. 주위에서 웃음이 터져 나오기도 했다.

「이게 무슨 변이야! 빌어먹을 놈이 지금 나올 게 뭐람!」 할머니는 울부짖었다. 「아이고 이런, 이런 저주받을 놈이 있나! 이건 자네 때문이야! 전부 자네 때문이라고!」 할머니는 사납게 달려들면서 나를 떠밀었다. 「자네가 내게 그만두라고 말렸잖아.」

「할머니, 전 그저 상황이 그렇다고 말씀드린 것입니다. 제가 어떻게 일일이 기회들을 장담할 수 있겠습니까?」

「내가 기회를 주겠네! 저리 가버려.」할머니는 위협하듯 속삭였다.

「안녕히 계십시오, 할머니.」이렇게 말한 뒤 나는 가버릴 생각으로 몸을 돌렸다.

「알렉세이 이바노비치, 알렉세이 이바노비치, 거기 좀 있어 보게! 자네 어딜 가는 거야? 아니 왜 그래, 뭣 때문에? 어이구, 화가 났구먼그려! 이런 바보! 자 좀 더 있어, 조금만 더 있으래도. 화내지 마, 내가 어리석었어! 그래, 이제는 어떻게 해야 할지 말해 주게나!」

「할머니가 절 나무라실 것이기 때문에 이제는 가르쳐 드리지 않겠어요. 직접 하세요. 명령하시면 제가 걸지요.」

「그래, 그래! 그럼 빨간색에 4천 굴덴을 또 걸어 봐! 여기 돈지갑이 있으니 받게.」할머니는 호주머니에서 지갑을 꺼내 내게 건네주었다. 「자 빨리 받아. 여기 현금으로 2만 루블이 있으니까 말이야.」

「할머니.」나는 할머니에게 속삭였다. 「이렇게 거금을……」

「죽기 아니면 살기야. 잃은 돈을 만회해야지. 걸어!」

돈을 걸었지만 다 잃고 말았다.

「걸어, 걸어, 8천 루블 다 걸어!」

「안 됩니다, 할머니 4천 루블이 제일 큰판이라니까요……!」

「그럼 4천 루블을 걸어!」

이번에는 이겼다. 할머니는 힘을 얻었다.

「봐, 보란 말이야!」할머니는 나를 쿡쿡 찔렀다.

「또 4천 루블 걸어!」

4천 루블을 걸었는데 지고 말았다. 그 다음에도 계속 잃기만 했다.

「할머니, 1만 2천 루블을 몽땅 잃었습니다.」 나는 이렇게 아뢰었다.

「나도 알고 있네.」 이렇게 표현해도 좋을지 모르겠지만 할머니는 광기를 가라앉히며 얘기하고 있었다. 「알고 있어, 알아.」 할머니는 이렇게 중얼거리면서 꼼짝 않고 앞을 바라보고 있었는데 무언가를 곰곰이 생각하는 것 같았다. 「에라! 죽기 아니면 살기지. 4천 굴덴을 또 걸어 봐!」

「하지만 돈이 없습니다, 할머니. 가방 속에는 러시아에서 발행한 오분이자배당주권(五分利子配當株券)과 또 송금 수표 같은 것들 외에 돈이라고는 없습니다.」

「그럼 지갑 안에는?」

「잔돈이 남아 있습니다, 할머니.」

「이곳에 환전상이 있지? 우리 돈을 전부 바꿀 수 있다고 들었는데 말이야.」 할머니는 주저하지 않고 물어보았다.

「아 원하신다면 얼마든지 되지요! 하지만 교환하는 대가로 얼마나 손해를 보시는데요…… 유대인도 깜짝 놀랄 정도입니다.」

「쓸데없는 소리! 도로 따고 말 테다! 자, 끌고 가게. 저 바보들을 불러!」

내가 안락의자를 밀고 가는 도중에 인부들이 나타났고, 우리는 함께 의자를 밀며 도박장을 빠져나왔다.

할머니가 호령을 했다. 「더 빨리, 더 빨리, 어서 가란 말이야! 길을 안내하게, 알렉세이 이바노비치. 그리고 더 빠른 길로 데려가야 하네…… 여기서 먼가?」

「조금만 가면 있습니다, 할머니.」

소공원에서 가로수 길로 꺾어지는 길모퉁이에서 우리는 장군 일행과 마주쳤다. 장군과 드 그리외 그리고 블랑슈 양과 그 어머니였다. 뽈리나 알렉산드로브나는 빠져 있었고 미스터 에이슬리 역시 없었다.

「아, 아, 아! 멈출 것 없어!」 할머니가 고함을 질렀다. 「아니, 자넨 무슨 일이야? 지금 자네하고 상대할 시간이 없어!」

나는 뒤에서 따라가고 있었는데, 드 그리외가 내 옆으로 뛰어왔다.

「조금 전에 딴 돈을 모두 잃었습니다. 게다가 자기 돈 1만 2천 굴덴까지 다 날렸지 뭡니까. 그래서 오분이자배당주권(五分利子配當株券)을 바꾸러 가는 길입니다.」 나는 재빨리 그에게 속삭였다.

드 그리외는 발을 동동 구르더니 장군에게 이 사실을 알리러 달려갔고 우리는 계속해서 할머니를 밀어 옮겼다.

「멈추게, 멈춰!」 몹시 흥분한 장군이 내게 속삭였다.

「하지만 장군님께서 어디 한번 멈추게 해보시지요.」 나도 장군에게 속삭였다.

「아주머니!」 장군이 가까이 다가섰다. 「아주머니…… 저희는 지금…… 저희는 지금…….」 장군의 목소리는 떨리고 있었고 풀이 죽어 있었다. 「말을 빌려서 교외로 나가려고 합니다……. 멋진 경치에…… 포앵트를…… 저희는 아주머니를 초대하려고 왔습니다.」

「그래, 포앵트를 보러 가든 말든 마음대로 해.」 할머니는 신경질을 내면서 장군을 뿌리쳤다.

「거긴 시골입니다……. 거기서 차를 마실 것이고…….」 장군은 이제 필사적으로 얘기하고 있었다.

「우리는 싱그러운 풀 위에서 우유를 마실 텐데요 Nous boirons du lait, sur l'herbe fraîche.」 드 그리외는 소름이 끼칠 정도로 적의를 드러내면서 이렇게 덧붙였다.

「우유와 싱그러운 풀 바로 이것이 파리의 부르주아에게는 하나의 이상적인 전원 생활인데, 알다시피 〈자연과 진리〉에 대한 그들의 견해도 그것과 관계되어 있어요.」

「그래, 우유 마시러 가라니까! 가서 벌컥벌컥 마셔. 난 그걸 마시면 배가 아프거든. 아니 근데 왜 귀찮게 따라다니는 거지? 얘기할 시간이 없다는데!」 할머니가 소리를 질렀다. 「얘기할 시간이 없다는데!」

「다 왔습니다, 할머니!」 내가 할머니에게 일러주었다. 「여깁니다!」

우리는 은행업자의 사무실이 있는 건물 곁으로 안락의자를 밀고 갔다. 내가 돈을 바꾸러 간 사이 할머니는 현관에 남아서 기다리고 있었고, 드 그리외와 장군 그리고 블랑슈는 한쪽 옆에 서서 몸둘 바를 모르고 있었다. 할머니가 화를 내며 쳐다보자 그들은 마침내 역 쪽으로 가버리고 말았다.

나는 정말 말도 안 되는 계산을 요구받았기 때문에 스스로 결정을 내릴 수가 없었다. 그래서 할머니에게 돌아가서 분부를 내려 달라고 했다.

「이런, 날강도들!」 할머니는 손바닥을 치면서 이렇게 소리쳤다. 「그래, 까짓 거 바꿔 버려!」 할머니는 소리를 지르며 딱 잘라서 말했다. 「잠깐만, 은행업자를 내게 불러오게!」

「정말 은행 직원들 중에 아무나 불러올까요, 할머니?」

「그래, 직원이라도 상관없어. 에이, 도둑놈들 같으니!」

걷지 못하는 노쇠하고 늙은 백작 부인이 찾고 있다는 사실을 알리자 은행 직원은 밖으로 나오는 것에 동의했다. 화가 난 할머니는 이건 사기라고 소리를 지르면서 한참 동안 직원을 꾸짖었다. 하지만 곧 이어 할머니는 러시아어, 프랑스어, 독일어를 섞어 가면서 그 사람과 흥정을 했고 나도 통역을 하며 거들었다. 심각해진 직원은 우리 두 사람을 한참 쳐다보더니 말없이 고개만 갸우뚱거렸다. 게다가 이 사람은 무척이나 신기하다는 듯이 할머니를 쏘아보고 있었는데 그 태도가 무례할 정도까지 되어 끝내 웃음을 터뜨리고 말았다.

「에이, 꺼져 버려!」 할머니가 소리를 질렀다. 「내 돈 처먹고 목구멍이나 콱 막혀 버려라! 알렉세이 이바노비치, 저 사람에게 돈을 바꿔, 아니면 다른 곳으로 가보든가…….」

「이 직원 말로는 다른 곳에 가면 더 적게 쳐줄 거라는데요.」

그때의 계산을 똑똑히 기억하지는 못하지만 어쨌든 그건 너무 지독한 것이었다. 나는 1만 2천 플로렌이나 되는 돈을 금화와 지폐로 바꾼 다음 계산서를 할머니에게 건네주었다.

「됐어! 됐어! 됐어! 계산할 필요 없어.」 할머니는 손을 내저으며 말했다. 「어서 가자고, 어서, 어서!」

「이제 그 빌어먹을 놈의 제로와 빨간색에는 절대 안 걸겠어.」 역에 가까이 다가가고 있을 때, 할머니는 낮은 목소리로 이렇게 말했다.

나는 기회가 돌다 보면 크게 판돈을 걸어야 할 때가 반드시 온다고 할머니를 설득했다. 정말 이번만큼은 되도록 적게 걸어야 한다고 당부를 하느라 갖은 애를 쓰고 있었다. 하지만 할머니는 말도 못하게 성급했기 때문에, 처음에 그렇게 하기로 약속을 했음에도 불구하고 막상 도박이 진행되자 도저히 말릴 수 없는 지경까지 이르고 말았다. 10프리드리흐스도어 짜리 판과 20프리드리흐스도어짜리 판을 따자마자 할머니는 〈자, 봐! 어때!〉 하며 나를 쿡쿡 찔러 댔다. 「자 봐, 따지 않았느냔 말이야. 10프리드리흐스도어 대신 4천 프리드리흐스도어를 걸었으면, 우린 4천 프리드리흐스도어를 딸 수 있었다고. 그런데 이게 뭐냔 말이야? 전부 자네 탓이야, 자네 때문이라고!」

그녀가 도박하는 것을 보고 있으면 정말 성질이 나긴 했지만 결국 나는 입을 다물고 더 이상 조언을 하지 않기로 결심했다.

갑자기 드 그리외가 내 옆으로 달려왔다. 알고 보니 그들 셋이 모두 내 곁에 와 있었다. 그리고 블랑슈 양이 자기 어머니와 한쪽 옆에 서서 공작에게 아양을 떨고 있는 모습이 눈에 들어왔다. 장군은 분명히 그녀의 눈 밖에 나 있었고 거의 버림을 받은 상태나 마찬가지였다. 그가 옆에 붙어서 안간힘을 다해 비위를 맞추고는 있었지만 블랑슈 양은 거들떠보려고도 하지 않았다. 가엾은 장군! 얼굴이 하얗게 질렸다가는 벌겋게 달아오르며 또 몸을 부들부들 떨고 있던 장군은 이제 할머니가 도박하는 모습을 지켜볼 처지도 못 되었다. 블랑슈와 공작이 마침내 밖으로 나가자 장군은 그 뒤를 따라 뛰어갔다.

「부인, 부인Madame, madame.」 드 그리외는 사람들을 헤치고 할머니 귀에 바싹 다가가서 달콤한 목소리로 속삭였다. 「마님Madame, 그렇게 거시면 좋지 않습니다······. 아니에요, 아닙니다. 그건 안 됩니다······.」 그는 러시아어를 서투르게 발음하고 있었다. 「아니에요!」

「그러면 어떻게 하라는 거야? 자, 어디 가르쳐 줘봐.」 할머니가 그를 향해 말했다.

 드 그리외는 별안간 프랑스어로 정신없이 지껄여 댄 뒤에 수선을 떨면서 조언을 하기 시작했다. 그는 찬스를 기다려야 한다면서 무슨 숫자들을 세고 있었다……. 할머니는 영문을 몰랐다. 그는 걸핏하면 나를 돌아보면서 통역을 해달라고 했고 손가락을 테이블 안쪽으로 밀어 넣어 무언가를 가리키더니 마침내 연필을 잡고 종이 위에 계산을 하기 시작했다. 하지만 그는 끝내 할머니의 성질을 돋우고 말았다.

「에이, 저리 가, 저리 가란 말이야! 자꾸 헛소리만 해대잖아! 〈부인, 부인Madame, madame〉 하고 말이야. 너도 뭐가 뭔지 잘 모르잖아, 저리 꺼져 버려!」

「하지만 부인Mais madame.」 주둥이를 놀려 대던 드 그리외가 다시 한번 사람들을 밀어붙이면서 룰렛 판을 가리켜 보였다. 이제 더는 견딜 수가 없었던 것이다.

「그럼 어디 한번 저 사람 말대로 걸어 봐.」 할머니가 내게 명령했다. 「두고 보자고. 어쩌면 정말 될지도 모르니까 말이야.」

 드 그리외가 바라는 것은 그저 할머니가 큰돈을 걸지 못하게 하는 것이었다. 그래서 그는 숫자들 하나하나에 걸기도 하고 또 한꺼번에 뭉쳐서 걸기도 하자고 제안을 했다. 나는 그가 가르쳐 주는 대로 처음 열두 개의 홀수들에는 1프리드리흐스도어씩 걸었고, 또 12부터 18까지 그리고 18부터 24까지는 뭉쳐서 5프리드리흐스도어씩 걸었다. 전부 16프리드리흐스도어를 건 셈이었다.

 판이 돌아갔고 심판이 〈제로〉 하고 외쳤다. 우리는 전부 잃고 말았다.

「이런 멍청이!」 할머니는 드 그리외에게 소리를 질렀다.

「너 같은 프랑스 놈은 꼴도 보기 싫어! 너 같은 몹쓸 놈이 어디라고 감히 충고를 하느냔 말이야! 꺼져! 꺼져 버려! 아무것도 모르면서 뭘 지껄여 대는 거야!」

심하게 모욕을 당한 드 그리외는 어깨를 으쓱하더니 경멸하는 눈초리로 할머니를 바라보다가 그만 물러가 버렸다. 괜히 끼어들어 창피만 당한 그는 도저히 참을 수가 없었던 것이다.

한 시간이 지나도록 안간힘을 써보았지만 우리는 몽땅 잃고 말았다.

「집으로 가자!」할머니가 고함을 쳤다.

가로수 길까지 오는 동안 할머니는 한 마디도 하지 않았다. 호텔에 도착할 무렵 할머니는 가로수 길에서 탄식을 하기 시작했다.

「아이고 이런 바보야! 이런 바보 멍청아! 넌 늙어 빠진 바보 멍청이야!」

그리고 방으로 들어서자마자 소리를 질렀다. 「차를 줘! 그리고 당장 채비를 해! 떠나자고!」

「어디로 가신단 말입니까, 마님?」마르파가 입을 열었다.

「네가 무슨 상관이냐? 네 할 일이나 잘해! 뽀따뻬치, 전부 챙겨, 짐을 전부 싸란 말이야. 돌아가자, 모스끄바로! 난 1만 5천 루블이나 잃고 말았어!」

「1만 5천이나요, 마님! 아이고 세상에!」뽀따뻬치는 거의 고함을 지르면서 놀랐다는 듯 손바닥을 쳤는데, 아마도 기분을 맞춰 주려고 그러는 것 같았다.

「얼씨구, 얼씨구, 이 바보 같으니! 또 찔찔 짜기 시작하는 거야! 닥쳐! 어서 준비나 해! 계산도 빨리 하고, 빨리!」

「지금 제일 빨리 떠나는 기차는 아홉 시 반 차입니다, 할머니.」 나는 할머니의 수선을 말리려고 이렇게 아뢰었다.

「지금이 몇 신데?」

「일곱 시 반입니다.」

「에이, 괘씸해! 하지만 그게 그거지 뭐! 알렉세이 이바노비치, 나한테는 돈이 1꼬뻬이까도 없네. 여기 수표 두 장을 더 줄 테니까 뛰어가서 바꿔다 주게. 그렇잖으면 갈 차비도 없으니까 말이야.」

나는 그곳으로 갔다. 그리고 30분 후에 호텔로 돌아왔을 때 나는 할머니 방에서 우리 일행 모두와 마주치게 되었다. 그들은 할머니가 돈을 잃었다는 사실보다 오히려 할머니가 모스끄바로 아주 떠나 버린다는 사실에 더 놀라고 있었다. 가령 이곳을 떠남으로 해서 할머니의 재산을 구할 수 있다고 하자. 하지만 그 대신 장군은 이제 어떻게 하란 말인가? 그리고 누가 드 그리외에게 돈을 지불할 것인가? 한편 블랑슈 양으로 말할 것 같으면 할머니가 숨을 거둘 때까지 기다리지 않을 것이 뻔한데, 아마도 공작이나 다른 어떤 사람과 함께 달아나 버릴 것이다. 그들은 할머니 앞에 서서 달래기도 하고 설득하기도 했다. 역시 뽈리나는 그 자리에 없었다. 할머니는 노발대발하며 그들에게 소리를 질렀다.

「귀찮게 굴지 마, 제기랄! 대체 왜들 이러는 거야? 염소같이 턱수염을 기른 저놈은 왜 귀찮게 따라다녀?」 할머니는 드 그리외에게 고함을 질렀다. 「그리고 너는 꾀죄죄하게 생겨 가지고 도대체 뭘 원하고 있는 거야?」 할머니는 블랑슈 양을 향해 말했다. 「왜 굽실굽실거리느냐고?」

「빌어먹을 Diantre!」 블랑슈 양은 잡아먹을 듯이 눈을 부라리면서 이렇게 중얼거리더니 별안간 깔깔 웃으며 밖으로 나가 버렸다.

「저 여자는 백 년은 더 살겠어요 Elle vivra cent ans!」 블랑슈 양은 문을 나서면서 장군에게 고함을 질렀다.

「그럼 자넨 내가 죽기를 기다리고 있었다는 말인가?」 할머니가 장군에게 소리를 질렀다. 「사라져! 전부 내쫓아 버려, 알렉세이 이바노비치! 도대체 너희들이 웬 참견이지? 내 돈 잃은 거야, 너희들 돈 잃은 게 아니라고!」

장군은 어깨를 으쓱하더니 몸을 움츠리고는 밖으로 나갔다. 드 그리외도 그 뒤를 따라 나갔다.

「쁘라스꼬비야를 불러.」 할머니가 마르파에게 분부를 내렸다. 5분 후에 마르파가 뽈리나를 데리고 돌아왔다. 뽈리나는 그동안 줄곧 애들과 함께 자기 방 안에 앉아 있었는데, 아마도 하루 종일 밖에 나오지 않으려고 작정을 한 것 같았다. 그녀의 얼굴은 심각했고, 슬픔과 근심이 어려 있었다.

「쁘라스꼬비야.」 할머니가 말을 꺼냈다. 「방금 전에 내가 주워들은 얘기가 사실이냐? 바보 같은 네 양아버지가 그 미련하고 천한 프랑스 여자와 결혼하고 싶어하는 것 같던데 말이야. 그런데 그 여자는 배우냐 아니면 그보다 더 형편없는 여자냐? 얼른 말해 봐, 그게 정말이냐?」

「잘은 모르겠어요, 할머니.」 뽈리나가 대답했다. 「하지만 블랑슈 양 자신의 말에 따르면 그렇습니다. 그녀는 숨길 필요가 없다고 생각을 하거든요. 그러니까 결론은⋯⋯.」

「됐어!」 할머니가 딱 잘라서 말을 끊어 버렸다. 「다 알고 있어! 저 사람에게 이런 일이 생길 줄 알았지. 언제 봐도 정말 속이 없고 생각이 가벼운 친구야. 꼴에 장군이라고, 그것도 퇴역할 때가 되어서야 대령에서 진급한 주제에, 건방을 떨며 우쭐댄단 말이야. 난 다 알고 있어. 너희들이 유산 상속을 고대하면서 〈늙은 할망구가 빨리 안 죽나?〉 하고 쉴 새 없이 모스끄바로 전보를 쳤다는 걸 알고 있단 말이야. 만일 장군에게 돈이 없으면 그 비열한 계집은, 뭐라더라, 드 코밍주라고 했던가? 그래, 어쨌든 그 여자는 장군을 자기 시종으로도 삼으려 하지 않을 게다. 그리고 그 이빨을 보니까 해넣은 이빨이 더란 말이야. 들리는 말로는 그 여자가 엄청나게 많은 돈을 가지고 있고, 또 이자 놀이를 해서 많이 벌어들이고 있다지? 쁘라스꼬비야, 나는 널 나무라는 게 아니다. 전보를 보낸 건 네가 아니잖느냐. 지난 일을 떠올리고 싶은 것도 아니란다. 내가 아는 대로라면 너한테는 고약한 성격이 있어. 그야말로 말벌이지! 그것에 쏘이면 퉁퉁 부어오르고 말아. 하지만 난 너를 불쌍히 여기고 있단다. 난 이 세상에 없는 네 어머니 까쩨리나를 좋아했거든. 자, 어때? 이곳의 모든 것을 훌훌 털어 버리고 나하고 함께 가자꾸나. 넌 어디 갈 곳도 없지 않느냐? 게다가 이제 저 인간들하고 같이 있는 것은 별로 좋을 게 없단 말이야. 기다려!」 할머니는 이제 막 대답을 하려는 뽈리나의 말을 가로막았다. 「내 말 아직 안 끝났어. 난 너한테 아무것도 바라는 게 없단다. 너도 알겠지만 모스끄바에 있는 내 집은 궁궐이야. 그러니까 한 층을 다 빌려 써도 괜찮고, 또 만일 내 성격이 네 마음에 들지 않는다면 몇 주씩 안 찾아와도 괜찮아. 그래, 가고 싶냐 어떠냐?」

「먼저 할머니께 여쭤보고 싶은 것이 있어요. 정말 지금 당장 떠나고 싶으신가요?」

「내가 농담을 한단 말이냐? 말을 했으면 가야지. 난 오늘 그 빌어먹을 놈의 룰렛에서 1만 5천 루블을 날려 버렸어. 5년 전에 나는 모스끄바 교외에 있는 목조 건물의 교회를 석조 건물로 고쳐 짓겠다고 약속을 했는데, 그런데 이곳에서 돈을 몽땅 날려 버렸지 뭐냐. 이번에는 그곳에 가서 교회를 세워야겠어.」

「그럼 광천수는요, 할머니? 할머니는 광천수를 마시러 오셨잖아요?」

「시끄러워, 무슨 얼어 죽을 광천수야! 쁘라스꼬비야, 날 화나게 만들지 마라. 너 일부러 그러는 것 아니냐? 말해 봐, 갈 거야, 안 갈 거야?」

「정말, 정말 감사합니다, 할머니.」 뽈리나는 감동하며 얘기했다. 「있을 곳을 마련해 주신다니 말이에요. 할머니께서 제 사정을 어느 정도 알아주시니까 전 너무 고마워서 정말이지 할머니께 가 있고 싶어요. 아니 지금 당장 그렇게 할 수도 있어요. 하지만 지금은 사정이 있어서…… 중요한 사정이…… 그래서 당장은 결정을 내릴 수가 없어요. 할머니께서 2주 동안만이라도 더 머물러 계신다면…….」

「그러니까 싫다는 거냐?」

「아니 그렇게 할 수가 없다는 것입니다. 게다가 무슨 일이 있어도 전 동생들을 남겨 두고 떠날 수가 없어요. 왜냐하면…… 왜냐하면…… 정말로 그애들이 버려진 애들처럼 남을 수도 있기 때문이에요. 그러니까 만일 할머니께서 어린것들도 함께 데려가 주신다면 할머니께로 가는 것은 물론이고 또 그 은혜를 꼭 갚겠습니다!」 그녀는 진땀을 빼며 이렇게 덧붙여 말했다. 「애들 없이는 도저히 안 되겠어요, 할머니.」

「에이, 찔찔 짜지 마라! (뽈리나는 흐느껴 울 생각도 없었고 또 결코 눈물을 흘린 일도 없었다.) 그런 병아리들을 위한 곳은 따로 있을 거야. 병아리들한테 닭장은 너무 커. 그리고

개들은 학교에 갈 때가 되었잖아. 아니, 그래서 지금은 가지 않겠다는 거냐? 자 봐라, 쁘라스꼬비야! 난 네가 잘되었으면 하는 거야. 그리고 네가 왜 안 가겠다는 건지 알고 있어. 다 알고 있단 말이다, 쁘라스꼬비야! 그 프랑스 놈은 널 행복하게 해주지 못해.」

뽈리나의 얼굴이 빨개졌다. 나는 정말 소름이 끼쳤다(모두 다 알고 있다! 결국 나 혼자만 아무것도 모르고 있었던 것이다!).

「아, 아, 찡그릴 것 없어. 이것저것 다 떠벌리지는 않을 테니까. 다만 잘못되지만 않으면 되는 거야, 알겠어? 넌 영리한 아이이기는 하지만 잘못될까 봐 내 마음이 걱정스럽단 말이다. 자, 이제 됐어. 너희들 모두 보고 싶지 않아. 자, 가봐! 잘들 있으라고!」

「할머니, 제가 배웅해 드리겠어요.」 뽈리나가 말했다.

「괜찮으니 방해하지 마라. 이젠 너희들 모두 지긋지긋해.」

뽈리나가 할머니 손에 입을 맞추자 할머니는 그 손을 잡아당겨 뽈리나의 볼에 입을 맞추었다.

내 옆을 지나쳐 가던 뽈리나는 힐끗 나를 쳐다본 다음 곧바로 눈길을 돌려 버렸다.

「자, 자네도 잘 있게, 알렉세이 이바노비치! 이제 기차 시간이 한 시간밖에 남지 않았어. 자네가 나 때문에 많이 시달렸겠구먼. 자, 여기 금화 50닢이 있으니 받게.」

「대단히 감사합니다, 할머니. 하지만 부끄럽기 짝이 없군요······」

「자, 자!」 할머니가 소리를 질렀다. 그 말투가 어찌나 단호하고 무서운지 나는 감히 거절하지 못하고 돈을 받았다.

「모스끄바에서 일자리를 알아보러 다니게 되거든 내게 찾아와, 어디든 소개해 줄 테니까. 자 그만 가봐.」

나는 내 방으로 와서 침대에 누웠다. 반 시간 정도 두 손으로 머리 뒤를 받치고 누워 있었던 것 같다. 불행은 벌써 눈앞에 닥쳐오고 있었고, 나 또한 그것에 대해 곰곰이 생각을 해야만 했다. 그래서 나는 내일은 무슨 일이 있어도 뽈리나와 담판을 짓기로 결심했다. 아하! 그 프랑스 여자일까? 맞아, 그러니까 그게 사실이었어! 하지만 무슨 일이 있었단 말이지? 그래, 뽈리나와 드 그리외다! 맙소사, 이건 전혀 어울리지가 않아!

이 모든 것들이 정말 믿어지지 않았다. 나는 당장 미스터 에이슬리를 찾으러 가기 위해 자리에서 벌떡 일어났다. 내가 아는 것 이상의 것을 그가 알고 있는 것이 분명하기 때문에 무엇이든 그의 말을 들어 보아야만 했다. 미스터 에이슬리? 그 사람 또한 내게는 수수께끼 같은 존재였다.

그런데 그때 내 방문을 두드리는 소리가 났다. 나가 보니 다름 아닌 뽀따뻬치였다.

「알렉세이 이바노비치 선생님, 마님께서 보자고 하십니다요!」

「무슨 일이지? 떠나시는 건가? 기차 시간까지는 아직 20분이 남았는데.」

「글쎄 가만히 계시지 못하고 안절부절못하십니다. 〈빨리, 빨리!〉 하시면서 선생님을 찾고 계시니, 제발 지체하지 마십시오.」

나는 당장 아래층으로 뛰어 내려갔다. 할머니는 벌써 복도 밖으로 옮겨져 있었고 그 손에는 돈지갑이 쥐어져 있었다.

「알렉세이 이바노비치, 앞장서게. 자 가자!」

「어디로 말입니까, 할머니?」

「죽기 아니면 살기야. 잃은 돈을 되찾겠어! 자, 가세, 여러 말 마! 그곳은 밤중에도 도박을 하지?」

나는 어리둥절해져서 잠시 생각에 빠졌지만 곧바로 결심을 내렸다.

「할머니의 뜻이 정 그러시다면 전 가지 않겠습니다, 안또니다 바실리예브나.」

「그건 또 왜 그렇지? 또 뭐냔 말이야? 정말 전부 다 미친 사람들처럼 왜들 그래!」

「마음대로 하십시오. 나중에 가서 후회하게 될 일은 하고 싶지 않습니다! 이제 관여하고 싶지도 않고 지켜보고 싶지도 않습니다. 절 내버려 두세요, 안또니다 바실리예브나. 여기 제게 주신 50프리드리흐스도어를 돌려드리겠습니다!」

나는 할머니의 안락의자 옆에 있는 작은 테이블 위에 50프리드리흐스도어가 든 돈지갑을 놓고 인사를 한 뒤 물러나왔다.

「쓸데없이,」 할머니가 내 뒤에서 소리를 질렀다. 「그래, 가지 말라고. 나 혼자서도 길을 찾을 수 있겠지! 뽀따뻬치, 나하고 같이 가자! 자 들어올려서 가봐.」

나는 미스터 에이슬리를 찾지 못하고 그냥 호텔로 돌아왔다. 그런데 나중에, 그러니까 밤 한 시나 되었을 무렵에 나는 할머니의 하루가 어떻게 끝을 맺었는지에 대해서 뽀따뻬치로부터 전해 들었다. 할머니는 아까 내가 바꿔다 준 돈을 모두 잃고 말았다. 그러니까 우리 돈으로 치면 벌써 1만 루블이나 잃은 셈이다. 이번에도 할머니에게 달라붙어 시종일관 할머니의 도박에 끼어든 사람이 있었는데, 다름 아니라 얼마 전에 할머니로부터 2프리드리흐스도어를 받았던 바로 그 폴란드인이었다. 할머니는 폴란드인을 쓰기 전에 먼저 뽀따뻬치에게 돈을 걸도록 시켜 보았지만 곧바로 쫓아 보내고 말았다. 바로 그때 폴란드인이 달라붙은 것이다. 미리 계획이라도 짠 것처럼 그 폴란드인은 러시아어를 알아들었고, 또 세 나라 말을 섞어 가면서 되는 대로 지껄여 대기도 했는데, 그 덕분에 두 사람은 그럭저럭 의사 소통을 할 수가 있었다. 그 폴란드인은 쉴 새 없이 〈마님의 발 밑에 엎드렸지만〉 할머니는 걸핏하면 그에게 욕을 해댔다. 이건 뽀따뻬치의 얘기다.

「어쨌든 당신하고는 도저히 비교가 안 됩니다요, 알렉세이 이바노비치 씨. 마님께서는 신사 대하듯 당신을 대하셨습니다. 그런데 그 사람은, 제가 두 눈으로 직접 본 일이기에 맹세할 수 있습니다만, 바로 그곳에서 도박대 위에 있는 할머니의 돈을 훔치지 않았겠습니까. 할머니께서 그 사람이 훔치는 것을 붙잡은 것만도 두 번이나 되는데, 정말이지 할 말 못 할 말 다 해가면서 된통 욕을 퍼부으셨습니다. 한번은 그 사람 머리까지 잡아당기셨어요. 정말입니다. 거짓말이 아닙니다. 그래서 주위 사람들이 웃음을 터뜨리고 말았지요. 선생님, 마님은 전부 다 잃고 말았습니다. 가진 것 전부, 선생님이 바꿔다 주신 것 전부를요. 우리는 마님을 이곳으로 모셔 왔습니다만, 마님께서는 그저 물 한잔 마시자고 하시고는 가슴에 성호를 그은 뒤 잠자리에 드셨습니다. 기진맥진한 탓인지 금방 잠이 드셨지요. 하느님께서 제발 좋은 꿈을 꾸게 해주셨으면 좋겠습니다요! 어이구, 이제 외국 땅은 지긋지긋합니다!」 뽀따뻬치는 이렇게 결론을 내리고 있었다. 「조짐이 좋지 않다고 하더니, 이거야 원. 어서 우리들의 모스끄바로 갔으면 좋겠어요! 우리들 집에, 모스끄바에 없는 것이 뭐가 있단 말입니까? 정원도 있고 꽃도 있고. 여긴 그런 것들이 별로 없습니다. 향기가 가득하고 사과들이 익어 가는 넓디넓은 그곳, 그런 것들이 이곳에는 없단 말입니다. 정말 꼭 외국으로 왔어야만 했을까요! 오 ― 오 ― 호!」

제13장

 혼란스럽기는 했지만 그래도 강한 인상을 받은 나머지 써 나가기 시작했던 나의 이 수기에 손을 안 댄 지도 어언 한 달이 다 되어간다. 내가 그때 점점 다가오고 있다고 예감했던 불행은 정말로 닥쳐오고야 말았다. 하지만 그것은 내가 생각했던 것보다 1백 배나 더 갑작스럽고 뜻하지 않게 찾아온 불상사였다. 그 모든 것들은 어딘가 괴상망측하고 꺼림칙하고 심지어는 비참하기까지 했다. 적어도 나에게는 그랬다. 그리고 내게도 몇 가지 사건들이 일어났는데, 내가 휘말렸던 우여곡절의 사건들에 비추어 본다면 그 사건들은 그저 예사롭지 않은 사건에 불과할 것이다. 하지만 그것들은 적어도 지금까지 내가 보아 온 바로는 거의 기적에 가까운 사건들이었다. 그런데 정작 놀라운 것은 그런 사건들에 대한 나의 태도였다. 아직까지도 나 자신을 알 수가 없다는 말이다! 모든 것은 꿈처럼 흘러가 버렸고 심지어 나의 정열, 강렬하고 진실했던 나의 정열까지도 그렇게 흘러가 버렸다. 도대체 나의 열정은 어디로 사라져 버린 것일까? 사실 난 가끔 이상한 생각이 문득문득 떠오를 때가 있다.
 〈그때 나는 미쳐 있었던 것이 아닐까? 어쩌면 지금도 정신

병원에 있는 것인지 모른다. 왜냐하면 그때 내가 그럴 것이라고 느꼈던 것들이 지금에 와서도 그런 것처럼 느껴지고 있기 때문이다.〉

나는 내가 써놓았던 글들을 간추려서 다시 읽어 보았다(혹시 그 글들이 정신 병원에서 쓰인 것은 아닌지 확인하기 위해서였는지도 모른다). 이제 나는 외톨이가 되어 버렸다. 가을이 다가오고 나뭇잎들은 노랗게 물들어 간다. 이 쓸쓸한 시골 마을에서(아, 독일의 시골 마을은 너무나 쓸쓸하다!) 나는 앞으로의 갈 길을 생각하기보다는 얼마 전에 나를 스쳐 지나간 느낌들과 생생한 추억들에 짓눌려 있고, 또 그 당시 나를 우여곡절 속으로 끌어들였다가 곧바로 어디론가 내팽개쳐 버린 그 모든 것들의 영향에 사로잡혀 살고 있는 것이다. 이따금 나는 아직도 그 회오리바람 속에서 빙글빙글 돌고 있다는 느낌이 들었는데, 그 폭풍은 금방이라도 다시 덮쳐 와서 그 날개로 나를 낚아챌 것이고, 나는 다시 한번 균형 감각을 잃고 뒤죽박죽이 되어 빙글빙글 돌게 될 것이라는 생각이 들었다.

어쨌든 이번 달에 일어난 모든 일들을 가능한 한 정확하게 자신에게 설명할 수만 있다면, 난 이제 빙빙 도는 것을 멈추고 어떻게든 마음을 잡을 수 있을지도 모른다. 내 마음이 다시 펜을 드는 쪽으로 이끌리고 있는 것은 사실이지만, 그래도 가끔 밤이 되면 아무것도 할 일이 없을 때가 있다. 그래서 나는 무엇이든 해보려는 생각으로 이곳에 있는 너저분한 도서관에서 폴 드 콕의 소설들(독일어 번역본으로!)을 빌린다. 이상한 일이다. 난 그의 소설들을 용납할 수 없으면서도 가만히 읽고 있는 것이다. 나 자신도 놀랍다. 아무래도 나는 얼마 전에 나를 스쳐 지나간 것들의 매력이 자칫 심각한 책이나 어떤 진지한 작업으로 깨져 버릴지도 모른다는 우려를 하고 있는 것 같다. 이건 마치 그 소름 끼치는 꿈과 그 뒤에 남은 인상들이 너무나 소중한 나머지 어떤 새로운 것이 그걸 산산조각 내지 않았으면 하고 걱정하는 것이나 마찬가지였다. 그것들이 정말 그렇게도 소중하단 말인가? 그렇다. 물론 소중하다. 아마 40년이 지나도 그것을 잊지 못할 것이다······.

그럼 글을 써보도록 하자. 하지만 내가 쓰고자 하는 모든 것들은 이제 어느 정도 간단히 줄여서 얘기할 수 있는 것들이다. 지금의 느낌은 그때와는 전혀 달라져 있다······.

우선 할머니에 대한 얘기를 끝맺도록 하자. 그 다음날 할머니는 완전히 빈털터리가 되어 버렸는데, 그건 불을 보듯 뻔한 일이었다. 누구든 한번 그 길로 빠져 들면 그것은 마치 눈 덮인 산 위에서 썰매를 타고 내려오는 사람이 점점 더 빨리 굴러 내려오는 것과 마찬가지인 셈이다. 할머니는 저녁 여덟 시까지 하루 종일 도박을 했는데, 그때 나는 할머니와 함께 있지 않았기 때문에 이야기를 전해 듣기만 했다.

뽀따뻬치는 하루 종일 역에 있으면서 할머니의 시중을 들었다. 그리고 할머니를 지휘한 폴란드인들은 그날 하루만 해도 몇 번씩이나 바뀌었다. 어제 머리를 잡아당기며 옥신각신했던 문제의 그 폴란드인부터 시작한 할머니는 그 사람 대신 다른 사람을 써보았지만 알고 보니 앞의 사람보다 훨씬 더 형편없었다. 그래서 할머니는 그 사람을 쫓아 버리고 먼저 썼던 사람을 다시 채용했다. 이 사람은 쫓겨나 있는 동안에도 줄곧 그곳을 떠나지 않은 채 할머니의 안락의자 뒤에서 사람들을 밀치며 쉴 새 없이 할머니 쪽으로 머리를 들이밀고 있었다.

할머니는 마침내 심한 절망에 빠지고 말았다. 한편 쫓겨난 두 번째 폴란드인 역시 좀처럼 물러날 생각을 하지 않았기 때문에 결국 한 사람은 오른쪽에, 또 한 사람은 왼쪽에 자리를 차지하게 되었다. 두 사람은 이렇게 하는 것이 좋다느니 얼마를 걸어야 한다느니 하면서 계속 말다툼을 하고 욕설을 퍼부었다. 서로를 〈게으름뱅이〉라고 부르기도 하고, 또 폴란드 말로 뭐라고 다정하게 부르기도 하던 그들은 결국 서로 화해를 하고 말았다. 하지만 두 사람은 아무 체계도 없이 마구잡이로 돈을 걸었고, 자기들 멋대로 굴었다. 실컷 다투고 나면 그들은 자기 고집대로만 돈을 걸었는데, 예를 들어 한 사람이 빨간색에 걸면 다른 한 사람은 꼭 검은색에 거는 식이다. 결국 두 사람 때문에 할머니는 머리가 빙빙 돌고 정신을 차릴 수 없는 지경에 이르고 말았는데, 도저히 방법이 없었는지 나이 많은 심판에게 거의 눈물을 흘릴 정도로 하소연을 하면서 두 사람을 쫓아 보내 달라, 날 살려 달라고 부탁을 했다. 그리하여 두 사람의 고함소리와 항의에도 불구하고 그들은 정말로 쫓겨나고 말았다. 하지만 그 두 사람은 할머니가 자기들에게 신세를 졌다는 둥, 할머니가 자신들을 속였다는 둥, 또 자기들을 부당하고 치사하게 대접했다는 둥 합창을 하며 소리를 질러 댄 것이다. 그날 저녁 돈을 잃고 난 직후에 불쌍한 뽀따뻬치는 이 모든 얘기를 내게 들려주었다. 뽀따뻬치가 하소연하는 것은 바로 그 두 사람이 뻔뻔스럽게도 돈을 훔쳐서 호주머니에 쉴 새 없이 쑤셔 넣었다는 것이고, 그래서 그들의 호주머니가 돈으로 가득 차게 되었다는 것이다. 뽀따뻬치는 모든 것을 자기가 직접 보았다고 했다. 가령 수고한 대가로 할머니로부터 5프리드리흐스도어를 받으면 그들은 당장 할머니가 걸어 놓은 옆에다가 그 돈을 걸기 시작한다. 할머니가 이기게 되면 그들은 재빨리 자기가 건 것이 이겼고 할머니가 건 것은 졌다고 소리를 지르는 것이다. 하지만 사람들이 그들을 쫓아내려고 하는 순간 뽀따뻬치가 앞으로 나서서 그들의 주머니가 금화로 가득 찼다고 알려 주었다. 할머니는 즉시 심판에게로 가서 어떻게 좀 해달라고 부탁했다. 두 사람은 고래고래 소리를 질렀지만(꼭 손에 잡힌 두 마리 수탉 같았다) 경찰이 나타나자 두 사람의 호주머니는 톡톡 털려 버렸고 돈은 할머니에게로 돌아가고 말았다. 돈을 다 날려 버리기 전까지 할머니는 그날 하루 종일 심판들과 역 당국의 모든 사람들로부터 남다른 신망을 얻고 있었다. 할머니의 명성은 점점 도시 전체로 퍼져 갔고, 이 나라 저 나라에서 온천을 찾아온 손님들은 저명한 사람이건 평범한 사람이건 너나없이 〈어린애로 돌아가 버린 늙은 러시아 백작 부인〉을 구경하려고 몰려들었다. 하지만 할머니는 벌써 〈수백만〉을 잃고 있었다.

하지만 할머니는 두 폴란드인에게서 벗어난 다음에도 거의 한푼도 돈을 따지 못했다. 두 폴란드인 대신 곧바로 세 번째 폴란드인이 할머니를 도우러 나타났다. 아주 깨끗한 발음으로 러시아 말을 하고 신사처럼 차려입은 세 번째 폴란드인은 어쩐지 하인 티가 나긴 했지만 그래도 콧수염을 길게 기르고 있는, 자부심이 강한 사람이었다. 그 사람 역시 〈부인의 발〉에 키스를 하고 〈부인의 발 밑에 엎드리는 것〉은 마찬가지였지만 주위 사람들에게는 거만하게 굴었고 독재자처럼 행동했다. 한마디로 말해서 하인이 아니라 할머니의 바깥주인 행세를 하고 있었던 것이다. 그는 판이 돌아갈 때마다 걸핏하면 할머니에게로 돌아서서 자기도 〈명예로운〉 귀족이니까 할머니 돈에서

1꼬뻬이까도 받지 않겠다고 맹세를 했는데, 정말이지 소름이 끼칠 정도였고 또 어찌나 그 맹세를 강조했는지 할머니는 정말로 겁을 먹고 말았다. 하지만 이 귀족 덕분에 처음 얼마 동안은 정말 할머니의 도박이 한결 나아졌고 또 돈을 따기 시작하는 것 같았기 때문에 할머니로서도 그를 떼어 놓을 수가 없었다. 한 시간쯤 지났을 무렵 아까 쫓겨났던 두 폴란드인이 다시 할머니 의자 뒤에 나타나서 심부름꾼이라도 좋으니 써 달라고 제의를 해왔다. 뽀따뻬치가 완강하게 주장하는 말에 의하면, 그 〈명예로운 귀족〉은 두 폴란드인과 눈짓을 주고받았고, 또 무언가를 그들 손에 쥐어 주었다는 것이다. 할머니는 식사를 하지도 않았고 또 안락의자에서 내려오는 일도 거의 없었기 때문에 사실은 한 사람의 폴란드인만 있으면 충분했다. 폴란드인은 당장 역 식당으로 달려가서 고기 수프 한 잔을 할머니에게 갖다 주었고 그 다음에는 차를 대령했는데, 문제는 한 사람이 아니라 두 사람이 동시에 뛰어다니고 있었다는 것이다. 그리고 하루가 끝나 갈 무렵, 그러니까 할머니가 마지막 남은 은행권까지 잃게 될 것이라는 짐작이 차츰 확실해지고 있을 때, 할머니의 의자 뒤에는 듣도 보도 못한 폴란드인들이 여섯 명씩이나 서 있었다. 이제 할머니가 마지막 남은 돈마저 잃게 되자, 그 폴란드인들은 너나없이 할머니의 말에 귀를 기울이지도 않았고 신경도 쓰지 않았다. 그들은 할머니를 제치고 테이블 쪽으로 끼어들어 가서, 직접 돈을 거머쥐기도 하고 자기들 멋대로 돈을 걸기도 하면서 말다툼을 하고 고함을 질러 댔다. 또 그들은 명예로운 귀족과 허물없이 얘기를 주고받기도 했는데, 이 명예로운 귀족은 이제 할머니의 존재마저도 의식하지 못하는 지경이 되어 있었다. 할머니가 돈을 몽땅 잃어버린 뒤 밤 여덟 시에 호텔로 돌아갈 때에도 그 폴란드인 중 서너 명은 여전히 단념을 못하고 안락의자 주위로 달려들었다. 그들은 사방에서 죽어라고 악을 쓰고 정신없이 지껄이면서 할머니에게 우겨 대기 시작했다. 그들의 주장인즉슨, 할머니가 자신들에게 무언가를 속였다는 것이고 또 자신들에게 무언가를 갚아 주어야 한다는 것이었다. 결국 그들은 호텔까지 쫓아오기는 했지만 두말할 것도 없이 쫓겨 나고 말았다.

뽀따뻬치의 계산에 따르면, 그 전날 잃어버린 돈을 제외하고도 이날 하루 동안 전부 9만 루블이나 잃은 셈이었다. 결국 할머니는 오분이자배당주권(五分利子配當株券), 국내 공채, 주식 할 것 없이 자신이 가지고 있던 모든 유가 증권들을 하나씩 하나씩 환전해 버린 것이다. 내가 정말 놀란 것은 어떻게 할머니가 그 일고여덟 시간 동안을 내내 안락의자에 앉아 테이블에서 떨어지지도 않은 채 버티고 있었을까 하는 것이었다. 하지만 뽀따뻬치 얘기로는 할머니가 세 번 정도를 정말 크게 이겼기 때문에 다시 기대에 사로잡혔고 그래서 물러날 수가 없었다는 것이다. 어쨌든 노름꾼이라면 다 알고 있는 일이지만, 사람이란 한자리에서 그것도 카드를 붙잡고 왼쪽, 오른쪽으로 눈 한번 돌리지 않고 거의 24시간 동안을 앉아서 버틸 수가 있는 법이다.

그런데 이날 하루 종일 우리 호텔에서도 아주 결정적인 사건들이 일어났다. 아직 아침 열한 시가 되기 전이었다. 할머니가 아직 숙소에 계시던 그때 우리 일행, 그러니까 장군과 드 그리외는 최후의 수단을 쓰기로 결심하고 있었다. 할머니가 떠날 생각을 하지 않고 오히려 도박장으로 다시 향하려 한다는 사실을 알게 된 그들은 전체 회의를 소집한 다음(뽈리나는 제외되었다) 최종적이고도 노골적인 담판을 짓기 위해서 할머니 방으로 찾아간 것이다. 자신에게 닥쳐올 무서운 결과들 때문에 불안에 떨며 정신을 못 차리고 있던 장군은 끝내 도를 넘어서고 말았다. 30분 가량 부탁과 애원을 하고, 자신의 부채와 블랑슈 양에 대한 자신의 뜨거운 사랑을 숨김없이 털어놓더니(그는 완전히 제정신이 아니었다), 장군은 느닷없이 험악한 말투로 고함을 질러 대기 시작했고 할머니에게 발을 굴러 보이기까지 했다. 그는 할머니가 자신들의 가문에 먹칠을 하고 온 도시를 떠들썩하게 만들었다고 말했고, 끝내…… 끝내…… 〈당신은 러시아의 이름을 더럽혔어요! 정 이런 식으로 나온다면 경찰을 부르고 말겠어요!〉 하고 고함을 질러 버린 것이다. 두말할 것도 없이 할머니는 지팡이로 그를 내쫓아 버렸다(그 것은 진짜 지팡이였다).

장군과 드 그리외는 이날 아침 한두 번 더 상의했다. 그들의 마음은 〈어떻게 경찰을 이용할 수는 없을까?〉 하는 쪽으로 기울어 있었다. 말하자면 존경할 만한 노친네가 불행하게도 실성을 해서 마지막 한 푼까지 돈을 다 날려 버렸으니, 어떻게 좀 감시를 하든가 아니면 못하게 말리든가 할 수 없겠느냐는 것이었다……. 하지만 드 그리외는 어깨를 으쓱할 뿐, 이제 그는 정신없이 지껄이며 서재 안을 왔다 갔다 뛰어다니고 있는 장군을 눈으로 비웃고 있었다. 마침내 드 그리외는 손을 내젓고서 어디론가 자취를 감추고 말았다. 저녁때 알게 된 일인데, 그는 블랑슈 양과 미리, 그것도 비밀리에 최후의 담판을 지은 다음 호텔을 떠나 버렸다는 것이다. 블랑슈 양으로 말할 것 같으면, 그녀는 이미 아침부터 최후의 조치를 취하고 있었다. 장군을 완전히 걷어차 버리고 눈앞에 나타나지도 못하게 한 것이다. 장군이 그녀 뒤를 따라 역으로 달려갔을 때 그녀는 공작과 팔짱을 끼고 있었다. 그녀도, 늙은 코밍주 부인도 장군을 아는 체하지 않았고, 그 시시껄렁한 공작 역시 장군에게 인사를 하지 않았다. 블랑슈 양은 그날 종일토록 공작을 구워삶고 미끼를 던져 결정적인 얘기를 하도록 만들 생각이었다. 하지만, 아 이럴 수가! 그녀가 공작에 대해 걸었던 기대는 완전히 빗나가고 말았다! 이 작은 불상사는 저녁때가 되어서야 일어났는데, 사실 공작이란 사람은 가난하기 짝이 없는 빈털터리였을 뿐만 아니라 그녀에게서 어음으로 돈을 빌린 다음 그 돈으로 룰렛 도박을 할 생각이었다는 것이다. 블랑슈는 분하고 억울해서 치를 떨었고 그를 내쫓아 버렸다. 그러고는 문을 걸어 잠근 채 자기 방에서 꼼짝도 하지 않았다.

그날 아침 일찍 나는 미스터 에이슬리를 찾아갔다. 아니, 아침 내내 미스터 에이슬리를 찾으러 다녔다고 하는 편이 나을 것이다. 하지만 나는 끝내 미스터 에이슬리를 찾지 못했다. 집이나 역에도 없었고 공원에도 없었다. 그날은 아예 점심 식사도 호텔에서 하지 않은 모양이었다. 그런데 다섯 시가 되었을 때 나는 뜻밖에도 철도 플랫폼을 빠져나와 앙글르테르 호텔 쪽으로 곧장 걸어오고 있던 미스터 에이슬리와 마주쳤다. 그의 얼굴에서 당황하거나 걱정하는 기색을 발견하기는 어려웠지만 어쨌든 그는 서두르고 있었고 몹시 불안해 하고 있었다. 그는 여느때와 마찬가지로 〈아!〉 하고 외치며 친절하게 손을 내밀긴 했지만 걸음을 멈추지 않은 채로 서둘러 계속 길을 가고 있었다. 나는 그를 따라갔다. 하지만 어찌나 내 질문을 잘 받아넘기던지 나는 정작 아무것도 물어볼 수가 없었다. 게다가 뽈리나에 대한 얘기를 꺼내려고 하니까 나는 왠지 부끄러운 생각이 들었다. 그 또한 뽈리나에 대해서는 한 마디도 물어보지 않았다. 나는 그에게 할머니에 대한 얘기를 해주었다. 그는 심각한 태도로 귀 기울여 듣고 나서 어깨를 으쓱했다.

「할머니는 모조리 잃고 말 것입니다.」 내가 말했다.

「아, 그래요. 아까 제가 떠나올 때 할머니께서는 다시 도박을 하러 가시더군요. 전 할머니가 돈을 완전히 잃을 거라고 확신합니다. 시간이 있으면 역에 들러서 구경할 참입니다. 아주 재미있으니까 말이에요……」

「당신은 어디에 있었습니까?」 여태 그런 것도 물어보지 않았다는 사실에 놀라면서 나는 이렇게 언성을 높여 말했다.

「전 프랑크푸르트에 갔다 왔습니다.」

「볼일이 있어서였나요?」

「예, 일 때문이었습니다.」

자, 이제 내가 무엇을 더 물어볼 수 있단 말인가? 하지만 나는 계속해서 그와 나란히 걷고 있었다. 그런데 미스터 에이슬리는 느닷없이 내게 고개를 끄덕인 뒤 길가에 있는 〈사계절〉 호텔 쪽으로 방향을 돌려 사라지고 말았다. 호텔로 돌아오는 길에 조금씩 이해가 가기 시작했다. 만일 내가 그 사람과 두 시간 동안 얘기했다 하더라도 결정적인 것은 아무것도 알 수가 없었을 것이다. 왜냐하면…… 내가 물어볼 수 있는 것이 하나도 없었기 때문이다! 그래, 당연히 그럴 수밖에 없다! 지금으로서는 도저히 내 질문을 간단명료하게 표현할 수가 없다.

그날 뽈리나는 종일토록 유모와 아이들과 함께 공원에서 산책을 하기도 하고 집에 틀어박혀 있기도 했다. 그녀는 벌써 오래전부터 장군을 피해 다녔고 또 그와는 거의 아무 얘기도 하지 않았는데, 적어도 심각한 얘기는 삼가고 있었다. 나는 오래전부터 그 사실을 눈치 채고 있었다. 하지만 지금에 와서 장군이 처해 있는 상황을 알고 보니 장군이 그녀를 피할 수가 없었을 것이라는 생각이 들었다. 그러니까 두 사람 사이에는 집안일과 관련해서 무언가 중대한 이야기들이 오갔을 것이라는 얘기다. 그런데 내가 미스터 에이슬리와 얘기를 마친 뒤 호텔로 돌아가면서 아이들과 함께 있는 뽈리나를 만났을 때, 그녀는 아주 평온하고 차분한 얼굴을 하고 있었다. 마치 그녀 한 사람만큼은 온 집안을 휩쓸고 있는 폭풍우에서 벗어나 있는 듯했다. 내가 인사를 하자 그녀는 내게 머리를 끄덕여 보였다. 나는 시무룩하게 내 방 쪽으로 걸음을 옮겼다.

물론 나는 그녀와 얘기하는 것을 피해 왔고, 부르머헬름과의 사건이 있은 이후로는 한 번도 만난 적이 없었다. 거기에는 어느 정도 나의 허세와 고집이 작용하기는 했지만 어쨌든 시간이 가면 갈수록 내 마음은 점점 더 분노로 끓어올랐다. 그녀가 나를 조금도 사랑하지 않는다고 치자. 아무리 그래도 내 감정을 그렇게 짓밟아서는 안 되고 또 내 고백을 그렇게 무시해서도 안 되는 것이다. 내가 자기를 진정으로 사랑하고 있다는 사실을 그녀는 알고 있지 않는가. 그리고 내가 자기한테 그런 말을 하도록 허락한 것도 바로 그녀 자신이 아니었던가! 하지만 우리의 관계가 왠지 이상하게 시작된 것은 사실이다. 벌써 오래전부터, 그러니까 대략 두 달 전부터 내가 눈치 채고 있었던 일인데, 그녀는 나를 자신의 믿을 만한 친구로 삼고 싶어했고 또 어느 정도는 시험을 해보고 있었다. 그런데 어떻게 된 일인지 그 당시에 우리의 관계는 잘 풀리지 않았다. 그래서 현재와 같은 이상한 관계가 맺어지게 된 것이고, 우리의 얘기도 이런 식으로 되어 버린 것이다. 하지만 만일 그녀가 나의 사랑을 받아들이지 않는다면 내가 그런 말을 하지 못하도록 막지 않은 이유는 또 무엇이었을까?

나를 막기는커녕 오히려 그녀 쪽에서 내게 그런 말을 하도록 꼬드긴 적도 있었다. 물론 그것을 웃음거리로 만들어 버렸지만 말이다. 나는 그것을 분명히 눈치 채고 있었다. 그녀는 내 말을 들어 주고 또 고통스러울 정도로 나를 초조하게 만든 다음에, 별안간 극도의 멸시와 무관심을 보이면서 엉뚱한 말로 나를 어리둥절하게 만들기를 좋아했단다. 내가 그녀 없이 살 수 없다는 것을 그녀 자신도 잘 알고 있는 것이다. 남작과의 사건이 있은 지 사흘이 지난 지금, 나는 우리가 헤어져 있는 것을 더 이상 참을 수가 없었다. 방금 역 부근에서 그녀를 만났을 때도 나는 가슴이 너무 두근거려서 그만 얼굴이 하얗게 질려 버리고 말았다. 하지만 그녀 역시 나 없이는 살아갈 수가 없지 않은가! 그녀는 나를 필요로 하면서도 정말이지 나를 익살이나 떠는 광대로밖에 보지 않는단 말인가?

그녀에게는 비밀이 있다. 분명히 그렇다! 그녀가 할머니와 나누던 얘기는 내 마음의 아픈 곳을 찔렀다. 나는 여러 차례 속을 털어놓도록 그녀를 부추겨 보았다. 또 그녀 자신도 내가 그녀를 위해서라면 정말 죽을 각오가 되어 있다는 것을 알고 있다. 그런데도 그녀는 언제나 거의 경멸에 가까운 태도로 순간순간을 넘겨 버렸고, 또 내가 제의했던 목숨의 희생 대신 그때 남작에게 했던 식의 그런 엉뚱한 짓만 내게 요구했던 것이다! 정말이지 격분하지 않을 수 있겠는가? 정말 그녀는 그 프랑스인에게 모든 것을 걸고 있는 것일까? 그러면 미스터 에이슬리는? 하지만 문제가 여기까지 이르고 보니 도무지 납득이 가지 않는다. 어쨌든 나는 말할 수 없이 괴로웠다!

숙소로 돌아온 나는 울분을 터뜨리면서 펜을 붙잡았다. 그리고 다음과 같이 그녀에게 보내는 글을 빠른 속도로 써내려갔다.

〈뽈리나 알렉산드로브나, 대단원의 막이 내려질 때가 왔다는 것을 전 확실히 느끼고 있습니다. 물론 당신도 그것을 피할 수는 없습니다. 마지막으로 다시 한 번 말하겠습니다. 저의 희생이 필요합니까, 필요하지 않습니까? 만일 어디에든 제가 필요하다고 생각되시면 마음대로 하십시오. 그리고 전 당분간 《아무 데도》 가지 않고 제 방에서 지내겠습니다. 최소한 대부분의 시간을 그렇게 보내겠습니다. 필요하게 되면 편지를 쓰시든가 아니면 사람을 보내십시오.〉

나는 이 쪽지를 봉한 다음 복도에 있는 사환에게 건네주면서 직접 그녀에게 전달하라고 분부를 내렸다. 나는 답장을 기다리지는 않았다. 그런데 3분이 지나자 아까 그 사환이 소식을 가지고 되돌아왔다. 〈인사를 하더라고 전해 줘요〉라는 전갈이었다.

여섯 시가 넘었을 때 장군은 사람을 보내 나를 찾았다.

장군은 서재에 있었는데 어딘가 외출하려는 듯한 옷차림을 하고 있었다. 중절모와 지팡이가 소파 위에 놓여 있었고, 장군은 방 한가운데에 서서 다리를 벌린 채 머리를 떨구고 있었는데 무언가를 혼잣말로 얘기하고 있는 것 같았다. 그런데 그는 나를 보기가 무섭게 거의 절규에 가까운 소리를 지르며 내게 달려드는 것이었다. 자신도 모르게 뒤로 물러서 버린 나는 그저 도망가고 싶을 뿐이었지만, 장군은 내 양손을 덥석 잡으면서 나를 소파로 끌고 갔다. 나를 자신의 정면에 있는 안락의자에 앉히고 자기는 소파에 앉은 다음, 내 손을 놓지 않은 채 애원하는 목소리로 얘기를 꺼내기 시작했다. 갑자기 그의 눈에 눈물이 고였고 입술까지 파르르 떨리고 있었다.

「알렉세이 이바노비치, 구해 줘, 구해 줘, 용서해 줘!」

나는 한참 동안 도무지 영문을 모르고 있었고 장군은 쉴 새 없이 얘기를 하면서 줄곧 〈용서해 주게, 용서해 주게!〉라는 말만 되풀이하고 있었다. 마침내 나는 짐작할 수 있었다. 장군은 내게서 충고 비슷한 것을 기다리고 있었던 것이다. 아니 그보다는 모든 사람들로부터 버림받은 장군이 번뇌와 불안에 사로잡힌 나머지 나를 떠올리고는 그저 얘기라도 실컷 해보려고 나를 불렀다고 하는 편이 더 나을 것이다.

장군은 정신이 오락가락하고 있었다. 최소한 제정신이 아닌 것만은 분명했다. 그는 두 손을 모은 채 금방이라도 내 앞에 무릎을 꿇을 기세였다. 무엇 때문일까? — 여러분은 왜 그렇다고 생각하십니까? — 그건 지금 당장 나를 블랑슈 양에게로 보내기 위해서였는데, 그녀를 찾아가서 장군에게로 돌아오라고 간청을 하고 장군과 결혼하라고 설득을 하라는 것이었다.

나는 소리를 버럭 질렀다. 「말도 안 됩니다, 장군님. 블랑슈 양은 아직까지도 저라는 존재에 대해 전혀 신경을 안 쓰고 있는지도 모르지 않습니까? 제가 뭘 할 수 있겠습니까?」

하지만 이렇게 반박을 해도 다 소용없는 일이었다. 장군은 내가 무슨 말을 하는지 전혀 알아듣지 못했고, 또 할머니에 대해서도 얘기를 늘어놓았지만 정말이지 앞뒤가 맞지 않았다. 그는 아직까지도 경찰에 도움을 청하려는 생각을 버리지 않고 있었다.

 장군은 격분하면서 말을 꺼냈다.「우리 나라에서는, 우리 나라에서는, 한마디로 우리 나라에서처럼 질서가 잡혀 있고 지휘 계통이 서 있는 나라에서라면 저런 노인네는 당장 보호 감독을 받을 걸세! 그렇단 말일세. 암, 그렇고말고.」장군은 갑자기 나무라는 말투로 바꾸어 지껄여 댔고, 그 다음 순간 자리에서 벌떡 일어나더니 방 안을 서성거리기 시작했다.「자네는 아직 그것을 모르고 있었던 거야.」그는 어떤 상상의 인물이라도 있는 듯 구석 쪽을 향해 말하고 있었다.「자, 이제는 그렇다는 것을 알겠지……. 그렇고말고, 우리 나라에서는 그런 노인네를 꼼짝 못하게 해버리거든, 꼼짝도 못하게, 꼼짝도 못하게 말이야. 그렇고말고…… 아, 이런 제기랄!」

 장군은 다시 소파에 몸을 던져 앉았고, 잠시 후에는 숨이 넘어갈 듯이 흐느껴 울면서 내게 다급하게 얘기를 했는데, 결국 블랑슈 양이 이 일로 해서 자기와 결혼하지 않을 것이라는 둥, 전보 대신 할머니가 왔다는 둥, 그리고 이제는 자기에게 유산이 상속되지 않을 것이라는 둥, 뭐 그런 얘기였다. 장군은 아마 내가 아직까지 그런 것들을 전혀 모르고 있는 줄 알았던 모양이다. 내가 드 그리외에 대한 얘기를 꺼내자 장군은 손을 내저었다.

「그놈은 가버렸어! 내가 가진 전부를 그놈에게 저당 잡히고 말았지. 나는 빈털터리란 말이야! 자네가 가져온 그 돈…… 그 돈이 얼마인지는 모르지만, 아마 7백 프랑쯤 남았을 걸세. 아, 이제 그만 하지. 이게 전부라네. 그 이상은 모르겠군, 모르겠어!」

「호텔에 줄 돈은 어떻게 지불하시려고요?」나는 놀라며 물었다. 「그리고 그 다음에는 어떻게 합니까?」

장군은 생각에 잠긴 채 나를 바라보고 있었다. 그렇지만 그는 내 말을 알아듣지 못했고 심지어 귀에 들어오지도 않는 듯했다. 나는 어디 한번 뿔리나 알렉산드로브나와 그 아이들에 대한 얘기를 해봐야겠다고 생각했다. 그러자 장군은 재빨리 〈그래! 그래!〉 하고 대꾸를 했다가는, 금방 또 공작에 대한 얘기를 꺼내서 블랑슈 양이 그 사람과 같이 떠나려 한다고 말했다.

「그러면, 그렇게 되면 나는 어쩌지, 알렉세이 이바노비치?」 장군은 별안간 나를 향해 말했다. 「신에게 맹세하네! 난 어떻게 해야 하지? 말해 보게, 이건 정말 배은망덕한 일이 아닌가? 배은망덕이 아니냔 말이야?」

급기야 장군은 한없이 눈물을 흘리기 시작했다.

그런 인간은 도저히 어떻게 할 도리가 없다. 하지만 그를 혼자 내버려 두는 것은 위험 천만한 일이었는데, 혹시 그가 무슨 짓을 저지를지도 모르기 때문이다. 어쨌든 나는 간신히 그에게서 빠져나오기는 했지만 그래도 유모에게 일러서 자주 들여다보도록 했고, 또 복도에 있는 급사에게도 당부를 해두었다. 그 급사는 아주 똑똑한 젊은이였는데 자기 쪽에서도 주의해서 살펴보겠다고 다짐을 했다.

장군을 떼어 놓고 오기가 무섭게 뽀따뻬치가 나타나서 할머니께서 부르신다고 전해 주었다. 그때 시간이 여덟 시였는데 할머니는 무참하게 패배를 당한 뒤 이제 막 역에서 돌아와 있었다. 나는 할머니에게로 갔다. 할머니는 완전히 기진맥진하여 안락의자에 앉아 있었는데 아마도 병이 난 것 같았다. 마르파는 차 한 잔을 할머니에게 내놓으면서 거의 강제로 마시게 하였다. 이제 할머니의 목소리와 말투는 눈에 띄게 변해 있었다.

「안녕하신가, 알렉세이 이바노비치.」 할머니는 이렇게 인사말을 하면서 천천히 머리를 숙였다. 「미안하네, 또 한 번 귀찮게 하는구먼. 이 늙은이를 용서해 주게. 난 모조리 그곳에 쏟아 버리고 왔어. 거의 10만 루블이나 말이야. 어제 나와 함께 가지 않은 것은 자네가 잘한 일이야. 이제 난 빈털터리야. 한 푼도 없어. 조금도 지체할 생각이 없으니 아홉 시 반에 떠나겠네. 에이슬리라고 했던가, 그 왜 자네가 안다는 영국 사람 있지? 내가 그자에게 사람을 보냈어. 한 일주일 동안 3천 프랑을 빌려 달라고 부탁하고 싶어서 말이야. 그러니 자네가 그 사람에게 잘 말해서 이런저런 생각할 것 없이 그냥 내 청을 받아들이게 해주게. 난 아직도 상당히 부자란 말일세. 내게는 마을이 셋 있고 또 집도 두 채나 있어. 돈도 아직 남아 있어. 다 갖고 온 게 아니니까 말이야. 이런 말을 하는 것은 어떻게든 그 사람이 의심을 하지 않게 하려는 거야……. 아니 그 사람은 그럴 리가 없어! 그 사람은 좋은 사람임에 틀림없어.」

할머니의 첫 부름에 미스터 에이슬리는 서둘러 달려왔다. 그는 이것저것 생각하지 않고, 또 여러 말 하지도 않고서 할머니에게 3천 프랑을 계산해 주었고 할머니가 서명한 어음을 받았다. 그리고 일이 끝나자마자 인사를 하고는 황급히 밖으로 나가 버렸다.

「자, 이제 자네도 가보게, 알렉세이 이바노비치. 이제 한 시간 남짓 남았어. 난 뼈마디가 쑤시고 아파서 잠시 누웠으면 좋겠어. 그리고 이 바보 같은 늙은이를 탓하지 말게. 이제 난 젊은 사람들을 생각이 짧다고 나무라지 않겠어. 그리고 자네

집 장군과 같이 불운한 사람도 탓하지 않겠단 말이야. 이젠 누구를 탓하기가 죄스러워. 하지만 난 무슨 일이 있어도 장군에게 돈을 주지 않아. 장군이 바라는 대로는 하지 않겠어. 나보다는, 이 바보 같은 늙은이보다는 나을지 모르겠지만, 내가 보기에 그 친구는 진짜 멍청이란 말이야. 이렇게 노망이 들어오만 방자하게 구니 정말 신께서 벌을 내리실지도 모르겠구먼. 자, 그럼 잘 있게. 마르푸샤, 나를 들어라.」

하지만 나는 할머니를 배웅하고 싶었다. 그리고 무언가를 기다리고 있었다. 지금 당장이라도 무슨 일이 일어나지 않을까 하고 줄곧 기다리고 있었던 것이다. 나는 방 안에 가만히 앉아 있을 수가 없었다. 그래서 복도로 나가 보기도 하고 또 가로수 길을 잠시 거닐기 위해 밖으로 나가 보기도 했다. 사실 내가 뽈리나에게 보낸 편지는 분명하고도 단호한 것이었고, 또 지금의 이 불상사는 두말할 것도 없이 결정적인 것이었다. 그리고 나는 드 그리외가 떠났다는 얘기를 호텔에서 들었다. 결국 그녀가 친구로서는 나를 거부할지 모르지만 시종으로서는 거절하지 않을지도 모르는 일이다. 비록 심부름꾼이라 해도 그녀에게는 내가 필요할 것이고 또 쓸모가 있을 것이다. 그럴 수밖에 없다!

기차 시간이 다 되었을 때 나는 플랫폼으로 달려가서 할머니를 차에 태워 드렸다. 할머니 일행은 모두가 가족용 특실에 자리를 잡았다.

「사심 없이 내게 호의를 보여 줘서 고맙네.」 할머니는 나와 작별 인사를 했다. 「그리고 쁘라스꼬비야한테 어제 내가 한 얘기를 좀 전해 줘. 내가 기다린다고 말이야.」

나는 숙소로 향했다. 장군의 방을 지나치다가 유모와 마주쳤기 때문에 나는 장군이 어떻게 하고 있는지 물어보았다. 유모는 〈선생님, 아무 일도 없습니다〉 하고 우울하게 대답했다. 어쨌든 나는 장군 방에 들러 보았는데, 서재로 들어가는 문 앞에서 난 어찌나 놀랐던지 딱 멈춰 서고 말았다. 장군과 블랑슈 양이 서로 경쟁이라도 하듯 무언가에 대해 키득거리며 웃고 있는 것이 아닌가. 늙은 코밍주 부인도 바로 거기 소파 위에 앉아 있었다. 보아하니 장군은 너무 기뻐서 정신을 못 차리는 것이 분명했는데, 말도 안 되는 얘기들을 이것저것 지껄여 대면서 배꼽이 빠질 정도로 웃음을 터뜨리고 있었다. 너무 웃은 나머지 그의 얼굴에는 온통 주름이 잡혔고 눈은 어디로 갔는지 보이지도 않았다. 나중에 내가 블랑슈 양에게 직접 전해 들은 바로는, 공작을 쫓아 보낸 다음 블랑슈 양은 장군이 울고 있다는 사실을 전해 듣고 그저 장군을 위로할 생각으로 잠시 들렀다는 것이다. 하지만 불쌍한 장군은 바로 그 순간에 자신의 운명이 결정되고 말았다는 사실을 모르고 있었고, 또 블랑슈 양이 내일 아침 첫 기차로 파리를 향해 떠나려고 벌써부터 짐을 꾸리기 시작했다는 사실도 모르고 있었다.

장군의 서재 문턱에 잠시 서 있던 나는 안으로 들어갈 생각을 그만두고 몰래 밖으로 나왔다. 내 방으로 올라와서 문을 열었을 때 나는 뜻밖에도 어두컴컴한 방 안에서 어떤 여자의 모습을 발견했다. 그녀는 창가 구석진 곳에 있는 의자에 앉아 있었는데, 내가 나타난 것에도 아랑곳하지 않고 그대로 앉아 있었다. 나는 재빨리 다가가서 그녀를 쳐다보았는데, 순간 나는 숨이 넘어가는 줄 알았다. 그녀는 뽈리나였다!

제14장

나는 깜짝 놀라 소리를 질렀다.

「왜 그러세요? 왜 그러시냐고요?」 그녀는 이상하다는 듯 묻고 있었지만 그녀의 얼굴은 창백했고 또 어두운 표정으로 나를 바라보고 있었다.

「왜 그러냐니오? 당신이? 여기는 내 방이란 말이오!」

「제가 이곳으로 온 이상 그건 이제 저의 모든 것이 이곳으로 온 거나 다름없어요. 제 버릇이 그런걸요. 이제 당신도 알게 되실 거예요. 촛불을 켜보세요.」

나는 초에 불을 붙였다. 그녀는 자리에서 일어나 테이블로 다가가더니 봉투가 뜯긴 편지를 내 앞에 내놓았다.

「읽어 보세요.」 그녀는 명령을 하고 있었다.

「이건, 이건 드 그리외의 글씨잖아!」 나는 편지를 움켜쥐면서 소리를 질렀다. 내 손은 부들부들 떨고 있었고 눈앞에서는 글자들이 튀어 오르고 있었다. 비록 그 편지에 담긴 정확한 표현들을 잊어버리기는 했지만, 여기에 그 내용을 써보겠다. 한 마디 한 마디가 원래 그대로는 아니지만 적어도 거기에 담긴 생각들은 그대로이다.

〈마드무아젤Mademoiselle〉하고 드 그리외는 써내려가고 있었다. 〈반갑지 못한 사정으로 전 부득이하게 서둘러 떠나지 않을 수 없습니다. 물론 당신도 눈치 채셨겠지만, 모든 사정이 밝혀질 때까지는 당신에게 제 마음을 확실히 알리는 것을 의도적으로 피해 왔습니다. 그런데 당신의 늙은 친척이 들이닥쳤고, (그 늙은이의) 어리석은 행동을 보고 나서 전 더 이상 주저할 필요가 없게 되었습니다. 한동안 저는 달콤한 희망에 빠져 있었습니다만, 제 일이 엉망이 되어 버리는 바람에 더 이상 그런 희망을 키울 수가 없게 되었습니다. 지난 일에 대해서는 유감으로 생각합니다. 하지만 부디 당신이 제 행동에서 신사답지 못하고 또 명예로운 인간답지 못한 점을 발견하지 않으셨기를 바랍니다. 전 제가 가진 돈의 거의 전부를 당신 양아버지에게 빌려 줬기 때문에 정말이지 이제는 마지막 남은 조치를 취하지 않을 수 없게 되었습니다. 전 뻬쩨르부르그에 있는 제 친구들에게 알려서 제게 저당 잡혀 있는 재산을 지체 없이 경매 처리해 달라고 했습니다. 하지만 당신의 경솔한 양아버지께서 당신 개인의 돈까지도 다 써버렸다는 사실을 알고는 전 5만 프랑을 깎아 주기로 결심하고 그 금액에 해당하는 저당 증서 일부를 양아버지에게 되돌려 드리오니, 당신은 소송을 걸어 양아버지로부터 영지를 요구하실 수도 있고 또 양아버지가 탕진해 버린 돈 전부를 돌려받을 수도 있습니다. 마드무아젤, 사정이 이렇게 되었으니 부디 저의 행동이 당신에게 도움이 되기를 바랍니다. 그리고 이런 행동을 보임으로써 저는 명예롭고 고결한 인간으로서의 의무를 다하기를 바랍니다. 당신에 대한 기억은 제 마음속에 영원히 아로새겨질 것입니다. 믿어 주십시오.〉

「이게 뭐 어쨌다는 것입니까? 뻔한 일 아닙니까?」 나는 뽈리나를 향해 말했다. 「당신은 뭔가 다른 것을 기대하셨단 말입니까?」 그리고 화를 내며 덧붙였다.

「전 아무것도 기대하지 않았어요.」 그녀는 겉으로 보기에는 차분하게 대답을 했지만 웬일인지 목소리는 떨고 있는 듯했다. 「전 벌써 오래전에 모든 것을 결정했어요. 그 사람의 속을 읽을 수도 있었고 또 무슨 생각을 하는지도 알고 있었단 말이에요. 그 사람이 생각하기에는 내가 찾아 헤맬 줄…… 내가 고집을 버리지 않을 것이라고…… (말을 잇지 못한 채 얼버무리고 있던 그녀는 입술을 깨물고 침묵을 지켰다) 전 일부러 더 심하게 그 사람을 경멸했어요.」 그녀는 다시 입을 열었다. 「어떤 반응이 나올지 기다렸던 거예요. 만약 유산 상속에 대한 전보가 왔다면 전 그 바보 천치 같은 양아버지가 진 빚을 그자에게 던져 주고 당장 내쫓아 버렸을 거예요! 전 벌써 오래전부터, 오래전부터 그 사람을 혐오해 왔어요. 아, 전에는 그런 사람이 아니었는데, 절대 그런 사람이 아니었는데, 지금은, 지금은! 아, 지금 당장이라도 그 5만 프랑을 그자에게, 그자의 비열한 얼굴을 향해 집어던져 버리고 침을 뱉어 얼굴에 마구 처발라 줬으면 좋으련만!」

「하지만 그 증서, 그 사람이 돌려준 5만 프랑에 해당하는 증서가 장군님에게 있지 않습니까? 그걸 받아서 드 그리외에게 돌려주십시오.」

「아, 그건 아니에요! 그거하곤 달라요!」

「예, 그렇겠지요, 그렇겠지요, 그건 아니겠지요! 하지만 지금 장군에게 무슨 능력이 있습니까? 그리고 할머니는요?」 나는 느닷없이 소리를 지르고 말았다.

뽈리나는 웬일인지 얼이 빠져 있었고 초조한 눈빛으로 나를 바라보고 있었다.

「할머니가 왜요?」 뽈리나는 화를 냈다. 「그분에게 갈 수는 없어요……. 누구에게도 폐를 끼치고 싶지는 않단 말이에요.」 역시 화를 내면서 그녀는 이렇게 덧붙였다.

「그럼 어떻게 합니까?」 나는 고함을 질렀다. 「그리고 어떻게, 어떻게 해서 당신은 드 그리외를 사랑할 수 있었단 말입니까! 아, 비열한 인간, 비열한 인간! 자, 원하신다면 제가 결투를 해서 그자를 죽여 버리겠습니다! 지금 어디 있습니까?」

「그 사람은 프랑크푸르트에 있어요. 거기서 사흘 동안 머무를 거예요.」

「당신이 한마디만 하신다면 전 내일 당장 첫 기차로 떠나겠습니다!」 나는 정말 어리석어 보일 정도로 열을 올리며 얘기하고 있었다.

그녀는 웃기 시작했다.

「무슨 말이에요? 그 사람은 아마 5만 프랑부터 먼저 내놓으라고 할 텐데요. 그리고 그 사람이 무엇 때문에 싸움을 하겠어요? 헛소리 마요!」

「그럼 도대체 어디서, 어디서 그 5만 프랑을 찾는단 말입니까?」 나는 이를 부드득 갈면서 말했다. 「마치 바닥에 떨어진 돈을 주워 올리듯 금방 구할 것처럼 굴더니. 아, 이것 보세요, 미스터 에이슬리는 어떨까요?」 나는 어떤 이상한 생각이 떠올라 그녀를 향해 이렇게 물었다.

그녀의 눈이 반짝이기 시작했다.

「뭐예요, 정말이지 제가 당신을 버리고 그 영국인에게 가버렸으면 좋겠어요?」 그녀는 꿰뚫는 듯한 시선으로 내 얼굴을 쳐다보면서 씁쓸한 웃음을 지었다. 그녀는 평생 처음으로 내게 당신이라고 말한 것이다.

이때 그녀는 흥분한 나머지 현기증이 난 것 같았다. 그러고는 갑자기 진이 빠진 사람처럼 소파에 털썩 주저앉고 말았다.

나는 마치 벼락을 맞은 기분이었다. 우두커니 서 있던 나는 내 눈과 귀를 의심했다! 어떻게 된 거야, 그러니까 그녀는 나를 사랑하고 있는 거잖아! 그녀는 미스터 에이슬리가 아니라 바로 내게 찾아온 거라고! 그녀는 처녀의 몸으로 내 호텔 방으로, 그것도 혼자서 찾아온 거야. 그러니까 공개적으로 체면이 깎이면서까지도 나를 찾아온 것이란 말이다. 그런데도 나는, 나는 그녀 앞에 서서 아무것도 알지 못하고 있다니!

순간 나는 어떤 이상한 생각을 머리에 떠올렸다.

「뽈리나! 내게 한 시간만 줘요! 여기서 한 시간만 기다려요, 그러면…… 돌아오겠습니다! 이건…… 이건 꼭 해야만 돼요! 곧 알게 될 테니, 여기 있어요, 여기 있으란 말입니다!」

그리고 나는 방을 뛰쳐나왔다. 놀라서 의아한 눈빛을 하고 있던 그녀에게 대꾸도 하지 않았다. 그녀는 내 뒤에 대고 무어라고 소리를 질렀지만 그래도 나는 돌아가지 않았다.

그렇다. 이따금 정말이지 이상한 생각이, 얼른 보기에는 전혀 가능하지 않은 생각이 머릿속에 거머리처럼 달라붙어서 결국에는 그런 생각이 실현될 수도 있다고 받아들이게 된다……. 뿐만 아니라 만일 그런 생각이 강렬하고 열정적인 소망과 합쳐지게 되면 때로는 그것을 숙명적이고 피할 수 없는 어떤 것, 예정된 어떤 것으로, 또 반드시 있어야 하고, 일어나야 하는 것으로 받아들일지도 모른다! 어쩌면 거기에는 또 다른 무언가가 있는지도 모른다. 어떤 예감의 결합이라든지, 예사롭지 않은 의지의 강화, 그리고 자신의 상상에 의한 중독이나 아니면 또 다른 어떤 것이. 모르겠다. 어쨌든 오늘 밤(나는 평생토록 이 밤을 잊지 못할 것이다) 내게는 기적적인 사건이 일어났다. 비록 그 사건이 산술에 의해 완전히 증명될 수 있을지도 모르지만, 어쨌든 내게는 아직까지도 기적적인 사건으로 남아 있다. 그런데 대체 어떻게 해서 그런 믿음이 내게 그토록 단단하고 뿌리 깊이 박혀 있었던 것일까? 그것도 아주 오래전부터? 여러분에게 되풀이해서 말하는 것이지만, 아마도 나는 그것을 수많은 것들 중에서 일어날 수 있는(그러니까 일어나지 않을 수도 있는) 경우로 생각한 것이 아니라 도저히 일어나지 않고서는 안 되는 어떤 것으로 생각했던 것 같다!

10시 15분이었다. 나는 여태껏 한 번도 맛보지 못한 설레임과 자신감을 느끼면서 역으로 들어갔다. 아침에 비하면 그 수가 반으로 줄어 있었지만 그래도 도박장에는 여전히 많은 사람들이 있었다.

열 시가 지나면 도박대 주위에는 필사적으로 덤비는 진짜 노름꾼들이 남게 된다. 온천에서 그런 사람들을 위해 존재하는 것은 룰렛뿐이었고, 그 사람들 역시 룰렛 하나만을 바라보고 온천에 온 것이다.[20] 그들은 주위에서 일어나는 일에 거의 신경을 쓰지 않을 뿐더러 시즌 내내 아무것에도 관심을 가지

---

20 도스또예프스끼는 1863년 9월 18일 스뜨라호프에게 보낸 편지에 이렇게 쓰고 있다. 〈현재로서는 준비된 것이 없습니다. 하지만 저는 제가 느끼기에 아주 행복한 이야기를 구상했습니다. 이야기의 주제는 이렇습니다. 러시아 젊은이가 외국에 갑니다. 생기가 넘치는 인물입니다(눈앞에 그가 서 있는 것 같습니다). 주안점은 그의 생명력 있는 활기와 힘, 혈기, 자신감들을 룰렛 게임에 탕진해 버리는 데 있습니다. 『죽음의 집의 기록』이 전에는 아무도 눈앞에 보이는 듯 그려낸 적 없는 갤리 선의 노예를 그린 그림으로서 대중의 주

지 않는다. 아침부터 밤까지 줄기차게 도박만을 할 뿐인데, 아마도 할 수만 있다면 날이 샐 때까지 밤새도록 도박을 할 각오가 되어 있을 것이다. 그래서 그들은 자정이 되어 룰렛 판을 마칠 때가 되면 언제나 분해하면서 흩어지는 것이다. 또 룰렛 판이 문을 닫기 전에, 그러니까 열두 시가 다 되어 갈 무렵에 심판이 〈자 마지막 세 판입니다, 여러분!〉 하고 선언하면 그들은 그 마지막 세 판에 자기들 주머니에 있는 돈을 전부 걸어 버리려고 할 때도 종종 있다. 사실은 바로 그런 때에 돈을 가장 많이 잃게 된다. 나는 얼마 전에 할머니가 앉았던 테이블 쪽으로 갔다. 사람들이 별로 많지 않았기 때문에 금방 테이블 옆에 자리를 잡고 설 수 있었다. 내 바로 앞에는 녹색의 나사 천 위에 〈파스Passe〉라는 단어가 새겨져 있었다. 〈파스〉는 19부터 36까지 연속되는 숫자를 가리킨다. 숫자들의 첫 번째 열(列), 그러니까 1부터 18까지는 〈망크Manque〉라고 부른다. 하지만 그게 무슨 상관인가? 나는 계산을 하지 않았다. 방금 전에 어떤 숫자가 맞았는지 듣지도 못했고 도박을 시작하면서도 그것을 물어보지 않았다. 그것은 조금이라도 계산을 할 줄 아는 도박꾼이라면 누구나 했을 법한 일이다. 나는 가지고 있던 20프리드리히스도어 전부를 꺼내 내 앞에 있는 〈파스〉에 걸었다.

〈이십이!〉 하고 심판이 외쳤다.

내가 이겼다. 나는 다시 한번 몽땅 걸었다. 이번에는 먼저 있던 돈과 딴 돈을 다 합해서 걸었다.

목을 받았다면, 이 이야기는 룰렛 게임을 눈앞에 보는 듯 매우 자세하게 나타냄으로써 역시 주목을 받게 될 것입니다. 이것은 도박장의 열기와 비슷한 일종의 지옥에 대한 묘사입니다.〉

〈삼십일!〉 하고 심판이 외쳤다. 또 땄다! 그러니까 벌써 80프리드리히스도어를 딴 것이다! 그래서 이번에는 80프리드리히스도어 전부를 중간의 12에 걸었다(세 배로 딸 수도 있지만 잃을 수 있는 기회도 두 번 있다). 판이 돌아갔고 24가 나왔다. 50프리드리히스도어씩 묶은 돈 꾸러미 세 개와 금화 열 개가 내 앞으로 지불되었다. 먼저 갖고 있던 돈까지 쳐서 내게는 전부 2백 프리드리히스도어가 있었다.

나는 무슨 열병에라도 걸린 사람처럼 그 돈뭉치를 몽땅 빨간색으로 옮겨 놓았다. 그런데 그 순간 나는 문득 제정신으로 돌아왔다! 그날 밤 도박을 하는 동안 나는 딱 한 번 싸늘한 바람과도 같은 두려움을 느꼈는데, 그 순간 내 손과 발이 부르르 떨렸다. 나는 흠칫 놀라며 직감을 했다. 그러니까 이제 곧 내가 지게 된다는 것을 순간적으로 깨달은 것이다! 이 한 판에 나의 인생이 걸려 있다!

「빨간색!」 심판이 외쳤다. 나는 한숨 돌리기는 했지만 온몸에 소름이 끼쳤다. 이번에는 은행권으로 계산을 해서 받았다. 그러니까 이제 다 합쳐서 4천 플로렌과 80프리드리히스도어다!(나는 아직 그때까지는 계산을 할 수가 있었다.)

그다음에는 아마 중간의 12에 2천 플로렌을 걸었던 것으로 기억하는데, 이번에는 졌다. 그래서 다시 한번 금화와 80프리드리히스도어를 걸었는데 또 지고 말았다. 나는 제정신이 아니었다. 마지막 남은 2천 플로렌을 움켜쥐고는 첫 번째 12에 걸었는데, 이건 순전히 요행을 바라는 마음에서 아무 계산도 없이 마구잡이로 건 것이었다! 어쨌든 기대에 부푼 한순간을 맞이한 나는 어쩌면 파리에서 블랑샤르 부인[21]이 기구(氣球)에서 뛰어내릴 때 맛본 것과 비슷한 기분을 만끽하고 있었는지도 모른다.

〈사!〉 하고 심판이 외쳤다. 앞에서 걸었던 것까지 합해서 모두 6천 플로렌을 땄다. 나는 벌써부터 승리자가 된 듯한 표정을 하고 있었고 이제는 아무것도, 아무것도 두려운 것이 없었다. 그래서 4천 플로렌을 검은색에 던졌다. 그런데 아홉 명가량의 도박꾼들이 내 뒤를 이어 역시 검은색에 걸려고 덤벼들었다. 심판들도 서로 쳐다보면서 얘기를 주고받았고 주위 사람들도 이러쿵저러쿵 얘기를 하면서 기다리고 있었다.

검은색이 나왔다. 이제 나는 계산도 잊어버렸고 돈 거는 체계도 깡그리 잊어버렸다. 단 하나 기억하는 것은, 꿈인지 생시인지 모르겠지만 내가 벌써 1만 6천 플로렌을 땄다는 것이다. 곧이어 세 번을 걸었는데 운이 따르지 않아 1만 2천을 잃고 말았다. 하지만 그 다음에 나는 마지막 남은 4천을 〈파스〉로 옮겨 걸었고(나는 이제 아무런 감각도 없었다. 무의식 속에서, 아무 생각도 하지 못한 채 그저 기다리기만 할 뿐이었다) 다시 한번 승리를 했다. 나는 연달아서 네 번을 더 이겼다. 내가 기억하는 것은 그저 수없이 많은 돈을 긁어 모았다는 것과 또 한 가지, 가운데의 12가 제일 많이 나왔다는 사실이다. 나는 바로 그 12를 물고 늘어졌다. 어떻게 된 것인지 모르겠지만 그 숫자는 일정한 규칙에 따라 나오고 있었다. 반드시 서너 번을 연달아 나오다가 그다음에는 두 번 정도 안 나오고, 또 그다음에 서너 번을 연달아서 나왔다. 게다가 이런 놀라운 규칙성이 연속적으로 나타날 때도 종종 있었다. 그러니 손에 연필을 쥐고 계산을 하고 있던 이름난 노름꾼들도 그런 상황을 놓고 어리

21 낙하산을 발명한 기구 비행사의 아내. 1819년 파리에서 기구에 탄 그녀가 불꽃을 쏘아 올렸는데 기구가 폭발하여 죽었다.

둥절할 수밖에 없다. 가끔 이곳에서는 뜻하지 않게 너무나 무시무시한 운명의 장난이 벌어지는 것이다!

아마 내가 그곳에 도착한 지 30분도 안 되었을 무렵이었던 것 같다. 갑자기 심판이 통고를 했다. 내가 벌써 3만 플로렌을 땄고 또 물주가 한꺼번에 그 이상을 감당할 수는 없기 때문에 내일 아침까지 룰렛 판을 폐장한다는 내용이었다. 나는 금화를 모조리 움켜쥐어 주머니 속에 집어넣고 지폐들도 몽땅 긁어 모은 다음 룰렛 판이 벌어지고 있는 다른 도박장, 다른 테이블로 옮겨 갔다. 사람들은 내 뒤로 밀어닥쳤고 나는 금방 자리를 얻을 수 있었다. 아니나 다를까 나는 또다시 계산도 하지 않고 아무렇게나 걸기 시작했다. 무엇이 날 구해 주었는지 알 수가 없다!

하지만 이따금 내 머릿속에서도 아른거리며 계산이 떠오르기 시작했다. 그래서 어떤 숫자나 찬스들에 마음이 끌리기도 했지만, 나는 당장 그것들을 포기해 버리고 또다시 무의식적으로 돈을 걸었다. 나는 확실히 얼이 빠져 있었다. 지금 기억해 보면 그때 심판들이 몇 번씩이나 내게 잘못을 지적해 주었는데, 알고 보니 내가 엄청난 실수를 한 것이었다. 내 관자놀이는 땀으로 젖어 있었고 손도 부들부들 떨렸다. 폴란드인들이 뭐 도울 일이 없겠느냐고 하면서 달라붙었지만 나는 전혀 귀를 기울이지 않았다. 그리고 행운은 거기서 끝나지 않았다. 갑자기 주위에서 왁자지껄하는 얘깃소리와 웃음소리가 들렸다. 〈브라보, 브라보!〉 하고 모두가 소리를 질렀고, 또 어떤 사람들은 박수를 치기까지 했다. 나는 그곳에서도 역시 3만 플로렌을 건진 것이다. 이번에도 물주는 내일까지 폐장을 시켜 버렸다!

「가세요, 가세요.」 오른쪽에서 누군가의 목소리가 내게 이렇게 속삭였다. 그는 프랑크푸르트에서 온 유대인이었는데, 줄곧 내 곁에 서 있으면서 이따금 나를 도와주기도 한 것 같았다.

「제발 가세요.」 내 왼쪽 귀 위에서 또 다른 목소리가 속삭였다. 나는 힐끗 쳐다봤다. 그 사람은 서른 살 정도의 나이에 수수하고 점잖게 옷을 차려 입은 부인이었다. 왠지 몹시 창백하고 지친 얼굴을 하고 있었지만 그 얼굴에서 한때 대단한 미인이었다는 것을 가히 짐작할 수 있었다. 바로 그 순간 나는 지폐들을 마구 구겨서 주머니 속에 쑤셔 넣었고, 테이블 위에 남아 있던 금화들을 거두어들였다. 그리고는 50프리드리호스도어씩 묶인 돈뭉치 중 하나를 잡아서 그 부인의 손에 슬쩍 찔러 주었다. 그때 나는 몹시도 그렇게 하고 싶었다. 그러자 그녀의 가늘고 야윈 손이 내 손을 꼭 쥐었던 걸로 기억하는데, 그것은 깊은 감사의 표시였다. 이 모든 것이 한순간에 일어난 일이었다.

돈을 모두 거두어들인 다음 나는 〈삼십과 사십〉 판으로 옮겨 갔다.

〈삼십과 사십〉 판에는 귀족적인 사람들이 앉아 있었다. 이것은 룰렛이 아니라 카드였는데, 물주가 한꺼번에 10만 탈러까지 받아 주도록 되어 있었다. 거는 돈은 아까와 마찬가지로 4천 플로렌이 제일 큰 액수였다. 나는 게임에 대해서 전혀 아는 것이 없었고 어디다 걸어야 하는지도 거의 몰랐다. 하지만 그곳에도 빨간색과 검은색은 있었기 때문에 나는 그것을 물고 늘어졌다. 주위에는 역 안에 있던 사람들이 죄다 모여 있었다. 그때 내가 단 한 번이라도 뽈리나에 대한 생각을 떠올렸는지 안 떠올렸는지는 기억할 수가 없다. 그 당시에 나는 내 앞에 산더미처럼 쌓여 있던 은행권들을 긁어 모으고 움켜쥐는 기쁨, 뭐랄까 도저히 어떻게 할 수 없는 기쁨 같은 것을 맛보고 있었던 것이다.

정말이지 운명이 나를 몰아대는 듯했다. 이번에는 도박판에서 아주 흔하게 볼 수 있는 한 가지 상황이 발생했는데, 이건 마치 의도된 것 같았다. 가령 빨간색에 행운이 달라붙어서 열 번이나 빨간색이 나오고 심지어는 열다섯 번까지도 행운이 붙어 다니는 것이다. 그저께 내가 들은 얘기에 의하면, 지난 주에는 빨간색이 스물두 번이나 연달아 나왔다고 한다. 사람들은 룰렛 판에서도 그런 일은 본 적이 없다고 하면서 놀라워했다. 물론 모든 사람들은 당장에 빨간색을 포기할 것이 틀림없다. 가령 빨간색이 열 번이나 나오고 나면 또다시 빨간색에 걸려고 결심하는 사람은 거의 아무도 없다. 하지만 노련한 노름꾼들이라면 빨간색의 반대인 검은색에는 걸지 않을 것이다. 노련한 노름꾼은 그것이 〈우연의 변덕〉이라는 것을 알기 때문이다. 예들 들어 열여섯 번 빨간색이 나오고 나면 열일곱 번째에는 틀림없이 검은색이 나올 것이라고 생각하게 마련이다. 풋내기들은 검은색에 우르르 몰려들어 돈을 두 배 세 배로 올려 걸지만, 결국 참패를 당하고 만다.

그런데 나는 빨간색이 연이어 일곱 번씩이나 나왔다는 것을 알고 있으면서도 이상한 오기가 생겨서 일부러 빨간색을 물고 늘어졌다. 내가 그렇게 한 데에는 자존심도 절반쯤 작용했다고 보는데, 정말이지 나는 앞뒤 가리지 않는 모험으로 구경꾼들을 놀라게 하고 싶었던 것이다. 하지만 — 아, 이상야릇한 느낌이다 — 내가 분명히 기억하는 것은, 전혀 자존심을 내세우지 않았는데도 별안간 모험에 대한 강한 열망이 나를 사로잡아 버렸다는 것이다. 어쩌면 내 영혼은 수많은 느낌들을 거쳐 왔으면서도 그것들에 의해 충만되는 것이 아니라 자극만을 받은 채 완전히 진이 빠질 때까지 더 많은 느낌들, 더욱더 강렬한 느낌들을 요구하고 있었는지도 모르겠다. 그리고 이건 거짓이 아니라 정말인데, 만일 게임의 규칙상 한꺼번에 5만 플로렌까지 거는 것이 허용되기만 한다면 나는 분명히 5만 플로렌을 걸었을 것이다. 주위에서는 어리석은 짓이라고 난리들이었다. 빨간색이 벌써 열네 번이나 나왔다고들 했다.

「이분은 벌써 10만 플로렌이나 땄어Monsieur a gagné déjà cent mille florins.」 내 옆에서 누군가의 목소리가 들렸다.

별안간 나는 정신이 번쩍 들었다. 뭐라고? 내가 오늘 밤에 10만 플로렌을 땄단 말이지! 그렇다면 내게 더 이상의 돈은 필요 없잖아? 나는 지폐들을 향해 와락 달려들어서는 셀 것도 없이 그것들을 호주머니에 구겨 넣고 금화와 돈뭉치들도 몽땅 긁어 모은 다음 역에서 도망쳐 나왔다. 내가 도박장들을 지나오고 있을 때, 주위 사람들은 불룩 튀어나온 내 호주머니와 금화의 무게 때문에 어기적거리며 걷는 모습을 보더니 하나같이 웃음을 터뜨렸다. 내 생각에 금화의 무게는 반 뿌드[22]가 훨씬 넘을 것 같았다. 몇 개의 팔이 내게로 뻗어 왔고 나는 한 움큼씩 잡히는 대로 나누어 주었다. 그런데 출구 앞에서 두 사람의 유대인이 나를 멈춰 세웠다.

그들이 내게 말했다. 「당신은 용감하십니다! 정말 용감하십니다! 하지만 내일 아침 될 수 있는 대로 빨리 떠나야 합니다.

---

22 반 뿌드는 약 8킬로그램이다.

틀림없이 그래야 합니다. 아니면 전부 잃고 말 것입니다……」

나는 그들의 얘기에 귀를 기울이지 않았다. 가로수 길은 내 손이 어디 있는지도 알아볼 수 없을 만큼 캄캄했고 호텔까지는 반 베르스따의 거리였다. 나는 여태껏 도둑이나 강도를 무서워해 본 적이 없었기 때문에 호텔까지 가는 동안에도 전혀 그런 생각을 하지 않고 있었다. 아니, 걸어가는 도중에 도대체 무슨 생각을 하고 있었는지 전혀 기억이 나지 않는다. 아무 생각도 없었던 것이다. 나는 단 한 가지, 말로 형언할 수 없는 기쁨만을 느끼고 있었다. 성공에 대한 기쁨이랄까, 아니면 승리와 자신의 위력에 대한 기쁨이랄까, 어떻게 표현해야 할지 모르겠다. 그런데 이때 내 눈앞에서 뽈리나의 모습이 함께 아른거리고 있었다. 〈난 지금 그녀에게 가고 있다. 곧 그녀를 만나서 얘기를 해준 다음 보여 주는 것이다……〉 하는 생각을 떠올리고는 있었지만, 이제 나는 얼마 전에 그녀가 내게 무슨 말을 했는지, 무엇 때문에 내가 그녀를 두고 나왔는지에 대해서 거의 기억을 하지 못했다. 그리고 불과 30분 전에 내가 가지고 있던 느낌들이 이제는 고쳐지고 낡아 버리고 또 이미 오래전에 흘러가 버린 듯했다. 하지만 이제부터 모든 것이 새롭게 시작될 것이기 때문에 그녀와 나는 더 이상 그런 것들을 기억에 떠올리지 않아도 될 것이다. 그런데 가로수 길이 거의 끝나는 지점까지 왔을 때 나는 갑작스러운 공포심에 사로잡혔다. 〈지금 당장 살해당해서 돈을 털리면 어떻게 하나!〉 한 걸음씩 옮길 때마다 이런 공포심은 배로 증가되고 있었다. 나는 거의 뛰어가다시피 했다. 가로수 길이 끝나자 수없이 많은 불빛들로 환히 빛나고 있는 우리 호텔의 모습이 한눈에 들어왔다. 하느님, 감사합니다. 드디어 숙소다!

나는 얼른 내 방이 있는 층으로 달려가서 황급히 문을 열어젖혔다. 뽈리나가 그곳에 있었는데 촛불을 켜놓고 팔짱을 낀 채 내 소파에 앉아 있었다. 그녀는 놀라며 나를 바라보고 있었다. 물론 그때의 내 모습은 꽤 이상했을 것이다. 나는 그녀 앞에 멈춰 선 다음 내게 있던 산더미 같은 돈을 테이블 위에 던져 놓았다.

제15장

 내 기억에 그녀는 뚫어지게 내 얼굴을 쳐다보고 있었고, 자리에서 움직이지도 않았으며 자세도 전혀 바꾸지 않고 있었다.
「전 20만 프랑을 땄습니다.」[23] 나는 마지막 돈뭉치를 던져 놓으면서 이렇게 소리쳤다. 지폐와 금화 꾸러미가 산더미처럼 쌓여 테이블 위를 가득 메워 버렸고, 그것들로부터 눈을 뗄 수가 없었던 나는 이따금 뽈리나를 완전히 잊어버렸다. 나는 그 산더미 같은 지폐들을 차곡차곡 정리하다가는 한꺼번에 쌓아 버리고, 또 금화를 한 뭉텅이 따로 쌓다가는 전부 내버려 둔 채 빠른 걸음으로 방 안을 왔다 갔다 하며 생각에 잠겼고, 그 다음에 또 테이블로 다가가서는 다시 한번 돈을 세기 시작했다. 그러다 갑자기 제정신을 차린 듯, 나는 문 쪽으로 몸을 날려서 서둘러 문을 잠근 다음 두 번이나 열쇠를 돌려 확인했다. 나는 내 작은 가방 앞에 멈춰 서서 골똘히 생각에 잠겨 버렸다.
「내일까지는 트렁크 안에 넣어 둬야겠지요?」 나는 느닷없

---

23 여기서 말하는 프랑은 금 프랑으로, 오늘날의 가치로 어림잡아 환산해 보면 그 금액에 2백 배를 해야 한다. 즉 이 노름꾼은 밤새 거의 4천만 프랑을 딴 것이다.

이 뽈리나를 향해 돌아서며 이렇게 물었다. 문득 그녀 생각이 떠오른 것이다. 그녀는 여전히 자기 자리에 앉아서 꼼짝도 안 했지만 내 거동을 뚫어져라 지켜보고 있었다. 그녀는 웬일인지 이상한 얼굴 표정을 하고 있었는데, 나는 그런 표정이 마음에 들지 않았다! 그녀의 표정에는 증오가 어려 있었다고 말해도 과언이 아닐 것이다.

나는 재빨리 그녀에게로 다가갔다.

「뽈리나, 여기 2만 5천 플로렌이 있습니다. 그러니까 5만 프랑, 아니 그보다 더 많은 돈입니다. 받으세요. 그래서 내일 그 사람 얼굴에다 집어던져 버리세요.」

그녀는 대답이 없었다.

「괜찮으시다면 아침 일찍 제가 직접 갖다 드리겠습니다. 그렇게 할까요?」

그녀는 갑자기 웃음을 터뜨리더니 한동안 계속해서 웃음을 그치지 않았다.

그녀를 바라보고 있던 나는 놀라움과 함께 서글픈 마음이 들었다. 그 웃음은 요사이 그녀가 나에게 지어 보이던 비웃음과 너무도 흡사했다. 나의 열렬한 고백이 있을 때면 언제나 찾아오곤 했던 바로 그 웃음이었다. 마침내 뽈리나는 웃음을 그치고 얼굴을 찌푸리더니 눈을 치켜 뜨고 나를 쳐다보았다.

「전 당신 돈을 받지 않아요.」 그녀가 경멸하는 투로 말을 내뱉었다.

「뭐라고요? 왜 그러십니까? 뽈리나, 무엇 때문입니까?」 나는 고함을 쳤다.

「공짜로 돈을 받지는 않겠어요.」

「전 친구로서 당신에게 제안하는 것입니다. 제 목숨까지도 당신께 바치지 않았습니까?」

그녀는 따지기라도 하는 듯한 눈빛으로 오랫동안 나를 쳐다보았다. 아마도 나를 꿰뚫어 보고 싶어하는 것 같았다.

「당신은 너무 비싼 대가를 치르시는군요. 드 그리외의 정부(情婦)는 5만 프랑의 값어치가 없어요.」 그녀는 미소를 지으며 말했다.

「뽈리나, 어떻게 내게 그런 말을 할 수 있습니까! 정말 제가 드 그리외하고 같다는 말입니까?」 나는 나무라는 투로 소리를 질렀다.

「전 당신을 증오해요! 예…… 그래요! 드 그리외보다 당신을 더 사랑하는 것도 아니란 말이에요.」 그녀는 눈을 번득이면서 이렇게 소리쳤다.

바로 그 순간 그녀는 두 손으로 얼굴을 가리면서 히스테리를 일으키고 말았다. 나는 그녀에게 달려들었다.

내가 없는 사이에 그녀에게 무슨 일이 일어났다는 것을 알아차릴 수가 있었다. 그녀는 완전히 제정신이 아닌 것 같았다.

「저를 돈으로 사버리세요! 좋아요? 좋아? 드 그리외처럼 저를 5만 프랑에 사는 게 좋은가요?」 발작하듯 흐느껴 우는 그녀의 입에서 이런 말이 튀어나왔다. 나는 그녀를 끌어안고 그녀의 손과 발에 키스를 한 다음 그녀 앞에 무릎을 꿇고 주저앉아 버렸다.

히스테리를 가라앉힌 뽈리나는 두 손을 내 어깨 위에 올려놓은 채 가만히 나를 바라보고 있었다. 내 얼굴에서 무엇인가를 읽어 내고 싶었던 모양이다. 내 얘기에 귀를 기울이기는 했지만 분명 그녀에게는 내 얘기가 들리지 않았을 것이다. 무언가 걱정을 하고 있고 골똘히 생각하고 있다는 것이 그녀의 얼굴에 나타나 있었기 때문이다. 나는 그녀가 두려웠다. 내가 보기에 지금 그녀의 머릿속은 완전히 뒤죽박죽이 되어 버린 것 같았는데, 뜻밖에도 가만히 나를 끌어당기며 신뢰가 담긴 미소를 얼굴에 떠올렸다가는 또 느닷없이 떠다밀면서 우울한 눈빛으로 나를 유심히 바라보기 시작했다.

그녀는 갑자기 내게 달려들더니 나를 끌어안았다.

「당신은 정말 나를 사랑하죠? 사랑하는 거죠?」 그녀가 말했다. 「당신은…… 당신은…… 저 때문에 남작과 싸우려고 했지요?」 이렇게 말한 다음 그녀는 갑자기 깔깔거리며 웃어 댔다. 무언가 우스꽝스럽고 재미있는 일이 떠오른 듯했다. 그녀는 울다가 웃다가 완전히 엉망진창이었다. 자, 나는 어떻게 해야 했을까? 나 자신도 열병에 걸린 듯 흥분해 있었다. 내 기억으로는 그녀가 내게 무슨 얘기를 한 것 같았지만 어쨌든 나는 아무것도 이해할 수가 없었다. 그건 무슨 잠꼬대이거나 아니면 더듬는 소리에 불과했는데, 아마도 내게 더 빨리 얘기하고 싶었기 때문일 것이다. 하지만 이따금 아주 즐거운 웃음이 그녀의 헛소리를 끊어 놓았고, 나는 그 웃음에 두려움을 느꼈다. 「아니, 아니에요. 당신은 내 사랑, 내 사랑이에요!」 그녀는 이 말을 되풀이하고 있었다. 「당신은 믿을 수 있는 사람이에요!」 그러고는 또다시 두 손을 내 어깨 위에 올려놓았고, 여전히 내 얼굴을 바라보면서 계속 이렇게 되뇌이는 것이었다. 「당신은 날 사랑해요, 사랑해요…… 앞으로도 사랑할 건가요?」 나는 그녀에게서 눈을 떼지 않았다. 여태껏 그녀가 이렇게 다정하고 사랑스럽게 발작을 일으키는 모습을 본 일이 없었기 때문이다. 물론 그것이 잠꼬대이기는 했지만, 어쨌든…… 나의 뜨겁게 타오르는 눈빛을 알아차린 그녀는 별안간 교활한 미소를 짓더니 난데없이 미스터 에이슬리에 대한 얘기를 꺼냈다.

어쨌든 그녀가 쉴 새 없이 미스터 에이슬리에 대한 이야기를 꺼냈음에도 불구하고(특히 아까 그녀가 내게 무언가를 말하려고 애쓰고 있을 때 그러했다) 나는 그게 무슨 얘기인지를 전혀 납득할 수가 없었다. 그녀는 그를 비웃기까지 하면서 그가 기다리고 있다는 둥, 〈지금쯤은 분명히 창 아래쪽에 서 있을 거예요, 아시겠어요〉라는 둥, 쉴 새 없이 같은 말을 반복하고 있었다.

「그럼요, 그렇고말고요. 창가에 서 있어요. 자, 창문을 열어 보세요. 보세요, 보세요. 저기 그 사람이 있어요, 저기!」그녀는 창문 쪽으로 나를 떠다밀었지만 내가 움직이려고 하는 순간에 웃음을 터뜨리고 말았다. 그래서 나는 그녀 곁에 그대로 서 있었다. 바로 그때 그녀가 와락 달려들어 내게 안기고 말았다.

그녀는 갑자기 불안한 생각이 떠올랐던 모양이다. 「우린 떠나는 건가요? 정말 내일이면 떠나는 건가요? 그럼······(그녀는 생각에 잠겼다), 그럼 우린 할머니를 따라잡겠군요, 당신 생각은 어때요? 제 생각에는 베를린에서 따라잡게 될 것 같은데. 당신은 어떻게 생각하세요, 우리를 만나면 할머니가 무어라 하실 것 같아요? 그리고 미스터 에이슬리는요? 그 사람은 슐란겐베르크에서 뛰어내릴 사람이 아닌데, 당신 생각은 어떠세요? (그녀는 큰 소리로 웃기 시작했다.) 자, 들어 보세요. 그 사람이 내년 여름에 어디로 가는지 아세요? 그 사람은 학술 연구차 북극으로 가고 싶어해요. 거기에 저도 초청했고요, 하, 하, 하! 그 사람 말에 따르면, 우리 러시아인들은 유럽 인들이 없으면 아무것도 알지 못하고 또 아무것도 할 수가 없다는 거예요……. 그렇지만 미스터 에이슬리 역시 좋은 사람이에요! 아시다시피 그 사람은 〈장군님〉을 너그럽게 봐주고 있거든요. 그 사람 말로는 블랑슈가…… 욕망이…… 아이 모르겠어요, 모르겠다고요.」횡설수설하다가 그만 난처하게 되어버린 뽈리나는 같은 말을 되풀이하고 있었다. 「불쌍한 사람들, 전 그 사람들이 너무 딱해 보여요. 할머니도 그렇고…… 아니 그런데 이것 보세요, 제 말을 들어 보세요. 감히 당신이 드 그리외를 죽이겠다고요? 정말, 정말로 그 사람을 죽일 생각이었나요? 오, 어리석은 사람! 정말이지 내가 당신을 드 그리외와 싸우도록 내버려 둘 거라고 생각했단 말인가요? 더구나 그 남작도 죽이지 못하는 주제에.」그녀는 웃음을 터뜨리면서 이렇게 덧붙였다. 「아, 남작과 함께 있을 때의 당신 모습은 정말 우스웠어요. 벤치에 앉아 두 사람의 모습을 보고 있었거든요. 제가 당신을 보냈을 때 당신이 얼마나 못마땅해 했느냔 말이에요. 그때 얼마나 웃었는지 모른답니다. 너무 우스웠다니까요.」그녀는 깔깔거리고 웃으면서 이렇게 덧붙였다.

그 다음 순간 그녀는 난데없이 내게 키스를 퍼부으며 꼭 끌어안았고, 정열적이면서도 부드럽게 자기 얼굴을 내 얼굴에 파묻었다. 이제 나는 아무 생각도 들지 않았고 아무 소리도 들리지 않았다. 내 머리는 빙글빙글 돌기 시작했다…….

내가 정신을 차린 것은 아침 일곱 시경이었던 것 같다. 벌써부터 햇빛이 방 안 가득 비추고 있었다. 뽈리나는 내 곁에 앉아 있었는데, 마치 암흑 같은 것으로부터 빠져나와 기억을 되살리는 듯 주위를 두리번거리고 있었다. 나와 같이 방금 잠에서 깨어난 그녀는 테이블과 돈을 뚫어지게 쳐다보았고, 나는 머리가 무거워 통증을 느끼고 있었다. 뽈리나의 손을 잡아

보고 싶었지만 그녀는 나를 뿌리치면서 소파에서 벌떡 일어나 버렸다. 날이 새기 전에 비가 왔던 탓인지 그날은 참 우울하게 시작되었다. 그녀는 창문 쪽으로 다가가 창문을 활짝 열어젖힌 다음 머리와 가슴을 창 밖으로 내밀었고, 두 팔의 팔꿈치를 창문 기둥에 기댄 채 3분 동안 그러고 있는 것이었다. 나를 향해 돌아보지도 않았고 내가 하는 말도 듣지 않았다. 나는 두려운 마음과 함께 문득 이런 생각이 들었다. 〈이제 무슨 일이 벌어지고 또 어떤 결과가 나올까?〉 그녀는 느닷없이 창문에서 몸을 일으켜 세우고 테이블로 다가오더니 증오에 찬 눈빛으로 나를 쳐다보며 악이 받친 나머지 입술마저 떨면서 내게 이렇게 말했다.

「자, 이제 내 돈 5만 프랑을 주세요!」

「뽈리나, 또, 또!」 나는 이렇게 입을 열었다.

「이젠 생각이 바뀐 거예요? 하 — 하 — 하! 혹시 아깝다는 생각이 드는 것은 아닌가요?」

테이블 위에는 어제 이미 계산을 마쳐 놓은 2만 5천 플로렌이 놓여 있었다. 나는 그 돈을 거머쥐어 그녀에게 건네주었다.

「이제는 정말 내 돈이 된 거예요? 정말이에요? 그래요?」 그녀는 돈을 손에 쥔 채 독살스럽게 물었다.

「그렇습니다, 그것들은 언제나 당신 것이었습니다.」 나는 이렇게 말했다.

「자, 그럼 여기 있어, 당신의 5만 프랑!」

그녀는 팔을 힘껏 들어올리더니 그 돈 다발을 내게 집어던지고 말았다. 돈 다발은 내 얼굴을 세게 때린 뒤 바닥으로 여기저기 흩어져 버렸다. 그런 행동을 한 뽈리나는 이윽고 방에서 뛰쳐나가고 말았다.

물론 그 순간에 그녀가 전혀 제정신이 아니었다는 것을 나도 알고 있었지만, 그래도 어떻게 그런 일시적인 정신 착란이 일어나게 되었는지는 알 수가 없다. 사실 그녀는 한 달이 지난 지금까지도 여전히 병을 앓고 있다. 그런 상태, 그리고 중요한 것은 그런 당돌한 언행이 나올 수밖에 없었던 원인은 무엇이었을까 하는 것이다. 자존심에 상처를 입은 것일까? 나를 찾아오려고 결심했다는 사실에 대한 절망감 때문일까? 혹시 내가 스스로의 행복에 자만하는 모습을 보여 준 것은 아닐까? 드 그리외와 다를 것 없이 그녀에게 5만 프랑을 줌으로써 그녀로부터 벗어나고 싶어한다는 인상을 심어 준 것은 아니었을까? 하지만 그런 일은 없었다. 내 양심에 비추어 그런 일이 없었다는 것을 나는 알고 있다. 내 생각에 그 원인은 어느 정도 그녀의 허세에서 온 것 같다. 바로 그 허세 때문에 그녀는 나를 의심했고 또 모욕할 마음을 먹었던 것이다. 하지만 어쩌면 그녀 자신에게도 이 모든 것들이 명료하게 납득되지 않았을 수도 있다. 만일 그렇다면 나는 분명히 드 그리외 대신 벌을 받은 것이고, 큰 잘못도 없으면서 잘못을 저지른 꼴이 된 것이다. 하지만 이 모든 것은 잠꼬대에 지나지 않는다. 사실 나는 그녀가 헛소리를 지껄이고 있다는 것을 알고 있었다. 알면서도…… 나는 그런 사정에 전혀 주의를 기울이지 않았던 것이다. 혹시 지금까지도 그 일을 용서하지 않고 있는 것은 아닐까? 그렇다. 하지만 이건 어디까지나 지금의 얘기다. 그러면 그때는 어땠을까? 그때는? 사실 그녀가 드 그리외의 편지를 들고 내게 찾아왔을 때에는 자신이 무슨 일을 하고 있는지 완전히 잊어버릴 만큼 심하게 병들어 있지는 않았고, 또 헛소리도 그리 심하지 않았던 것 아닌가? 그러니까 그녀는 자신이 무슨 짓을 하고 있는지 알고 있었다는 얘기다.

나는 허둥지둥 지폐와 금화 더미 모두를 아무렇게나 침대 속에 쑤셔 넣고 잘 덮은 다음, 뽈리나가 나간 지 10분쯤 후에 방을 나왔다. 나는 그녀가 숙소로 달려갔을 것이라고 믿었기 때문에 장군 일행이 묵고 있는 곳으로 슬쩍 찾아간 다음, 현관에서 유모를 불러 아가씨의 건강에 대해 물어보려고 했다. 하지만 계단에서 마주친 유모로부터 뽈리나가 아직 방으로 돌아오지 않았고, 유모 자신도 그녀를 찾으러 내게 오던 참이라는 얘기를 전해 들었을 때 나는 너무도 놀랐다.

「방금, 방금 내 방에서 나갔어요.」 나는 그녀에게 말했다. 「약 10분쯤 전에 나갔는데, 그러면 도대체 어디로 사라졌단 말인가요?」

유모는 나를 탓하는 듯한 눈빛을 하고 있었다.

그 무렵 호텔에서는 그 소문이 이미 쫙 퍼져 있었다. 수위실과 급사장 방에서 사람들이 수군거리는 말로는, 아침 여섯 시경 비가 오는데도 아가씨가 호텔을 뛰쳐나가 앙글르테르 호텔Hôtel d'Angleterre 쪽으로 달려갔다는 것이다. 그런데 사람들의 말투와 넌지시 비추는 말들을 들어 보니까, 그들은 이미 뽈리나가 내 방에서 밤을 지새웠다는 사실을 알고 있는 것 같았다. 한편 사람들은 장군 일가 전체에 대한 얘기도 입에 담고 있었는데, 심지어는 어제 장군이 이성을 잃은 나머지 온 호텔이 떠나가도록 울어 댔다는 사실까지도 알고 있었다. 그들이 하는 얘기에 따르면, 이곳에 온 할머니는 장군의 어머니로서 자기 아들이 드 코밍주 양과 결혼하지 못하도록 하기 위해서, 또 말을 듣지 않으면 유산 상속을 하지 않기 위해서 일부러 러시아에서 여기까지 왔는데, 그가 정말 말을 듣지 않자 이 백작 부인은 그에게 돌아갈 돈을 남겨 두지 않으려고 일부러 그가 보는 앞에서 룰렛 도박을 하여 자기 돈 전부를 날려 버리고 말았다는 것이다. 흥분한 급사장은 〈러시아인들이란Diese Russen!〉 하고 같은 말을 되풀이하면서 머리를 흔들어 댔고 다른 사람들은 웃고만 있었다. 급사장은 계산서를 준비했다. 내가 도박으로 돈을 땄다는 사실도 벌써 알려져 있었는데, 내 방 복도를 지키는 급사인 카를이 맨 먼저 내게 축하를 해주었다. 하지만 난 그런 것에 신경을 쓸 때가 아니었다. 나는 앙글르테르 호텔로 급히 달려갔다.

아직 이른 시간이었다. 미스터 에이슬리는 아무도 만나지 않고 있었지만 내가 찾아왔다는 사실을 알고 복도로 나와 주었다. 내 앞에 멈춰 선 그는 생기 없는 눈빛으로 쳐다보면서 내가 무슨 말을 할지 기다리고 있었다. 나는 곧장 뽈리나에 대해 물어보았다.

「그녀는 병이 났습니다.」 미스터 에이슬리는 여느때와 마찬가지로 물끄러미 나를 바라보고 있었고 내게서 눈을 떼지 않았다.

「그럼 그녀가 당신 방에 있다는 것이 사실입니까?」

「아, 예. 제 방에 있습니다.」

「그러니까 당신은…… 당신은 그녀를 저렇게 붙잡아 둘 생각이란 말입니까?」

「아, 예. 그럴 생각입니다.」

「미스터 에이슬리, 그렇게 되면 말썽이 생깁니다. 그러시면 안 됩니다. 게다가 그녀는 몸도 불편한데, 혹시 모르고 계신 것 아닙니까?」

「아, 예. 알고 있었습니다. 그래서 당신에게 그녀가 병이 났다고 말씀드린 것이고요. 만일 병이 나지 않았다면 그녀는 당신 방에서 밤을 보내지 않았을 것입니다.」

「당신이 그걸 어떻게 알고 계십니까?」

「알고 있지요. 어제 그녀가 여기에 왔기에 전 그녀를 데리고 제 친척되는 여자분을 찾아가려고 했어요. 그런데 그녀가 병이 나는 바람에 실수로 당신을 찾아간 것입니다.」

「좋을 대로 생각하십시오! 자, 어쨌든 축하합니다, 미스터 에이슬리. 그런데 말이 나왔으니 말인데, 당신 때문에 생각난 것이 있습니다. 혹시 간밤에 제 방 창 밑에 서 있지 않았습니까? 뽈리나 양은 밤새도록 제게 창문을 열고 밖을 내다보라고 시켰습니다. 당신이 창 밑에 서 있지 않느냐면서 말이에요. 그러고는 실컷 웃어 버리더군요.」

「정말입니까? 하지만 아닙니다. 전 창 밑에 서 있지 않았어요. 그 대신 복도에서 기다리면서 이리저리 걸어다니긴 했습니다.」

「어쨌든 그녀의 병이 낫도록 해야 할 것 아닙니까, 미스터 에이슬리?」

「아 그럼요. 의사를 부르러 벌써부터 사람을 보내 놓았습니다. 그리고 만일 그녀가 죽기라도 한다면 당신은 그녀의 죽음에 대해 해명을 해야 할 것입니다.」

나는 깜짝 놀랐다. 「무슨 말씀입니까, 미스터 에이슬리. 대체 뭘 원하는 겁니까?」

「그런데 어제 당신께서 20만 탈러를 땄다는 게 사실입니까?」

「왜 그러시죠?」

「러시아인들은 돈이 생기면 하나같이 파리로 갑니다.」 미스터 에이슬리는 마치 책을 읽는 듯한 목소리와 말투로 설명을 했다.

「지금 같은 여름철에 파리에 가서 뭘 한단 말입니까? 미스터 에이슬리, 전 그녀를 사랑하고 있어요. 당신도 알고 계시겠죠?」

「정말입니까? 전 그렇지 않다고 믿고 있습니다만. 게다가 여기 남아 있게 되면 아마도 당신은 돈을 몽땅 잃게 될 것이고 그렇게 되면 파리로 갈 수도 없게 된단 말입니다. 그러니 안녕히 가십시오. 전 당신이 오늘 파리로 떠나실 것이라고 굳게 믿습니다.」

「좋습니다, 안녕히 계십시오. 하지만 파리로는 가지 않습니다. 미스터 에이슬리, 이제 우리가 어떻게 될지 생각해 보십시오. 한마디로 말해서 장군은…… 게다가 지금 뽈리나 양에게 생기고 있는 일이 도시 전체에 다 알려지게 될 것입니다.」

「예, 온 도시로 퍼지겠지요. 하지만 제가 보기에는 장군의 생각이 이 문제에까지 미치지 못하고 있을 것 같습니다. 장군은 지금 그럴 겨를이 없으니까요. 게다가 뽈리나 양에게는 자기가 원하는 곳에서 살 권리가 있습니다. 또 그 집안에 관해서라면 이제 더 이상 그 집안은 존재하지 않는다고 정확하게 얘기할 수 있습니다.」

걸음을 옮긴 나는 내가 파리로 떠날 것이라고 믿고 있는 이 영국인의 이상한 생각을 비웃으면서 이런 생각을 했다. 〈만일 뽈리나 양이 죽게 되면 그자는 결투를 신청해서 나를 쏘아 죽이려고 하겠지. 이것 참, 또 귀찮게 생겼구먼!〉 맹세하건대 난 뽈리나를 불쌍하게 여기고 있었다. 그런데 어제 내가 도박에 손을 대고 돈 다발들을 긁어 모으던 그 순간부터 어쩐 일인지

나의 사랑은 뒷전으로 밀려난 것 같았다. 지금이야 이렇게 얘기를 하고 있지만, 그때만 해도 나는 이 모든 사정을 똑똑히 알지 못했다. 내가 정말 노름꾼일까? 내가 정말…… 정말 그렇게까지 괴상한 사랑을 했던 것일까? 아니다. 나는 아직까지도 그녀를 사랑하고 있다. 아마 신도 아실 것이다. 미스터 에이슬리의 방을 나와 집으로 향하고 있던 나는 진심으로 스스로의 잘못을 뉘우쳐 보려고 애를 썼다. 하지만…… 하지만 바로 그때 내게는 너무도 이상하고 어처구니없는 일이 일어나고 말았다.

내가 장군의 방을 향해 서둘러 가고 있을 때 그 방에서 멀리 떨어지지 않은 곳에서 문이 활짝 열렸고, 그곳에서 누군가가 나를 큰 소리로 부르는 것이었다. 그 사람은 늙은 코밍주 부인이었는데, 알고 보니 블랑슈 양이 시켜서 나를 불렀던 것이다. 나는 블랑슈 양의 방으로 들어갔다.

그들이 쓰고 있던 객실은 방이 두 개 딸려 있었는데 그다지 크지 않은 객실이었다. 침실 쪽에서는 블랑슈 양의 웃음소리와 고함소리가 들렸다. 그녀는 침대에서 몸을 일으켜 세웠다.

「아, 바로 그 사람이로군! 이리 와봐, 바보 같으니! 당신이 산더미 같은 금화와 은화를 땄다는 게 정말이야? 나는 금화를 더 좋아하는데Ah, c'est lui! Viens donc, bêta! que tu as gagné une montagne d'or et d'argent? J'aimerais mieux l'or.」

「땄습니다.」 나는 웃으면서 대답했다.

「얼마나 땄어?」

「10만 플로렌.」

「착하기도 하지…… 자, 이리 들어오라니까. 하나도 안 들린단 말이야. 우리 마시고 놀아 보자고, 어때Nous ferons bombance, n'est-ce pas?」

 나는 안으로 들어갔다. 그녀는 장밋빛 공단 이불을 덮은 채 뒹굴고 있었는데, 이불 밑에서는 건강미 넘치는 거무스름한 어깨가 쑥 비어져 나와 있었다. 정말 꿈에서나 볼 수 있을 만큼 근사한 그 어깨는 가장자리에 하얀 레이스를 단 투명한 무명 잠옷으로 살짝 가려져 있었는데 거무스름한 피부가 하얀 잠옷에 너무도 잘 어울렸다.

「이봐 젊은이, 배짱이 두둑한데Mon fils, as-tu du coeur?」 그녀는 나를 향해 이렇게 소리를 지른 다음 또 깔깔거리며 웃기 시작했다. 그녀는 언제나 쾌활하게 웃었고, 또 때로는 거짓이라고는 찾아볼 수 없는 웃음을 짓기도 했다.

「다른 어떠한 것도Tout autre……」 나는 코르네유의 말을 늘어놓을 생각으로 입을 열었다.

「자, 이것 봐. 우선 양말을 찾아서 내가 신을 수 있게 도와줘. 그리고 만일 당신이 지독한 바보가 아니라면 난 당신을 파리로 데려갈 생각이야si tu n'es pas trop bête, je te prends à Paris. 내가 곧 떠난다는 것을 알고 있겠지.」 그녀는 정신없이 지껄여 대기 시작했다.

「곧 떠난다고요?」

「30분쯤 후에.」

 정말 모든 준비가 다 되어 있었다. 트렁크와 그녀의 물건들이 전부 챙겨져 있었고 커피는 이미 오래전부터 준비되어 있었다.

「그래! 원한다면 당신은 파리를 볼 수 있어. 어디 말해 봐, 선생은 무슨 선생이야? 선생질 하고 있을 때 당신은 정말 바보 같았단 말이야. Eh bien! tu verras Paris. Dis donc qu'est-ce que c'est qu'un outchitel? Tu étais bien bête, quand tu étais outchitel. 내 양말은 어디 있지? 내게 신겨 줘, 어서!」

그녀는 정말이지 근사한 발을 내밀어 보였다. 신발을 신었을 때는 아주 귀엽고 예쁘게 보이던 발들이 사실은 거의 대부분 찌그러지고 엉망인 데 비해서 그녀의 발은 전혀 딴판이었다. 그것은 거무스름한 색의 아담한 발이었다. 나는 웃으면서 명주 양말을 신겨 주기 시작했다. 그러는 동안에도 블랑슈 양은 침대 위에서 쉴 새 없이 지껄이고 있었다.

「자, 내가 당신을 데리고 가면 당신은 뭘 해줄 거야Eh bien, que feras-tu, si je te prends avec? 우선 난 5만 프랑을 원하니까Je veux cinquante mille francs 당신이 프랑크푸르트에서 내게 그 돈을 주는 거야. 그리고 우리는 파리로 가서Nous allons à Paris 그곳에서 함께 살겠지. 그럼 당신은 나와 함께 있는 동안 환한 대낮에도 별을 보게 될 거야et je te ferai voir des étoiles en plein jour. 당신이 본 적도 없는 그런 여자를 보게 된단 말이야. 이봐……」

「잠깐만, 내가 당신에게 5만 프랑을 주고 나면 내게는 뭐가 남습니까?」

「그럼 15만 프랑이 남지Et cent cinquante mille francs. 당신은 잊고 있었군. 그리고 한 달이나 두 달 동안, 아니 얼마가 될지 모르지만 어쨌든 난 당신 집에서 살 생각이야. 물론 우리는 그 15만 프랑으로 두 달 동안을 사는 거야. 알겠어que sais je? 난 좋은 여자라고je suis bonne enfant. 그리고 미리 말해 두지만 대낮에 별을 보게 된다니까mais tu verras des étoiles.」

「뭐라고요? 두 달 동안에 그걸 다 쓴단 말입니까?」

「어머나! 그까짓 것에 놀라긴! 천한 노예 같으니Ah, vil esclave! 잘 들어. 그렇게 한 달 사는 것이 당신 인생 전부보다 더 훌륭하다는 것을 모르겠어? 한 달, 그 다음엔 될 대로 되라지 뭐et après, le déluge. 아마 당신은 그걸 이해하지 못하겠지, 어림도 없는 일이야Mais tu ne peux comprendre, va! 에이, 꺼져. 꺼져 버려. 당신한테는 이럴 필요도 없어! 아니, 당신 뭐하는 거야Que fais-tu?」

그때 나는 다른 한쪽 발에 양말을 신기고 있었는데, 도저히 참을 수가 없어서 그녀의 발에 키스를 하고 말았다. 그녀는 발을 잡아 빼더니 발끝으로 내 얼굴을 차기 시작했다. 결국 나는 쫓겨나고 말았다.

「자, 당신이 좋다면 난 당신을 기다리겠어. 나의 선생 나리 Eh bien mon outchitel, je t'attends, si tu veux. 15분 후면 난 떠날 거야!」 그녀가 내 뒤에다 대고 이렇게 고함을 쳤다.

숙소로 돌아왔을 때 나는 현기증이 났다. 사실 뽈리나 양이 내 얼굴에 돈뭉치를 집어던진 것도 내 잘못이 아니고, 또 어제 그녀가 나보다는 미스터 에이슬리 쪽을 선택한 것도 내 잘못이 아니다. 아직도 바닥에는 내동댕이쳐진 은행권 몇 장이 나뒹굴고 있었기에 난 그것들을 주워 모으고 있었다. 그런데 바로 그때 문이 활짝 열리더니 급사장이 나타났다(그전까지는 나를 거들떠볼 생각도 하지 않았던 사람이다). 그는 방금 전까지 B백작 부인이 묵었던 아래층 최고급 방으로 옮기는 것이 어떻겠느냐고 권유했다.

나는 선 채로 잠시 생각을 했다.

「계산서!」 내가 소리를 질렀다. 「당장 떠나겠어. 10분 후에.」 나는 속으로 생각했다. 〈파리로 간단 말이지. 좋아, 파리

로 가는 거야! 어쩌면 그게 내 운명일지도 몰라!〉

 15분 후에 나와 블랑슈 양 그리고 늙은 코밍주 부인, 세 사람은 정말로 가족용 객차에 함께 타고 있었다. 나를 쳐다보던 블랑슈 양은 깔깔거리며 히스테리에 가까운 웃음을 터뜨렸고 코밍주 부인도 맞장구를 쳤다. 내 마음이 즐거웠다고 할 수는 없다. 나의 삶이 두 쪽으로 쪼개져 버린 것 같은 느낌이 들기는 했지만 어쨌든 어제부터 나는 모든 것을 운에 맡겨 버리는 데 익숙해져 있었다. 어쩌면 돈을 주체하지 못해 눈앞이 아찔했던 것인지도 모르고, 또 내게 정말로 필요했던 것이 바로 그런 것이었는지도 모른다. 내 생각에 이건 그저 잠시 동안, 정말이지 잠시 동안 무대가 바뀌는 것에 지나지 않는다는 생각이 들었다. 〈하지만 한 달만 지나면 나는 다시 이곳에 올 것이다. 그리고 그때는…… 그때는 다시 한번 맞붙는 거요, 미스터 에이슬리!〉 아니다. 지금 생각이 났는데, 그때 비록 내가 그 바보 같은 블랑슈와 함께 내기라도 하듯 웃고 있기는 했지만 내 마음은 너무도 서글펐다.

 「아니, 왜 그러는 거야! 당신은 정말 바보야! 너무 어리석단 말이야!」 블랑슈는 웃음을 멈추고 심각한 표정을 짓더니 고함을 치면서 나를 꾸짖기 시작했다. 「아, 그래, 그래. 우린 당신 돈 20만 프랑을 다 써버리겠지. 하지만 그 대신 당신은 작은 왕처럼 행복해진단 말이야mais tu seras heureux, comme un petit roi. 난 손수 당신의 넥타이를 매줄 거고 또 당신을 오르탕스에게 인사시킬 거라고. 그리고 우리가 가진 돈을 다 써버리게 되면 당신은 이곳으로 와서 다시 한번 물주의 돈을 긁어 오는 거야. 유대인들이 당신에게 뭐라고 했어? 중요한 것은 배짱이고 당신에게는 그런 배짱이 있잖아? 결국 당신은 여러

번에 걸쳐서 파리로 돈을 짊어지고 와서 내게 넘겨주게 되겠지. 나로 말하자면 난 그저 5만 프랑을 배당금으로 받고 싶은 것뿐이야. 그러면 Quant à moi, je veux cinquante mille francs de rente et alors……」

「그럼 장군은요?」 내가 그녀에게 물었다.

「당신도 알겠지만 장군은 요즘 매일같이 내게 보낼 꽃다발을 사러 나가곤 해. 그래서 이번에는 일부러 아주 희귀한 꽃을 찾아오라고 시켰지 뭐. 불쌍한 사람, 돌아와 보면 새는 날아가 버리고 없을 텐데. 어디 한번 보라지, 그는 우리 뒤를 따라 날아올 테니까. 하, 하, 하! 그러면 난 너무너무 기쁠 거야. 파리에서는 그 사람도 쓸모가 있으니까 말이야. 그리고 그 사람이 물어야 할 돈은 미스터 에이슬리가 대신 지불할 테고……」

나는 이렇게 해서 파리로 떠나게 되었다.

제16장

파리에 대해서는 뭐라고 얘기해야 할까? 어쨌든 모든 것이 잠꼬대였고 어리석음 그 자체였다는 것은 두말할 필요도 없다. 내가 파리에서 지낸 기간은 고작 3주 남짓밖에 되지 않았지만, 그동안에 10만 프랑이 완전히 끝장나고 말았다. 나는 그 10만 프랑에 대한 얘기만 하려고 한다. 나머지 10만 프랑은 현금으로 블랑슈 양의 손에 넘어가고 말았는데, 나는 프랑크푸르트에서 5만 프랑을 그리고 사흘 후에 파리에서 다시 5만 프랑을 어음으로 그녀에게 내주었고, 그녀는 일주일 후 그것을 현금으로 바꿨다. 「그럼 우리한테 남은 10만 프랑은 당신하고 나하고 먹고 사는 데 쓰는 거야, 나의 선생님et les cent mille francs qui nous restent, tu les mangeras avec moi, mon outchitel.」 그녀는 줄곧 나를 선생님이라고 불렀다. 세상에서 블랑슈 양 같은 부류의 존재보다 더 계산이 빠르고 인색하고 쩨쩨한 사람은 그 누구도 상상하기가 힘들다. 하지만 그녀의 이러한 태도는 자기 돈에 관계될 때에만 그렇다. 나중에 내 돈 10만 프랑에 대해서 그녀가 노골적으로 밝힌 얘기를 하자면, 그녀는 파리에서 첫 기반을 잡기 위해서 그 돈을 필요로 했다는 것이다. 그때 그녀는 이렇게 덧붙이기도 했다. 「그래서 이제는 상당히 좋은 기반을 마련했으니까 앞으로 한참 동안은 아무도 나를 우습게 보지 못할 거야. 아무리 못해도 그 정도는 손을 써놓았단 말이야.」 어쨌든 나는 그 10만 프랑을 본 일이 거의 없다. 돈은 항상 그녀가 지니고 다녔기 때문에 내 지갑 속에는, 그녀가 항상 들여다보던 내 돈지갑 속에는 1백 프랑 이상 들어 있는 일이 없었다. 거의 언제나 1백 프랑도 못 되는 돈이 남아 있었던 것이다.

「아니, 뭣 때문에 돈이 필요해?」 그녀가 아주 태연한 표정으로 얘기를 해도 나는 그녀와 말싸움을 하지 않았다. 대신에 그녀는 그 돈으로 아주 그럴듯하게 자기 방을 꾸며 놓았는데, 언젠가 한번은 새로 꾸민 집으로 나를 데리고 가더니 방들을 보여 주면서 내게 이렇게 말했다. 「자, 어때? 절약하고 맵시를 부리면 정말이지 보잘것없는 돈으로도 이렇게 만들 수 있잖아?」

하지만 그 보잘것없다는 돈이 정확히 5만 프랑이다. 그리고 그녀는 나머지 5만 프랑으로 마차와 말들을 사들이고 또 청춘 남녀의 야회를 위한 무도회도 두 번이나 열었는데, 거기에는 오르탕스Hortense와 리제트Lisette 그리고 클레오파트르Cléopâtre가 참석했다. 이 여자들은 여러 가지 점에서 훌륭한 여자들이고 또 대단한 미인들이었다. 두 번의 무도회에서 나는 부득이하게 아주 바보 같은 바깥주인 역할을 해야 했는데, 내가 하는 일이란 그저 돈 많고 미련한 상인들과 오만 방자하고 몰염치한 가지각색의 육군 중위들, 그리고 가난한 문인들과 보잘것없는 저널리스트들을 맞이하고 접대하는 것이었다. 그 사람들은 최신 유행의 연미복을 입고 손에는 크림색 장갑을 끼고 있었는데, 그 거들먹거리고 잘난 체하는 모습은 우리 뻬쩨르부르그에서라면 상상도 못할 정도의 것이었다. 이렇게만 얘기해도 많은 것을 짐작할 수 있을 것이다. 심지어 내가 그들의 웃음거리가 될 뻔도 했기 때문에 나는 샴페인을 벌컥벌컥 들이킨 다음 뒷방에 가서 나가떨어져 버렸다. 그 모든 것들이 내게는 더할 수 없이 혐오스러웠다.

「그 사람은 선생님이에요C'est un outchitel.」 블랑슈 양은 나에 대해 이렇게 말했다. 「그 사람은 20만 프랑을 땄어요Il a gagné deux cent mille francs. 하지만 내가 아니었더라면 그 돈을 어떻게 써야 할지도 몰랐을 거예요. 어쨌든 나중에는 다시 선생님이 될 텐데 누가 그 일자리를 알고 계신 분 없으세요? 그 사람을 위해서라도 무슨 일이든 해야 되거든요.」

한시도 우울하지 않을 때가 없고, 또 말할 수 없는 갑갑증을 느끼고 있던 나는 걸핏하면 샴페인의 힘을 빌리게 되었다. 그리고 내가 몸담고 있던 환경은 가장 부르주아적이고 가장 돈벌이에 혈안이 된 곳으로서 수[24] 하나까지도 계산을 하고 저울질할 정도였다. 블랑슈 양은 처음 두 주 동안 나를 무척이나 싫어했고 나도 그것을 눈치 채고 있었다. 나를 멋지게 차려 입히고 또 매일같이 자기 손으로 넥타이를 매주긴 했지만, 사실 그녀의 진짜 마음은 나를 경멸하고 있었던 것이다. 하지만 나는 그런 것에 조금도 개의치 않았다. 따분함과 울적함에 빠져 버린 나는 〈꽃들의 성Château des Fleurs〉을 예사로이 드나들기 시작했다. 매일 저녁 그곳에 가서 술을 퍼마시고 캉캉을 추곤 했더니(그곳에서 사람들은 혐오스럽게 캉캉 춤을 추고 있었다) 나중에는 그 방면에서 이름까지 알려질 정

---

[24] 프랑스 동전. 1947년에 유통 정지됨.

도가 되었다. 결국 블랑슈 양은 나라는 인간을 알게 되었다. 어떤 이유에서인지는 몰라도, 그전까지 그녀는 나와 함께 동거하는 동안 내가 연필과 종이를 들고 자기 뒤를 졸졸 따라다니며 자기가 얼마나 많이 낭비를 했고 얼마나 많은 돈을 우려냈는지 그리고 앞으로 얼마나 낭비를 하는지를 빠짐없이 계산할 것이라고 생각했고, 또 10프랑씩 쓸 때마다 그걸 놓고 서로 싸울 것이라고 믿고 있었다. 그래서 그녀는 내가 따지고 들 것이라고 미리 예상하고서 벌써부터 거기에 대해 반박할 말들을 준비해 놓고 있었던 것이다. 그런데 내가 아무런 시비도 걸지 않자 처음에는 그녀 쪽에서 먼저 따지기 시작했다. 그녀는 이따금 열을 올리며 말을 꺼내기도 했지만 내가 잠자코 있는 것을 보고는 — 나는 침대 겸용 소파에 누워 빈둥거리면서 꼼짝도 하지 않은 채 천장을 쳐다보고 있을 때가 많았다 — 어쩔 수 없이 놀라고 마는 것이었다. 처음에 그녀는 내가 그저 바보에 불과하고 〈선생〉에 지나지 않는다고 생각했을 것이고, 아마도 〈이 사람은 바보 멍청이잖아. 뭐가 뭔지도 모르는 사람에게 구태여 여러 가지 생각을 갖도록 할 필요는 없지〉라고 생각하며 아예 변명하기를 포기했던 것이 분명하다. 그녀는 밖으로 나갔다가는 10분쯤 지나면 다시 돌아오기가 일쑤였다(이건 그녀가 우리들 형편에는 전혀 어울리지 않을 정도로 미친 듯이 돈을 뿌리고 다닐 때면 흔히 볼 수 있는 일인데, 가령 말을 바꿀 때에도 그녀는 1만 6천 프랑을 주고 아예 한 쌍으로 사들였다).

「그럼, 당신 화 안 난 거야?」 그녀는 내게 다가서며 이렇게 말했다.

「아 — 아니! 귀찮아 — !」 나는 손으로 그녀를 밀어제치면서 이렇게 말했다. 그런데 나의 이런 태도가 몹시도 흥미로웠던지 그녀는 당장 내 옆에 와 앉았다.

「이것 봐, 마침 그 말들을 팔고 있기에 우연히도 그렇게 많은 돈을 지불하기로 마음먹은 것뿐이야. 그것들을 2만 프랑에 다시 팔 수도 있어.」

「믿어요, 믿어. 근사한 말들이던데요. 자, 이제 당신은 화려한 외출을 하게 되었잖아요. 그것도 쓸모가 있긴 있을 거예요. 아니, 상당히 도움이 될 거예요.」

「그럼 화를 안 낸단 말이야?」

「뭣 때문에요? 당신에게 필요한 물건들 몇 가지를 모아 두는 것은 당신이 현명하게 잘하는 일인걸요. 나중에는 다 당신에게 쓸모가 있을 테니까요. 난 정말 당신이 그런 식으로 할 필요가 있다고 봅니다. 그렇지 않으면 백만장자가 될 수 없잖아요. 돈 10만 프랑은 시작에 불과해요. 바닷속의 물 한 방울에 지나지 않는 것이죠.」

내게서 그런 판단(고함과 잔소리 대신에)이 나오리라고는 전혀 예상하지 못했던 블랑슈는 마치 하늘에서 떨어져 버린 기분이었다.

「결국 당신은…… 당신은 이런 사람이었군! 당신은 이해를 할 수 있을 만큼 충분히 현명했던 거야Mais tu as de l'esprit pour comprendre! 아십니까, 꼬마 나리Sais-tu mon garçon, 비록 지금은 선생이 되어 있기는 하지만 당신은 왕자로 태어났어야 한다고! 아니, 그러면 당신은 머지않아 우리 돈이 다 없어져 버리는 것도 안타깝지가 않아?」

「흥, 이제는 돈이 더 빨리 없어졌으면 좋겠어!」

「하지만Mais…… 당신sais-tu…… 어디 말해 봐Mais dis

donc……, 정말 당신 부자야. 그렇지만 이것 봐Mais sais-tu, 당신은 지금 돈을 너무 깔보고 있잖아. 나중에는 도대체 어떻게 하려고 그래, 말해 봐Qu'est-ce que tu feras après, dis donc?」

「나중에는 함부르크로 가서 또 10만 프랑을 딸 거요.」

「오 이런, 그건 훌륭한 일이지Oui, oui, c'est ça, c'est magnifique! 난 당신이 꼭 돈을 따서 이곳으로 가져오리라는 것을 알아. 이봐Dis donc, 이건 정말이지 당신을 사랑하지 않을 수 없게 만드는걸! 좋아Eh bien, 그 대신에, 당신이 그런 사람이라면 난 변함없이 당신을 사랑하겠어. 당신을 배신하는 일은 조금도 하지 않겠어. 이것 봐요, 요즘 내가 당신을 사랑하지 않은 것은 사실이야. 그건 당신이 그저 선생에 불과하다고 생각했기 때문이야parce que je croyais, tu n'es qu'un outchitel(하인하고 비슷하잖아, 그렇지quelque chose comme un laquais, n'est-ce pas?). 하지만 어쨌든 난 당신에게 충실했어. 난 착한 여자거든parce que je suis bonne fille.」

「흥 거짓말 마요! 그럼 그 거무튀튀한 얼굴을 한 알베르인가 하는 장교와는 어떻게 된 거죠? 지난번에 내가 못 본 줄 압니까?」

「오, 하지만 당신Oh, oh, mais tu es…….」

「아 거짓말 마요, 거짓말 마. 어째서 당신은 내가 화를 낼 거라고 생각했죠? 난 눈 하나 깜짝 안 합니다. 젊었을 때는 이 짓저짓 다 해보는 것 아니겠습니까Il faut que jeunesse se passe. 그 사람이 먼저 선수를 쳤고 또 당신이 그를 사랑하고 있다면 뭣 때문에 당신이 그 사람을 거절한단 말입니까. 그 사람에게 돈만 주지 않으면 됩니다, 알았어요?」

233

「그럼 그 일에 대해서도 화를 안 낸다는 거야? 역시 당신은 진정한 철학자야, 알겠어Mais tu es un vrai philosophe, sais-tu? 진정한 철학자라고Un vrai philosophe!」그녀는 기뻐 날뛰면서 소리를 질렀다. 「좋아, 난 당신을 사랑하겠어, 사랑하겠다고! 두고 봐, 당신도 만족할 테니Eh, bien, je t'aimerai, je t'aimerai! Tu verras, tu sera content!」

정말이었다. 그때 이후로 그녀는 내게 애정을 보이는 것 같았고 실제로도 그러했다. 심지어 친구처럼 대하기까지 하면서 우리는 그렇게 마지막 열흘을 보낸 것이다. 그녀가 약속했던 〈별들〉을 본 적은 없었지만 그래도 그녀는 몇 가지 점에서 정말로 약속을 지키고 있었다. 게다가 너무나 유명했던 오르탕스와 인사를 시켜 주기도 했는데, 이 여자는 우리들 사이에서 〈철학자 테레즈〉라고 불리는 여자였다.

하지만 그 얘기를 장황하게 늘어놓을 필요는 없다. 그 얘기를 다 하자면 아마도 독특한 색깔을 지닌 한 편의 이야기를 만들어 낼 수도 있겠지만 난 여기에 그 이야기를 끼워 넣고 싶지 않다. 중요한 것은 이 모든 일들이 조금이라도 더 빨리 끝나기만을 학수고대하고 있었다는 것이다. 그런데 앞에서도 말했듯이, 우리가 10만 프랑만으로도 거의 한 달을 충분히 견뎌 냈다는 사실에 나는 정말 놀랄 수밖에 없다. 블랑슈가 10만 프랑 중 적어도 8만 프랑을 자기 물건 사는 데 쓰기는 했지만, 우리 두 사람이 사는 데는 결코 2만 프랑 이상이 들지 않았고 어쨌든 부족하지 않게 지낼 수 있었던 것이다. 마침내 거의 허물없이 나를 대하게 된 블랑슈는(최소한 내게 거짓말을 하는 일은 없었다) 자신이 어쩔 수 없이 지게 된 빚을 나에게 떠넘기는 일만큼은 없도록 하겠다고 고백했다. 「난 당신에게 계산서나 어음에 서명해 달라고 부탁한 일은 없어. 당신이 딱해서였어. 하지만 다른 여자 같았으면 틀림없이 그렇게 했을 것이고 결국 당신을 감옥으로 보내고 말았을 거라고. 알겠지, 내가 얼마나 당신을 사랑했고 또 내가 얼마나 착한 여자인지를 알겠지! 그 빌어먹을 결혼식 따위는 내게 아무 소용 없단 말이야!」

우리는 정말 결혼식을 올렸다. 우리가 함께 보낸 한 달이 끝날 무렵의 일이었는데, 내 돈 10만 프랑 중 남아 있던 마지막 몇 푼은 틀림없이 그 결혼식을 치르는 데 다 들어가 버렸을 것이다. 이렇게 해서 모든 일이 끝나고 말았다. 그러니까 우리의 한 달이 막을 내린 것이다. 그러고 나서 나는 정식으로 사표를 냈다.

그 사정은 이러했다. 우리가 파리에서 자리를 잡은 지 일주일이 지났을 때 장군이 도착했는데 그는 곧장 블랑슈를 찾아왔다. 사실 그곳 어딘가에는 장군 자신의 집이 있었는데도 불구하고 그는 첫 방문이 있은 이후로 거의 줄곧 우리와 함께 지냈다. 블랑슈는 깔깔거리고 소리 내어 웃으며 기쁘게 장군을 맞이했고, 심지어 그에게 달려들어 안기기까지 했다. 이제는 그녀 쪽에서 장군을 가만 놔두지 않았기 때문에 장군은 산책길이건 극장이건 승마건, 그리고 아는 사람을 만날 때건 할 것 없이 가는 곳마다 그녀 뒤를 쫓아다니지 않으면 안 되었다. 그런 용도로는 장군 또한 쓸모가 있었다. 꽤 점잖고 위엄까지 갖춘 장군은 제법 큰 키에 물들인 볼수염과 콧수염을 기르고 있었는데(그는 예전에 중기병으로 근무했다), 피부가 좀 늘어지기는 했지만 그런대로 괜찮은 용모를 지니고 있었다. 그는 아주 훌륭한 매너에 연미복을 입는 솜씨도 대단히 뛰어났으며, 파리에 온 뒤로는 훈장까지 달기 시작했다. 이렇게 차리고서 산책길을 따라다니는 것이 있을 법하다는 것은 두 말할 필요가 없다. 뿐만 아니라, 만일 이렇게 표현해도 좋다면, 그렇게 하는 것이 바람직한 것이다. 마음씨가 좋은 데다가 통 영문을 모르고 있는 장군은 그런 것들에 완전히 만족하고 있었다. 파리에 도착해서 처음 우리를 찾아왔을 때 전혀 이런 일을 예상하지 못했던 그는 두려움으로 몸을 부르르 떨 지경까지 되어 있었다. 하지만 블랑슈가 소리를 지르며 자기를 쫓아 보내라고 명령할 줄로만 알고 있었는데 막상 사정이 달라지니까 그는 기쁨에 사로잡혀 버렸고, 그 달 내내 넋이 빠져 희희낙락하면서 지냈던 것이다. 내가 떠나올 때에도 그는 여전히 그런 상태였다. 이곳 파리에 왔을 때부터 자세히 알고 있었던 일이지만, 당시 우리가 느닷없이 룰레텐부르크를 떠나왔을 때, 바로 그날 아침에 그에게는 발작 비슷한 것이 일어났다. 의식을 잃고 쓰러진 그는 일주일 내내 거의 미친 사람처럼 행동했고 헛소리를 지껄이기 시작했다. 그런데 치료를 받고 있던 장군이 갑자기 모든 것을 내팽개쳐 버리고 마차에 몸을 실어 파리로 달려온 것이다. 물론 블랑슈의 처방이 그에게는 가장 좋은 약이 되기는 했지만, 기쁨과 즐거움에도 불구하고 그의 병세는 오랫동안 사라지지 않았다. 이제 그는 판단을 한다거나 조금 심각한 얘기를 하는 것도 전혀 불가능했다. 무슨 말을 들어도 〈음!〉 하는 소리만 입 밖에 낼 뿐이었고, 고개를 끄덕이는 것으로 대충 넘겨 버리고 말았다. 종종 웃을 때도 있었지만 왠지 그 웃음은 신경질적이고 병적인 것으로 자신도 모르게 터져 나오는 것 같았고, 또 어떤 때는 그 짙은 눈썹을 찡그리고 마치 밤처럼 어둡고 침울한 표정을 한 채 몇 시간이고 앉아 있었다. 게다가 그는 많은 것들을 기억조차 하지 못하게 되었고, 급기야는 보기 흉할 정도로 넋이 빠져 혼잣말을 중얼거리는 버릇이 생겨 버렸다. 그에게 활기를 불어넣을 수 있는 것은 오직 블랑슈 한 사람뿐이었다. 그가 구석으로 숨어 들어간다는 것은 곧 침울하고 울적한 상태가 발작을 일으켰다는 것을 의미하는데, 거기에는 자신이 블랑슈 양을 한참 동안 보지 못했거나 블랑슈가 어디로 나가면서 자기를 데리고 가지 않았다는 것 아니면 귀여워해 주지 않고 나가 버렸다는 것 외에는 다른 의미가 없었다. 그럴 때에도 장군은 자신이 무엇을 원하고 있는지 말하려 하지 않았을 뿐만 아니라 자기가 왜 우울하고 슬픈지에 대해서도 잘 모르고 있는 것 같았다. 그는 한 시간이나 두 시간 동안을 계속해서 앉아 있다가도(나는 그런 모습을 두 번쯤 보았는데, 그때 블랑슈 양은 하루 종일 외출하고 집에 없었다. 알베르에게 간 것이 틀림없었다) 갑자기 뒤를 돌아보고는 안절부절못하며 두리번거리면서 무슨 생각을 떠올리고는 누군가를 찾으려고 했다. 하지만 아무도 발견하지 못하고 또 무엇을 물어보고 싶었는지 잊어버리게 되면 그는 다시 인사불성에 빠지고 만다. 마침내 곱게 차려 입은 블랑슈가 그녀 특유의 낭랑한 웃음소리를 내며 명랑하고 환한 얼굴로 불쑥 나타나면 장군은 그제서야 정신을 차리는 것이었다. 블랑슈는 장군에게 달려가서 그의 몸을 잡아 흔들고 키스까지 퍼부었는데, 그녀가 장군에게 이렇게 해주는 것은 보기 드문 경우였다. 한번은 그녀를 보고 너무도 기뻤던 나머지 장군은 눈물을 흘리며 울기까지 했는데, 그런 모습에는 나도 감탄할 수밖에 없었다.

장군이 처음 우리 앞에 나타났을 때 블랑슈는 내가 보는 앞에서 그를 변호하기 시작했고 열변을 토하기까지 했다. 그녀는 나 때문에 장군을 배신한 거라는 둥, 자기는 이미 장군의 약혼녀나 다름없었고 약속을 했다는 둥, 또 자기 때문에 장군이 가정을 버렸다는 둥 하며 정신없이 지나간 일들을 상기시키더니, 마침내는 내가 장군 집에서 일을 했으니 틀림없이 그걸 눈치 채고 있었을 것이라는 둥 창피한 줄도 모르냐는 둥 쏘아붙였다……. 나는 계속 침묵을 지켰지만 그녀는 줄기차게 지껄여 댔다. 마침내 내가 웃어 버리자 모든 것이 끝나 버리고 말았다. 그러니까 처음에 그녀는 나를 바보 멍청이인 줄 알고 있었는데, 나중에 가서 내가 좋은 사람이고 조리가 있는 사람이라는 것을 알게 되었다는 것이다. 한마디로 나는 마지막 순간에 이 훌륭한 처녀의 완전한 호감을 얻는 행운을 잡은 셈이다(어쨌든 블랑슈 양이 자기 하기에 따라서 마음씨 고운 여자가 될 수도 있다는 것은 사실이었다. 처음에 나는 그녀의 그런 모습을 인정하지 않았던 것이다).

마지막에 가서 그녀는 내게 이렇게 얘기했다.

「당신은 똑똑하고 마음씨가 좋은 사람이야. 그런데…… 그런데…… 다만 안타까운 것은 당신이 지독한 바보라는 거야! 당신은 아무것도, 아무것도 이문을 남기지 못한단 말이야! 당신은 진짜 러시아 사람이야, 깔미끄[25] 사람이라고 Un vrai Russe, un calmouk!」그녀는 몇 번씩이나 나를 보내서 장군과 함께 거리를 산책하도록 했는데, 이건 꼭 하인을 시켜서 자기 애완견을 산책 내보내는 것과 꼭 같았다. 어쨌든 나는 그를 데리고 극장에도 갔고 발 마빌 레스토랑에도 갔다. 사실 장군은 자기 돈을 가지고 있었고 또 사람들 앞에서 돈지갑을 꺼내는

---

25 러시아 공화국 남서부의 카스피 해 북서안에 있는 자치 공화국.

것을 무척이나 좋아했지만, 돌아다니는 데 드는 비용은 모두 블랑슈가 지불했다. 한번은 그가 7백 프랑이나 되는 브로치를 사려고 하기에 그걸 말렸는데, 거의 완력을 사용해야 할 정도였다. 팔레 로얄에서 그 브로치에 반해 버린 장군은 무슨 일이 있어도 그걸 블랑슈 양에게 선물하고 싶다고 했다. 흥, 7백 프랑짜리 브로치가 그녀에게 뭐 그리 대단하단 말인가? 장군이 가진 돈은 전부 해봐야 1천 프랑에 불과했는데, 도저히 짐작이 가지 않는 것은 어디서 그런 돈이 생겼느냐는 것이다. 아마 미스터 에이슬리로부터 받은 것이 아닐까 하는 생각이 들었다. 게다가 호텔에서 장군 일행이 물어야 할 돈을 대신 지불해 준 사람도 바로 미스터 에이슬리 아니었던가. 우리가 그렇게 지내고 있는 동안 장군이 나를 어떻게 바라보았는지에 대해서 얘기한다면, 그는 나와 블랑슈와의 관계를 전혀 알아차리지 못하고 있는 것 같았다. 내가 한밑천 잡았다는 얘기를 어렴풋이 주워 듣고는 있었지만, 아마도 그는 내가 블랑슈의 집안 비서나 하인쯤 될 것이라고 생각했을 것이다. 적어도 나와 얘기할 때만큼은 장군의 말투가 예전과 달라진 것 하나 없이 시종 깔보는 투였고, 또 언젠가 한번은 나를 몹시 나무란 적도 있었다. 어느 날인가 아침에 우리가 모닝 커피를 마시고 있을 때 장군이 나와 블랑슈를 몹시 웃긴 일이 있었다. 그다지 성을 잘 내는 사람은 아니었는데 그때는 갑자기 내게 성을 내는 것이었다. 왜 그랬을까? 지금까지도 나는 그 이유를 모르겠다. 물론 장군 자신도 그 이유를 몰랐다. 한마디로 말해서 그는 두서없이 얘기를 꺼낸 다음에는 띄엄띄엄 말하다가 〈나는 어린애야, 그 사람은 가르쳐 줄 거야…… 그 사람은 알려 줄 거야……〉 하고 고함을 지르고 만다. 하지만 그 말을 알아들을 수 있는 사람은 아무도 없었다. 블랑슈는 큰 소리로 깔깔거리며 웃었다. 결국 간신히 장군을 달래서 산책에 데리고 나가기는 했지만, 그는 우울해지기 시작하더니 누군가를, 무엇인가를 불쌍히 여겼고 또 블랑슈가 옆에 있음에도 불구하고 누군가를 필요로 하는 것 같았다. 나는 그런 모습을 여러 번 눈치 챌 수 있었다. 그때 장군은 두 번 정도 자기 쪽에서 먼저 내게 얘기를 걸어 왔는데 무슨 뜻인지는 분명히 알 수가 없었다. 그는 군 복무와 죽은 아내, 그리고 집안 살림과 영지에 대한 기억들을 떠올리고 있었다. 우연히 무슨 말을 떠올리게 되면 장군은 몹시 기뻐하면서 하루에 1백 번도 넘게 그 말을 되풀이했다. 하지만 그 말 역시 그의 생각이나 감정을 드러내지는 못했다. 나는 그의 아이들에 대한 얘기로 말을 걸어 보았다. 그렇지만 장군은 아니나 다를까〈그래, 그래! 아이들, 아이들, 자네 말이 맞아, 아이들이 있지!〉하고 대충 얘기를 얼버무리고는 금방 다른 얘기로 말머리를 돌렸다. 한번은 그와 함께 극장에 갔는데, 깊은 감동을 받은 장군은 느닷없이 이런 말을 꺼냈다.〈불쌍한 아이들이야! 여보게, 그렇지 않은가? 불쌍한 아이들이야!〉그러고 나서 그는 그날 밤에 몇 번씩이나 그 말을 되풀이했다.〈불쌍한 아이들!〉또 한번은 내가 뽈리나에 대한 얘기를 꺼냈더니 장군은 발끈 화를 냈다. 장군은 소리를 질렀다. 「배은망덕한 계집. 은혜도 모르는 나쁜 계집! 우리 집안을 망신시키다니! 만일 이곳에 법이 없다면, 그 계집을 양의 뿔처럼 꺾어 버렸으면 좋겠어! 암, 그렇고말고.」드 그리외에 관해서 말이라도 할라치면 장군은 그자의 이름을 듣는 것조차 견디지 못했다. 「그놈이 나를 망쳐 놓았어. 내 돈을 다 뺏아 갔고 나를 파멸시켰어! 그놈 때문에 난 꼬박 2년 동안을 악몽 속에서 보냈어! 그놈은 몇 달 동안 계속해서 꿈속에 나타났단 말이야! 그건 말이야, 그건, 그건…… 오, 다시는 그놈 얘기를 하지 말아 주게!」

장군과 블랑슈 양 사이에 무언가 일이 잘 풀려 나가고 있다는 것을 알고 있었지만 난 여전히 침묵을 지키고 있었다. 그러자 블랑슈 양 쪽에서 먼저 얘기를 걸어 왔는데, 그건 우리가 헤어지기 딱 일주일 전의 일이었다. 그녀는 내게 지껄여 댔다. 「그는 재수가 좋아Il a du chance. 지금 할머니는 정말로 병에 걸렸고 틀림없이 죽고 말 거야. 미스터 에이슬리가 전보를 보내 왔어. 알고 있겠지만, 어쨌든 장군은 그녀의 상속인이잖아. 하지만 그게 아니어도 그 사람한테 문제가 될 것은 하나도 없어. 첫째 그 사람은 연금을 받고 있어. 둘째 옆방에서 살게 될 것이고 또 아주 행복하게 지내게 될 거야. 난 〈장군 부인 madame la générale〉이 되겠지. 훌륭한 사람들과 함께 어울릴 것이고(블랑슈는 늘 이런 일을 꿈꾸고 있었다), 나중에는 러시아의 여지주가 될 거야. 난 성(城)과 농부들을 갖게 되고, 또 그 다음에는 백만장자가 되겠지J'aurai un château, des moujiks, et puis j'aurai toujours mon million.」

「글쎄요, 하지만 만일 장군이 샘을 내기 시작하고 또 요구를 하기 시작하면…… 그건 모르는 일입니다, 알아듣겠어요?」

「오, 그렇지 않아! 설마 그러려고! 내가 다 대책을 세워 놓았으니 걱정하지 않아도 된다고. 알베르 명의로 된 어음 몇 장에 장군이 서명하도록 했거든. 여차하면 장군은 당장에 벌을 받게 되는 거야. 하지만 감히 그런 일을 하지는 않겠지!」

「그럼 결혼해 버리지 그래요…….」

결혼식은 특별히 성대한 것도 없이 조용하고 가족적인 분위기 속에서 거행되었다. 알베르가 초대되었고 그 밖에 아는 사람들 중 몇 사람이 초대되었는데, 오르탕스와 클레오파트르 같은 사람들은 완전히 제외되고 말았다. 신랑은 자신이 처하게 된 상황에 몹시 흥미를 느끼고 있었다. 블랑슈가 손수 그에게 넥타이를 매주었고 포마드도 직접 발라 주었는데, 연미복과 흰 조끼를 입고 있는 그의 모습이 아주 근사해 보였다.

「그렇지만 그이는 너무 멋져 Il est pourtant très comme il faut.」 블랑슈는 장군 방에서 나오면서 내게 이렇게 말했는데, 장군이 매우 멋지다는 생각이 떠올랐다는 사실에 그녀 스스로도 놀란 것 같았다. 나는 세세한 것들에는 주의를 기울이지 않았고, 또 하릴없이 빈둥거리는 구경꾼으로 참석하고 있었기 때문에 결혼식이 어떻게 진행되었는지에 대해서는 많은 것들을 잊어버리고 말았다. 다만 내가 기억하고 있는 것은 그녀의 어머니가 늙은 코밍주 부인이 아닌 것과 마찬가지로 블랑슈 양도 결코 드 코밍주가 아니었다는 것이다. 그녀는 뒤 플라세였다. 어째서 두 사람이 여태껏 드 코밍주였는지는 모를 일이지만 어쨌든 장군은 그것에도 몹시 만족해 하고 있었다. 그는 드 코밍주보다 뒤 플라세 쪽이 더 마음에 들었던 것이다. 결혼식 날 아침 옷을 다 차려입고 홀 안을 왔다 갔다 하던 장군은 대단히 심각한 표정을 지으며 쉴 새 없이 중얼거렸다. 「마드무아젤 블랑슈 뒤 플라세! 블랑슈 뒤 플라세! 뒤 플라세! 블랑카 뒤 플라세라!」 그리고 그의 얼굴에는 뭐랄까 자기 만족의 빛 같은 것이 역력히 나타나고 있었는데, 교회에서도 시청에서도 그리고 집에서 간식을 먹을 때에도 그는 항상 기쁨과 만족감에 젖어 있었고, 심지어 자부심까지도 느끼고 있었다. 블랑슈 역시 유별나게 근엄한 태도를 보이기 시작한 것을 보면 두 사람에게 무슨 일이 일어난 것이 분명했다.

「이제 난 전혀 다른 행동을 보일 필요가 있어.」그녀는 아주 심각하게 얘기했다. 「하지만 말이야, 한 가지 아주 기분 나쁜 일에 대해서는 생각을 하지 못했어. 상상해 봐. 난 아직까지도 자고리얀스끼라는 지금의 내 성을 외울 수가 없단 말이야. 자고지얀스끼, 장군 부인 자고 자고, 전부 소름 끼치는 러시아 이름들이지, 한마디로 열네 개의 자음을 가진 장군 부인인 셈이지! 너무 기분좋은 일이야, 그렇지 la générale de Sago-Sago, ces diables de noms russes, enfin madame la générale à quartorze consonnes! Comme c'est agréable, n'est-ce pas?」

마침내 우리는 작별을 고했다. 블랑슈는, 그 어리석은 블랑슈는 작별을 하면서 눈물까지 흘리고 말았다. 그녀는 흐느껴 울면서 이렇게 말했다. 「당신은 마음씨 좋은 젊은이였어 Tu étais bon enfant. 난 당신을 바보라고 생각했고 또 당신은 멍청해 보였어 Je te croyais bête et tu en avais l'air. 그런데 당신한테는 그쪽이 더 잘 어울려.」 그리고 마지막으로 내 손을 잡은 그녀는 갑자기 〈잠깐 기다려 Attends!〉 하고 소리를 지르더니 자기 침실로 뛰어가 잠시 후에는 1천 프랑짜리 지폐 두 장을 내게 내놓는 것이었다. 나는 그 상황을 도저히 믿고 싶지 않았다. 「이 돈이 쓸모가 있을 거야. 혹시 당신이 아주 박식한 선생님이 될지는 모르겠지만 어쨌든 당신은 너무 어리석어. 더 줘봐야 어차피 도박에서 잃어버릴 테니까 2천 이상은 절대 주지 않겠어. 자, 그럼 안녕! 우린 언제나 친구로 남을 거야, 그리고 혹시 또 한번 돈을 따게 된다면 꼭 날 찾아와. 그럼 당신은 행복할 테니까 et tu seras heureux!」

내 자신에게도 아직 5백 프랑 정도가 남아 있었고, 그것 말고도 1천 프랑의 값이 나가는 화려한 시계와 보석이 박힌

커프스 단추가 있기 때문에 나는 상당히 오랜 기간을 아무 걱정 없이 견딜 수가 있다. 나는 돈을 모으기 위해서 그 도시에 머물러 있었다. 그리고 중요한 것은 지금 내가 미스터 에이슬리를 기다리고 있다는 것이다. 그가 이곳을 거쳐 갈 것이고 용무차 하루 낮밤 동안 확실히 머무르게 된다는 것을 나는 알고 있었다. 모든 것을 다 알아낸 다음에는 곧장 함부르크로 갈 것이다. 룰레텐부르크로는 가지 않겠다. 정말 가게 된다면 그건 다음 해가 될 것이다. 사람들 말로는 한 테이블에서 연달아 두 번씩이나 행운을 시험하는 것은 불길한 징조라는 것이다. 그리고 함부르크에 가면 정말 확실한 도박이 있다고 한다.

제17장

 내가 이 수기를 들여다보지 않은 지도 벌써 1년 8개월이 되었다. 마음이 우울하고 쓸쓸하던 차에 기분을 풀어야겠다는 생각을 하고 있었는데 우연찮게도 이 수기를 다시 읽게 된 것이다. 그러니까 내가 막 함부르크로 가려고 하는 대목에서 수기는 중단되었다. 하지만 이럴 수가 있을까, 지금과 비교해서 말한다면 그때 나는 정말로 가벼운 마음으로 마지막 몇 줄을 썼다! 아니, 가벼운 마음으로 썼다기보다는 오히려 일종의 자신감과 확실한 기대를 가지고 썼던 것이 사실이다! 과연 나는 손톱만큼이라도 스스로를 의심해 보았던가? 1년 반 남짓 되는 시간이 흘러가 버린 지금에 와서 생각해 보면 나는 거지보다 훨씬 더 형편없는 상태가 되어 있는 것 같다. 하지만 거지가 도대체 뭐 어쨌단 말인가! 거지 따위는 아무것도 아니다. 나를 망친 것은 바로 나 자신이었다! 어쨌든 그 어느 것과도 비교를 할 필요가 없고 하물며 스스로에게 설교를 할 필요도 없다! 이런 일에 설교보다 더 어리석은 것은 없다! 아, 자만심에 가득 찬 사람들! 자신들의 금언(金言)을 들려주겠다고 나서는 그 허풍쟁이들은 정말이지 독선과 자만심에 빠져 있는 것이다! 만일 현재의 내 처지가 불러일으키는 혐오스러움에 대해 내 스스로가 얼마나 잘 알고 있는지를 그들이 알게 된다면, 아마도 내게 가르침을 주려는 그들의 혀는 더 이상 돌아가지 않을 것이 분명하다. 글쎄, 내가 알지 못하는 새로운 어떤 것들에 대해 그들이 무슨 말을 할 수 있을까? 하지만 과연 그것이 문제일까? 여기서 문제가 되는 것은 회전판이 한 번 돌게 되면 모든 것이 뒤바뀌게 된다는 것인데, 이때 바로 그 도덕주의자들이 제일 먼저(나는 이것을 믿는다) 허물없는 농담을 하면서 나를 축하해 주러 올 것이다. 그리고 지금처럼 나를 외면하는 일도 없을 것이다. 하지만 그런 인간들에게는 온통 침을 뱉어 줘야만 한다! 지금의 나는 과연 무엇인가? 제로다. 내일이면 뭐가 될 수 있을까? 내일 나는 죽은 자들 사이에서 되살아날 수 있고 새로운 삶을 시작할 수 있다! 내 속에 있는 인간이 사라져 없어지기 전에 난 그 인간을 찾아낼 수 있을 것이다.

그때 나는 정말로 함부르크에 갔다. 하지만⋯⋯ 그 다음에 다시 룰레텐부르크로 갔다가, 스파에 갔고 심지어는 바덴에도 갔다. 한때 나는 긴츠라는 망할 놈의 고문관을 상전으로 모시고 있었는데, 한번은 부하의 자격으로 그를 따라 바덴에 가게 되었다. 그런데 나는 그곳에서 꼬박 다섯 달 동안 머슴처럼 지내고 말았다! 이 일은 내가 감옥에서 나온 직후에 있었던 일이다(이곳에 있을 때 딱 한 번 빚을 진 일이 있는데, 그 일로 해서 나는 룰레텐부르크의 감옥에 들어가 있었다. 그런데 누군가 모르는 사람이 몸값을 내고 나를 석방시켜 주었다. 그게 누굴까? 미스터 에이슬리? 뽈리나? 모르겠다. 어쨌든 총 2백 탈러의 빚이 청산되었기 때문에 나는 자유로운 몸이 되었다). 내가 어디로 가야 했을까? 하는 수 없이 나는 그 긴츠라는 사람을 찾아갔다. 그는 젊고 경박한 사람으로 게으름 피우기를 좋아했지만, 나는 3개 국어를 말할 줄 알았고 또 쓸 줄도 알았다. 처음에 나는 한 달에 30굴덴을 받으며 비서 비슷한 존재로 그에게 빌붙어 지냈는데, 마지막에 가서는 진짜 그 사람의 하인이 되어 버리고 말았다. 비서를 부릴 만큼의 금전적인 능력이 없었던 그는 내 봉급을 줄여 버렸고, 아무 데도 갈 곳이 없던 나는 그만 눌러앉아 버렸던 것이다. 결국은 자초해서 머슴이 된 꼴이었다. 그 사람 밑에서 일할 때 비록 배불리 먹거나 실컷 마시지는 못했지만 그 대신 나는 다섯 달 동안 70굴덴의 돈을 모을 수 있었다. 바덴에서의 어느 날 밤이었다. 나는 그에게 이제 그만 헤어지고 싶다고 밝혔고, 같은 날 밤에 룰렛을 하러 떠났다. 아, 얼마나 가슴이 뛰었던가! 아니, 내게 소중한 것은 돈이 아니었다! 그때 내가 바라고 있던 것은 딱 한 가지였다. 내일 내가 다시 돈을 따게 되면 긴츠 같은 무리들과 급사장 같은 무리들, 그리고 바덴의 모든 화려한 부인들이 한결같이 나에 관한 이야기를 하고 내게 감탄을 하며 그 일에 대해 찬사를 보내고 또 고개를 숙일 것이다. 이건 다 애들 같은 공상이고 호기심들이다. 하지만…… 누가 알겠는가, 혹시 내가 뽈리나를 만나서 그 얘기를 들려준다면 그녀는 내가 이 모든 터무니없는 운명의 계기들을 초월하고 있음을 깨닫게 될지도 모르는 일이다……. 아, 내게 중요한 것은 돈이 아니다! 내게 그런 돈이 생긴다면 나는 또다시 그 돈을 블랑슈 같은 여자에게 뿌릴 것이고, 또다시 1만 6천 프랑이나 나가는 한 쌍의 말을 타고 3주 동안 파리를 돌아다닐 것이 분명하다. 나는 내가 인색하지 않다는 것을 잘 알고 있다. 심지어는 씀씀이가 헤프다는 생각까지 들 정도이다. 하지만 그럼에도 불구하고 나는 어떤 전율을 느끼면서, 그리고 가슴이 죄어드는 것을 느끼면서 심판이 외치는 소리를 귀 기울여 듣는 것이다. 〈삼십일, 빨간색, 홀수, 파스trente et un, rouge, impair et passe〉 아니면 〈사, 검은색, 짝수, 망크quatre, noir, pair et manque!〉, 루이도어와 프리드리흐스도어 그리고 탈러들이 여기저기 흩어져 있는 도박대, 타오르듯 번쩍이면서 심판의 삽에서 무더기로 쏟아져 내리는 금화의 기둥들, 그리고 회전판 주위에 쌓여 있는, 길이가 1아르신[26]이나 되는 은화의 기둥들, 나는 그것들을 너무도 탐욕스러운 눈빛으로 바라본 것이다. 방 두 개 정도의 거리를 남겨 놓고 도박장 가까이에 다가가기만 하면 나는 벌써부터 돈 쏟아져 내리는 소리를 듣게 되고, 거의 경련을 일으킬 지경까지 되고 만다.

아, 내가 70굴덴을 들고 도박대로 향했던 그날 밤도 아주 대단했다. 나는 10굴덴을 들고 다시 한번 파스로 개시를 했는데, 그것은 파스에 대해 편견을 가지고 있었기 때문이다. 나는 졌다. 남은 돈은 은화로 60굴덴이었는데, 이때 나는 잠시 생각을 한 뒤 제로에 걸기로 마음을 먹었다. 나는 한 번에 5굴덴씩 제로에 걸기 시작했다. 그런데 세 번째 걸 때부터 제로가 나오는 것이었다. 1백 75굴덴을 받아 쥔 나는 기뻐서 죽는 줄 알았다. 사실 10만 굴덴을 땄을 때는 이렇게까지 기쁘지 않았다. 나는 곧바로 1백 굴덴을 빨간색에 걸어서 승리를 거뒀고, 2백 굴덴 전부를 빨간색에 걸어서 또 이겼다. 그러고 나서 4백 굴덴 전부를 검은색에 걸었는데 다시 내가 이겼다. 8백 굴덴을 몽땅 망크에 걸었더니 또 나의 승리였다. 먼저 있던 돈과 함께 계산

---

26 구 러시아의 척도 단위로 1아르신은 71.12센티미터에 해당한다.

해 보니 1천 7백 굴덴이었는데, 그렇게 되는 데에는 불과 5분 밖에 걸리지 않았다! 그렇다. 이런 순간에는 지나간 실패의 기억들을 떠올리지 못하게 마련이다! 나는 목숨을 거는 것 이상의 모험을 해서 그 돈들을 손에 넣었다. 대담하게 모험을 했고, 결국에는 다시 한번 사람 축에 끼게 된 것이다!

나는 방을 하나 얻어서 문을 걸어 잠근 뒤 얼추 세 시가 될 때까지 앉은 채로 돈을 세어 보았다. 다음날 아침 잠에서 깨었을 때 이제 나는 더 이상 하인이 아니었다. 바로 그날 나는 함부르크로 떠날 것을 결심했다. 그곳은 내가 하인으로 일하던 곳도 아니었고 또 감옥에 들어가 있던 곳도 아니었기 때문이다. 기차 시간을 30분 남겨 놓았을 때 나는 두 번만 돈을 더 걸려고(그 이상은 아니다) 갔는데 그만 1천 5백 플로렌을 잃고 말았다. 하지만 어찌 되었든 나는 함부르크로 옮겨 왔다. 이곳에서 지낸 지도 벌써 한 달이 된다…….

물론 나는 한시도 마음 편하게 지낸 적이 없었다. 아주 작은 판돈의 도박을 하면서 무언가를 기다리고 예상을 하고 또 하루 종일 도박대 옆에 서서 도박을 〈관찰하고〉, 심지어는 꿈 속에서마저도 도박하는 광경을 볼 정도였다. 하지만 그럴 때마다 왠지 몸이 굳어지는 것 같고 마치 수렁 속에 빠진 듯한 느낌이 들었다. 내가 이런 식으로 결론을 내리는 것은 바로 미스터 에이슬리를 만났을 때 내가 받은 인상 때문이다. 그때 이후로 만난 적이 없었던 우리는 뜻하지 않게 마주치게 되었는데 그 사정은 다음과 같다. 나는 뜰 안을 거닐면서 생각을 하고 있었다.

〈나는 무일푼이나 다름없다. 하지만 50굴덴은 남아 있다. 게다가 호텔에서 빌려 쓰고 있는 작은 방의 비용도 그저께 모두 지불했다. 그러니까 이제 딱 한번 더 룰렛 판에 갈 수 있는 기회가 남아 있는 셈이다. 만일 얼마라도 따게 된다면 계속 게임을 할 수 있을 것이고, 지게 된다면 다시 하인 짓을 하러 가지 않으면 안 된다. 물론 가정교사를 필요로 하는 러시아인들을 당장 찾아내지 못할 경우에 그렇다는 얘기다.〉

이런 생각에 골몰하고 있던 나는 공원 안과 숲을 지나 이웃 영지에 이르는 산책길을 여느때와 마찬가지로 걷고 있었다. 이따금 나는 네 시간 정도를 그렇게 밖에서 돌아다닌 다음 지치고 허기가 져서 함부르크로 돌아오곤 했다. 뜰을 나와 공원 쪽으로 들어서자마자 나는 벤치에 앉아 있는 미스터 에이슬리를 발견했다. 그 사람이 먼저 나를 알아보고는 큰 소리로 부르고 있었다. 나는 그 사람 옆에 가서 앉았다. 그런데 그가 약간 심각한 모습을 하고 있었기 때문에 나는 재빨리 나의 기쁨을 억눌렀다. 어쨌든 그는 나를 만나서 무척 반가운 것 같았다.

「결국 이곳에 오셨군요!」 그가 내게 말했다. 「난 당신을 만나게 될 것이라고 생각했습니다. 굳이 얘기하려고 애쓸 필요 없습니다. 난 알고 있어요. 다 알고 있습니다. 최근 1년 8개월 동안 당신이 어떻게 살았는지 알고 있단 말입니다.」

내가 대꾸했다. 「하! 그래, 당신은 옛 친구들의 뒤를 일일이 캐고 다닌단 말입니까! 잊지 않아 주셔서 감사하긴 합니다만……, 하지만 잠깐만요, 당신을 보니 생각난 것이 있습니다. 혹시 저를 룰레텐부르크 감옥에서 꺼내 준 것이 당신 아니었습니까? 전 2백 굴덴의 빚을 지는 바람에 그곳에 있었습니다. 누군가 모르는 사람이 저를 돈으로 꺼내 주었거든요.」

「아닙니다, 아니에요. 난 2백 굴덴의 빚 때문에 룰레텐부르크의 감옥에 들어가 있던 당신을 돈으로 꺼내 준 일은 없지만, 2백 굴덴의 빚 때문에 당신이 감옥에 들어가 있다는 사실은 알고 있었습니다.」

「아무튼 누가 제 몸값을 내고 꺼내 주었는지 아십니까?」

「아, 아니에요. 누가 당신을 꺼내 주었는지 안다고 말할 수 없습니다.」

「이상하군요. 우리 러시아인들 중에 나를 알고 있는 사람은 없습니다. 게다가 이곳의 러시아인들은 아마 몸값을 주면서까지 사람을 석방시켜 주지는 않을 것입니다. 우리 러시아에서는 같은 그리스 정교 사람들끼리 몸값을 주고 서로를 석방시켜 줍니다. 그래서 말인데, 제 생각에는 어떤 멍청한 영국인이 이상한 생각을 가지고 그런 일을 한 것 같습니다.」

미스터 에이슬리는 조금 놀란 듯한 표정으로 내 말을 듣고 있었다. 아마도 그는 내가 절망감과 침울함에 빠져 있을 것이라고 생각했던 것 같다.

그는 꽤 불쾌한 표정을 지으며 말했다. 「어쨌든 당신이 당신 영혼의 독립성을 온전히 간직하고 있고 명랑하기까지 한 것을 보니 전 무척 기쁩니다.」

「사실 당신은 제가 절망에 빠져 있지도 않고 또 자학을 하지도 않으니까 속으로는 분해서 이빨을 부드득 갈고 계시겠죠.」 나는 웃으면서 이렇게 말했다.

그는 내 말을 금방 알아듣지 못했다. 하지만 무슨 말인지 이해를 한 다음에는 미소를 지어 보였다.

「당신의 생각이 마음에 듭니다. 당신의 말씀 속에서 전 과거의 현명하고 열광적이고 또 냉소적인 친구를 발견할 수 있어요. 그렇게 모순된 것들을 동시에 겸비할 수 있는 사람은 러시아인뿐이지요. 무릇 인간이란 아주 훌륭한 친구가 자신 앞에서 모욕당하는 것을 볼 때 좋아하게 마련입니다. 대부분의 경우 우정이란 것도 바로 그 굴욕감을 바탕으로 해서 생겨나는 것이지요. 이것은 현명한 사람들이라면 누구나 알고 있는 예로부터의 진리입니다. 그렇지만 낙심하지 않는 모습을 보니 전 정말 기쁩니다. 어디 말씀해 보세요, 도박을 그만두실 생각은 없으신 겁니까?」

「이런 빌어먹을 놈의 도박! 당장 집어치우겠습니다, 다만……」

「다만 뭡니까, 다만 본전을 뽑고 싶다는 것인가요? 그러실 줄 알았습니다. 그 정도만 얘기해도 알겠어요. 당신은 자신도 모르게 그 얘기를 한 거예요. 그러니까 진실을 말씀하신 것이죠. 그런데 도박 말고는 할 일이 없겠습니까? 어디 말씀해 보시지요.」

「예, 아무것도……」

그는 나를 시험해 보기 시작했다. 하지만 나는 아무것도 모르고 있었다. 신문을 들여다본 적도 거의 없었고, 또 최근 들어 책 한 권 들추어 본 일도 전혀 없었다.

「당신은 감각을 잃어버린 것입니다.」 그가 말했다. 「당신은 삶도 거부했고, 자신과 사회의 이익도 거부했고, 시민과 인간으로서 해야 할 의무도 거부했고, 자기 친구도 거부했습니다. 당신에게는 어쨌든 친구들이 있었습니다. 뿐만 아니라 돈을 따는 것 말고는 그 어떠한 목표들도 단념했고, 심지어는 자신의 추억까지도 단념하고 말았습니다. 전 당신이 삶의 치열하고 힘찬 순간들을 살아가던 때를 기억합니다. 하지만 그 시절에 자신이 가졌던 훌륭한 인상들을 당신은 모두 잊어버렸어요. 이제 당신의 꿈과 절실한 희망이란 고작 홀수와 짝수, 검은색과 빨간색 그리고 가운데 열두 숫자들 같은 것들에 지나지 않게 되어 버렸어요. 전 그렇다고 확신합니다!」

「제발, 그만 하십시오, 미스터 에이슬리, 제발. 더 이상 떠올리지 말아 주십시오.」 나는 벌컥 화를 내면서 소리를 질렀다. 「이걸 알아 두십시오. 저는 아무것도 잊은 것이 없습니다. 다만 잠시 동안 그것들 모두를, 심지어는 추억마저도 머리에서 떨쳐 버린 것뿐이에요. 제 형편이 근본적으로 개선될 때까지는 그렇습니다. 그런 다음에는…… 그런 다음에는 제가 죽음에서 부활하는 모습을 보시게 될 것입니다!」

「당신은 10년이 지나도 이곳에 계실 것입니다.」 그가 말했다. 「내기합시다. 만일 제가 그때까지 살아 있다면 바로 이곳 벤치에서 지금 한 말을 상기시켜 드리지요.」

「아, 그만 하십시오.」 나는 견딜 수가 없어서 그의 말을 가로막아 버렸다. 「제가 지나간 일들을 잊어버리지 않고 있다는 것을 증명해 드리기 위해서 한 가지 물어봐야 하겠습니다. 지금 뽈리나 양은 어디에 있죠? 만일 절 감옥에서 꺼내 준 사람이 당신이 아니라면 그 사람은 분명히 뽈리나 양일 것입니다. 그 이후로 저는 그녀에 대한 소식을 전혀 못 들었습니다만.」

「아, 아닙니다, 아니에요! 그녀가 당신을 꺼내 주었다고는 생각하지 않습니다. 그녀는 지금 스위스에 있어요. 그리고 뽈리나 양에 대해서는 그만 물어보셨으면 좋겠습니다.」 그는 단호하게 그리고 화까지 내면서 말했다.

「그러니까 당신도 이미 그녀에게서 심한 상처를 받으신 거로군요!」 나는 자신도 모르는 사이에 웃고 말았다.

「뽈리나 양은 대단히 존경할 만한 사람들 중에서도 제일가는 사람입니다. 하지만 다시 한 번 말씀드리는데, 더 이상 뽈리나 양에 대해서 묻지 말아 주셨으면 정말 좋겠습니다. 당신은 그녀가 어떤 사람인지 몰랐던 것입니다. 어쨌든 당신이 그녀의 이름을 입에 들먹거린다면 전 저의 도의심을 모욕하는 것으로 간주하겠습니다.」

「아, 그러십니까! 하지만 당신은 틀렸습니다. 정말이지 이 얘기가 아니라면 도대체 당신과 무슨 이야기를 할 수 있다고 생각하십니까? 우리의 모든 추억들이 바로 그 얘기 속에 있습니다. 하지만 걱정하지는 마십시오. 당신 속에 비밀스럽게 가려져 있는 일들은 제게 아무 필요가 없으니까요……. 제가 관심을 두는 것은 지금 그녀가 처해 있는 상황이 외견상 어떻게 드러나고 있는가 하는 것인데, 두 마디면 할 수 있는 얘깁니다.」

「좋습니다. 그 두 마디로 모든 얘기를 끝내도록 합시다. 뽈리나 양은 오랫동안 몸이 아팠고 지금도 여전합니다. 그래서 그녀는 한동안 나의 어머니와 누이와 함께 영국 북부에서 살았습니다. 아, 기억하시죠, 완전히 정신이 돌아 버린 그녀의 할머니를. 반년 전에 그 할머니는 자기 재산 7천 파운드를 그녀 한 사람에게 남겨 놓은 채 죽었습니다. 지금 뽈리나 양은 출가한 여동생 가족과 함께 여행을 하고 있고, 또 그녀의 남동생과 여동생 역시 할머니의 유언 덕분에 살아가는 데에는 어려움이 없습니다. 지금은 런던에서 공부를 하고 있지요. 그리고 그녀의 양아버지인 장군은 한 달 전에 파리에서 죽었습니다. 졸도를 하는 바람에 그렇게 되었지요. 블랑슈 양이 그에게 잘 대해 준 것은 사실이지만, 그녀는 그가 할머니로부터 받은 것들을 모조리 자기 몫으로 챙겨 버렸답니다……. 자,

이게 전부인 것 같습니다.」

「그럼 드 그리외는요? 그 사람도 스위스에서 여행하고 있지 않습니까?」

「아닙니다. 드 그리외는 스위스에서 여행하고 있지 않습니다. 하지만 어디에 있는지는 저도 모릅니다. 그리고 처음이자 마지막으로 당신에게 경고를 해둡니다만, 그런 식으로 돌려서 말하거나 고상하지 못하게 비교하는 일은 피해 주십시오. 그렇지 않으면 당신과 나 사이에는 반드시 문제가 생기고 말 것입니다.」

「뭐라고요! 예전의 친구 관계가 있는데도 그렇다는 것입니까?」

「예, 이전의 친구 관계가 있어도 그렇지요.」

「그렇다면 백 번 사죄를 드립니다, 미스터 에이슬리. 하지만 말입니다, 제 말에는 모욕적인 것이나 저속한 것이 하나도 없습니다. 또 뽈리나 양을 탓하고 있는 것도 아니지 않습니까. 게다가 일반적으로 말했을 때 프랑스 남자와 러시아 아가씨를 비교한다는 것은 당신이나 저에게는 있을 수 없는 일입니다. 비록 가능하다 하더라도 전적으로 이해할 수 있는 일은 아닙니다.」

「만일 당신이 드 그리외의 이름과 함께 다른 한 사람의 이름을 연결시킨 것이 아니라면, 과연 〈프랑스인과 러시아 아가씨〉라는 표현이 무슨 의미인지 제게 설명해 줄 것을 요구하겠습니다. 도대체 무슨 〈비교〉가 그렇습니까? 하필이면 거기에 프랑스 남자가 나오고 또 굳이 러시아 아가씨가 나오느냔 말이에요?」

「보십시오, 드디어 당신은 흥미를 느끼기 시작했습니다. 하지만 미스터 에이슬리, 얘기를 하자면 길고 또 미리 알아 두어야 할 것도 많습니다. 얼른 보기에는 이 모든 일들이 우스꽝스럽게 보이겠지만 어쨌든 중요한 문제이니까요. 미스터 에이슬리, 프랑스인은 완성된 형식이고 아름다운 형식입니다. 하지만 당신은 영국인으로서 여기에 동의를 하지 않으실 수도 있겠지요. 러시아인인 저 또한 비록 질투심 때문이기는 하겠지만 어쨌든 동의를 하지는 않습니다. 하지만 우리 러시아 아가씨들은 다르게 생각할 수도 있어요. 당신은 라신이 변태적이고 부도덕하고 또 향수나 뿌리고 다닌다고 생각할 수도 있고, 심지어는 그의 작품을 읽을 생각조차 하지 않을 수도 있습니다. 저 또한 그가 변태적이고 부도덕하고 향수를 뿌리고 다닌다고 생각합니다. 심지어 어떤 관점에서는 우스꽝스럽기까지 하다고 봐요. 하지만 미스터 에이슬리, 그 사람은 매력이 있어요. 그리고 중요한 것은 그가 위대한 시인이었다는 사실입니다. 당신과 제가 원하든 원하지 않든 상관없이 말입니다. 프랑스인, 그러니까 파리 사람들의 민족적 형식은 아직 우리가 곰처럼 미련했을 때에 이미 우아한 형식을 갖추기 시작했습니다. 혁명이 귀족 정신을 계승했고, 그래서 이제는 아주 저속한 프랑스인들까지도 매너와 태도와 표현들 그리고 생각에 아주 우아한 형식을 갖추고 있습니다. 하지만 그들이 이러한 형식에 관여하는 데에는 아무런 창의력도 없고 또 정신이나 마음도 없습니다. 그저 모든 것을 유산에 의해서 손에 넣은 것뿐이지요. 있는 그대로의 모습이라면 아마도 그들은 가장 비열하고 가장 속이 빈 사람들일지도 모릅니다. 글쎄요, 지금 제가 당신께 드리고 싶은 말씀은, 착하고 똑똑하고 또 그렇게 비뚤어지지 않은 러시아 아가씨만큼 남의 말을 쉽사리 믿고 솔직해지는 사람은 세상에 없다는 것입니다, 미스터 에이슬리. 만일 드 그리외가 어떤 배역을 맡아서 가면을 쓰고 나타난다면 그는 아주 손쉽게 그녀의 마음을 사로잡을 수가 있습니다. 그에게는 우아한 형식이 있기 때문이죠, 미스터 에이슬리. 그런데 러시아 아가씨는 그 형식을 유산으로 물려받은 포장물이라고 받아들이지 않고 그 사람 본래의 영혼이라고 인정하며, 또 그의 정신과 마음의 자연스러운 형식이라고 받아들입니다. 당신한테는 굉장히 불쾌하게 들릴지 모르겠습니다만, 어쩔 수 없이 솔직하게 털어놓아야 하겠습니다. 영국인들이란 대부분 모가 나고 우아하지 못합니다만, 러시아인들은 아름다움을 꽤 민감하게 구별할 줄 알고 또 그것을 갈망하지요. 하지만 영혼의 아름다움과 개성의 독창성을 구별해 내기 위해서 우리 러시아 여성들은, 아가씨들은 말할 것도 없습니다, 지금보다 훨씬 더 많은 독립심과 자유를 가져야 하고 또 어떠한 경우에도 더 많은 경험이 필요합니다. 뽈리나 양이, 이거 죄송하게 됐습니다 하고 한번 뱉은 말을 주워담을 수는 없겠지요. 그 더러운 드 그리외 놈보다 당신을 더 좋아하게 되려면 아주 오랜 시간이 필요합니다. 그녀는 당신을 높이 평가하고 당신의 친구가 되고 또 당신에게 자기 마음을 다 털어놓을 것입니다. 하지만 그녀의 가슴속에는 여전히 그 혐오스럽고 더럽고 추악하고 저급한 고리대금업자 드 그리외가 자리 잡고 있을 겁니다. 언젠가 그 드 그리외란 놈이 고상한 후작, 환멸을 느낀 자유주의자, 그리고 몰락한 사람이라는 후광을 띠고(마치 그런 사람이기라도 한 듯이) 그녀에게 나타났고, 또 그녀의 가족과 경솔하기 짝이 없는 장군을 도와준 일이 있기 때문에, 바로 그 때문에 앞으로도 그녀의 가슴속에는 드 그리외가 남아 있을 것입니다. 그리고 그것은 순전히 그녀의 고집과 자존심 때문입니다. 나중에 가서 그 모든 계략들이 폭로되긴 했지만 폭로되었다는 사실이 중요한 것은 아닙니다. 문제는 지금에 와서 예전의 드 그리외를 내놓으라는 것인데, 그녀로서는 그렇게 할 수밖에 없는 것입니다! 예전의 그는 그녀의 상상속에서만 존재할 뿐입니다. 하지만 지금의 드 그리외를 혐오하면 혐오할수록 그녀는 예전의 드 그리외를 더욱더 그리워하게 되는 것입니다. 그런데 미스터 에이슬리, 당신은 설탕 제조업자이십니까?」

「그렇습니다. 전 로벨 상사라는 유명한 설탕 공장 회사에서 일하고 있습니다.」

「그럼 어디 한번 생각해 보십시오, 미스터 에이슬리. 당신은 한편으로는 설탕 제조업자이고 또 한편으로는 벨베데레의 아폴론입니다. 어쩐지 서로 관련이 없는 것들이지요. 하지만 전 설탕 제조업자도 아닙니다. 전 그저 룰렛 판에서 승부를 거는 시시껄렁한 노름꾼에 불과하고 또 하인 노릇도 해봤습니다. 뽈리나 양은 틀림없이 그런 사실을 알고 있을 것입니다. 그녀에게는 훌륭한 경찰들이 있는 것 같거든요.」

「당신은 한을 품고 있습니다. 그래서 그런 쓸데없는 헛소리를 하고 계신 거예요.」 미스터 에이슬리는 잠시 생각에 잠기는 듯하더니 냉정하게 말했다. 「게다가 당신이 하는 얘기에는 독창성이 없습니다.」

「맞습니다! 고결한 나의 벗이여, 제가 늘어놓는 이 모든 비난들이 비록 고리타분하고 저속하고 또 통속적인 익살극 같기는 합니다. 하지만 그럼에도 불구하고 그것들은 진실입니다! 어쨌든 우리는 아무것도 얻은 것이 없군요!」

「그런 헛소리는 이제 지긋지긋합니다……. 왜냐하면, 왜냐하면…… 잘 들으세요!」 미스터 에이슬리는 떨리는 목소리로 말을 했고, 이때 그의 눈이 빛나고 있었다. 「은혜도 모르고 보잘것없고 아무짝에도 쓸모가 없는 딱한 양반 같으니, 똑똑히 알아 두란 말입니다. 나는 그녀의 부탁을 받고 일부러 함부르크에 왔습니다. 당신을 만나서 오랫동안 진실한 이야기를 나눈 다음에 당신의 생각과 감정, 희망 그리고…… 추억들 모두를 자기에게 전해 달라고 했단 말입니다!」

「그럴 리가! 정말입니까?」 나는 소리를 지르고 말았다. 내 눈에서는 눈물이 펑펑 쏟아져 내리고 있었다. 도저히 눈물을 참을 수가 없었는데, 아마도 평생 처음 그랬던 것 같다.

「그렇다니까요, 불쌍한 양반 같으니. 그녀는 당신을 사랑했습니다. 내가 이런 얘기를 당신에게 털어놓는 것은 당신이 구제 불능의 인간이기 때문입니다. 게다가 그녀가 아직까지도 당신을 사랑하고 있다는 말을 해줘 봐야 여전히 이곳에 머물러 있을 것 아닙니까! 맞아요. 당신은 스스로를 망쳐 버린 것입니다. 사실 당신은 약간의 재능도 가지고 있었고 성격도 발랄했고, 또 괜찮은 사람이었지요. 심지어는 당신의 조국, 인재를 부르고 있는 당신의 조국에도 이익을 줄 수 있는 사람이었습니다. 하지만 당신은 여기에 눌러앉아 버릴 것이고, 그렇게 되면 당신의 인생도 막을 내리게 되는 것입니다. 난 당신을 탓하는 게 아닙니다. 제가 보기에는 러시아인들 모두가 그렇습니다. 아니면 그렇게 되기가 쉽든지요. 룰렛이 아니라 하더라도 그 비슷한 다른 것이 또 있을 거예요. 예외란 아주 드문 경우입니다. 노동이 무엇인지(난 당신 민족에 대해서 얘기하는 것이 아닙니다) 알지 못하는 사람은 당신이 처음은 아닙니다. 룰렛은 주로 러시아에서 볼 수 있는 도박입니다. 당신은 지금껏 정직했어요. 도둑질을 하느니 차라리 하인이 되려고 했단 말입니다……. 그런데 앞으로는 어떻게 될지 정말 생각만 해도 두렵습니다. 물론 당신에게는 돈이 필요하겠지요? 자, 여기 10루이도어를 드리겠습니다. 더 이상은 안 됩니다. 어차피 다 잃어버리고 말 테니까요. 받으십시오. 그리고 잘 가세요! 자, 받으라니까요!」

「아닙니다, 미스터 에이슬리. 지금 하신 말씀을 다 듣고 나니…….」

「받으라니까요!」 그는 고함을 질렀다. 「전 당신이 아직까지 고결함을 간직하고 있다고 믿습니다. 그래서 전 한 친구가 또 다른 진정한 친구에게 줄 수 있는 것처럼 당신에게 이 돈을 드리는 것입니다. 만일 당신이 지금 당장이라도 도박을 집어치우고 함부르크를 떠나신다면, 그래서 당신의 조국으로 가신다면 전 기꺼이 1천 파운드를 당신께 드릴 용의가 있습니다. 당신이 다시 한 번 일어설 수 있도록 말이에요. 하지만 1천 파운드가 되었든 10루이도어가 되었든, 현재 당신에게는 어느 것이나 매한가지일 겁니다만, 한꺼번에 다 날려 버리고 말 것이기 때문에 1천 파운드가 아니라 10루이도어만 드리는 것입니다. 받으세요. 그리고 안녕히 가십시오.」

「당신이 이별의 포옹을 해주신다면 받겠습니다.」

「오, 하고말고요!」

우리는 진실된 마음으로 서로를 껴안았다. 그리고 미스터 에이슬리는 떠났다.

아니다, 그의 말은 잘못된 것이다! 내가 뽈리나와 드 그리외에 대해서 터무니없고 심한 말들을 했다고 치면, 그는 러시아 사람들에 대해서 지나치고 경솔한 얘기를 한 것이다. 내 자신에 대해서는 아무 말도 하지 않겠다. 그렇지만, 그렇지만 이 모든 것들은 아직 진정한 그것들이 아니다. 온통 말, 말, 말 뿐이다. 하지만 정작 필요한 것은 행동이다! 지금 이 대목에서 중요한 것은 바로 스위스다! 내일이라도, 오 내일이라도 떠날 수만 있다면 좋겠다! 새롭게 태어나고 부활해야 한다. 그리고 그들에게 증명해 보이지 않으면 안 된다……. 내가 아직 사람답게 될 수도 있다는 사실을 뽈리나가 알게 해야 하는 것이다. 그러면 되는 것을……. 어쨌든 이제는 늦어 버렸다. 그렇지만 내일은…… 아, 나는 예감할 수 있다. 그리고 그 예감이 빗나갈 리 없다! 지금 내게는 15루이도어가 있지만 정말이지 처음에는 15굴덴으로 시작하지 않았던가! 조심해서 다시 시작해 본다면……. 그런데 정말이지, 정말이지 내가 이 정도로 어린애란 말인가! 내 자신이 영 글러 버린 인간이라는 사실을 정말이지 알지 못한단 말인가. 하지만 어째서 내가 부활할 수 없단 말인가. 그렇다! 내 인생에 단 한 번만이라도 신중해지고 끈기를 가질 필요가 있다. 더 이상은 필요 없다. 단 한 번이라도 내 성질을 죽이기만 한다면 나는 한 시간 안에 내 운명을 완전히 뒤바꿀 수 있다. 중요한 것은 성질이다. 7개월 전 룰레텐부르크에서 결정적으로 돈을 잃기 전에 내게 그 비슷한 일이 있었다는 것을 상기시켜 보면 충분할 것이다. 아, 그것은 정말 대단한 결단의 순간이었다. 난 그때, 몽땅 잃고 말았다, 몽땅 다……. 역에서 나와 뒤져 보니 내 조끼 주머니 속에는 1굴덴만이 굴러다니고 있었다. 〈그러면 결국 이 돈으로는 밥을 먹어야 하겠구먼!〉 나는 이런 생각을 했다. 하지만 1백 걸음쯤 지나왔을 때 나는 생각을 고쳐 먹고 되돌아갔다. 그 1굴덴을 망크(그때는 망크가 잘 나오고 있었다)에 걸었다. 그런데 무언가 색다른 느낌이 들었다. 홀로 타향에 와서 친척들과 친구들로부터 멀리 떨어져 있는 사람이 오늘은 뭘 좀 먹을 수 있을지 없을지도 잘 모르는 판에 마지막 남은, 정말로 마지막 남은 굴덴을 걸 때 드는 그런 느낌 말이다. 나는 돈을 땄다. 그리고 20분 후에 역에서 나왔다. 내 호주머니에는 1백 70굴덴이 있었다. 이것은 사실이다! 때때로 마지막 굴덴은 그런 의미를 담고 있을 수 있는 것이다! 만일 그때 내가 낙심한 채로 과감한 결정을 내리지 못했다면 어떻게 되었을까? 내일, 내일이면 모든 것이 끝난다!

역자 해설
자화상에 비쳐진 반란자의 공허

우리는 『가난한 사람들』, 『백치』, 『까라마조프 씨네 형제들』, 『죄와 벌』 등 주옥 같은 작품들을 통해서 작가로서의 도스또예프스끼와 그의 문학 세계를 익히 알고 있다. 아마도 그의 창작이 제기하는 사회적·철학적·종교적 문제들의 심오함과 그의 주인공들이 보여 주는 인간 존재에 대한 깊은 사색 때문에 우리는 러시아의 다른 어느 작가보다도 도스또예프스끼를 더욱 사랑하고 더 자주 머리에 떠올리는지도 모르겠다. 하지만 우리는 도스또예프스끼 작품에 나오는 주인공들 그리고 등장 인물들의 삶과 체험, 의식 세계에 대해서 잘 알고 있으면서도 작가 개인의 인생 역정에 대해서는 미처 관심을 보이지 못했던 것 같다. 사실 그의 작품에서 제기되는 중요한 문제들과 박진감 있게 묘사되는 형상들 중 많은 부분은 도스또예프스끼 자신의 체험과 불가분의 관계를 맺고 있다. 작가가 그려 낸 성격과 등장 인물들의 사상을 파악하는 것이 마치 예측 불허의 미로를 찾아가는 것처럼, 작가 자신의 삶 또한 많은 우여곡절로 가득 차고 비정상적이라고 해도 과언이 아닐 그런 삶이었다.

중편 『노름꾼』은 그 중심적인 테마와 모티프들에서 작가의 실제적 삶과 일치하는 부분이 많은 작품이다. 그리고 비록 27일 만에 즉흥적으로 쓰인 작품이기는 하지만 그의 다른 작품들에서 제기되는 주요한 문제들, 즉 〈개인과 개인을 둘러싼 환경〉, 〈개인의 고립〉, 〈신비주의적 세계관〉, 〈의식의 분열〉 등의 문제들이 선명하게 드러나는 작품이다. 여기서 작가는 외국을 여행하는 한 러시아인의 체험을 묘사함으로써 러시아 사회의 현재와 그 특징들을 파악하고 그것들이 한 개인 속에, 개인의 의식 속에 구현되고 있음을 보여 준다. 다시 말해서 이 작품은 노름꾼인 주인공의 이야기이면서 동시에 노름꾼 작가의 체험이며, 더 나아가 당시 러시아 사회의 모습을 한 개인의 의식 속에 투영해 놓은 작품이라고 할 수 있다. 따라서 도스또예프스끼의 실제 삶이 어떠했는가를 살펴보는 것이 이 작품의 복잡한 플롯과 내용을 이해하는 데 많은 도움을 줄 수 있으리라 본다.

『노름꾼』이 27일 만에 써졌다는 것은 정말로 믿어지지 않을 정도의 놀라운 창작력이라고 할 수 있다. 향후 9년 동안 돈을 받지 않고 자신의 저작 출판권을 내주어야 한다는 출판사의 위협 아래 다급하게 써졌기 때문에, 『노름꾼』에서 예술 작품으로서의 결점이 적지 않게 드러나는 것은 불가피한 일일 것이다. 하지만 그럼에도 불구하고 이 작품이 도스또예프스끼 예술의 발전을 연구하는 데 아주 유익한 것 또한 사실이다.

『노름꾼』은 갑작스럽게 하늘이 내려 준 영감이 아니었다. 이 작품의 테마는 이미 3년 전부터 도스또예프스끼의 머릿속에서 그려지고 있었다. 그에게 이 작품의 소재를 제공하는 데 큰 기여를 한 것은 아뽈리나리야 수슬로바와 나누었던 오랜 동안의 정열적 사랑이었다. 1863년 로마에 있던 도스또예프스끼가 스뜨라호프에게 쓴 편지는 이 작품에 대한 작가의 구상을 잘 설명해 준다.

스토리는 이렇습니다. 외국에 나가 있는 한 러시아인이 있습니다. 아시겠지만 올 여름에 많은 잡지들이 해외의 러시아인들에 대한 문제를 다루었지요. 그 모든 것이 내 이야기에 반영될 것이고 대체로 우리들의 내면적 삶의 현대적 요소가 반영될 것입니다. 저는 인간의 본성을 다루려고 합니다. 그리고 그 대상이 되는 인간은 많이 발전했지만 모든 점에서 미완성으로 남아 있는 인간, 믿음을 잃었으면서도 감히 믿음을 저버리지 못하는 인간, 권위에 항거하여 일어나면서도 그것을 두려워하는 인간입니다. 그는 러시아에서는 할 일이 아무것도 없다는 생각으로 스스로를 위로하는 사람인데, 그래서인지 해외 러시아인들을 불러들이는 자들을 가차 없이 비판합니다. 중요한 것은 그의 모든 정력과 대담함과 격정이 룰렛 도박에 허비되었다는 것입니다. 그는 노름꾼입니다. 하지만 구두쇠 기사가 단순한 구두쇠가 아니듯이 그 또한 평범한 노름꾼이 아닙니다(뿌쉬낀과 나를 비교하려고 하는 말이 아닙니다. 단지 명료하게 표현하기 위해서 하는 말입니다). 어떻게 보면 그는 시인이라고 할 수 있습니다. 그런데 그는 자신의 시를 창피하게 여깁니다. 비록 모험에 대한 요구가 자기 자신을 고결하게 만든다고 생각하기는 하지만, 그래도 그는 자신의 시가 천하다는 것을 절실히 깨닫고 있습니다. 이 이야기는 그가 삼 년째 되던 해에 도박장을 돌아다니면서 룰렛 도박에 열중할 때의 일입니다……『죽음의 집의 기록』이 그때까지 어느 누구도 명료하게 묘사하지 못했던 죄수들을 묘사함으로써 세인들의 관심을 끌었다면, 이 이야기는 룰렛 도박을 한눈에 알아볼 수 있도록 아주 상세하게 묘사함으로써 주목을 끌게 될 것입니다. 이 작품은 어쩌면 제법 괜찮은 작품이 될지도 모르겠습니다. 『죽음의 집의 기록』이 많은 흥미를 불러일으켰으니까요. 그리고 이 작품은 일종의 지옥을 묘사한 것입니다.

여기서 막연하게 시사되고 있듯이 이 작품의 테마는 자기 자신에 대한 믿음의 결여로 러시아에서는 아무것도 할 수가 없고 외국에서 도박에 탐닉함으로써 현실을 도피하는 사회적 반란자의 정신적 공허함이다. 그리고 이러한 발상에 하나 더 추가되는 중요한 요소가 있다. 그것은 바로 사랑, 아니 애증의 테마이다. 뽈리나 알렉산드로브나는 아뽈리나리야 수슬로바를 직접적인 모델로 삼았고, 주인공 알렉세이 이바노비치는 도스또예프스끼의 여러 측면들을 과장하여 묘사해 놓은 인물이다. 수슬로바와 도스또예프스끼 사이의 관계가 중요한 소재로서 허구의 소설 안에 투영되어 있는 것이다.

도스또예프스끼는 첫 번째 아내 마리야와 별거 생활을 하던 중 자신에게 접근해 오는 여대생 아뽈리나리야 수슬로바를 알게 되었고, 날이 갈수록 자기 주장이 강하고 오만스럽기조차 한 그녀에게서 젊은 여성으로서의 신선한 매력을 느꼈

---

1 1848년 혁명의 태풍이 유럽 여러 나라를 강타하고 있을 무렵 도스또예프스끼는 〈뻬뜨라셰프스끼 모임(동명의 인물을 중심으로 농노·재판·출판 제도의 개혁, 푸리에의 공상적 사회주의, 무신론, 가족 제도, 결혼 제도 등에 관한 연구와 토론을 하는 젊은이들의 모임)〉에 관여하였다. 그러나 반정부적인 선전용 비밀 인쇄소를 차리는 데 협력했다는 것과 벨린스끼의 〈고골에게 보내는 편지〉를 모임 석상에서 낭독했다는 이유로 도스또예프스끼는 짜르 정부에 의해 사형을 언도받았다. 그런데 분명한 연유는 밝혀지지 않았지만 다

다.[1] 1863년 잡지 『시대Vremia』지가 정간된 지 얼마 후, 잡지 재발간을 위해 동분서주하고 있는 형을 남겨 두고 도스또예프스끼는 아뽈리나리야와 미리 짜고 외국 여행을 떠났다. 몇 달 먼저 출발한 그녀는 어느새 파리에서 새로 알게 된 살바도르라고 하는 스페인 출신의 의과 대학생에게 몸을 맡기고 있었다. 작가가 도착하는 것을 기다릴 겨를도 없이 그녀가 충동적으로 길에서 만난 사내와 정을 나누게 된 곡절은 알려지지 않고 있다. 의과 대학생에게 열을 올리던 아뽈리나리야는 얼마 안 있어 이 남자에게서 버림을 받은 후 다시 도스또예프스끼를 찾았으나, 배신을 사과하는 것이 아니라 오히려 자신을 배신한 남자를 욕하며 소리 내어 통곡했다. 도스또예프스끼는 그녀를 달래고 위로해 주어야만 했다. 둘은 다시 여행을 떠났고 도스또예프스끼는 여행 도중 끊임없이 아뽈리나리야에게 사랑을 구했다. 그녀는 때로는 그의 뜻을 받아들였고 때로는 냉담한 태도를 보였다. 그래서 작가는 미움과 사랑을 번갈아 느끼면서 석 달 동안 그녀와 동반 여행을 했다. 도스또예프스끼는 그녀와의 사랑에 시달리는 한편 여행 도중 도박에 빠져 헤어나질 못했다. 그를 사로잡은 도박은 룰렛이었다.

행히도 그는 황제의 특명으로 4년의 징역형으로 감형되었고, 형기를 마친 후 다시 4년 동안 시베리아에서 병역 의무를 수행했다. 바로 이때 첫 번째 아내 마리야를 만났다. 1857년 봄 그는 마리야와 결혼을 했지만 알고 보니 그녀는 폐병을 앓는 데다가 유난히 히스테리가 심하고 허영심과 질투심으로 가득했다. 더군다나 그녀는 결혼 전에 알고 지내던 교사 베르그노프를 잊지 못하고 불륜의 관계를 계속 가졌으며, 이 이야기를 그녀로부터 직접 들은 도스또예프스끼는 충격을 받은 나머지 별거 생활을 하게 되었다. 이때 한 문학 강연회에서 『죽음의 집의 기록』을 열정적으로 낭독하던 도스또예프스끼는 문학 소녀 아뽈리나리야 수슬로바를 만나게 되었다.

룰렛 도박으로 돈을 모두 잃자 그는 형에게 돈을 보내 달라고 편지로 사정하는 한편, 때마침 외국 여행을 하고 있던 뚜르게네프에게서도 돈을 꾸었다. 완전히 무일푼이 된 그는 그러는 중에도 여전히 아뽈리나리아에게 사랑을 구했다. 하지만 그녀는 도스또예프스끼와 기묘한 관계를 지속하기를 거절했다.

『노름꾼』의 여주인공 뽈리나는 아뽈리나리야 수슬로바의 이름과 그 열정적이고 야심에 찬 성격을 모두 이어받고 있다. 이러한 자서전적인 소재가 도입됨으로써 우리는 남자 주인공 알렉세이 이바노비치가 다름 아닌 작가 자신을 모델로 삼고 있음을 쉽게 짐작할 수 있을 것이다. 알렉세이 이바노비치는 몰락한 퇴역 장군 자고럔스끼의 아이들을 가르치는 가정교사로 여주인공 뽈리나를 사랑한다. 하지만 뽈리나는 알렉세이 이바노비치의 사랑에 대해 이중적인 태도를 보임으로써 그의 감정에 갈등을 일으킨다. 뽈리나는 프랑스 민족의 〈우아한 형식〉으로 치장한 후작 드 그리외 그리고 고결하면서도 까다로운 영국인 에이슬리와 석연치 않은 관계를 가짐으로써 알렉세이 이바노비치를 괴롭히고 끊임없는 궁금증을 유발시킨다. 알렉세이 이바노비치는 뽈리나가 자신을 사랑하는지 그렇지 않은지 알지 못하기 때문에 그녀의 비밀을 꿰뚫어 보고 싶어 하는 것이다. 슐란젠베르크의 꼭대기에서 뛰어내리겠다는 알렉세이 이바노비치의 제안에 뽈리나는 독일 남작을 놀려 주라는 명령을 내린다. 알렉세이 이바노비치는 뽈리나로부터 더할 수 없는 모욕을 당한다.

결코 내가 그녀를 차지할 수 없다는 사실과 내 공상들을 절대 실현시킬 수 없다는 사실을 내 자신이 아주 확실하고 분명하게 깨닫고 있다는 생각, 바로 그 생각이 그녀에게 대단한 쾌 감을 가져다 주는 것이다. 그렇지 않고서야 신중하고 영리한 그녀가 그렇게 솔직하고 허물없이 나를 대할 수 있겠는가? 지금까지 그녀는 자신이 마치 고대의 여왕이라도 되는 것처럼 나를 보아 온 것 같다. 여왕은 자신의 노예를 사람으로 보지 않았기 때문에 그가 보는 앞에서 옷을 벗어젖혔다. 그렇다, 그녀는 몇 번씩이나 나를 사람으로 취급하지 않았던 것이다…….

하지만 나는 그녀로부터 부탁을 받았다. 무슨 일이 있어도 룰렛 도박에서 돈을 따는 것…… 무엇을 위해서 얼마나 빨리 돈을 따야 하는지, 또 쉴 새 없이 계산을 하고 있는 그녀의 머리에 어떤 새로운 생각들이 떠오른 것인지 깊이 생각하고 있을 틈이 없었다.(p. 22)

하지만 알렉세이 이바노비치는 정말로 슐란겐베르크의 꼭대기에서 떨어지라는 그녀의 명령을 받아들일 준비가 되어 있었다. 그의 말대로 그의 인생은 이미 끝장이 났기 때문이다. 그의 의식과 행동은 일치하지 않는다. 도박장에 가서 돈을 따오라는 뽈리나의 부탁을 받아들이기는 했지만 그는 그 일이 달갑지 않다.

솔직히 말해서 나는 이 일이 달갑지 않았다. 도박을 하기로 결심하긴 했지만 그래도 다른 사람들을 위해서 도박에 손을 댈 생각은 전혀 없었기 때문이다.(p. 24)

이러한 뽈리나에 대한 자신의 감정을 분석하는 알렉세이 이바노비치의 의식은 점점 더 분열적인 양상을 보이고 이 때문에 그의 행동 또한 예측하지 못한 극단으로 향하게 된다.

> 나는 그녀의 손바닥 위에서 놀아나고 있다. 그 이유는 뻔하다. 내가 모욕을 당하면서도 그녀에게 맹종하기 때문이다. (p. 36)

의식의 이중성을 보이는 것은 뽈리나 역시 마찬가지이다. 뽈리나 알렉산드로브나는 자신이 사랑하면서도 동시에 경멸하는 알렉세이 이바노비치에게 비굴하게 자신을 바친다. 이런 행위는 자신의 자존심을 꺾으려고 하는 욕망과 동시에 자신이 5만 프랑에 팔릴 수는 없다는 생각으로 자신의 거만함을 거듭 주장하려는 욕망이 뒤섞여 있음을 나타낸다. 한편 알렉세이 이바노비치는 사랑을 얻기 위해서 자신의 인격을 포기해야 하고, 자신이 흠모하는 여인에게 비굴한 노예가 되어 주어야 한다. 하지만 그는 일관성 있는 행동을 보일 수가 없다. 지배하고픈 욕망과 자존심이 그런 행동을 방해하기 때문이다. 여자를 사랑하면 사랑할수록 그는 그 여자를 더욱 심하게 증오하게 된다. 사랑의 이중성이 굴종과 독재 사이에서 균형을 이루고 있는 것이다.

드 그리외와 사이가 틀어진 후 알렉세이 이바노비치의 방을 찾아온 뽈리나는 드 그리외에게 진 빚을 갚기 위해 돈이 필요하다고 하고, 알렉세이 이바노비치는 곧장 도박장으로 가서 큰돈을 따온다. 하지만 그녀는 아침이 되자 태도를 일변하여 알렉세이 이바노비치의 얼굴에 돈을 내팽개치고 에이슬리에게 달려간다. 이것은 과연 무엇이었을까? 모욕에 대한 보복일까? 알렉세이 이바노비치의 사랑을 믿지 못함일까? 아니면 오용된 자만심일까? 에필로그에서 알렉세이 이바노비치는 우연히 만난 에이슬리로부터 뽈리나의 비밀을 듣게 된다. 그녀는 알렉세이 이바노비치를 사랑했고 지금도 사랑하고 있다는 것이다. 이러한 예상치 못한 〈시인〉으로 애증의 스토리는 끝을 맺는다.

나중에 화자는 룰레텐부르크에서의 생활을 마치 〈회오리바람 속에서 빙글빙글 돌고 있다는 느낌이 들었다〉고 회상한다. 그것은 회오리바람이고 폭풍우이고 소용돌이이다. 주인공은 한 인간이 판에 박힌 일상의 틀에서 뛰쳐나와 절제감을 잃어버렸을 때 처하게 되는 그런 위기의 순간에 놓여 있었던 것이다. 이것은 이 작품이 갖는 역동적인 특성을 나타내는 말이면서 동시에 도스또예프스끼적 인물의 중요한 측면을 나타낸다. 그의 주인공들은 언제나 극단으로 치닫는다. 자신의 의식이 미처 가보지 못한 곳에 이르기 위해 사고를 확장시키고, 어떤 결과를 불러일으킬지 예측할 수 없는 행동으로 스스로를 몰고 감으로써 그들은 의식의 긴장과 경험의 집중을 일으킨다. 여기서 경험의 내용과 행동의 결과는 중요하지 않다. 오직 의식의 세계가 그 어느 것에도 구속받지 않고 자유롭게 활동하는 것만이 중요하다.

물론 은밀히 간직해 온 나의 도덕적 신념들은 지금 내 궁리 속에 끼어들 여지가 없다. 후회하지 않기 위해서 하는 말이지만 이제 그런 것은 상관없다. 사실 내 생각을 말하자면, 요즘 들어 내내 왠지 내 행동과 생각을 어떤 도덕적 잣대에 던져 놓는 것이 말도 못하게 역겨웠다. 나를 조종해 온 것은 다른 것이었는데……(p. 30)

도스또예프스끼는 주인공들이 이러한 의식 상태에 있는 것을 좋아했다. 알렉세이 이바노비치는 뽈리나의 경멸적인 태도로부터 그녀가 자신을 좋아하지 않는다는 이성적인 판단을 내릴 수 있음에도 불구하고 그녀에 대한 자신의 감정을 죽이지 않는다. 자신을 노예처럼 여기고 행동하는 뽈리나에게서 〈어쩌면 자신을 사랑하기 때문에 그런 행동을 할지도 모른다〉는 생각을 이끌어 낼 정도로 자신의 의식을 끝없이 이끌어 나간다. 도스또예프스끼의 다른 주인공들과 마찬가지로 알렉세이 이바노비치 역시 운명의 결정적인 전환을 예감하며 언제나 긴장 속에 살아가는 인물이다. 하지만 의식과 감정이 극단으로 치닫고 자아가 외부의 객관적 현실로부터 차단되어 심한 개인주의에 이르게 되면 의식과 행동의 불일치가 생기게 된다. 알렉세이 이바노비치는 모욕을 받으면 받을수록 자아 속으로 침잠하게 되고 방향 감각을 잃어버리며 심한 강박 관념에 사로잡힌다. 결국 자신의 생각과는 다른 행동을 하게 되고 이러한 의식과 행동의 불일치는 또다시 자신을 비열한 존재로 간주하게 만드는 것이다.

주인공 알렉세이 이바노비치를 둘러싸고 있는 회오리바람은 비단 뽈리나에 대한 사랑의 열정만이 아니다. 그가 경험하는 또 하나의 파괴의 혼란은 도박에 대한 강한 집착이다. 작가는 천하고 비열하고 고통스러운 도박의 시학이 그의 영혼을 완전히 지배해 버린 혼란을 묘사함으로써 알렉세이 이바노비치의 의식 세계를 투영한다.

그렇지만 지금 내가 관찰하고 또 주의를 기울이는 것은 룰렛을 묘사하기 위해서가 아니다. 장차 내가 어떻게 처신해야

할지를 알기 위해서 적응하려고 하는 것이다.(p. 30)

『노름꾼』의 화자는 이렇게 말한다.

> 그런데 무언가 색다른 느낌이 들었다. 홀로 타향에 와서 친척들과 친구들로부터 멀리 떨어져 있는 사람이 오늘은 뭘 좀 먹을 수 있을지 없을지도 잘 모르는 판에 마지막 남은, 정말로 마지막 남은 굴덴을 걸 때 드는 그런 느낌 말이다.(p. 262)

도스또예프스끼는 이런 감정을 좋아했으며 그 심리적 내용과는 무관한 경험의 격렬함을 좋아했다. 그의 인물들, 라스꼴리니꼬프, 스따브로긴, 이반 까라마조프 등은 투사요 반란자요 범죄자요 비극적인 주인공들이었다. 그들은 더 이상 갈 수 없는 극단에 서 있으며 절벽의 가장자리에 서 있다. 알렉세이 이바노비치 역시 언제나 경계를 넘어서는 삶을 살아가며 의식의 긴장 속에 생활한다. 그의 꿈이 현실의 과정에서 무너져 버려도 삶의 어느 모퉁이에서는 새로운 변전에 대한 꿈이 다시 생겨나는 것이다.

작가는 도박과 사랑의 테마를 중심으로 주인공의 의식 세계를 묘사함으로써 그 속에 투영된 러시아 사회의 〈현재〉, 그리고 러시아 사회가 당면하고 있던 문제에 대해 독특한 답을 내놓고 있다. 독일의 질서와 프랑스의 고상함에 러시아의 꼴사나움과 품위 없음, 격렬함과 성급함이 대비되는데, 이것은 작가가 파악한 러시아의 모습이다. 독일인이나 프랑스인들과 달리 러시아인들은 빨리 그리고 쉽게 부를 얻으려고 발버둥친다. 그들은 탐욕스럽고 방탕하며 자신들의 열정을 억제하지 못한다. 러시아인의 재능은 헛되이 썩어 없어지고 젊은 에너지가 무분별하게 낭비된다. 러시아는 공고한 전통을 갖지 못했으며 확립된 형식을 갖지 못했기 때문이다. 하지만 도스또예프스끼는 어머니 러시아의 신성한 땅과 인연을 끊고 자신의 동포를 미개인, 야만인으로 간주하는 사람들 그리고 러시아를 구원하는 유일한 길이 서구의 세련되고 품위 있는 문화를 배우는 것이라고 생각하는 사람들을 혐오했다. 당시 러시아 사회에서는 서구의 혁명의 물결에 힘입어 합리주의적이고 물질주의적인 사고가 싹트고 있었다. 도스또예프스끼는 그러한 서구 사회에 반감을 가지고 있었고 개인주의를 배격했으며, 인간의 연대성과 사랑을 신성화하였다. 그냥 내버려 두면 불가피하게 플로베르의 허무주의에 이르게 될지도 모를 러시아의 발전 과정을 막으려고 노력하기도 했다. 이런 점에서 당시의 서구 소설이 사회에서 소외되어 고독의 무거운 짐에 눌려 파멸하는 개인을 묘사함으로써 끝나는 데 비해, 도스또예프스끼의 소설은 처음부터 끝까지, 개인으로 하여금 세계에서 그리고 인간 사회에서 이탈하도록 만들려는 악령과의 투쟁을 묘사한다.

작가는 러시아가 걸어가야 할 발전의 길을 고뇌에 찬 모습으로 내다본다. 러시아인의 혼란은 언제 그칠 것이며, 러시아인의 질서와 조화는 언제 창조될 것인가? 진정으로 아름답고 훌륭한 러시아인은 언제 나타날 것인가? 도스또예프스끼의 인물들은 비록 현재는 잘못된 삶, 비극적인 삶을 살아가지만 이를 극복할 저력을 지니고 있었다. 그들은 지칠 줄 모르는 도전 정신으로 가득 차 있으며, 체념과 회의주의에 빠져 있기보다는 희망에 찬 전투 정신과 구원에 대한 갈망과 확신으로 시종 고무되어 있다. 도스또예프스끼의 한 작중 인물은 도스또예프스끼의 인물들이 지닌 성격을 묘사하며 〈그들 모두는 마치 똑같은 기차역에 서 있는 것 같다〉라고 했다. 무엇보다도 이러한 사람들에게서 모든 상황은 잠정적이다. 기차가 떠나면 그 다음 기차를 기다리듯 이들이 가진 꿈과 미래에 대한 도전은 끊이지 않는다.

이재필

작품 평론
『노름꾼』과 두 번째 결혼, 외국에서의 생활[1]
꼰스딴쩐 모출스끼 / 이재필 옮김

 소설『노름꾼』은 1863년 단편소설의 형식으로 구상되었다. 저자 도스또예프스끼는 로마에서 스뜨라호프에게 다음과 같은 편지를 써보냈다. 〈지금 완성된 것은 아무것도 없지만 단편소설에 대한 상당히 좋은 구상(내가 판단하기에)이 완성되었습니다. 그 대부분이 단편들로 나뉘어 있는데 스토리는 이렇습니다. 외국에 나가 있는 한 러시아인이 있습니다. 아시겠지만 올 여름에 많은 잡지들이 해외의 러시아인들에 대한 문제를 다루었지요. 그 모든 것이 내 이야기에 반영될 것이고 대체로 우리들의 내면적 삶의 현대적 요소가 반영될 것입니다. 저는 인간의 본성을 다루려고 합니다. 그리고 그 대상이 되는 인간은 많이 발전했지만 모든 점에서 미완성으로 남아 있는 인간, 믿음을 잃었으면서도 감히 믿음을 저버리지 못하는 인간, 권위에 항거하여 일어나면서도 그것을 두려워하는 인간입니다. 그는 러시아에서는 할 일이 아무것도 없다는 생각으로 스스로를 위로하는 사람인데, 그래서인지 해외 러시

[1] 여기에 실린 작품 평론은 K. B. 모출스끼의 『도스또예프스끼; 생애와 창작』(모스끄바, 1947) 가운데 한 장(章)인 「『노름꾼』과 두번째 결혼, 외국에서의 생활」(pp. 373~377)을 번역한 것이다.

아인들을 불러들이는 자들을 가차 없이 비판합니다. 중요한 것은 그의 모든 정력과 대담함과 격정이 룰렛 도박에 허비되었다는 것입니다. 그는 노름꾼입니다. 하지만 구두쇠 기사가 단순한 구두쇠가 아니듯이 그 또한 평범한 노름꾼이 아닙니다(뾰쉬낀과 나를 비교하려고 하는 말이 아닙니다. 단지 명료하게 표현하기 위해서 하는 말입니다). 어떻게 보면 그는 시인이라고 할 수 있습니다. 그런데 그는 자신의 시를 창피하게 여깁니다. 비록 모험에 대한 요구가 자기 자신을 고결하게 만든다고 생각하기는 하지만, 그래도 그는 자신의 시가 천하다는 것을 절실히 깨닫고 있습니다. 이 이야기는 3년째 되는 해에 그가 도박장을 돌아다니면서 룰렛 도박에 열중할 때의 일입니다…….『죽음의 집의 기록』이 그때까지 어느 누구도 명료하게 묘사하지 못했던 죄수들을 묘사함으로써 세인들의 관심을 끌었다면 이 이야기는 룰렛 도박을 한눈에 알아볼 수 있도록 아주 상세하게 묘사함으로써 주목을 끌게 될 것입니다. 이 작품은 어쩌면 제법 괜찮은 작품이 될지도 모르겠습니다. 『죽음의 집의 기록』이 많은 흥미를 불러일으켰으니까요. 그리고 이 작품은 일종의 지옥을 묘사한 것입니다.〉

도스또예프스끼의 첫 번째 관심사는 〈현대적 요소〉를 파악하여 당면한 문제(해외 러시아인들에 관한 문제)에 대한 해답을 얻는 것이다. 그다음에 한 시대의 인간, 특정한 사회적 분위기를 대변하는 인간의 특징을 이해하는 것이다(그것은 바로 미완성의 인간, 금방이라도 반란을 일으킬 것 같지만 감히 믿음을 버리지는 못하는 인간이다. 그는 러시아에서 아무 할 일도 없으며 그의 정력은 운에 맡긴 도박의 시 속에서 사멸해 간다). 도스또예프스끼의 구상은 이렇게 자리를 잡아 간다.

다시 말해서 현재의 역사적 시기의 사상을 파악하는 것으로부터 그것을 개인 속에 구현시키는 쪽으로 나아가는 것이다. 하지만 이러한 사상적·심리학적 구상은 실현되지 않았다. 소설은 27일 동안 즉흥적으로 쓰였고, 그 때문에 최초의 계획에서 온전하게 남은 것은 룰렛 도박의 상세한 묘사뿐이었다.

저자는 스토리의 참신성이 가져올 효과를 기대했고 〈룰렛의 지옥〉을 죽음의 집의 지옥과 비교했다. 이것은 과장된 것이었다. 도박장의 풍속과 노름꾼들의 체험만으로는 전체 소설의 내용을 구성할 수가 없었다. 그래서 〈도박의 시〉라는 모티프는 새로운 모티프, 즉 사랑과 증오라는 모티프로써 보강되며 자전적인 소재인 아뽈리나리야 수슬로바와의 해외 여행에 대한 추억이 가미된다. 소설의 여주인공 뽈리나는 수슬로바의 이름과 그 열정적이고 권세욕이 강한 성격 모두를 이어받았다. 이렇게 해서 사랑과 도박의 이중적 테마를 둘러싸고 복잡한 희비극적 줄거리가 엮여 나간다.

룰레텐부르크에서 가족과 함께 살고 있던 몰락한 장군 자고란스끼는 모험을 즐기는 프랑스 여성 블랑슈를 사랑하게 된다. 뽈리나는 그 장군의 양녀이고, 화자인 노름꾼은 장군의 아이들을 가르치는 가정교사이다. 수수께끼 같은 여주인공은 외국인 구애자들에게 둘러싸여 있다. 프랑스인 후작 드 그리외와 영국인 미스터 에이슬리가 그들이다. 장군은 드 그리외에게 빌린 돈을 갚고 블랑슈와 결혼하기 위해서 모스끄바에 있는 할머니의 유산 상속을 기다린다. 하지만 사망 전보 대신 일흔다섯 살의 고집 센 할머니가 룰레텐부르크로 온다. 며칠 동안 할머니는 도박에서 10만 루블을 잃고 장군 집에서 소동을 일으킨다. 드 그리외는 더 이상 뽈리나와의 결혼을 요구하지 않고, 블랑슈는 사랑에 빠진 장군을 버리고 떠난다. 화자는 도박장에서 20만 프랑을 따게 되는데, 그 후에 뜻밖에도 블랑슈의 애인이 된다. 그리고 그 돈을 파리에서 다 탕진해 버린 뒤 도박장을 돌아다니며 편력을 계속한다. 할머니가 죽고 장군은 블랑슈와 결혼한다. 그리고 뽈리나는 미스터 에이슬리의 집에서 오랜 질병을 치료하게 된다.

『노름꾼』에서는 외적인 행위 — 생생하고 다양하며 극적이다 — 가 내적인 행위를 압도하고 있다. 성격 묘사와 감정의 분석보다는 예상 밖의 인상적인 사건들에 대한 이야기가 우세하다. 룰레텐부르크에서의 생활에 대해 화자는 나중에 이렇게 회상한다. 〈이따금 나는 아직도 그 회오리바람 속에서 빙글빙글 돌고 있다는 느낌이 들었는데, 그 폭풍은 금방이라도 다시 덮쳐 와서 그 날개로 나를 낚아챌 것이고, 나는 다시 한 번 균형 감각을 잃고 뒤죽박죽이 되어 빙글빙글 돌게 될 것이라는 생각이 들었다.〉

저자는 자기 작품의 역동적인 성격을 이렇게 정의하고 있다. 그 소용돌이, 폭풍우, 끊임없는 변화는 위기의 순간으로서, 이때 사람은 평상시의 궤도에서 벗어나게 되고 절도감을 잃게 되는 것이다. 며칠 동안에 모든 등장 인물의 운명이 결정된다. 화자는 〈맨 처음에는 모든 것이 추악하게만 느껴졌다. 어찌 된 일인지 도덕적으로 추악하고 불결하다는 생각이 든 것이다〉라고 말한다. 『노름꾼』에서 도스또예프스끼는 자기 자신의 작품을 패러디하고 있는 것 같다. 모든 사건이 파국으로 이르고 있는 것이다.

화자로 등장하는 젊은 귀족 알렉세이 이바노비치는 두 가지 감정에 사로잡혀 있다. 자고랸스끼 장군의 양녀 뽈리나에 대한 사랑과 룰렛 도박에 대한 강한 열정이 그것이다. 흔히 도스또예프스끼의 소설들에서 그 중심에 있는 것은 수수께끼 같은 남자 주인공인데 『노름꾼』에서는 수수께끼 같은 여주인공이 있다. 알렉세이 이바노비치는 〈뽈리나의 비밀을 꿰뚫어 보고 싶다〉고 말한다. 그는 그녀가 자신을 사랑하는지 증오하는지 알지 못하는 것이다. 하지만 정작 그를 불안하게 만드는 것은 바로 드 그리외와 미스터 에이슬리가 그녀와 맺고 있는 관계이다. 그래서 그는 도도한 미녀의 수수께끼를 알아내려고 온 힘을 기울인다. 여기서 뽈리나를 향한 사랑과 증오의 묘사는 저자의 개인적 고백의 성격을 띠는데, 아마도 〈수슬로바의 일기〉는 저자의 체험과 저자가 고안해 낸 것을 구분하는 데 도움이 될 것이다. 뽈리나와 마찬가지로 수슬로바는 살바도르라는 보잘것없는 외국인 대학생을 사랑하게 되었는데, 살바도르 역시 그녀와 결혼을 약속했다가 후에 그녀를 팽개쳐 버렸다. 도스또예프스끼도 알렉세이 이바노비치처럼 질투심으로 괴로워했고, 또 사랑하는 사람의 노예가 되는 수치를 겪어야 했다. 주인공을 통해서 그는 자기 개인의 비극적인 사랑을 묘사하고 있는 것이다.

비록 여행 도중에는 정신 나간 사람처럼 우수에 잠기고, 가스에 중독된 사람처럼 몸부림치고, 또 꿈에서마저 쉴 새 없이 그녀를 보긴 했지만, 그래도 이곳을 떠나 있던 두 주일 동안 나는 오늘 하루보다, 그러니까 이곳에 돌아온 후의 하루 동안보다 더 마음 편하게 지냈던 것이 사실이다. 언젠가 한번은(이것은 스위스에서 있었던 일이다) 찻간에서 잠이 들어 뽈리나와 애기하는 꿈을 꾼 적이 있는데, 아마 다 들리도록 헛소리를 지껄였던 것 같다. 이 일로 나는 나와 함께 타고 있던 승객들 모두에게 웃음거리가 되고 말았다. 이제 나는 다시 한번 스스로에게 물어보았다. 내가 그녀를 사랑하고 있는 것일까? 그러나 역시 대답을 하지 못했다. 아니 차라리 그녀를 미워한다고 대답하는 편이 낫겠다. 그렇다, 난 그녀가 혐오스러웠다. 그녀를 목 졸라 죽이기 위해 반생(半生)을 바칠 생각을 한 적도 있었다! 그녀와 얘기를 끝낼 때만 되면 언제나 그랬다. 맹세컨대, 만일 그녀 가슴에 날카로운 칼을 서서히 꽂아 넣을 수만 있다면, 나는 아마도 기쁜 마음으로 그 칼을 손에 움켜쥘 것이다. 그런데 웬일인지, 성스러운 모든 것을 걸고 맹세하건대, 만일 그녀가 슐란겐베르크의 유명한 봉우리에서 정말로 내게 〈밑으로 떨어져요〉라고 말했다면 나는 당장에 몸을 던졌을 것이다. 나는 그걸 알고 있었다. 어떤 식이라도 상관없지만 그 문제는 꼭 해결되어야만 했다. 그녀도 이 모든 사정을 놀라우리만치 잘 알고 있었다. 그리고 확신하건대, 결코 내가 그녀를 차지할 수 없다는 사실과 내 공상들을 절대 실현시킬 수 없다는 사실을 내 자신이 아주 확실하고 분명하게 깨닫고 있다는 생각, 바로 그 생각이 그녀에게 대단한 쾌감을 가져다 주는 것이다. 그렇지 않고서야 신중하고 영리한 그녀가 그렇게 솔직하고 허물없이 나를 대할 수 있겠는가? 지금까지 그녀는 자신이 마치 고대의 여왕이라도 되는 것처럼 나를 보아 온 것 같다. 여왕은 자신의 노예를 사람으로 보지 않았기 때문에 그가 보는 앞에서 옷을 벗어젖혔다. 그렇다, 그녀는 몇 번씩이나 나를 사람으로 취급하지 않았던 것이다……(pp. 21~22)

도스또예프스끼와의 여행에 대한 수슬로바의 이야기를 회상해 보자. 비스바덴에서의 그 소름 끼치는 밤, 그때 그녀는 정말로 도스또예프스끼 앞에서 옷을 거의 벗었고 도스또예프스끼의 굴욕감을 즐겼다. 그리고 나중에 그를 경멸하며 걷어차기 위해서 그녀가 얼마나 교묘하게 그의 욕망을 부채질하였는지를 생각해 본다면 〈여왕〉의 가슴에 칼을 꽂으려고 하는 노예의 꿈을 이해할 수 있게 된다. 그러나 버림받은 연인이 수치스럽게 여긴 것은 비단 노예의 맹종과 비굴함뿐만이 아니었다. 그를 정말로 고통스럽게 했던 것은 바로 그 수치스러움 속에서 이제껏 알지 못했던 강한 쾌감을 맛보았다는 사실이다.

알렉세이 이바노비치는 자신의 지배자에게 이렇게 고백한다.

아 그래요. 맞아요. 당신에게서 노예 대접을 받는 것은 즐거운 일입니다. 극도로 업신여김을 당하는 것, 그리고 극도로 보잘것없는 존재가 되는 것도 즐거움일 수 있단 말입니다!…… 혹시 압니까, 채찍이 등을 내리쳐서 살점을 뜯어낼 때 바로 그 채찍에 즐거움이 있을지 말입니다…….(pp. 56~57)

타락과 굴욕감의 혐오스러운 달콤함과 자기 비하의 쾌락은 『지하로부터의 수기』가 갖는 테마들 중 하나이다. 수슬로바와의 관계를 다루는 이 소설 속에는 에로스의 악마적인 힘이 드러나 있고, 그 힘은 영혼 속의 어둡고 추악한 지하실을 뚜렷하게 밝히고 있다. 인간의 마음속에서 악마가 신과 투쟁을 하는 것이다. 사실 도스또예프스끼의 창작에서 에로틱한 테마는 그의 비극적인 애증에 기원을 두고 있다. 『노름꾼』은 비극적 애증을 예술적으로 구현하는 첫 시도였다. 그리고 그의 소설들 속에 등장하는 〈운명적인 여성들〉 — 나스따시야 필리뽀브나, 아글리야, 까쩨리나 이바노브나, 그루셴까 — 은 모두가 뽈리나로부터 비롯된다.

강한 욕망은 광기에 가까운 것이다. 또한 그것은 집요하게 따라다니는 이미지들과 관련되어 있다. 가령 옷에서 나는 소리와 좁다란 발자국이 그것이다. 알렉세이 이바노비치는 이렇게 말한다. 〈나는 내 위에 있는 작은 방[2]에서 당신의 옷 소리만 떠올리고 상상하면 된다. 그러면 나는 금방이라도 손가락을 깨물어 버릴 것 같은 심정이 된다.〉『죄와 벌』에서도 마찬가지로 두냐의 옷 소리 하나만으로도 쾌락에 빠진 스비드리가일로프는 미쳐 버리고 만다. 화자는 이렇게 말한다. 〈그녀의 좁다랗고 긴 발자국이 나를 괴롭힌다. 정말이지 괴롭다.〉

욕망은 결코 아름다움에 대한 숭배도, 한 인간에 대한 존경도 아니다. 그것은 불합리하고 악마적이며 파괴적이다. 또한 그것은 치명적인 자기 살인 행위이다. 주인공은 냉소적인 솔직함으로 자신의 사랑을 뽈리나에게 설명해 준다.

나의 머릿속에는 인간적인 사고라고는 하나도 없습니다. 나는 러시아에서는 아무 일도 일어나지 않으리라는 것을 오래전에 알았어요. 드레스덴에 다녀왔는데, 나는 드레스덴을 이해할 수 없었습니다. 그곳에서 무엇이 나를 사로잡았는지 당신은 알 겁니다. 나는 어떠한 희망도 가질 수 없었고, 그곳은 당신이 본 대로 아무런 의미도 없었습니다. 그리고 나는 〈가는 곳마다 어

[2] 머릿속을 의미한다.

디에서나 당신만을 보았고, 모든 것은 나에게 그대로 남아 있었던〉겁니다. 무엇 때문에 내가 당신을 그렇게 사랑하고 있는지 저도 모르겠군요. 혹시 당신은 모든 것이 잘못되어 가고 있다고 생각하고 있는 건 아닌가요? 자신에게 물어보세요. 저는 당신이 좋아하고 있는지 아닌지 얼굴 표정으로는 도무지 알 수가 없습니다. 확신하건대, 아마도 당신은 마음속으로 제 말이 고상하지 못하고 생각은 천박하다고 여길 것입니다. …… 언젠가 내가 당신을 죽일지도 모른다는 것을 당신은 혹시 알고 계십니까? 죽이지 않는다면 그것은 사랑이 식었거나 질투심이 생겼기 때문일 것이고, 죽인다면 나는 종종 당신을 고통받게 하고 싶은 유혹을 받았기 때문일 것입니다. …… 당신은 믿을 수 없는 일이라고 할지도 모릅니다. 나는 당신을 하루하루 더 사랑하고 있어요. 이것은 정말 거의 불가능한 일이죠. …… 그러나 정말 쾌락이나 희열은 언제나 유익하고, 야생적인 끝없는 권력조차 역시 일종의 독특한 향락입니다. 인간은 자연의 폭군이며 박해자가 되는 것을 좋아했어요.(pp. 58~61)

타인에 대한 권력의 갈망으로서 강한 욕망은 아주 자연스럽게 살인에 이르게 된다. 쾌락에 빠진 거미가 자신의 먹이 — 로고진의 테마가 이렇게 해서 어렴풋이 드러난다 — 나스따시야 필리뽀브나를 먹어 치우는 것이다.

슐란겐베르크의 봉우리에서 뛰어내리겠다는 알렉세이 이바노비치의 제안에 뽈리나는 마치 조롱이라도 하듯 거만한 독일 남작을 놀려 주라는 명령을 내린다. 비참한 순간을 익살로 슬쩍 바꿔 놓음으로써 그녀는 먹이에 대한 자신의 경멸을 강조한다. 드 그리외와 관계를 끊은 뒤에 〈박해자〉[3]는 화자의 방으로 찾아온다. 그 프랑스인에게 진 빚을 갚기 위해서 5만 프랑이 필요했던 것이다. 알렉세이 이바노비치는 도박장으로 급히 달려가서 20만 프랑을 따오지만 뽈리나는 돈을 받지 않는다. 〈당신은 너무 비싼 대가를 치르시는군요 — 그녀가 말한다 — 드 그리외의 정부(情婦)는 5만 프랑의 값어치가 없어요……. 당신을 증오해요.〉 그녀는 증오심과 함께 그에게 몸을 맡긴다. 그리고 아침이 되자 미쳐 날뛰며 그의 얼굴에 돈을 집어던지고 미스터 에이슬리에게로 달아난다. 왜일까? 모욕에 대한 복수인가? 그의 사랑을 믿지 못하는 것일까? 모욕당한 허영심일까? 결말에서 미스터 에이슬리는 노름꾼에게 뽈리나의 비밀을 밝혀 준다. 그녀는 그를 사랑했고 지금까지도 사랑하고 있다는 뜻밖의 고백으로 애증의 이야기는 끝을 맺는다. 하지만 주인공을 현혹시키고 꿈속을 헤매게 했던 소용돌이는 뽈리나에 대한 열정 하나만이 아니다. 그는 또 하나의 파멸의 어지러움을 알고 있다. 그것은 노름에 대한 열정이다. 형 미하일 미하일로비치 도스또예프스끼는 자신의 동생이 사랑하는 여인과 함께 여행하면서 그토록 열정적으로 룰렛 도박에 몰두할 수 있었다는 사실에 놀랐다. 하지만 작가에게서 사랑과 도박은 오묘하게 뒤얽혀 있다. 운명을 향한 이중의 도전, 삶이 아닌 죽음에의 이중적인 투쟁이 절망에 빠진 노름꾼을 사로잡았던 것이다. 모험에의 도취, 도박장의 분위기, 탐욕적인 군중, 주위를 둘러싼 룰렛 테이블, 산더미 같은 금화들, 도박장 심판의 외침, 격자 칸을 따라 굴러다니는 구슬 부딪히는 소리, 쿵쿵 요란하게 뛰는 심장 소리, 파멸의 예

---

3 뽈리나를 의미한다.

감과 〈부활〉의 기대 등 이 모든 비천하고 소름 끼치는 〈도박의 시〉가 그의 영혼을 완전히 지배해 버렸다. 『노름꾼』은 〈룰렛 도박의 지옥〉을 묘사하고 있고, 노름꾼들의 심리를 드러내며, 도박에서의 환상적인 승리와 패배를 이야기하고 있다. 주인공 노름꾼을 통해서 노름꾼 저자는 이렇게 말한다.

나는 어떤 전율을 느끼면서, 그리고 가슴이 죄어드는 것을 느끼면서 심판이 외치는 소리를 귀 기울여 듣는 것이다. 〈삼십일, 빨간색, 홀수, 파스trente et un, rouge, impair et passe〉 아니면 〈사, 검은색, 짝수, 망크quatre, noir, pair et manque!〉, 루이도어와 프리드리흐스도어 그리고 탈러들이 여기저기 흩어져 있는 도박대, 타오르듯 번쩍이면서 심판의 삽에서 무더기로 쏟아져 내리는 금화의 기둥들, 그리고 회전판 주위에 쌓여 있는, 길이가 1아르신이나 되는 은화의 기둥들, 나는 그것들을 너무도 탐욕스러운 눈빛으로 바라본 것이다. 방 두 개 정도의 거리를 남겨 놓고 도박장 가까이에 다가가기만 하면 나는 벌써부터 돈 쏟아져 내리는 소리를 듣게 되고, 거의 경련을 일으킬 지경까지 되고 만다.(pp. 247~248)

정말로 이 장황한 이야기의 어조는 대단히 격앙되어 있고 서정적이다! 하지만 중요한 것은 일확천금의 갈망도 아니고 백만금에 대한 꿈도 아니다. 중요한 것은 모험을 예감하는 것이고 도전에 도취되는 것이다.

한번은 주인공이 자기 수중에 있던 돈을 몽땅 잃어버렸는데 뜻밖에도 조끼 주머니에서 마지막 남은 굴덴을 더듬어 찾은 것이다. 〈그러면 결국 이 돈으로는 밥을 먹어야 하겠구먼!〉 그는 이렇게 생각했지만 다음 순간 도박장으로 발길을 돌렸고, 그 마지막 굴덴을 망크에 걸고 말았다.

그런데 무언가 색다른 느낌이 들었다. 홀로 타향에 와서 친척들과 친구들로부터 멀리 떨어져 있는 사람이

오늘은 뭘 좀 먹을 수 있을지 없을지도 잘 모르는 판에 마지막 남은, 정말로 마지막 남은 굴덴을 걸 때 드는 그런 느낌 말이다.(p. 262)

도스또예프스끼는 그런 예감을 좋아했고 그 심리적인 내용과는 상관없이 경험의 긴장을 좋아했다. 그가 타향에서 마지막 남은 굴덴을 잃었을 때 그의 목을 짓눌렀던 것은 어떤 경련이었을까? 공포의 경련, 절망의 경련 아니면 걷잡을 수 없는 쾌감의 경련?

소설 『노름꾼』에는 훌륭한 솜씨로 스케치된 몇 개의 의미심장한 성격 묘사가 나타나 있다. 화를 잘 내는 독선적인 성격에 몸을 곧추세우고 앉아 큰 소리로 명령하듯 고함을 지르며 또 누구에게나 호통을 치고 욕설을 퍼붓는 모스끄바의 할머니 안또니다 바실리예브나 따라쎄비체바는 『지혜의 슬픔』의 홀레스또바와 『전쟁과 평화』의 아흐로시모바를 생각나게 한다. 변덕스럽고 유별난, 하지만 선하고 너그러운 노파는 흥분하여 10만 루블을 잃고 만다. 그러면서도 거지들에게 돈을 나누어 주고 〈교만한〉 뽈리나를 따뜻하게 대해 주며 불쌍한 선생 알렉세이 이바노비치를 비호하고 미스터 에이슬리를 제외한 모든 외국인들을 경멸한다. 한편 작가는 모험을 즐기는

프랑스인 여성 블랑슈의 형상에서 대단한 성공을 거두었다. 그녀는 돈에 대한 욕심이 강하고 타산적이며 순진하면서도 뻔뻔스럽다. 독일인들은 경멸스럽게 묘사되어 있다. 룰렛 도박판에서 돈을 잃고 있는 할머니 주위에 세 사람의 폴란드인이 달라붙는다. 그들은 저급한 사기꾼에 기생충 같은 존재들로서, 아예 부인의 발바닥 옆에 자리를 깔고 앉아 아첨을 떨고 치켜세우면서 이성을 상실한 노파에게서 돈을 뜯어낸다. 이것은 『까라마조프 씨네 형제들』에서 폴란드인들을 묘사하는 장면의 첫 구상이다.

외국인 중에서는 유독 영국인만이 호의적으로 묘사되어 있다. 미스터 에이슬리는 내성적이고 과묵한 성격을 지닌 괴짜이지만 고결한 사람이다. 남몰래 뽈리나를 사랑하고 있던 그는 그녀가 불행한 일을 겪게 되자 그녀를 어려움에서 구해 주었고, 또 할머니에게 돈을 대주기도 하며 선생을 도와주기도 했다. 재빠르지 못하고 성격이 모난 영국인에 대비되는 것은 화려하고 정중한 드 그리외다. 그는 비열한 사기꾼에 고상한 민족적 형식에 둘러싸여 있다……. 〈프랑스인 — 화자는 이렇게 지적한다 — 그러니까 파리 사람들의 민족적 형식은 아직 우리가 곰처럼 미련했을 때에 이미 우아한 형식을 갖추기 시작했습니다. 혁명이 귀족 정신을 계승했고, 그래서 이제는 아주 저속한 프랑스인들까지도 매너와 태도와 표현들 그리고 생각에 아주 우아한 형식을 갖추고 있습니다. 하지만 그들이 이러한 형식에 관여하는 데에는 아무런 창의력도 없고 또 정신이나 마음도 없습니다. 그저 모든 것을 유산에 의해서 손에 넣은 것뿐이지요. 있는 그대로의 모습이라면 아마도 그들은 가장 비열하고 가장 속이 빈 사람들일지도 모릅니다.〉 유럽의 형식에 대립하는 것이 러시아의 경우인데 러시아에는 일정한 형식이 없다. 독일의 질서와 프랑스의 우아함에 대해 러시아는 추악함과 억제할 수 없는 충동을 가진다.

독일 사람은 50~70년 동안 돈을 모으는데, 그로부터 대여섯 세대가 지나면 로스차일드 같은 사람이 나온다. 프랑스 여성 블랑슈는 이자를 받고 노름꾼들에게 돈을 빌려 주고 또 돈 많은 구애자들에게 자신을 팔아 넘긴다. 하지만 몇 년이 지난 후 그녀에게는 1백만 프랑의 큰돈이 생기게 된다. 러시아 사람들은 빨리 그리고 손쉽게 부자가 되려고 열망한다. 미스터 에이슬리는 룰렛 도박이 특별히 러시아인을 위해 고안되었다고 생각한다. 러시아인들은 욕심이 많고 낭비벽이 있으며 욕망을 억제하지 못하고 초조해하며 광분한다. 화자는 〈러시아의 추태〉에 대해 곰곰이 생각해 본다. 〈러시아인들은 그 재능이 너무 많고 다양해서 자신에게 알맞은 형식을 발견하지 못하는 거예요. 여기서 문제는 바로 형식에 있습니다. 우리 러시아인들은 대부분 풍부한 재능을 가지고 있기 때문에 적절한 형식을 갖추기 위해서는 천재적인 능력이 필요합니다.〉

러시아인의 천부적인 재능은 방탕과 욕망과 운에 맡긴 도박 속에서 허무하게 사멸되어 간다(이것이 바로 알렉세이 이바노비치의 운명이다). 젊은 힘이 무의미하게 낭비되고 있다. 러시아에는 그 밖의 다른 전통과 확립된 형식이 없다. 러시아의 혼돈이 가라앉으면 과연 러시아의 질서와 조화가 창조될 수 있을까? 러시아의 〈긍정적이고 훌륭한 인간〉은 언제 나타날 것인가? 이러한 생각과 함께 도스또예프스끼는 자신의 다음 소설 『백치』의 테마로 나아간다.

『노름꾼』은 뛰어난 즉흥 작품으로서, 그 속에는 이 장르의 모든 장점과 결점이 들어 있다. 그리고 이 작품은 서로 다른 특성을 갖는 소재로 구성되어 있으며 복잡하게 뒤얽힌 줄거리 속으로 저자의 개인적인 회상이 함께 엮여 들어가고 있다. 이 작품에서 작가 도스또예프스끼는 참신한 스토리의 효과를 이용하여(룰렛의 왕국) 새로운 러시아 형식에 대한 문제를 제기했던 것이다.

도스또예프스끼 연보

1790년 아버지 미하일 안드레예비치 도스또예프스끼, 우니아뜨교 사제의 아들이며 뽀돌리야의 귀족 가문의 자손으로 태어남. 모스끄바의 내외과(內外科) 아카데미에 들어가 1812년 조국 전쟁 때 부상자들을 돌봄. 1819년에 마리야 네차예프와 결혼.

1820년 첫아들 미하일 태어남. 아버지 미하일 도스또예프스끼는 군대에서 제대한 후 모스끄바에 있는 자선 병원의 주치의 자리를 얻음.

1821년 출생 10월 30일(현재의 그레고리우스력(曆)으로는 11월 11일) 부모가 살고 있던 모스끄바의 마린스끼 자선 병원의 부속 건물에서 둘째 아들 표도르 미하일로비치 도스또예프스끼 태어남. 11월 4일 마린스끼 병원 근처, 상뜨 뻬뜨로 빠블로프스끄 성당에서 어린 표도르에게 세례를 줌. 표도르란 이름은 그의 대부이자 외조부인 표도르 네차예프 (1769~1832)에게서 물려받은 것으로 보임.

1822년 1세 12월 5일 여동생 바르바라 태어남.

1825년 4세 3월 15일 남동생 안드레이 태어남.

1829년 8세 7월 22일 쌍둥이 여동생이 태어나나 그중 동생인 베라만 살아남음.

1831년 10세 여름 아버지 미하일 도스또예프스끼가 뚤라 지방의 다로보예 영지를 사들임. 8월 농부 마레이 사건 발생(『작가 일기』 1876년

2월호에 이 사건을 소재로 한 단편 「농부 마레이」 발표). 12월 13일 남동생 니꼴라이 태어남.

1832년 11세 4월 어머니 마리야 표도로브나, 세 아들을 데리고 다로보예 영지로 감. 6월 도스또예프스끼 부부, 다로보예 옆에 있는 주민 1백여 명의 체레모쉬냐 마을을 사들임. 9월 도스또예프스끼, 어머니와 형제들과 모스끄바로 돌아옴.

1833년 12세 가을 형 미하일과 드라슈소프 씨 집에서 기숙사 생활. 4월 4일 부활절 주간에 소유지가 화재로 잿더미가 됨. 도스또예프스끼 부부, 여름 내내 피해 복구.

1834년 13세 여름 다로보예에서 지내면서 월터 스콧의 작품 탐독. 10월 도스또예프스끼와 형 미하일, 체르마끄가 경영하는 중학 과정의 기숙 학교에 들어감.

1835년 14세 7월 25일 여동생 알렉산드라 태어남.

1837년 16세 1월 29일 단테스 남작과의 결투로 뿌쉬낀 사망. 이 소식에 온 러시아가 충격에 휩싸임. 2월 27일 도스또예프스끼의 어머니 마리야 사망. 봄 도스또예프스끼, 갑작스런 후두염과 목소리 상실로 고생함. 이 병은 그를 평생 따라다님. 5월 아버지와 형 미하일 그리고 표도르 도스또예프스끼, 수도 뻬쩨르부르그로 일주일간 마차 여행(모스끄바와 뻬쩨르부르그 두 도시 간의 철도는 1851년에 개통됨). 두 형제는 뻬쩨르부르그로 가서 중앙 공병 학교의 입학을 목표로 K. F. 꼬스또마로프가 경영하던 기숙 학교에 들어감. 아버지와 두 형제들 작별 이후 더 이상 만나지 못함. 7월 1일 도스또예프스끼의 아버지, 건강상의 이유로 퇴역한 후 아직 어린 두 딸과 시골로 들어감. 9월 두 형제가 공병 학교에 응시하나 표도르 혼자 합격(형 미하일은 신체 검사 결과 불합격).

1838년 17세 1월 16일 공병 학교에 입학. 6월 뻬쩨르부르그 근처에서 야영 생활. 돈이 떨어져서 아버지에게 서신으로 줄기차게 돈을 요구함.

1839년 18세 6월 6일 도스또예프스끼의 아버지, 다로보예 농노들에게 살해당함.

1840년 [19세] 11월 29일 하사관으로 임명됨. 군생활을 지겨워함. 호프만, 실러, 빅토르 위고, 셰익스피어, 라신, 괴테의 책을 읽음.

1841년 [20세] 8월 소위보로 진급됨. 미완성으로 남아 있는 두 편의 희곡, 「마리 스튜어트Marie Stuart」와 「보리스 고두노프Boris Godunov」를 씀. 알렉산드리야 극장을 자주 드나들며 발레와 음악회를 감상함.

1842년 [21세] 8월 육군 소위가 됨.

1843년 [22세] 8월 공병 학교를 졸업하고 공병국 제도실에서 근무. 9월 친구 리젠깜프 박사가 살고 있는 아파트에 자리 잡음. 박사의 환자들과 알게 됨. 돈이 떨어져 P. 까레삔에게 돈을 요구. 12월 발자크의 소설 『외제니 그랑데Eugénie Grandet』(1834년 판) 번역. 형 미하일에게 공병 학교 친구들과 더불어 번역 작업을 할 것을 제의.

1844년 [23세] 2월 재정 상태가 극도로 안 좋아짐. 유산 관리인으로부터 일시금을 받고, 토지와 농노에 대한 상속권을 방기함. 8월 제대 신청. 10월 19일 제대함. 『가난한 사람들Bednye liudi』 집필 시작.

1845년 [24세] 1월 『가난한 사람들』 처음부터 다시 쓰기 시작. 3월 소설 『가난한 사람들』 끝냄. 4월 세 번째로 전체 수정. 5월 원고를 친구 그리고로비치Grigorovich에게 읽어 줌. 그리고로비치가 이 글을 가지고 네끄라소프Nekrasov에게 뛰어감. 네끄라소프, 열광하여 그다음 날로 유명한 평론가 벨린스끼에게 보임. 작품이 성공을 거둠. 여름 레벨에 있는 형의 집에서 기거하며 두 번째 중편소설 『분신Dvoinik』에 착수함. 11월 하룻밤 만에 「아홉 통의 편지로 된 소설Roman v deviati pis'makh」을 씀. 벨린스끼와 뚜르게네프가 도스또예프스끼의 절도 없는 생활을 비난함. 12월 벨린스끼의 집에서 열린 문학 모임에서 『분신』을 낭독함.

1846년 [25세] 1월 24일 『뻬쩨르부르그 선집Peterburgskii sbornik』에 『가난한 사람들』을 발표. 2월 두 번째 작품인 『분신』을 『조국 수기 Otechestvennye zapiski』에 발표. 봄 뻬뜨라셰프스끼를 알게 됨. 여름

레벨에 있는 형 집에서 「쁘로하르친 씨Gospodin Prokharchin」 집필. 10월 5일 게르쩬을 알게 됨. 『여주인*Khoziaika*』과 『네또츠까 네즈바노바*Netochka Nezvanova*』 쓰기 시작. 가벼운 간질 증세. 10월 「쁘로하르친 씨」를 잡지 『조국 수기』에 발표.

1847년 26세   1월 소설 「아홉 통의 편지로 된 소설」을 잡지 『동시대인 *Sovremennik*』에 발표. 1~3월 벨린스끼와 절연. 6월 「뻬쩨르부르그 연대기Peterburgskaia letonisi」를 신문 「상뜨 뻬쩨르부르그 통보 Sankt-Peterburgskie vedomosti」에 발표함. 7월 7일 쎈나야 광장에서 갑작스러운 첫 번째 간질 발작. 7월 15일 뻬쩨르부르그 근교에서 도스또예프스끼의 절친한 친구이자 시인인 B. 마이꼬프가 뇌졸중으로 인해 익사함. 가을 『가난한 사람들』이 단행본으로 나옴. 10~12월 『여주인』을 『조국 수기』지에 발표함.

1848년 27세   5월 28일 비사리온 벨린스끼 사망. 가을 뻬뜨라셰프스끼와 스뻬쉬네프와 화해하고 그들의 사회주의 이론에 흥미를 느낌. 12월 뻬뜨라셰프스끼의 집에서 푸리에주의와 공산주의에 관한 강연을 들음.
• 『조국 수기』에 발표한 작품들 : 「남의 아내Chuzhaia zhena」(1월) 「약한 마음Slavoe serdtse」(2월), 「뽈쭌꼬프」, 『닳고 닳은 사람 이야기』 (1장 「퇴역 군인」, 2장 「정직한 도둑」, 후에 1장은 완전히 삭제하고 제목도 「정직한 도둑Chestnyi vor」으로 바꿈), 「크리스마스 트리와 결혼식Iolka i svad'ba」, 「백야Belye nochi」(12월), 「질투하는 남편」(「질투하는 남편」을 12월 『조국 수기』에 발표하였으나, 1월에 발표한 「남의 아내」와 합쳐 「남의 아내와 침대 밑 남편」으로 개작함).

1849년 28세   연초에 뻬뜨라셰프스끼 친구들 집에서 금요일마다 열리는 문학 모임에 참석. 1~2월 『조국 수기』에 『네또츠까 네즈바노바』 일부 발표(4월 체포로 인해 작업이 중단됨). 4월 7일 푸리에의 탄생일 기념으로 〈뻬뜨라셰프스끼 모임〉에서 점심 식사. 4월 15일 뻬뜨라셰프스끼 집에서 열린 한 모임에서 도스또예프스끼는, 〈절대 왕정의 입장을 신봉했다는 이유로 고골을 비난하는 내용을 담은〉 벨린스끼의 편지를 두 번째로 읽음. 4월 23일 고발에 의해 새벽 5시에 체포당함. 9월 30일 재판 시작. 11월 13일 벨린스끼의 〈사악한〉 편지를 퍼뜨린 죄목으로 사형을 선고받음. 12월 22일 세묘노프스끼 광장에서 사형수들의 형을 집행하기 직전, 황제의 특사로 형 집행이 중단되고 강제 노동형으로 감형됨.

1850년 29세 1월 11일 또볼스끄에 도착하여 이곳에서 여러 명의 12월 당원(제까브리스뜨) 아내들의 방문을 받음. 그중 폰비진의 아내는 그에게 10루블짜리 지폐가 표지에 숨겨진 복음서를 몰래 건네줌. 1월 23일 옴스끄에 도착하여 4년을 지냄. 이 기간 동안 가족에게 편지 쓰기를 금지당한 채 혹독하고 비참한 수용소 생활을 견뎌 냄.

1854년 33세 2월 중순 출옥. 2월 22일 감옥 생활을 묘사한 편지를 형에게 보냄. 3월 2일 시베리아 전선 세미팔라친스끄에 주둔 중인 제7대대에 배치됨. 봄에 세무관 이사예프와 알게 됨. 이사예프 부인에게 반함. 이 기간에 뚜르게네프, 똘스또이, 곤차로프, 칸트, 헤겔 등의 서적을 탐독함. 11월 21일 세미팔라친스끄에 검찰관으로 임명된 브란겔 남작과 가까운 친구가 됨.

1855년 34세 2월 18일 니꼴라이 1세 사망. 8월 4일 세무관 이사예프 사망. 12월 브란겔, 세미팔라친스끄를 떠남.
• 이해에『죽음의 집의 기록 Zapiski iz miortvogo doma』을 쓰기 시작.

1856년 35세 브란겔, 상뜨 뻬쩨르부르그에서 도스또예프스끼의 사면을 위해 활동을 함. 11월 26일 마리야 드미뜨리예브나 이사예프가 오랜 망설임 끝에 도스또예프스끼의 청혼을 승낙함.

1857년 36세 2월 6일 마리야 드미뜨리예브나 이사예프와 결혼. 4월 17일 이전의 권리(세습 귀족 신분)를 되찾음. 8월 감옥에서 구상하고 집필에 들어갔던 「꼬마 영웅 Malenkii geroi」이『조국 수기』에 M이라는 익명으로 실림. 12월 간질 증세로 인해 군복무를 계속할 수 없다는 진단을 받음.

1858년 37세 봄 까뜨꼬프에게 편지를 보내『러시아 통보 Russkii vestnik』지에 중편소설 게재를 요청함. 까뜨꼬프 받아들임. 6월 19일 형 미하일이 정치와 문학 잡지『시대 Vremia』지의 출판 허가를 요청함.

9월 30일 미하일, 잡지 출판 허가받음. 10월 31일 돈 떨어짐. 두 편의 중편과 장편 한 편을 씀.

1859년 38세 3월 18일 하사관으로 제대함. 3월 『아저씨의 꿈 *Diadiushkin son*』이 『러시아 말*Russkoe slovo*』지에 실림. 4월 11일 소설 『스쩨빤치꼬보 마을 사람들*Selo Stepantikovo*』을 까뜨꼬프에게 보냄. 7월 2일 세미팔라친스끄를 떠나 뜨베리로 감. 8월 19일 뜨베리 도착. 8월 28일 형 미하일이 도착하여 며칠간 동생과 함께 지냄. 도스또예프스끼, 상뜨 뻬쩨르부르그에서 거주할 허가를 얻기 위해 교섭. 뜨베리에 싫증을 냄. 10월 6일 네끄라소프, 『동시대인』지에서 『스쩨빤치꼬보 마을 사람들』 출판에 동의함. 도스또예프스끼는 『죽음의 집의 기록』 집필 구상. 11월 상뜨 뻬쩨르부르그 거주를 허가받음. 그러나 평생 비밀 경찰의 감시를 받게 됨. 12월 상뜨 뻬쩨르부르그에 도착(10년 만의 귀환). 며칠 후 스뜨라호프Strakhov와 알게 되고 친구가 됨. 후에 그는 도스또예프스끼의 공식 전기를 쓰게 됨. 11~12월 『스쩨빤치꼬보 마을 사람들』이 『조국 수기』지에 실림.

1860년 39세 봄 여배우 A. I. 쉬베르뜨의 집에 드나들게 되고 그녀의 남동생 내외와도 알게 됨. 3~4월 〈문학 기금〉을 위한 두 편의 연극에 참여(고골의 「검찰관Revizor」과 「코Nos」). 9월 『러시아 세계*Russkii mir*』지(67호)에 『죽음의 집의 기록』 연재 시작. 11월 검열 당국은 『죽음의 집의 기록』의 불온한 표현들을 삭제한다는 조건으로 이 책의 출판을 허가함. 가을 형과 함께 문학 서클 〈편집자들의 모임〉 결성. 당대의 유명 인사들이 대거 참여.

• 도스또예프스끼의 작품들이 두 권의 책으로 나옴.
1권 : 『가난한 사람들』, 『네또츠까 네즈바노바』, 「백야」, 「정직한 도둑」, 「크리스마스 트리와 결혼식」, 「남의 아내와 침대 밑 남편」, 「꼬마 영웅」. 2권 : 『아저씨의 꿈』, 『스쩨빤치꼬보 마을 사람들』.

1861년 40세 3월 5일 2월 19일의 농노 해방령이 시행됨. 7월 『상처받은 사람들*Unizhennye i oskorblionnye*』 마지막 손질. 『시대』지에 기고. 9월 『상처받은 사람들』 출판 허가. 이 해에 많은 작가들과 관계를 맺음. 그중에는 곤차로프, 오스뜨로프스끼, 살띠꼬프 쉬체드린도 있음.
• 『상처받은 사람들』이 두 권의 단행본으로 출간됨.

1862년 41세 1월 『죽음의 집의 기록』의 두 번째 부분이 『시대』지에 실림. 1월 16일 『죽음의 집의 기록』의 단행본을 내기 위해 바주노프와 계약. 5월 온천에 가기 위해 통행증 신청. 5월 16일 상뜨 뻬쩨르부르그에서 화재 발생, 15일간 계속되어 1천여 개의 상점이 잿더미가 됨. 도스또예프스끼, 크게 놀람. 6월 7일 처음으로 외국 여행. 6월 8~26일 베를린, 드레스덴, 프랑크푸르트, 쾰른, 파리 등을 여행. 7월 초 런던에 가서 게르쩬 만남. 〈도스또예프스끼가 어제 나를 만나러 왔습니다. 그는 순수하고, 그다지 명석하지는 않지만 매력있는 사람입니다. 그는 러시아 민족을 열광적으로 믿고 있습니다.〉(1862년 7월 17일 게르쩬이 오가레프 Ogarev에게 보낸 편지) 7월 7일 체르니셰프스끼 Chernyshevskii가 체포되어 뻬뜨로 빠블로프스끼 감옥에 감금됨. 7월 8일 도스또예프스끼, 파리로 돌아가기 전 게르쩬에게 자신의 서명이 든 사진을 선물함. 7월 15일 쾰른으로 갔다가 라인 강을 거쳐 스위스로, 그 후엔 이탈리아로 감. 12월 『시대』지에 『악몽 같은 이야기 Skvernyi anekdot』 발표.

1863년 42세 2월 『시대』지에 「여름 인상에 대한 겨울 메모 Zimnie zametki o letnikh vpechatleniakh」 연재됨. 4월 『시대』지, 스뜨라호프가 1월에 발생한 폴란드인의 무장봉기 실패에 관해서 폴란드인에게 유리한 기사를 실었다는 이유로 4호로 발행 정지됨. 5월 『시대』지 출판 금지 당함. 8월 외국으로 떠남. 8월 14일 파리에 도착하여 다음 날 먼저 와 있던 수슬로바와 만남. 둘의 관계가 악화되고 그는 노름판에서 돈을 잃음. 9월 수슬로바와 이탈리아로 출발. 바덴바덴에서 머물다가 뚜르게네프를 만남. 노름판에서 3천 프랑을 잃음. 바덴바덴을 떠나 토리노로 감. 그다음 제네바로 가서 도스또예프스끼는 시계를, 수슬로바는 반지를 저당잡힘. 그 후 제네바, 로마, 리보르노로 여행. 9월 17일 로마의 성 베드로 성당 방문. 9월 18일 포럼 산책. 스뜨라호프에게 편지를 보내 『노름꾼 Igrok』에 대한 이야기와 돈이 궁한 사정을 호소함. 스뜨라호프는 도스또예프스끼가 토리노로 가기 전, 그에게서 〈독서를 위한 총서〉의 편집자가 되겠다는 약속을 받아 냄. 10월 수슬로바와 나폴리 체류.

그곳에서 게르쩬 가족을 만남. 그 후 토리노로 돌아옴. 10월 8일 수슬로바와 헤어짐. 수슬로바는 파리로 떠남. 도스또예프스끼는 함부르크로 가서 도박을 하고 돈을 잃음. 수슬로바에게 편지를 보내 350프랑을 받음. 이 시기에 『노름꾼』과 『지하로부터의 수기 Zapiskii iz podlpol'ia』 쓰기 시작. 10월의 마지막 10일 동안 러시아로 돌아감. 11월 형 미하일, 내무부 장관 발루예프에게 『시대』지를 다른 이름으로 낼 수 있게 해달라고 요청.

1864년 [43세] 1월 발루예프, 형 미하일에게 『세기 Epokha』지 출판 허가 내줌. 3월 21일 『세기』지 첫 호 나옴. 3~4월 『지하로부터의 수기』를 『세기』지에 발표. 4월 4일 〈오전 문학 모임〉에서 『죽음의 집의 기록』의 일부를 낭독함. 4월 14~15일 아내 마리야 드미뜨리예브나의 건강 상태 악화. 새벽 4시에 병자 성사. 낮 동안 각혈 계속됨. 저녁 7시에 숨을 거둠. 4월 16일 죽은 아내의 머리맡에서 수첩에 자신의 반성을 적음. 〈아내 마샤는 탁자 위에서 쉬고 있다. 마샤를 다시 볼 수 있을까?〉 4월 말 뻬쩨르부르그로 돌아감. 7월 10일 아침 7시, 빠블로프스끼에서 형 미하일 사망. 그의 아내가 『세기』지 발간을 계속해 나갈 것을 허가받음. 9월 25일 친구 아뽈론 그리고리예프 죽음.
• 『죽음의 집의 기록』이 두 권의 독일어 판으로 라이프치히 출판사에서 나옴.

1865년 [44세] 3월 31일 친구 브란겔에게 아내의 죽음을 알리는 편지를 씀. 〈그녀는 나를 무척이나 사랑했지. 그리고 나도 그녀를 한없이 사랑했네. 그런데 우린 이제 함께 행복을 나눌 수 없게 되었어……. 내 삶은 갑자기 둘로 나뉘어 버렸어.〉 이 시기에 꼬르빈 끄루꼬프스까야 부인, 후에 유명한 수학자가 된 소피야 꼬발레프스까야와의 우정이 시작됨. 4~5월 꼬르빈 끄루꼬프스까야 부인에게 청혼하나 거절당함. 5월 10일 외국 여행을 위해 여권 신청. 6월 『세기』지 2호에 「악어」 연재(「기이한 사건 혹은 아케이드에서의 돌발적 사건」이라는 제목으로 연재 시작). 『세기』지, 재정난으로 발행 중단(통권 13호). 여름에 출판업자 스쩰로프스끼와 계약을 맺고 자기의 모든 작품을 양도하고 1866년 11월 1일까지 일정 페이지의 새 소설을 탈고하겠다고 약속함. 계약을 이행하지 못할 경우 스쩰로프스끼는 보조금 지급 없이 이후의 모든 작품에 대한 저작권을 가지기로 함. 도스또예프스끼, 3천 루블을 받고 모든 작품의 저작권을 팔아 버림. 7월 말 비스바덴에 도착. 8월 3일 뚜르게네프에게 편지를 보내 노름판에서 거액을 잃은 사실을 알리고 1백 탈러를 보내 달라고 부탁함. 수슬로바, 도스또예프스끼를 만나러 비스바덴으로 감. 8월 8일 50탈러를 부쳐 주어서 고맙다는 편지를 뚜르게네프에게 씀. 9월 밀류꼬프에게 편지를 보내 어디든 상관없으니 중편소설을 팔아 당장 8백 루블을 보내 달라고 부탁하지만 허탕. 〈나는 호텔에 묵고 있습니다. 빚이 불어나서 위협을 받고 있습니다. 그리고 한 푼도 없는 실정입니다.〉 밀류꼬프는 〈독서를 위한 총서〉, 『동시대인』, 『조국 수기』지에 요청하지만 모두 그가 요구하는 선불금을 거절. 까뜨꼬프에게 『죄와 벌 Prestuplenie i nakazanie』의 구상을 알리는 편지의 초안 작성. 편지에 소설의 줄거리 묘사. 10월 코펜하겐에 도착하여 친구 브란겔의 집에서 10일을 보냄. 15일 상뜨 뻬쩨르부르그로 돌아옴. 11월 2일 수슬로바를 만나 다시 청혼함. 11월 8일 브란겔에게 보낸 편지에서 돌아온 첫 주에 세 차례의 간질 발작이 있었음을 알림. 까뜨꼬프가 그에게 선불금 지급. 11월 말 『죄와 벌』 초고를 태워 버림. 〈새 형식, 새 플롯이 내 마음을 사로잡아 나는 모두 다시 시작했다.〉 (1866년 2월 18일 브란겔에게 보낸 편지) 『죄와 벌』을 쓰는 동안 센나야 광장 근처로 자주 산책 나감. 어느 날 술 취한 군인이 다가와 목에 걸고 있던 십자가를 팔겠다고 해 그 십자가를 사서 목에 걸고 다님. 1867년 외국으로 떠날 때 상뜨 뻬쩨르부르그에 놓고 갔으며 이후 없어짐.

• 도스또예프스끼의 전집이 작가의 검토와 보충을 거쳐 스쩰로프스끼 출판사에서 나옴.

1권 : 「여주인」, 「쁘로하르친 씨」, 「약한 마음」, 『죽음의 집의 기록』, 『가난한 사람들』, 「백야」, 「정직한 도둑」. 2권 : 『상처받은 사람들』, 『지하로부터의 수기』, 「악몽 같은 이야기」, 「여름 인상에 대한 겨울 메모」 등. 도스또예프스끼의 여러 단편들과 중편들이 같은 출판사에서 단행본으로 나옴. 『가난한 사람들』, 「백야」, 「약한 마음」, 「여주인」, 「쁘로하르친 씨」 등. 『죽음의 집의 기록』의 세 번째 판이 검토를 거치고 새 장들이 추가되어 나옴.

1866년 ⁴⁵세 1월 『죄와 벌』, 『러시아 통보』지에 연재 시작(12월호로 완결). 1월 14일 고리대금업자 뽀뽀프와 그의 하녀 노르만이 대학생 다닐로프에게 살해되고 금품을 강탈당함. 도스또예프스끼는 『백치 *Idiot*』를 쓰며 이 사건을 숙고함. 3~4월 『동시대인』지에 『죄와 벌』에 대한 비호의적인 평이 실림. 4월 4일 러시아 황제 알렉산드르 2세에 대한 까라꼬조프의 암살 계획. 도스또예프스끼는 이 사건에 깜짝 놀람. 6월 여름을 여동생의 가족이 사는 곳에서 가까운 모스끄바의 교외 지역인 류블리노에서 보냄. 『노름꾼』의 줄거리와 『죄와 벌』 5부 작업. 『러시아 통보』의 편집자 까뜨꼬프에게 부도덕한 장면이라고 지적당한 2부의 6장을 수정해야 했음(라스꼴리니꼬프와 소냐가 복음서를 읽는 장면). 9월 까라꼬조프에 대한 재판과 판결. 도스또예프스끼는 작가 노트와 『악령』의 도입부에서 이 재판에 대해 언급함. 10월 스쩰로프스끼에게 약속한 소설을 제때에 끝내기 위해 속기사를 고용하기로 결심함. 10월 3일 저녁때 안나 그리고리예브나 스니뜨끼나 Anna Grigorievna Snitkina가 찾아와 속기사로 일하겠다고 함. 그다음 날 『노름꾼』 구술 시작. 29일에 끝냄. 30일, 31일 원고 정서함. 11월 『노름꾼』 원고를 스쩰로프스끼에게 가져감. 스쩰로프스끼는 자리에 없고 그의 서기가 원고를 거절함. 도스또예프스끼는 출판사 부근의 경찰서에 소설을 맡김. 11월 3일 어머니 집에 있는 안나 그리고리예브나를 방문함. 그리고 『죄와 벌』 마지막 부분을 속기해 달라고 부탁함. 11월 8일 안나 그리고리예브나에게 청혼. 그녀의 수락. 이달 말, 도스또예프스끼는 하나뿐인 외투를 저당 잡혀 쪼들리는 친척들을 도움.

• 도스또예프스끼 전집 제3권 나옴(스쩰로프스끼 출판사).

수록 작품 : 『노름꾼』, 『분신』, 「크리스마스 트리와 결혼식」, 「남의 아내와 침대 밑 남편」, 「꼬마 영웅」, 「네또츠까 네즈바노바」, 『아저씨의 꿈』, 『스쩨빤치꼬보 마을 사람들』. 스쩰로프스끼 출판사에서 단편, 중단편들이 단행본으로 나옴. 『분신』, 『지하로부터의 수기』, 『노름꾼』, 「크리스마스 트리와 결혼식」, 「악어 *krokodil*」, 「악몽 같은 이야기」 등. 『상처받은 사람들』 세 번째 개정판(스쩰로프스끼 출판사). 『스쩨빤치꼬보 마을 사람들』의 세 번째 판(스쩰로프스끼 출판사).

1867년 46세 2월 15일 저녁 7시, 삼위일체 대성당에서 도스또예프스끼와 안나 그리고리예브나의 결혼식. 3월 30일 도스또예프스끼와 그의 아내, 모스끄바에 도착. 듀소 호텔로 감. 모스끄바에서 보석상 까밀꼬프가 양갓집 아들 마주린에게 살해당하는 사건이 발생. 도스또예프스끼는 이 범죄 사건을 『백치』의 마지막에 이용함. 4월 도스또예프스끼 부부, 외국으로 갈 계획 세움. 4월 12일 안나 그리고리예브나, 돈을 빌리기 위해 개인 물품을 저당잡힘. 빌린 돈의 일부를 도스또예프스끼 가족에게 줌. 4월 14일 도스또예프스끼 부부, 외국으로 떠나 4년 넘게 체류. 안나 그리고리예브나 일기 쓰기 시작. 4월 17일과 18일 베를린 체류. 4월 19일 드레스덴에 도착, 미술관에서 라파엘의 마돈나 감상. 책 사들임. 5월 4일 도스또예프스끼, 룰렛 게임을 하러 함부르크로 출발. 5월 5일 도박을 하여 처음엔 땄으나 그 후에 거액을 잃고 아내에게 여러 차례 돈을 요구하지만 이 돈마저 잃음. 5월 15일 드레스덴으로 돌아옴. 5월 25일 알렉산드르 2세에 대한 폴란드 이민자 베레조프스끼의 암살 음모. 파리 체류. 6월 디킨스, 위고를 읽음. 베토벤, 바그너의 음악회 감상. 이달 여러 번의 간질 발작을 일으킴. 6월 21일 도스또예프스끼 부부, 바덴바덴으로 떠남. 이후 룰렛 게임을 계속함. 6월 28일 뚜르게네프를 만나러 감. 러시아와 서양의 관계에 대한 생각 차이로 말다툼. 7월 10일 도박으로 마지막 남은 돈을 잃음. 물건을 저당잡힘. 7월 16일 도벨린스끼에 대한 기사 쓰기 시작. 8월 11일 도스또예프스끼 부부, 제네바로 떠남. 바젤에 들러 미술관 방문. 8월 13일 제네바 도착. 8월 28일 가리발디와 바꾸닌의 협력으로 제네바에서 평화와 자유 연맹의 첫 번째 회의 열림. 도스또예프스끼, 여러 회의에 참석. 9월 도박으로 또 손해를 봄. 제네바에 싫증을 냄. 경제 사정 매우 악화. 10월 『백치』 집필. 도박으로 돈을 잃음. 물건을 저당잡힘. 12월 6일 『백치』의 최종 원고 작업 돌입. 〈내 소설의 주요 생각은 지극히 완전한 사람을 그리는 데 있다.〉
• 『죄와 벌』 수정판이 두 권으로 바주노프 출판사에서 나옴.

1868년 47세 2월 22일 딸 소피야 태어남. 3월 10일 한 가족(6명)이 땀보프에서 살해되는 사건 발생. 16세의 고등학생이 용의자로 지목됨. 도스또예프스끼는 이 사건을 『백치』 2부에 이용함. 도박 계속. 5월

12일 어린 딸 소피야 죽음. 9월 밀라노 도착. 성당에 감. 11월 피렌체로 출발. 그곳에서 겨울을 남.
• 『러시아 통보』지에 『백치』 게재.

1869년 48세 봄 러시아의 친구들과 활발한 서신 교환. 무신론에 관한 소설을 구상. 7월 프라하에서 사흘을 보낸 다음 베네치아, 볼로냐를 거쳐 드레스덴으로 돌아감. 9월 14일 딸 류보프 출생. 11월 21일 모스끄바에서 혁명 운동가 네차예프를 지도자로 하는 〈민중의 복수〉라는 혁명 단체가 불복종을 이유로 농학과 학생 이바노프를 암살함(소위 네차예프 사건). 도스또예프스끼는 이 사건을 주의 깊게 연구하여 후에 『악령 Besy』에 이용함.

1870년 49세 봄 니힐리즘에 대한 〈악의적인 것〉 작업(『악령』). 6~8월 프랑스-프로이센 전쟁. 도스또예프스끼, 자기 일기와 서신에 유럽의 사건들에 대해 언급.
• 『오로라 L'Aurore』에 『영원한 남편 Vechniimuzh』 실림. 『죄와 벌』, 전집 제4권으로 나옴(스쩰로프스끼 출판사).

1871년 50세 1월 『러시아 통보』지에 『악령』 연재 시작. 3~5월 파리 코뮌. 도스또예프스끼의 편지와 『미성년 Podrostok』의 작가 노트에서 이 사건을 반영했음을 밝힘. 4월 비스바덴에 가서 룰렛 게임. 돈을 잃고 아내에게 편지를 써서 다시는 도박을 하지 않겠다고 약속함. 러시아가 그리워져서 다시 돌아갈 생각을 함. 7월 1일 네차예프의 재판. 재판의 내용이 『악령』 2부와 3부에서 이용됨. 7월 5일 드레스덴을 떠나 뻬쩨르부르그 도착. 7월 16일 뻬쩨르부르그에서 아들 표도르 태어남.
• 바주노프 사에서 〈동시대 작가 총서〉의 하나로 『영원한 남편』이 단행본으로 나옴.

1872년 51세 4~5월 딸 류보프의 팔이 부러짐. 도스또예프스끼, 뜨레쨔꼬프에게 주문받은 초상화를 그리기 위해 뻬로프의 모델이 됨. 5월 15일 여름을 지내기 위해 스따라야 루사로 떠남. 며칠 후 딸의 잘 낫지 않는 팔을 수술하기 위해 뻬쩨르부르그로 다시 돌아옴. 10월 30일 『시민 Grazhdanin』지에서 도스또예프스끼와 공동 작업할 것임을 알림.

11~12월 안나 그리고리예브나, 『악령』을 직접 출판하기 위해 교섭. 도스또예프스끼, 『시민』지의 편집 일을 맡음. 12월 말 도스또예프스끼, 『시민』지 1호에 『작가 일기』 제1장 원고 조판 작업. 독감과 폐기종으로 고생하기 시작.

1873년 52세   1월 1일 『시민』지 제1호가 나옴. 편집장을 맡음. 1월 7일 끼르끼즈 대표단이 겨울 궁전으로 알렉산드르 2세를 접견하러 감. 검열 당국의 사전 허가를 받지 않은 점을 변명하기 위해 도스또예프스끼도 따라감. 뽀베도노스쩨프(성무권의 담당 검사관)가 왕위 계승자 알렉산드르 알렉산드로비치에게 편지와 『악령』 견본 보냄. 2월 26일 안나 그리고리예브나가 출판한 『악령』 판매 시작. 2월 27일 슬라브 자선 단체의 회원으로 뽑힘. 6월 11일 검열법 위반으로 25루블의 벌금형과 48시간의 구류(끼르끼즈 대표단 사건) 처분받음. 6월 15일 시인 쮸체프 사망. 그에 대한 글을 『시민』지에 기고함.
• 『악령』이 세 권의 단행본으로 나옴. 정치적, 연대기적, 문학적 기사와 중편소설, 일상 생활을 묘사한 『작가 일기』가 『시민』지에 연재됨. 『작가 일기』(『시민』지 제6호)에 단편 「보보끄」가 실림.

1874년 53세   1월 『백치』, 두 권의 단행본으로 나옴. 3월 11일 『시민』지 10호에 기고한 글 〈러시아에 사는 독일인들에 대한 비스마르크 왕자의 생각과 관련된 두 단어〉로 잡지는 첫 번째 경고를 받음. 3월 21일과 22일 센냐야 광장의 보초에게 체포당함. 이때 『레 미제라블』을 다시 읽음. 4월 22일 건강상의 이유로 『시민』지의 편집장직 사퇴. 그러나 기고는 중단하지 않음. 6월 4일 스따라야 루사를 떠나 엠스에 온천 요법을 받으러 감. 6월 12일 엠스에 도착. 독감에 걸림. 엠스에 싫증을 냄. 뿌쉬낀을 다시 읽고 『미성년』 작업. 〈엠스가 너무 싫은 나머지 감옥이 더 나을 것 같다.〉 7~8월 제네바에 가서 딸 소냐의 무덤에 감. 8월 10일 스따라야 루사로 돌아옴. 이곳에서 겨울을 나기로 결심함. 10월 12일 네끄라소프에게 보낸 편지에 『조국 수기』지에 자기 소설 『미성년』이 실릴 것이라고 알림.

1875년 54세   4월 9일 안나 그리고리예브나, 꾸르스끄 지방에 있는 남동생 아내의 땅을 소작하기로 남동생과 합의. 5월 26일 도스또예프스끼, 엠스로 떠남. 처음 왔을 때와 같은 참기 힘든 인상을 받음. 욥기를 읽음. 7월 7일 스따라야 루사로 돌아옴. 8월 10일 아들 알렉세이 태어남. 12월 길에서 일곱 살의 거지 어린애와 자주 만나며 그의 생활에 관심을 가지고 질문을 함. 현대의 부모와 아이들에 관한 소설 구상. 12월 27일 비행 청소년을 위한 감화원 방문. 12월 31일 개인 잡지 『작가 일기』의 발행 허가가 내려짐.
• 『죽음의 집의 기록』 제4판이 두 권의 책으로 나옴. 『미성년』이 『조국수기』(1~12월호)에 실림.

1876년 55세 1월 월간 『작가 일기』 제1호 발행. 단편 「예수의 크리스마스 트리에 초대된 아이」 발표. 2월 『작가 일기』 2월호에 단편 「농부 마레이」 발표. 3월 영적 경험. 『작가 일기』 3월호에 단편 「백 살의 노파」 실림. 5월 18일 안나 그리고리예브나, 남동생에게 스따라야 루사에 집을 한 채 사놓으라고 시킴. 7월 도스또예프스끼, 엠스로 떠남. 그곳에서 의사는 〈죽으려면 아직도 멀었다〉고 안심시킴. 10월 도스또예프스끼가 『작가 일기』에서 말한 계모 꼬르닐로바의 재판이 열림. 그는 죄수를 두 번 방문함. 『작가 일기』는 점점 더 풍부한 통신란이나 다름없게 됨. 11월 도스또예프스끼는 뽀베도노스쩨프의 충고에 대해 『작가 일기』의 별책들을 유명해지게 할 것을 제안. 『온순한 여자 *Krotkaia*』 집필, 『작가 일기』 11월호에 발표. 12월 6일 까잔 광장에서 대학생들의 시위와 난투극. 『작가 일기』에서 이 사건을 상세히 다룸.
• 『미성년』이 3권의 단행본으로 나옴. 『작가 일기』 계속 발간.

1877년 56세 봄 스따라야 루사에 안나 그리고리예브나의 동생 명의로 집을 사들임. 4월 러시아 황제의 성명. 러시아 군대가 터키 영토에 진입. 도스또예프스끼는 성명을 읽고 까잔 성당에 감. 4월 22일 꼬르닐로바의 두 번째 재판에 참석함. 피고는 무죄 석방됨. 검사는 처음 선고는 『작가 일기』의 기사에 따라 취소되었다고 말함. 『작가 일기』 4월호에 단편 「우스운 사람의 꿈」 발표. 도스또예프스끼 가족, 여름을 안나 그리고리예브나의 남동생 소유지에서 보냄. 7월 『안나 까레니나』 8부가 단행본으로 나옴. 전쟁에 대한 똘스또이의 반체제적 견해 때문에 거부되었던 책으로 『러시아 통보』지의 편집부에서 펴냄. 도스또예프스끼, 그 책을 구입. 7월 19일 꾸르스끄 지방으로 떠남. 어린 시절을 보낸 다로보예로 감. 12월 27일 시인 네끄라소프 사망. 충격에 싸인 도스또예프스끼는 밤을 새워 죽은 시인의 시를 낭독함. 12월 29일 연말 공식 회의에서 도스또예프스끼가 과학 아카데미 러시아 문헌 분과의 객원 회원으로 뽑혔음을 알려 옴. 12월 30일 네끄라소프 장례식에서 간단한 연설을 함.
• 『작가 일기』 계속 발간. 『죄와 벌』 4판이 두 권으로 나옴. 『온순한 여자』가 「상뜨 뻬쩨르부르그 신문」에 프랑스어로 번역됨. 단행본으로도 나옴.

1878년 57세 연초 도스또예프스끼, 매달 문학인 협회가 주관하는 저녁 모임 참가. 3월 베라 자술리치의 재판. 베라는 정치범을 하찮은 이유로 채찍질한 뜨레뽀프 경찰국장을 저격. 도스또예프스끼, 재판 방청. 5월 16일 세 살의 어린 아들 알렉세이 도스또예프스끼, 갑작스러운 간질 발작으로 죽음. 아들이 죽은 후 그는 자주 블라지미르 솔로비요프를 만남. 6월 23일 솔로비요프와 함께 러시아 영성의 중심지 중 하나인 옵찌나 수도원에 감. 암브로시 장로와 두 번의 대화. 그로부터 『까라마조프 씨네 형제들 *Brat'ia Karamazovy*』의 영감을 얻음. 12월 계획을 세우고 『까라마조프 씨네 형제들』의 첫 부분 씀. 12월 14일 『상처받은 사람들』의 넬리 이야기를 자선 문학의 밤 모임에서 낭독. 〈문학 기금〉의 저녁 모임에서 뿌쉬낀의 『예언자』를 읽음. 이 겨울 동안 문단에 자주 나옴.
• 『작가 일기』 1877년 12월호가 1878년 1월에 나옴.

1879년 58세 3월 9일 〈문학 기금〉을 위한 연회에서 도스또예프스끼는 『까라마조프 씨네 형제들』의 일부분을 낭독함. 3월 13일 뚜르게네프 기념 오찬 모임에서 뚜르게네프와 도스또예프스끼 사이의 별로 좋지 않은 이야기들이 회자됨. 3월 20일 어린 딸을 괴롭힌 혐의로 고발당한 외국인 브룬스트의 재판. 도스또예프스끼는 이 사건에 매우 깊은 인상을 받아 『까라마조프 씨네 형제들』에 이용함. 도스또예프스끼는 술 취한 남자 때문에 길에 넘어져 얼굴에 상처를 입음. 그의 항의에도 불구하고 가해자는 16루블의 벌금형을 받음. 빅토르 위고의 주재로 열리는 런던 문학 회의에 참여해 달라는 요청을 건강상의 이유로 거절함. 7월 22일 엠스로 떠남. 베를린에서 이틀 머무름. 수족관, 박물관, 티어가르텐 구경. 7월 24일 엠스 도착. 그가 이곳에 머무는 동안 그의 아내는 아이들을 데리고 그녀의 친척인 꾸마닌 부인의 토지 분할 문제를 처리하기 위해 랴잔 지방에 감. 꾸마닌 부인은 2백 평방미터의 산림과 1백 평방미터의 경작지를 보유. 8월 6일 형수 죽음. 9월 러시아로 돌아옴. 『까라마조프 씨네 형제들』 작업. 10월 알렉세이 똘스또이의 미망인, 똘스또이 백작 부인이 도스또예프스끼에게 드레스덴 박물관에 있는 라파엘의 「시스티나의 마돈나」 사진을 보여 줌.

• 『까라마조프 씨네 형제들』(소설 3부의 제4권까지) 『러시아 통보』에서 나옴. 『작가 일기』 제2판 1876년. 『상처받은 사람들』 제5판.

1880년 59세 1월 도스또예프스끼의 아내가 출판한 작품 판매. 1월 17일 도스또예프스끼와 프랑스 외교관이자 작가인 보귀에 사이에 논쟁[보귀에는 후에 유명한 책, 『러시아 소설』(1886)을 씀]. 도스또예프스끼는 다음과 같이 말함. 〈우리는 모든 민족들이 가진 특징을 가지고 있습니다. 그 위에 모든 러시아의 특징도. 그 이유는 우리는 당신들을 이해할 수 있기 때문입니다. 그러나 당신들은 우리에 미치지 못합니다.〉 자선 문학의 밤 행사에 여러 번 참여, 자기 작품의 몇몇 부분을 읽음. 4월 6일 뻬쩨르부르그 대학에서 열린 블라지미르 솔로비요프의 박사 논문 통과 심사에 참석. 5월 11일 모스끄바에서 열리는 뿌쉬낀 동상 제막식에서 슬라브 자선 단체의 대표로 임명됨. 5월 23일 모스끄바 도착. 5월 24일 도스또예프스끼를 축하하는 오찬. 여러 작가들 참석. 6월 6일 뿌쉬낀 동상 제막식. 6월 7일 첫 번째 공개 회의, 뚜르게네프 연설. 6월 8일 두 번째 공개 회의. 도스또예프스끼, 대중의 열광을 불러일으킨 뿌쉬낀에 대한 연설을 함. 월계관을 받음. 저녁에 『예언자』 낭독. 밤에 그는 뿌쉬낀 동상에 가서 자기가 받은 월계관을 바침. 6월 10일 모스끄바를 떠나 스따라야 루사로 감. 『까라마조프 씨네 형제들』 쓰기 시작. 9월 26일 똘스또이가 스뜨라호프에게 편지를 보내 『죽음의 집의 기록』은 뿌쉬낀의 작품을 포함하여 새로운 모든 문학 작품들 중 가장 아름다운 책이라고 말함. 11월 8일 도스또예프스끼, 『러시아 통보』지에 『까라마조프 씨네 형제들』의 마지막 장들을 보냄. 〈내 소설은 끝났습니다. 이 소설에 바친 3년과 출판한 2년, 나에게는 의미 있는 순간입니다. 작별 인사를 하지 않은 것을 용서하시기 바랍니다. 나는 20년은 더 살면서 글을 쓸 작정입니다.〉 11월 29일 한 편지에서 나쁜 건강 상태에 대해 불평(폐기종으로 고생). 12월 10일 젊은 메레쥐꼬프스끼Merezhkovskii의 방문을 허락. 15세의 젊은 시인은 도스또예프스끼에게 자신의 시를 읽어 줌.〈제대로 쓰기 위해서는 고통을 감내해야 한다.〉

• 〈뿌쉬낀에 대한 연설〉이 『모스끄바 통보』지에 실림. 『까라마조프 씨네 형제들』, 『러시아 통보』지에 연재(11월 완결). 『작가 일기』 제2판 1880년. 『까라마조프 씨네 형제들』 단행본 며칠 만에 동이 남.

1881년 60세 1월 『작가 일기』 작업. 1월 19일 알렉세이 똘스또이의 미망인 집에서 열린 연극 「폭군 이반의 죽음Smert' Groznogo Ivana」에서 수도승 역을 맡음. 1월 26일 상속 문제로 여동생이 찾아와 다투고 간 후 도스또예프스끼 각혈, 5시 반에 의사 폰 브레첼 도착, 진찰 도중 다시 각혈, 의식을 잃음, 6시경 병자 성사를 받음, 7시경 아내와 아이들에게 작별 인사. 1월 27일 각혈 멈춤. 1월 28일 아침 7시 도스또예프스끼는 아내에게 오늘 틀림없이 죽을 것 같다고 말함. 그는 복음서를 아무데나 펼쳐 「마태오의 복음서」 3장, 14~15절을 읽음. 죽음의 전조가 보임. 아침 11시 또 각혈. 저녁 7시 자식들을 불러 아들에게 자신의 성서를 건네줌. 저녁 8시 38분 도스또예프스끼 사망. 1월 31일 알렉산드르 네프스끼 수도원 묘지에 묻힘, 많은 사람들이 긴 행렬을 이루며 그의 죽음을 애도함.

• 『죽음의 집의 기록』 제5판 나옴. 『상처받은 사람들』의 프랑스어 번역이 「상뜨 뻬쩨르부르그 신문」에 실림. 『죽음의 집의 기록』 영어로 번역됨. 『상처받은 사람들』 스웨덴어로 번역됨.

열린책들 세계문학 097 노름꾼

옮긴이 이재필 1966년에 태어나 고려대학교 노어노문학과를 졸업했으며, 동 대학원에서 석사 과정을 마치고 박사 과정을 수료했으며, 러시아 모스끄바 고리끼 문학대학에서 언어 연수 및 연구 활동을 하였다. 논문으로 「미하일 불가꼬프의 장편 〈거장과 마르가리따 연구〉」 등이 있다.

지은이 표도르 도스또예프스끼 **옮긴이** 이재필 **발행인** 홍예빈
발행처 주식회사 열린책들 **주소** 경기도 파주시 문발로 253 파주출판도시
전화 031-955-4000 **팩스** 031-955-4004
홈페이지 www.openbooks.co.kr **이메일** literature@openbooks.co.kr
Copyright (C) 주식회사 열린책들, 2000, 2010, *Printed in Korea.*
ISBN 978-89-329-1028-4 04890 **ISBN** 978-89-329-1499-2 (세트)
발행일 2000년 6월 15일 초판 1쇄 2002년 2월 15일 신판 1쇄 2005년 3월 1일 신판 5쇄 2007년 2월 5일 3판 1쇄 2008년 9월 30일 3판 2쇄 2010년 1월 20일 세계문학판 1쇄 2025년 11월 15일 세계문학판 11쇄

이 도서의 국립중앙도서관 출판예정도서목록(CIP)은 서지정보유통지원시스템 홈페이지(http://seoji.nl.go.kr)와 국가자료공동목록시스템(http://www.nl.go.kr/kolisnet)에서 이용하실 수 있습니다.(CIP제어번호 : CIP2009004137)

열린책들 세계문학
Open Books World Literature

001 **죄와 벌** 표도르 도스토옙스키 장편소설 | 홍대화 옮김 | 전2권 | 각 408, 504면

003 **최초의 인간** 알베르 카뮈 장편소설 | 김화영 옮김 | 392면

004 **소설** 제임스 미치너 장편소설 | 윤희기 옮김 | 전2권 | 각 280, 368면

006 **개를 데리고 다니는 부인** 안똔 체호프 소설선집 | 오종우 옮김 | 368면

007 **우주 만화** 이탈로 칼비노 단편집 | 김운찬 옮김 | 424면

008 **댈러웨이 부인** 버지니아 울프 장편소설 | 최애리 옮김 | 296면

009 **어머니** 막심 고리끼 장편소설 | 최윤락 옮김 | 544면

010 **변신** 프란츠 카프카 중단편집 | 홍성광 옮김 | 464면

011 **전도서에 바치는 장미** 로저 젤라즈니 중단편집 | 김상훈 옮김 | 432면

012 **대위의 딸** 알렉산드르 뿌쉬낀 장편소설 | 석영중 옮김 | 240면

013 **바다의 침묵** 베르코르 소설선집 | 이상해 옮김 | 256면

014 **원수들, 사랑 이야기** 아이작 싱어 장편소설 | 김진준 옮김 | 320면

015 **백치** 표도르 도스토옙스키 장편소설 | 김근식 옮김 | 전2권 | 각 500, 528면

017 **1984년** 조지 오웰 장편소설 | 박경서 옮김 | 392면

019 **이상한 나라의 앨리스** 루이스 캐럴 환상동화 | 머빈 피크 그림 | 최용준 옮김 | 336면

020 **베네치아에서의 죽음** 토마스 만 중단편집 | 홍성광 옮김 | 432면

021 **그리스인 조르바** 니코스 카잔차키스 장편소설 | 이윤기 옮김 | 488면

022 **벚꽃 동산** 안똔 체호프 희곡선집 | 오종우 옮김 | 336면

023 **연애 소설 읽는 노인** 루이스 세풀베다 장편소설 | 정창 옮김 | 192면

024 **젊은 사자들** 어윈 쇼 장편소설 | 정영문 옮김 | 전2권 | 각 416, 408면

026 **젊은 베르테르의 슬픔** 요한 볼프강 폰 괴테 장편소설 | 김인순 옮김 | 240면

027 **시라노** 에드몽 로스탕 희곡 | 이상해 옮김 | 256면

028 **전망 좋은 방** E. M. 포스터 장편소설 | 고정아 옮김 | 352면

029 **까라마조프 씨네 형제들** 표도르 도스토옙스키 장편소설 | 이대우 옮김 | 전3권 | 각 496, 496, 460면

032 **프랑스 중위의 여자** 존 파울즈 장편소설 | 김석희 옮김 | 전2권 | 각 344면

034 **소립자** 미셸 우엘벡 장편소설 | 이세욱 옮김 | 448면

035 **영혼의 자서전** 니코스 카잔차키스 자서전 | 안정효 옮김 | 전2권 | 각 352, 408면

037 **우리들** 예브게니 자먀찐 장편소설 | 석영중 옮김 | 320면

038 **뉴욕 3부작** 폴 오스터 장편소설 | 황보석 옮김 | 480면
039 **닥터 지바고** 보리스 파스테르나크 장편소설 | 홍대화 옮김 | 전2권 | 각 480, 592면
041 **고리오 영감** 오노레 드 발자크 장편소설 | 임희근 옮김 | 456면
042 **뿌리** 알렉스 헤일리 장편소설 | 안정효 옮김 | 전2권 | 각 400, 448면
044 **백년보다 긴 하루** 친기즈 아이뜨마또프 장편소설 | 황보석 옮김 | 560면
045 **최후의 세계** 크리스토프 란스마이어 장편소설 | 장희창 옮김 | 264면
046 **추운 나라에서 돌아온 스파이** 존 르카레 장편소설 | 김석희 옮김 | 368면
047 **산도칸 – 몸프라쳄의 호랑이** 에밀리오 살가리 장편소설 | 유향란 옮김 | 428면
048 **기적의 시대** 보리슬라프 페키치 장편소설 | 이윤기 옮김 | 560면
049 **그리고 죽음** 짐 크레이스 장편소설 | 김석희 옮김 | 224면
050 **세설** 다니자키 준이치로 장편소설 | 송태욱 옮김 | 전2권 | 각 480면
052 **세상이 끝날 때까지 아직 10억 년** 스뜨루가츠끼 형제 장편소설 | 석영중 옮김 | 224면
053 **동물 농장** 조지 오웰 장편소설 | 박경서 옮김 | 208면
054 **캉디드 혹은 낙관주의** 볼테르 장편소설 | 이봉지 옮김 | 232면
055 **도적 떼** 프리드리히 폰 실러 희곡 | 김인순 옮김 | 264면
056 **플로베르의 앵무새** 줄리언 반스 장편소설 | 신재실 옮김 | 320면
057 **악령** 표도르 도스토옙스키 장편소설 | 박혜경 옮김 | 전3권 | 각 328, 408, 528면
060 **의심스러운 싸움** 존 스타인벡 장편소설 | 윤희기 옮김 | 340면
061 **몽유병자들** 헤르만 브로흐 장편소설 | 김경연 옮김 | 전2권 | 각 568, 544면
063 **몰타의 매** 대실 해밋 장편소설 | 고정아 옮김 | 304면
064 **마야꼬프스끼 선집** 블라지미르 마야꼬프스끼 선집 | 석영중 옮김 | 320면
065 **드라큘라** 브램 스토커 장편소설 | 이세욱 옮김 | 전2권 | 각 340, 344면
067 **서부 전선 이상 없다** 에리히 마리아 레마르크 장편소설 | 홍성광 옮김 | 336면
068 **적과 흑** 스탕달 장편소설 | 임미경 옮김 | 전2권 | 각 376, 368면
070 **지상에서 영원으로** 제임스 존스 장편소설 | 이종인 옮김 | 전3권 | 각 396, 380, 388면
073 **파우스트** 요한 볼프강 폰 괴테 희곡 | 김인순 옮김 | 568면
074 **쾌걸 조로** 존스턴 매컬리 장편소설 | 김훈 옮김 | 316면
075 **거장과 마르가리따** 미하일 불가꼬프 장편소설 | 홍대화 옮김 | 전2권 | 각 364, 328면
077 **순수의 시대** 이디스 워튼 장편소설 | 고정아 옮김 | 448면
078 **검의 대가** 아르투로 페레스 레베르테 장편소설 | 김수진 옮김 | 376면
079 **예브게니 오네긴** 알렉산드르 뿌쉬낀 운문소설 | 석영중 옮김 | 328면
080 **장미의 이름** 움베르토 에코 장편소설 | 이윤기 옮김 | 전2권 | 각 440, 448면

082 **향수** 파트리크 쥐스킨트 장편소설 | 강명순 옮김 | 384면

083 **여자를 안다는 것** 아모스 오즈 장편소설 | 최창모 옮김 | 280면

084 **나는 고양이로소이다** 나쓰메 소세키 장편소설 | 김난주 옮김 | 544면

085 **웃는 남자** 빅토르 위고 장편소설 | 이형식 옮김 | 전2권 | 각 472, 496면

087 **아웃 오브 아프리카** 카렌 블릭센 장편소설 | 민승남 옮김 | 480면

088 **무엇을 할 것인가** 니꼴라이 체르니셰프스끼 장편소설 | 서정록 옮김 | 전2권 | 각 360, 404면

090 **도나 플로르와 그녀의 두 남편** 조르지 아마두 장편소설 | 오숙은 옮김 | 전2권 | 각 328, 308면

092 **미사고의 숲** 로버트 홀드스톡 장편소설 | 김상훈 옮김 | 416면

093 **신곡** 단테 알리기에리 장편서사시 | 김운찬 옮김 | 전3권 | 각 292, 296, 328면

096 **교수** 샬럿 브론테 장편소설 | 배미영 옮김 | 368면

097 **노름꾼** 표도르 도스토옙스키 장편소설 | 이재필 옮김 | 320면

098 **하워즈 엔드** E. M. 포스터 장편소설 | 고정아 옮김 | 508면

099 **최후의 유혹** 니코스 카잔차키스 장편소설 | 안정효 옮김 | 전2권 | 각 408면

101 **키리냐가** 마이크 레스닉 장편소설 | 최용준 옮김 | 464면

102 **바스커빌가의 개** 아서 코넌 도일 장편소설 | 조영학 옮김 | 264면

103 **버마 시절** 조지 오웰 장편소설 | 박경서 옮김 | 400면

104 **10 1/2장으로 쓴 세계 역사** 줄리언 반스 장편소설 | 신재실 옮김 | 464면

105 **죽음의 집의 기록** 표도르 도스토옙스키 장편소설 | 이덕형 옮김 | 528면

106 **소유** 앤토니어 수전 바이어트 장편소설 | 윤희기 옮김 | 전2권 | 각 440, 480면

108 **미성년** 표도르 도스토옙스키 장편소설 | 이상룡 옮김 | 전2권 | 각 512, 544면

110 **성 앙투안느의 유혹** 귀스타브 플로베르 희곡소설 | 김용은 옮김 | 584면

111 **밤으로의 긴 여로** 유진 오닐 희곡 | 강유나 옮김 | 240면

112 **마법사** 존 파울즈 장편소설 | 정영문 옮김 | 전2권 | 각 512, 552면

114 **스쩨빤치꼬보 마을 사람들** 표도르 도스토옙스키 장편소설 | 변현태 옮김 | 416면

115 **플랑드르 거장의 그림** 아르투로 페레스 레베르테 장편소설 | 정창 옮김 | 512면

116 **분신** 표도르 도스토옙스키 장편소설 | 석영중 옮김 | 288면

117 **가난한 사람들** 표도르 도스토옙스키 장편소설 | 석영중 옮김 | 256면

118 **인형의 집** 헨리크 입센 희곡 | 김창화 옮김 | 272면

119 **영원한 남편** 표도르 도스토옙스키 장편소설 | 정명자 외 옮김 | 448면

120 **알코올** 기욤 아폴리네르 시집 | 황현산 옮김 | 352면

121 **지하로부터의 수기** 표도르 도스토옙스키 장편소설 | 계동준 옮김 | 256면

122 **어느 작가의 오후** 페터 한트케 중편소설 | 홍성광 옮김 | 160면

123 **아저씨의 꿈** 표도르 도스토옙스키 장편소설 | 박종소 옮김 | 304면

124 **네또츠까 네즈바노바** 표도르 도스토옙스키 장편소설 | 박재만 옮김 | 316면

125 **곤두박질** 마이클 프레인 장편소설 | 최용준 옮김 | 528면

126 **백야 외** 표도르 도스토옙스키 소설선집 | 석영중 외 옮김 | 408면

127 **살라미나의 병사들** 하비에르 세르카스 장편소설 | 김창민 옮김 | 296면

128 **뻬쩨르부르그 연대기 외** 표도르 도스토옙스키 소설선집 | 이항재 옮김 | 296면

129 **상처받은 사람들** 표도르 도스토옙스키 장편소설 | 윤우섭 옮김 | 전2권 | 각 296, 392면

131 **악어 외** 표도르 도스토옙스키 소설선집 | 박혜경 외 옮김 | 312면

132 **허클베리 핀의 모험** 마크 트웨인 장편소설 | 윤교찬 옮김 | 416면

133 **부활** 레프 똘스또이 장편소설 | 이대우 옮김 | 전2권 | 각 308, 416면

135 **보물섬** 로버트 루이스 스티븐슨 장편소설 | 머빈 피크 그림 | 최용준 옮김 | 360면

136 **천일야화** 앙투안 갈랑 엮음 | 임호경 옮김 | 전6권 | 각 336, 328, 372, 392, 344, 320면

142 **아버지와 아들** 이반 뚜르게네프 장편소설 | 이상원 옮김 | 328면

143 **오만과 편견** 제인 오스틴 장편소설 | 원유경 옮김 | 480면

144 **천로 역정** 존 버니언 우화소설 | 이동일 옮김 | 432면

145 **대주교에게 죽음이 오다** 윌라 캐더 장편소설 | 윤명옥 옮김 | 352면

146 **권력과 영광** 그레이엄 그린 장편소설 | 김연수 옮김 | 384면

147 **80일간의 세계 일주** 쥘 베른 장편소설 | 고정아 옮김 | 352면

148 **바람과 함께 사라지다** 마거릿 미첼 장편소설 | 안정효 옮김 | 전3권 | 각 616, 640, 640면

151 **기탄잘리** 라빈드라나트 타고르 시집 | 장경렬 옮김 | 224면

152 **도리언 그레이의 초상** 오스카 와일드 장편소설 | 윤희기 옮김 | 384면

153 **레우코와의 대화** 체사레 파베세 희곡소설 | 김운찬 옮김 | 280면

154 **햄릿** 윌리엄 셰익스피어 희곡 | 박우수 옮김 | 256면

155 **맥베스** 윌리엄 셰익스피어 희곡 | 권오숙 옮김 | 176면

156 **아들과 연인** 데이비드 허버트 로런스 장편소설 | 최희섭 옮김 | 전2권 | 464, 432면

158 **그리고 아무 말도 하지 않았다** 하인리히 뵐 장편소설 | 홍성광 옮김 | 272면

159 **미덕의 불운** 싸드 장편소설 | 이형식 옮김 | 248면

160 **프랑켄슈타인** 메리 W. 셸리 장편소설 | 오숙은 옮김 | 320면

161 **위대한 개츠비** 프랜시스 스콧 피츠제럴드 장편소설 | 한애경 옮김 | 280면

162 **아Q정전** 루쉰 중단편집 | 김태성 옮김 | 320면

163 **로빈슨 크루소** 대니얼 디포 장편소설 | 류경희 옮김 | 456면

164 **타임머신** 허버트 조지 웰스 소설선집 | 김석희 옮김 | 304면

165 **제인 에어** 샬럿 브론테 장편소설 | 이미선 옮김 | 전2권 | 각 392, 384면
167 **풀잎** 월트 휘트먼 시집 | 허현숙 옮김 | 280면
168 **표류자들의 집** 기예르모 로살레스 장편소설 | 최유정 옮김 | 216면
169 **배빗** 싱클레어 루이스 장편소설 | 이종인 옮김 | 520면
170 **이토록 긴 편지** 마리아마 바 장편소설 | 백선희 옮김 | 192면
171 **느릅나무 아래 욕망** 유진 오닐 희곡 | 손동호 옮김 | 168면
172 **이방인** 알베르 카뮈 장편소설 | 김예령 옮김 | 208면
173 **미라마르** 나기브 마푸즈 장편소설 | 허진 옮김 | 288면
174 **지킬 박사와 하이드 씨** 로버트 루이스 스티븐슨 소설선집 | 조영학 옮김 | 320면
175 **루진** 이반 뚜르게네프 장편소설 | 이항재 옮김 | 264면
176 **피그말리온** 조지 버나드 쇼 희곡 | 김소임 옮김 | 256면
177 **목로주점** 에밀 졸라 장편소설 | 유기환 옮김 | 전2권 | 각 336면
179 **엠마** 제인 오스틴 장편소설 | 이미애 옮김 | 전2권 | 각 336, 360면
181 **비숍 살인 사건** S. S. 밴 다인 장편소설 | 최인자 옮김 | 464면
182 **우신예찬** 에라스무스 풍자문 | 김남우 옮김 | 296면
183 **하자르 사전** 밀로라드 파비치 장편소설 | 신현철 옮김 | 488면
184 **테스** 토머스 하디 장편소설 | 김문숙 옮김 | 전2권 | 각 392, 336면
186 **투명 인간** 허버트 조지 웰스 장편소설 | 김석희 옮김 | 288면
187 **93년** 빅토르 위고 장편소설 | 이형식 옮김 | 전2권 | 각 288, 360면
189 **젊은 예술가의 초상** 제임스 조이스 장편소설 | 성은애 옮김 | 384면
190 **소네트집** 윌리엄 셰익스피어 연작시집 | 박우수 옮김 | 200면
191 **메뚜기의 날** 너새니얼 웨스트 장편소설 | 김진준 옮김 | 280면
192 **나사의 회전** 헨리 제임스 중편소설 | 이승은 옮김 | 256면
193 **오셀로** 윌리엄 셰익스피어 희곡 | 권오숙 옮김 | 216면
194 **소송** 프란츠 카프카 장편소설 | 김재혁 옮김 | 376면
195 **나의 안토니아** 윌라 캐더 장편소설 | 전경자 옮김 | 368면
196 **자성록** 마르쿠스 아우렐리우스 명상록 | 박민수 옮김 | 240면
197 **오레스테이아** 아이스킬로스 비극 | 두행숙 옮김 | 336면
198 **노인과 바다** 어니스트 헤밍웨이 소설선집 | 이종인 옮김 | 320면
199 **무기여 잘 있거라** 어니스트 헤밍웨이 장편소설 | 이종인 옮김 | 464면
200 **서푼짜리 오페라** 베르톨트 브레히트 희곡선집 | 이은희 옮김 | 320면
201 **리어 왕** 윌리엄 셰익스피어 희곡 | 박우수 옮김 | 224면

202 **주홍 글자** 너새니얼 호손 장편소설 | 곽영미 옮김 | 360면

203 **모히칸족의 최후** 제임스 페니모어 쿠퍼 장편소설 | 이나경 옮김 | 512면

204 **곤충 극장** 카렐 차페크 희곡선집 | 김선형 옮김 | 360면

205 **누구를 위하여 종은 울리나** 어니스트 헤밍웨이 장편소설 | 이종인 옮김 | 전2권 | 각 416, 400면

207 **타르튀프** 몰리에르 희곡선집 | 신은영 옮김 | 416면

208 **유토피아** 토머스 모어 소설 | 전경자 옮김 | 288면

209 **인간과 초인** 조지 버나드 쇼 희곡 | 이후지 옮김 | 320면

210 **페드르와 이폴리트** 장 라신 희곡 | 신정아 옮김 | 200면

211 **말테의 수기** 라이너 마리아 릴케 장편소설 | 안문영 옮김 | 320면

212 **등대로** 버지니아 울프 장편소설 | 최애리 옮김 | 328면

213 **개의 심장** 미하일 불가꼬프 중편소설집 | 정연호 옮김 | 352면

214 **모비 딕** 허먼 멜빌 장편소설 | 강수정 옮김 | 전2권 | 각 464, 488면

216 **더블린 사람들** 제임스 조이스 단편소설집 | 이강훈 옮김 | 336면

217 **마의 산** 토마스 만 장편소설 | 윤순식 옮김 | 전3권 | 각 496, 488, 512면

220 **비극의 탄생** 프리드리히 니체 | 김남우 옮김 | 304면

221 **위대한 유산** 찰스 디킨스 장편소설 | 류경희 옮김 | 전2권 | 각 432, 448면

223 **사람은 무엇으로 사는가** 레프 똘스또이 소설선집 | 윤새라 옮김 | 464면

224 **자살 클럽** 로버트 루이스 스티븐슨 소설선집 | 임종기 옮김 | 272면

225 **채털리 부인의 연인** 데이비드 허버트 로런스 장편소설 | 이미선 옮김 | 전2권 | 각 336, 328면

227 **데미안** 헤르만 헤세 장편소설 | 김인순 옮김 | 272면

228 **두이노의 비가** 라이너 마리아 릴케 시선집 | 손재준 옮김 | 504면

229 **페스트** 알베르 카뮈 장편소설 | 최윤주 옮김 | 432면

230 **여인의 초상** 헨리 제임스 장편소설 | 정상준 옮김 | 전2권 | 각 520, 544면

232 **성** 프란츠 카프카 장편소설 | 이재황 옮김 | 560면

233 **차라투스트라는 이렇게 말했다** 프리드리히 니체 산문시 | 김인순 옮김 | 464면

234 **노래의 책** 하인리히 하이네 시집 | 이재영 옮김 | 384면

235 **변신 이야기** 오비디우스 서사시 | 이종인 옮김 | 632면

236 **안나 카레니나** 레프 톨스토이 장편소설 | 이명현 옮김 | 전2권 | 각 800, 736면

238 **이반 일리치의 죽음 · 광인의 수기** 레프 톨스토이 중단편집 | 석영중 · 정지원 옮김 | 232면

239 **수레바퀴 아래서** 헤르만 헤세 장편소설 | 강명순 옮김 | 272면

240 **피터 팬** J. M. 배리 장편소설 | 최용준 옮김 | 272면

241 **정글 북** 러디어드 키플링 중단편집 | 오숙은 옮김 | 272면

242 **한여름 밤의 꿈** 윌리엄 셰익스피어 희곡 | 박우수 옮김 | 160면

243 **좁은 문** 앙드레 지드 장편소설 | 김화영 옮김 | 264면

244 **모리스** E. M. 포스터 장편소설 | 고정아 옮김 | 408면

245 **브라운 신부의 순진** 길버트 키스 체스터턴 단편집 | 이상원 옮김 | 336면

246 **각성** 케이트 쇼팽 장편소설 | 한애경 옮김 | 272면

247 **뷔히너 전집** 게오르크 뷔히너 지음 | 박종대 옮김 | 400면

248 **디미트리오스의 가면** 에릭 앰블러 장편소설 | 최용준 옮김 | 424면

249 **베르가모의 페스트 외** 옌스 페테르 야콥센 중단편 전집 | 박종대 옮김 | 208면

250 **폭풍우** 윌리엄 셰익스피어 희곡 | 박우수 옮김 | 176면

251 **어센든, 영국 정보부 요원** 서머싯 몸 연작 소설집 | 이민아 옮김 | 416면

252 **기나긴 이별** 레이먼드 챈들러 장편소설 | 김진준 옮김 | 600면

253 **인도로 가는 길** E. M. 포스터 장편소설 | 민승남 옮김 | 552면

254 **올랜도** 버지니아 울프 장편소설 | 이미애 옮김 | 376면

255 **시지프 신화** 알베르 카뮈 지음 | 박언주 옮김 | 264면

256 **조지 오웰 산문선** 조지 오웰 지음 | 허진 옮김 | 424면

257 **로미오와 줄리엣** 윌리엄 셰익스피어 희곡 | 도해자 옮김 | 200면

258 **수용소군도** 알렉산드르 솔제니찐 기록문학 | 김학수 옮김 | 전6권 | 각 460면 내외

264 **스웨덴 기사** 레오 페루츠 장편소설 | 강명순 옮김 | 336면

265 **유리 열쇠** 대실 해밋 장편소설 | 홍성영 옮김 | 328면

266 **로드 짐** 조지프 콘래드 장편소설 | 최용준 옮김 | 608면

267 **푸코의 진자** 움베르토 에코 장편소설 | 이윤기 옮김 | 전3권 | 각 392, 384, 416면

270 **공포로의 여행** 에릭 앰블러 장편소설 | 최용준 옮김 | 376면

271 **심판의 날의 거장** 레오 페루츠 장편소설 | 신동화 옮김 | 264면

272 **에드거 앨런 포 단편선** 에드거 앨런 포 지음 | 김석희 옮김 | 392면

273 **수전노 외** 몰리에르 희곡선집 | 신정아 옮김 | 424면

274 **모파상 단편선** 기 드 모파상 지음 | 임미경 옮김 | 400면

275 **평범한 인생** 카렐 차페크 장편소설 | 송순섭 옮김 | 280면

276 **마음** 나쓰메 소세키 장편소설 | 양윤옥 옮김 | 344면

277 **인간 실격·사랑** 다자이 오사무 소설집 | 김난주 옮김 | 336면

278 **작은 아씨들** 루이자 메이 올컷 장편소설 | 허진 옮김 | 전2권 | 각 408, 464면

280 **고함과 분노** 윌리엄 포크너 장편소설 | 윤교찬 옮김 | 520면

281 **신화의 시대** 토머스 불핀치 신화집 | 박중서 옮김 | 664면

282 **셜록 홈스의 모험** 아서 코넌 도일 단편집 | 오숙은 옮김 | 456면
283 **자기만의 방** 버지니아 울프 지음 | 공경희 옮김 | 216면
284 **지상의 양식·새 양식** 앙드레 지드 지음 | 최애영 옮김 | 360면
285 **전염병 일지** 대니얼 디포 지음 | 서정은 옮김 | 368면
286 **오이디푸스왕 외** 소포클레스 비극 | 장시은 옮김 | 368면
287 **리처드 2세** 윌리엄 셰익스피어 희곡 | 박우수 옮김 | 208면
288 **아내·세 자매** 안톤 체호프 선집 | 오종우 옮김 | 240면
289 **폭풍의 언덕** 에밀리 브론테 장편소설 | 전승희 옮김 | 592면
290 **조반니의 방** 제임스 볼드윈 장편소설 | 김지현 옮김 | 320면
291 **의무론** 마르쿠스 툴리우스 키케로 지음 | 김남우 옮김 | 312면
292 **밤에 돌다리 밑에서** 레오 페루츠 지음 | 신동화 옮김 | 360면
293 **한낮의 열기** 엘리자베스 보엔 장편소설 | 정연희 옮김 | 576면
294 **아바나의 우리 사람** 그레이엄 그린 장편소설 | 최용준 옮김 | 392면
295 **필경사 바틀비** 허먼 멜빌 중단편집 | 윤희기 옮김 | 400면